Vikas Swarup

DE ONGELOOFLIJKE LOTGEVALLEN VAN EEN ARME GELUKSVOGEL

Vertaald door Titia Ram

MOURIA

Zevende druk

Oorspronkelijke titel: *Q&A*
Omslagontwerp: Rudy Vrooman
Omslagfotografie: Met dank aan Cinéart Nederland
Vertaling citaat uit *Hamlet* door Gerrit Komrij,
Uitgeverij Bert Bakker 1989

ISBN 978 90 458 0092 9
NUR 302

www.mouria.nl

Voor
mijn ouders
Vinod & Indra Swarup

en wijlen mijn grootvader
Shri Jagadish Swarup

PROLOOG

Ik ben gearresteerd. Voor het winnen van een spelprogramma.

Ze kwamen me gisterennacht halen, toen zelfs de zwerfhonden lagen te slapen. Ze beukten mijn deur in, sloegen me in de boeien en sleurden me mee naar een jeep met een rood zwaailicht.

Er was geen tumult. Niemand kwam zijn hut uit. De enige die iets riep toen ik werd gearresteerd, was de oude uil in de tamarinde.

Arrestaties zijn in Dharavi net zo gewoon als zakkenrollers in de trein. Er gaat geen dag voorbij zonder dat een of andere ongelukkige plaatsgenoot naar het politiebureau wordt afgevoerd. Sommigen worden wild schreeuwend en zich verzettend meegesleurd door de agenten. En anderen gaan rustig mee. Degenen die de politie verwachten, er misschien zelfs op wachten. Voor hen is de komst van de jeep met het rode zwaailicht zelfs een opluchting.

Achteraf gezien had ik misschien moeten schreeuwen en trappen. Had ik moeten zeggen dat ik onschuldig was, had ik herrie moeten schoppen en de buren moeten alarmeren. Niet dat dat iets zou hebben geholpen. Zelfs als het me was gelukt een paar bewoners wakker te maken, zou niemand een vinger hebben uitgestoken om me te helpen. Mijn buren zouden met slaperige ogen het tafereel hebben gadegeslagen en een afgezaagde opmerking hebben gemaakt als: 'Daar gaat er weer een.' Dan zouden ze hebben gegaapt en weer naar bed zijn gegaan. Mijn vertrek uit de grootste sloppenwijk van Azië zou geen enkele invloed op hun levens hebben gehad. 's Ochtends zou dezelfde rij bij het water staan te wachten en zou dezelfde dagelijkse strijd zijn begonnen de trein van halfacht te halen.

Ze zouden niet eens de moeite doen te achterhalen waarom ik was gearresteerd. Nu ik erover nadenk, realiseer ik me dat ik me dat niet eens afvroeg toen die twee agenten mijn hut binnenstormden. Als je hele bestaan zelf 'illegaal' is, als je in armoede in een stedelijk niemandsland woont waar je moet knokken voor een vierkante centimeter ruimte en zelfs in de rij moet staan om te kunnen poepen, heeft een arrestatie iets onontkoombaars. Je wordt geconditioneerd te denken dat er op een dag iemand verschijnt met een dagvaarding met jouw naam erop, dat er uiteindelijk een jeep met een rood zwaailicht voor jou komt.

Er zullen mensen zijn die zeggen dat ik dit over mezelf heb afgeroepen. Door aan die spelshow mee te doen. Die zullen met hun vinger naar me zwaaien en me eraan helpen herinneren dat de ouderen in Dharavi zeggen dat je nooit over de lijn mag stappen die de armen van de rijken scheidt. Want waarom doet een straatarme ober mee aan een kennisquiz? De hersenen zijn geen orgaan dat wij mogen gebruiken. Wij horen alleen onze handen en voeten te gebruiken.

Konden ze maar zien hoe ik die vragen heb beantwoord. Dan zouden ze na mijn optreden met respect naar me hebben gekeken. Het is jammer dat de show nog moet worden uitgezonden. Maar het begon uit te lekken dat ik iets had gewonnen. Zoiets als de loterij. Toen de andere obers het hoorden, organiseerden ze een feest voor me in het restaurant. We zongen, dansten en dronken tot diep in de nacht. We aten voor het eerst iets anders dan Ramzi's overgebleven eten. We bestelden kip *biryani* en *seekh kebabs* bij het vijfsterrenhotel aan Marine Drive. De bevende barman bood me zijn dochter ten huwelijk aan. Zelfs de chagrijnige manager glimlachte toegeeflijk naar me en betaalde me eindelijk mijn achterstallig loon. Die avond noemde hij me geen waardeloze klootzak. Of hondsdolle hond.

Nu noemt Godbole me zo en nog erger. Ik zit in kleermakerszit in een cel van drie bij twee met een roestige metalen deur en een klein, vierkant raam met tralies waar stoffig zonlicht door naar binnen komt. Het is heet en vochtig in de gevangenis. Er zoemen vliegen rond de papperige overblijfselen van een overrijpe mango die geplet op de stenen vloer ligt. Een gedeprimeerd uitziende kakkerlak sjokt naast mijn been rond, behoedzaam om zich heen tastend. Ik begin honger te krijgen. Mijn maag rammelt.

Iemand zegt tegen me dat ik zo zal worden ondervraagd. Voor de tweede keer sinds mijn arrestatie. Na eindeloos lang wachten neemt iemand me mee. Deze keer is het inspecteur Godbole zelf.

Godbole is niet zo oud, misschien halverwege de veertig. Hij heeft een kalend hoofd en een rond gezicht dat wordt gedomineerd door een grote krulsnor. Hij loopt met zware passen en zijn overvoede buik hangt over zijn kakikleurige broek. 'Kolerevliegen,' scheldt hij en hij probeert er een dood te slaan die voor zijn gezicht vliegt. Dat mislukt.

Inspecteur Godbole heeft vandaag geen goed humeur. Hij heeft last van de vliegen. Hij heeft last van de hitte. Er lopen straaltjes zweet over zijn voorhoofd. Hij veegt met de mouw van zijn overhemd over zijn gezicht. Waar hij nog het meest mee zit, is mijn naam: 'Ram Mohammad Thomas, wat is dat voor achterlijke naam, met al die religies? Wist je moeder niet wie je vader was?' vraagt hij, niet voor de eerste keer.

Ik ga niet in op de belediging. Ik ben er ongevoelig voor geworden.

Twee agenten staan naast de verhoorkamer stijf in de houding, een teken dat er binnen iemand zit die belangrijk is. Vanochtend stonden ze er nog *paan* te eten en vieze grappen te maken. Godbole duwt me letterlijk de ruimte binnen, waar twee mannen voor een lijst aan de muur staan met het aantal ontvoeringen en moorden van dit jaar erop. Ik herken een van hen. Het is dezelfde man, met lang haar als dat van een vrouw – of een rockster –, die aanwezig was tijdens de opnames van de show en via een headset instructies aan de presentator gaf. Die andere man, een blanke, ken ik niet. Hij is helemaal kaal en draagt een mauvekleurig overhemd met een knaloranje stropdas. Alleen een blanke is met deze enorme hitte zo gek om een pak met stropdas te dragen. Zoals kolonel Taylor.

De ventilator aan het plafond draait op volle toeren, maar er is geen raam in de ruimte en het voelt alsof er geen lucht is. Er straalt hitte van de witte muren, die wordt gevangen door het houten plafond. Een lange, smalle lijn loopt door het midden van de kamer en verdeelt die in twee gelijke helften. Behalve een roestige tafel met drie stoelen eromheen staan er geen meubels. Recht boven de tafel hangt aan de houten balk een metalen lampenkap.

Godbole presenteert me aan de blanke man als een circusdirecteur die zijn leeuw aan het publiek laat zien. 'Dit is Ram Mohammad Thomas, meneer.'

De blanke man dept met een zakdoek zijn voorhoofd en kijkt naar me alsof ik een net ontdekte apensoort ben. 'Dus dit is onze beroemde winnaar! Ik moet zeggen dat hij er ouder uitziet dan ik dacht.' Ik probeer zijn accent te plaatsen. Hij spreekt met dezelfde nasale klank als de rijke toeristen uit plaatsen als Baltimore en Boston die zich vroeger verdrongen in Agra.

De Amerikaan gaat op een stoel zitten. Hij heeft blauwe ogen en een roze neus. De groenige adertjes op zijn voorhoofd lijken op takjes. 'Hallo,' zegt hij tegen me, 'ik ben Neil Johnson.

Ik vertegenwoordig NewAge Telemedia, eigenaar van het concept van de show. Dit is Billy Nanda, de producer van de show waaraan je hebt meegedaan.'

Ik blijf stil. Apen horen niet te praten. En al helemaal niet in het Engels. Hij wendt zich tot Nanda. 'Hij verstaat toch Engels, hè?'

'Ben je gestoord, Neil?' vermaant Nanda hem. 'Hoe kan hij nou Engels spreken? Hij is een domme ober in een godvergeten restaurant, denk je niet na?'

Het geluid van een naderende sirene doorboort de lucht. Er komt een agent de kamer binnenrennen. Hij fluistert iets tegen Godbole. De inspecteur rent met hem naar buiten en komt terug met een kleine, dikke man in het uniform van een belangrijke politieman. Godbole kijkt Johnson met een stralende geletandenlach aan. 'Meneer Johnson, de hoofdcommissaris *sahib*.'

Johnson staat op.

'Dank u wel voor uw komst, hoofdcommissaris. Ik geloof dat u Billy al kent?'

De hoofdcommissaris knikt. 'Ik ben gekomen zodra ik het bericht van de minister van binnenlandse zaken ontving.'

'Natuurlijk... Dat is een oude vriend van meneer Mikhailov.'

'Wat kan ik voor u doen?'

'Hoofdcommissaris, ik heb uw hulp nodig met W2M.'

'W2M?'

'Vakjargon voor Wie Wint een Miljard.'

'En dat is?'

'Een wereldwijde spelshow van ons bedrijf die een maand geleden – in vijfendertig landen – is gelanceerd. U hebt onze advertenties vast wel in Mumbai* zien hangen.'

'Die heb ik vast over het hoofd gezien. Maar waarom een miljard?'

* Mumbai is de Hindi-naam voor Bombay

'Waarom niet? Hebt u 'Wie Wil er Miljonair Worden' gezien?'

'Natuurlijk. *Kaun banega crorepati*. Het hele land was in de ban van die show. We moesten er bij mij thuis verplicht naar kijken.'

'Waarom hebt u gekeken?'

'Nou... Omdat hij zo interessant was.'

'Zou hij half zo interessant zijn geweest als de hoofdprijs tienduizend roepie was geweest in plaats van een miljoen?'

'Eh... Ik denk het niet.'

'Precies. Wat iedereen het liefst wil in het leven is niet seks. Het is geld. En hoe meer geld, hoe liever we het willen.'

'Ik begrijp het. En wie presenteert die show?'

'Prem Kumar.'

'Prem Kumar? Die B-acteur? Die is nog niet half zo bekend als Amitabh Bachchan, die *Crorepati* presenteerde.'

'Dat komt nog wel. Maar we moesten hem natuurlijk deels kiezen omdat hij een aandeel van negenentwintig procent in de Indiase dochter van NewAge Telemedia heeft.'

'Oké. Ik snap het al. En waar past die, hoe heet hij ook weer, Ram Mohammad Thomas, in het plaatje?'

'Die was vorige week deelnemer in onze vijftiende aflevering.'

'En?'

'En hij heeft op alle twaalf vragen een goed antwoord gegeven en een miljard roepie gewonnen.'

'Wat? Je maakt een grapje!'

'Nee, helemaal niet. We waren net zo verbijsterd als u. Die jongen is de winnaar van de grootste jackpot in de geschiedenis. De aflevering is nog niet uitgezonden, dus er weten nog niet zo heel veel mensen van.'

'Oké. Als u zegt dat hij een miljard heeft gewonnen, heeft hij een miljard gewonnen. Wat is dan het probleem?'

'Kunnen Billy en ik u even apart spreken?'

De hoofdcommissaris gebaart Godbole de kamer te verlaten. De inspecteur kijkt me vuil aan en gaat weg. Ik blijf in de kamer, maar ze doen alsof ik er niet ben. Ik ben maar een ober. En obers verstaan geen Engels.

'Oké. Vertel eens,' zegt de hoofdcommissaris.

'Het probleem is, hoofdcommissaris, dat meneer Mikhailov op dit moment niet in de positie is dat hij een miljard roepie kan betalen,' zegt Johnson.

'Waarom heeft hij die dan aangeboden?'

'Nou... dat was een verkooppraatje.'

'Luister, ik begrijp het nog steeds niet. Zelfs als dat zo is, doet de show het dan niet nog beter als iemand de hoofdprijs heeft gewonnen? Ik weet nog dat als er iemand een miljoen won in 'Wie Wil er Miljonair Worden', de kijkcijfers verdubbelden.'

'Het gaat om de timing, hoofdcommissaris, de timing. Shows als W2M kunnen niet door toeval worden bepaald, door een worp met dobbelstenen. Ze moeten een vaststaand script volgen. En volgens ons script zou er pas op zijn vroegst over acht maanden een winnaar komen, en tegen die tijd zouden we het grootste deel van onze investeringen hebben terugverdiend via advertentie-inkomsten. Maar nu heeft die Thomas onze plannen verziekt.'

De commissaris knikt. 'Oké, maar wat moet ik dan doen?'

'Ik wil dat u helpt bewijzen dat Thomas vals heeft gespeeld. Dat hij die twaalf antwoorden niet kon weten zonder medeplichtige. Ga maar na. Hij is nooit naar school geweest. Hij heeft nog nooit een krant gelezen. Het is onmogelijk dat hij de hoofdprijs zou winnen.'

'Nou... Ik weet het niet hoor,' de hoofdcommissaris krabt op zijn hoofd. 'Er zijn wel voorbeelden van jongens uit een arm milieu die later in het leven genieën blijken te zijn. Was Einstein ook niet mislukt op school?'

'Luister, meneer de hoofdcommissaris, we zullen u nu meteen bewijzen dat die jongen geen Einstein is,' zegt Johnson en hij gebaart naar Nanda.

Nanda loopt naar me toe en haalt zijn vingers door zijn weelderige bos haar. Hij spreekt me aan in het Hindi. 'Meneer Ram Mohammad Thomas, als u inderdaad briljant genoeg was om de show te winnen, wilt u ons dan een plezier doen en nu aan nog een quiz deelnemen? Maakt u zich maar geen zorgen, het zijn heel makkelijke vragen. Bijna iedereen met een gemiddelde intelligentie weet de antwoorden. Hier komt vraag één: Wat is de munteenheid van Frankrijk? U kunt kiezen uit A) dollar, B) pond, C) euro en D) franc.'

Ik zeg niets. De open hand van de hoofdcommissaris zwiept ineens naar beneden en treft me hard op mijn wang. 'Klootzak, ben je doof? Geef antwoord of ik breek je kaak,' dreigt hij.

Nanda begint als een gek – of een rockster – op en neer te huppen. 'Kunnen we dit alstublieieieieft op een beschaafde manier doen?' zegt hij tegen de hoofdcommissaris. Dan kijkt hij me aan. 'En? Wat is uw antwoord?'

'De franc,' zeg ik ineens.

'Fout. Het goede antwoord is euro. Goed, vraag twee. Wie was de eerste man op de maan? Was dat A) Edwin Aldrin, B) Neil Armstrong, C) Yuri Gagarin of D) Jimmy Carter?'

'Dat weet ik niet.'

'Het was Neil Armstrong. Vraag drie. De piramides liggen in A) New York, B) Rome, C) Cairo of D) Parijs.'

'Dat weet ik niet.'

'In Cairo.' Vraag vier. Wie is de president van Amerika? Is dat A) Bill Clinton, B) Colin Powell, C) Arnold Schwarzenegger of D) George Bush?'

'Dat weet ik niet.'

'George Bush. U hebt jammer genoeg niet één vraag goed beantwoord.'

Nanda draait zich om naar de hoofdcommissaris en begint

Engels te praten. 'Ziet u, ik zei toch al dat die vent achterlijk is. De enige manier waarop hij vorige week die vragen heeft kunnen beantwoorden, is door vals te spelen.'

'Enig idee hoe hij dat kan hebben gedaan?' vraagt de hoofdcommissaris.

'Dat is het probleem. We hebben twee kopieën van de dvd-opname. Onze experts hebben die onder de microscoop bekeken en tot dusverre hebben ze niets kunnen vinden. Maar uiteindelijk vinden ze wel wat.'

Ik ben ondertussen duizelig van de honger, die zich van mijn maag naar mijn keel heeft verplaatst.

Johnson, de kale Amerikaan, kijkt me met een scherpe blik aan. 'Weet u nog die majoor uit het leger die een miljoen pond heeft gewonnen in 'Wie Wil er Miljonair Worden'? Dat was een paar jaar geleden in Engeland. Het bedrijf weigerde uit te betalen. De politie startte een onderzoek en slaagde erin de majoor te veroordelen. Er bleek een medeplichtige hoogleraar in het publiek te hebben gezeten die hem de antwoorden met gecodeerde kuchjes doorseinde. Ik weet zeker dat iets dergelijks hier ook is gebeurd.'

'Dus we moeten op zoek naar een hoestende man in het publiek?'

'Nee. Er zat niemand te hoesten. Er moet een ander signaal zijn gebruikt.'

'Misschien een pieper of mobiele telefoon?'

'Nee. We hebben geen metaaldetector gebruikt, maar we weten vrijwel zeker dat hij niets bij zich had. En zelfs als hij een pieper had, dan zou die in de studio niet hebben gewerkt.'

De hoofdcommissaris krijgt ineens een idee. 'Zit er misschien een chip in zijn hersenen geïmplanteerd?'

Johnson zucht. 'Hoofdcommissaris, ik ben bang dat u te veel sciencefictionfilms hebt gezien. Luister, wat er ook aan de hand is, u moet ons helpen erachter te komen. We weten niet wie de handlanger was. We weten niet wat voor signaalcode er werd gebruikt. Maar ik weet absoluut zeker dat er vals is gespeeld. U moet ons helpen dat te bewijzen.'

'Hebt u overwogen hem om te kopen?' stelt de hoofdcommissaris hoopvol voor. 'Hij weet waarschijnlijk niet eens hoeveel nullen er in een miljard zitten. Hij is vast helemaal blij met een paar duizend roepie.'

Ik heb zin om de hoofdcommissaris te slaan. Ik moet toegeven dat ik voor de show niet wist hoeveel een miljard roepie was. Maar dat was toen. Nu weet ik het wel. En ik wil die prijs per se hebben. Compleet met alle negen nullen.

Johnsons antwoord is geruststellend. 'Dat kan niet,' zegt hij. 'Dan zijn we strafbaar. U begrijpt dat hij of terecht heeft gewonnen, of een bedrieger is. Dus óf hij krijgt een miljard, óf hij gaat de gevangenis in. Een middenweg is er niet. U moet me helpen te zorgen dat hij naar de gevangenis gaat. Meneer Mikhailov zou bezwijken als hij nu een miljard zou moeten betalen.'

De hoofdcommissaris kijkt Johnson recht in zijn ogen. 'Ik begrijpt wat u bedoelt,' teemt hij, 'maar waarom zou ik dat willen?'

Alsof het zo is afgesproken, trekt Johnson hem aan een arm een hoek in. Deze keer spreken ze op gedempte toon. Ik hoor maar twee woorden: 'Eén procent.' De hoofdcommissaris is duidelijk opgewonden door wat er tegen hem wordt gezegd. 'Goed, goed, meneer Johnson, uw werk zit erop. Ik roep Godbole er even bij.'

De inspecteur wordt binnengeroepen. 'Godbole, wat heb je tot nu toe uit hem gekregen?' vraagt de hoofdcommissaris.

Godbole staart me met een haatdragende blik aan. 'Niets, hoofdcommissaris sahib. De klootzak blijft maar zeggen dat hij de antwoorden gewoon "wist". Dat hij geluk had.'

'Geluk, hè?' sneert Johnson.

'Ja, meneer. Ik heb hem nog niet de duimschroeven aangedraaid, anders had hij nu wel gezongen als een kanarie. Als u me toestemming geeft, meneer, heb ik zo de namen van al zijn medeplichtigen.'

De hoofdcommissaris kijkt Johnson en Nanda vragend aan. 'Zit u daarmee?'

Nanda schudt wild met zijn hoofd, waardoor zijn lange haar rond zijn gezicht wappert. 'Daar komt niets van in. Er wordt niet gemarteld. De media weten al dat hij is gearresteerd. Als ze ontdekken dat hij is gemarteld, kunnen we wel inpakken. Ik heb al genoeg problemen zonder dat ik een proces aan mijn broek krijg van een mensenrechtenorganisatie.'

De hoofdcommissaris geeft hem een klopje op zijn rug. 'Billy, je lijkt wel een Amerikaan. Maak je geen zorgen. Godbole weet wat hij doet. Je zult er niets van zien.'

Ik voel de gal in mijn maag als een ballon opborrelen. Ik heb het gevoel dat ik moet overgeven.

De hoofdcommissaris maakt aanstalten te vertrekken. 'Godbole, ik vertrek nu met deze heren, maar morgenochtend verwacht ik de naam van de medeplichtige en de details van hoe ze te werk zijn gegaan. Doe wat nodig is om de informatie uit hem te krijgen. Maar wees voorzichtig. Zoals altijd zal je werk gepast worden beloond.'

'Dank u meneer, dank u.' Godbole tovert een statische glimlach op zijn gezicht. 'En maakt u zich maar geen zorgen, meneer. Tegen de tijd dat ik klaar ben met deze jongen, zal hij zelfs de moord op Mahatma Gandhi willen bekennen.'

Ik probeer me te herinneren wie Mahatma Gandhi heeft vermoord, degene die zei: 'Hé, Ram!' voor hij stierf. Dat weet ik nog omdat ik had geroepen: 'Zo heet ik ook!' en vader Timothy rustig had uitgelegd dat het de naam van Heer Ram was, de hindoegod die voor veertien jaar naar het oerwoud werd verbannen.

Ondertussen heeft Godbole de hoofdcommissaris en de twee mannen uitgelaten. Hij komt hijgend de verhoorkamer binnen en slaat de deur dicht. Dan knipt hij met zijn vingers. 'Oké, klootzak, uitkleden!'

Een scherpe, bonkende pijn komt uit iedere porie in mijn lichaam. Mijn handen zijn met een ruw touw aan de houten balk vastgebonden. De balk hangt drie meter boven de grond, dus mijn benen bungelen in de lucht en mijn handen en voeten voelen of ze uit elkaar worden gescheurd. Ik ben helemaal naakt. De ribben onder mijn huid steken uit als die van de verhongerende baby'tjes in Afrika.

Godbole heeft me al meer dan een uur gemarteld en hij is nog steeds niet klaar. Hij bedenkt zo'n beetje ieder halfuur een nieuw martelinstrument. Eerst prikte hij een houten pook in mijn anus. Met chilipoeder eraan. Het voelde of er een gloeiende gietijzeren pook in mijn achterste stak. Ik stikte bijna en kokhalsde van de pijn. Toen duwde hij mijn hoofd in een emmer water en hield het onder water tot mijn longen bijna explodeerden. Ik sputterde en snakte naar adem en verdronk bijna.

Nu houdt hij een elektriciteitsdraad in zijn hand als een sterretje met *Diwali*. Hij danst om me heen als een dronken bokser en raakt ineens de onderkant van mijn linkervoet met de blootliggende draad aan. De elektrische stroom schiet door mijn lichaam als heet vergif. Ik verkramp en begin hevig te schokken.

Godbole schreeuwt tegen me: 'Klootzak, vertel je me nog steeds niet hoe je de boel hebt belazerd in de show? Van wie kreeg je de antwoorden? Vertel het me en deze kwelling is voorbij. Dan krijg je een lekkere, warme maaltijd. Dan mag je zelfs naar huis.'

Maar mijn huis voelt nu als een plek ergens heel ver weg. En als ik warm ga eten, ga ik overgeven. Als je heel lang niet eet, verschrompelt de honger en sterft; het enige wat dan achterblijft, is een vage pijn in je maag.

Ik word nu overvallen door een vlaag van misselijkheid. Ik krijg een black-out. Door een dikke mist zie ik een lange vrouw met golvend zwart haar. Achter haar giert de wind, waardoor haar gitzwarte haar voor haar gezicht waait, dat erachter schuilgaat. Ze draagt een witte sari en het dunne materiaal fladdert en trilt als een vlieger. Ze opent haar armen en schreeuwt: 'Mijn zoon... mijn zoon... wat doen ze je aan?'

'Moeder!' Ik schreeuw en reik naar haar door de waas van mist, maar Godbole grijpt me ruw vast. Ik heb het gevoel dat ik ren zonder vooruit te komen. Godbole slaat me hard in mijn gezicht en de duisternis verdwijnt.

Hij reikt de vulpen weer aan. Het is een zwarte met een glanzend gouden kroontjespen. Er glinstert blauwe inkt op de punt. Ze zal wel lek zijn. 'Teken de bekentenis,' beveelt hij me.

De bekentenis is heel eenvoudig: 'Ik, Ram Mohammad Thomas, verklaar hierbij dat ik op 10 juli heb deelgenomen aan de spelshow Wie Wint een Miljard. Ik beken dat ik vals heb gespeeld. Ik wist niet de antwoorden op alle vragen. Ik trek hierbij mijn aanspraak op de hoofdprijs of enige andere prijs in en smeek om vergeving. Ik verklaar dit bij vol bewustzijn en zonder druk van wie dan ook. Was getekend, Ram Mohammad Thomas.'

Ik weet dat het een kwestie van tijd is voor ik die verklaring teken. Ik houd het niet veel langer vol. Vroeger werd ons altijd verteld geen ruzie met de politie te zoeken. Straatjongens als ik staan onder aan de voedselketen. Boven ons staan de kleine misdadigers, zoals zakkenrollers. Daarboven staan de afpersers en woekeraars. Daarboven de bazen. En daarboven de grote bedrijven. Maar boven alles staat de politie. Die heeft de ware macht. En niemand controleert de politie. Wie kan de politie van de politie zijn? Dus zal ik die verklaring tekenen. Als ik nog tien, misschien vijftien keer ben geslagen. Na nog vijf, misschien zes elektrische schokken.

Ik hoor ineens drukte bij de deur. Schreeuwende agenten. Harde stemmen. De deur beweegt en wordt opengegooid. Er rent een jonge vrouw naar binnen. Ze is van gemiddelde lengte en slank gebouwd. Ze heeft een mooi gebit en prachtige wenkbrauwen. Midden op haar voorhoofd draagt ze een grote, ronde, blauwe *bindi*. Ze draagt een witte *salvar kameez*, een blauwe *dupatta* en leren sandalen. Haar lange zwarte haar hangt los. Er hangt een bruin tasje aan haar linkerschouder. Ze is een indrukwekkende verschijning.

Godbole is zo in de war dat hij met de elektrische draad in zijn eigen hand prikt. Hij gilt het uit van de pijn. Hij grijpt de indringer bijna bij de kraag voor het tot hem doordringt dat het een vrouw is. 'Waarom kom je hier zo maar binnen? Zie je niet dat ik bezig ben?'

'Ik ben Smita Shah,' zegt de vrouw rustig tegen Godbole. 'Ik ben de advocaat van meneer Ram Mohammad Thomas.' Dan kijkt ze naar mij, naar hoe ik eraan toe ben en wendt snel haar ogen af.

Godbole is verbijsterd. Hij is zo verbijsterd dat het hem niet opvalt dat ik net zo verbijsterd ben. Ik heb die vrouw nog nooit gezien. Ik heb niet eens geld om een taxi te nemen. Laat staan dat ik een advocaat kan betalen.

'Pardon?' snauwt Godbole. 'U bent zijn advocaat?'

'Ja. En wat u met mijn cliënt doet, is volkomen illegaal en onacceptabel. Ik wil dat deze wrede en vernederende behandeling onmiddellijk ophoudt. Deze man heeft volgens de artikelen 330 en 331 van het Indiase Strafwetboek het recht u te vervolgen. Ik eis de papieren van zijn arrestatie ter inzage. Ik zie geen enkel bewijs dat er een Eerste Informatierapport is gemaakt. Er zijn geen redenen voor arrestatie doorgegeven, zoals op grond van artikel 22 van de Grondwet is verplicht en u schendt artikel 50 van de Criminele Procedurecode. Als u me geen arrestatiebevel kunt laten zien, neem ik mijn cliënt nu mee om met hem te overleggen.'

'Eh... eh... ik... daar zal ik de... de hoofdcommissaris over moeten spreken. Een ogenblik graag,' is het enige wat Godbole kan zeggen. Hij kijkt de vrouw met een hulpeloze uitdrukking in zijn ogen aan, schudt zijn hoofd en sluipt de kamer uit.

Ik ben onder de indruk. Ik wist niet dat advocaten zoveel macht over de politie hadden. De voedselketen zal moeten worden herzien.

Ik weet niet wanneer Godbole terugkomt, wat hij tegen de advocaat zegt, of wat de advocaat tegen hem zegt, want ik ben flauwgevallen. Van pijn, honger en geluk.

Ik zit op een leren bank met een kop hete, dampende thee in mijn handen. Het rechthoekige bureau ligt vol papieren. Er staan een glazen presse-papier en een rode tafellamp op het bureau. De muren van de ruimte zijn lichtroze geschilderd. De boekenplanken staan vol dikke, zwarte boeken met gouden letters op de ruggen. Er hangen ingelijste certificaten en diploma's aan de muur. Er staat een scheefgegroeide judaspenning in een hoek van de kamer.

Smita komt terug met een bord en een glas in haar handen. Ik ruik eten. 'U hebt vast honger, dus ik heb wat *chapatti's*, groente en cola gehaald. Verder had ik niets in de koelkast.'

Ik grijp haar hand. Die voelt warm en vochtig. 'Dank u,' zeg ik. Ik weet nog steeds niet hoe ze in het politiebureau is beland of waarom. Het enige wat ze me heeft verteld, is dat ze in de krant over mijn arrestatie heeft gelezen en dat ze zo snel ze kon is gekomen. Ik ben nu in haar huis in Bandra. Ik ga niet vragen wanneer ze me hierheen heeft gebracht, of waarom. Je stelt geen vragen over een wonder.

Ik begin te eten. Ik eet alle chapatti's op. En alle groente. En ik drink alle cola op. Ik eet tot mijn ogen uitpuilen.

Het is nu laat in de avond. Ik heb gegeten en geslapen. Smita is nog bij me, maar ik ben nu in haar slaapkamer, op een groot bed met een blauwe sprei.

Haar slaapkamer is zo anders dan die van mijn voormalige werkgever, filmster Neelima Kumari. In plaats van de enorme spiegels en de trofeeën en acteerprijzen op de planken staan hier boeken en een grote, bruine teddybeer met glazen ogen. Maar ze heeft net als Neelima een Sony-televisie en zelfs een dvd-speler.

Smita zit naast me op de rand van het bed en houdt een doosje in haar handen. 'Kijk, ik heb een kopie van de dvd-opname van je show kunnen bemachtigen. Die gaan we met een vlooienkam doornemen. En ik wil dat je me exact uitlegt hoe je de antwoorden op al die vragen wist. En ik wil dat je me de waarheid vertelt.'

'De waarheid?'

'Zelfs als je vals speelt, ben ik er om je te beschermen. Wat je mij vertelt, kan niet tegen je worden gebruikt in een rechtszaal.'

De eerste twijfels sluipen mijn hoofd binnen. Is ze te goed om waar te zijn? Ik ken haar niet. Heeft die kale Johnson haar gestuurd om belastend bewijs tegen me te verzamelen? Ik heb haar nog nooit gezien. Kan ik haar vertrouwen?

Tijd om te beslissen. Ik pak mijn vertrouwde muntje van één roepie. Als het kop is, werk ik mee. Munt en ik vertel haar een fabeltje. Ik gooi. Kop.

'Kent u Albert Fernandes?' vraag ik haar.

'Nee. Wie is dat?'

'Hij heeft een illegale fabriek in Dharavi waar gespen voor horlogebandjes worden gemaakt.'

'En?'

'Hij speelt *matka*.'

'Matka?'

'Illegaal gokken met kaarten.'

'Oké.'

'Albert Fernandes speelt dus matka en afgelopen dinsdag had hij een verbluffende avond.'

'Wat is er gebeurd?'

'Hij speelde vijftien winnende kaarten achter elkaar. Kunt u dat geloven? Hij heeft op één avond vijftigduizend roepie gewonnen.'

'En? Ik begrijp het verband niet.'

'Nee? Hij heeft geluk gehad met kaarten. Ik heb geluk gehad met die show.'

'U wist de antwoorden?'

'Ja. Op alle vragen.'

'Wat heeft dat dan met geluk te maken?'

'Nou, was het geen geluk dat ze alleen vragen stelden waar ik het antwoord op wist?'

De blik van totaal ongeloof in Smita's ogen zegt genoeg. Ik kan het niet meer aan. Ik voel me verdrietig en woedend tegelijk. 'Ik weet wat u denkt. Net als Godbole vraagt u zich af wat ik in die spelshow deed. Net als Godbole denkt u dat ik alleen geschikt ben om kip en whisky te serveren in een restaurant. Dat ik moet leven als een hond en moet sterven als een insect. Toch?'

'Nee, Ram.' Ze pakt mijn hand. 'Dat zal ik nooit vinden. Maar je moet me wel begrijpen. Als ik je moet helpen, moet ik het weten. En ik moet toegeven dat ik het moeilijk te bevatten vind hoe je alle antwoorden op die moeilijke vragen wist. Ik wist zelf nog niet de helft van de antwoorden.'

'Nou, mevrouw, wij armoedzaaiers kunnen ook vragen stellen en soms een antwoord eisen. En ik durf te wedden dat als de armoedzaaiers een quiz zouden samenstellen, de rijkelui geen enkel antwoord zouden weten. Ik weet niet welke munteenheid er in Frankrijk wordt gebruikt, maar ik weet precies hoeveel geld Shalini Tai schuldig is aan de geldschieter in onze wijk. Ik weet niet wie de eerste man op de maan was, maar ik weet wel wie de eerste was die in Dharavi illegale dvd's maakte. Weet u het antwoord op de vragen in mijn quiz?'

'Rustig maar, Ram. Niet boos worden, ik bedoel het goed. Ik wil echt helpen. Maar als je de boel niet hebt bedrogen, moet ik weten hoe je die antwoorden wist.'

'Dat kan ik niet uitleggen.'

'Waarom niet?'

'Bent u zich er constant van bewust hoe u ademt? Nee. Je weet gewoon dat je dat doet. Zo kan ik ook niet vertellen hoe ik die antwoorden wist. Ik ben nooit naar school geweest. Ik heb geen boeken gelezen. Maar ik vertel u dat ik die antwoorden wist.'

'Dus moet ik je hele leven kennen om te begrijpen waar die antwoorden vandaan kwamen?'

'Misschien.'

Smita knikt. 'Ik denk dat dat de sleutel is. Een quiz is per slot van rekening geen kennistest, maar een geheugentest.' Ze schikt haar blauwe dupatta en kijkt me aan. 'Ik wil je herinneringen horen. Kun je bij het begin beginnen?'

'Bedoelt u mijn geboortejaar? Jaar één?'

'Nee. Vanaf de eerste vraag. Maar voor we beginnen, moet je me beloven, Ram Mohammad Thomas, dat je me de waarheid vertelt.'

'Zoals ze dat in de film zeggen? De waarheid en niets dan de waarheid?'

'Precies.'

Ik haal diep adem. 'Ja, dat beloof ik, maar waar moet ik op zweren? De gita, de koran of de bijbel, het maakt mij niet uit.'

'Ik heb geen boek nodig. Ik ben jouw getuige. Net zoals jij de mijne bent.'

Smita haalt een glanzend schijfje uit het doosje en stopt het in de dvd-speler.

1000 Roepie

DE DOOD VAN EEN HELD

De derde bel heeft geklonken. Het paars fluwelen gordijn gaat bijna open. De lichten worden gedimd tot alleen de rode bordjes met UITGANG nog als kooltjes in de verduisterde ruimte gloeien. Popcorn- en drankverkopers gaan weg. Salim en ik gaan op onze stoelen zitten.

Het eerste wat je over Salim moet weten, is dat hij mijn beste vriend is. Het tweede wat je moet weten, is dat hij gek is op Hindi-films. Maar niet op alle Hindi-films. Alleen die met Armaan Ali.

Ze zeggen dat Amitabh Bachchan er eerst was. En toen Shahrukh Khan. En nu hebben we Armaan Ali. De ultieme actieheld. De Indiase Griekse god. Degene die miljoenen harten sneller doet kloppen.

Salim is gek op Armaan. Of beter, hij verafgoodt Armaan. Zijn piepkleine kamertje in de *chawl* waar we wonen is een heiligdom voor Armaan Ali. Het hangt vol posters van de held in verschillende poses. Armaan in een leren jack. Armaan op een motorfiets. Armaan zonder T-shirt, in zijn blote, behaarde borst. Armaan met een geweer. Armaan op een paard. Armaan in een zwembad omringd door een schare mooie vrouwen.

We zitten op stoel A21 en A22 op de voorste rij van het balkon in Regal Talkies in Bandra. We horen hier niet te zitten.

Op de kaartjes in mijn borstzak staat niet: balkon, rij 150. Er staat box, rij 25. De plaatsaanwijzer had vandaag een goede bui en matste ons. Hij zei dat we lekker op het balkon mochten gaan zitten omdat er bijna niemand in de box zit. Zelfs het balkon is vrijwel leeg. Behalve Salim en ik zitten er niet meer dan twintig mensen op de rijen voor ons.

Als Salim en ik naar de film gaan, zitten we in de box. Daar kunnen we roepen en fluiten. Salim is ervan overtuigd dat hoe dichter je op het scherm zit, hoe dichter je bij de actie bent. Hij zegt dat hij dan naar voren kan leunen en Armaan bijna kan aanraken. Dat hij zo de spieren in Armaans biceps kan tellen en het oogwit in Armaans bruin-groene ogen, de beginnende stoppels op zijn markante kin en het zwarte moedervlekje op zijn arendsneus kan zien.

Ik ben niet dol op Armaan Ali. Ik vind dat hij er in iedere film hetzelfde uitziet. Maar ik zit ook graag op de voorste rij, zo dicht mogelijk op het gigantische scherm. Als je daar zit, lijken de borsten van de heldin groter.

Het gordijn is inmiddels open en het scherm komt flikkerend tot leven. Eerst de reclame. Vier van particuliere bedrijven en één van de regering. Men vertelt ons hoe we de eerste van de klas kunnen worden en hoe we cricketkampioen worden door met cornflakes te ontbijten. Hoe je in dure auto's kunt rijden en beeldschone meisjes voor je kunt winnen door Spice-cologne te gebruiken. ('Die aftershave gebruikt Armaan ook,' roept Salim). Hoe je een promotie kunt krijgen en schitterende witte kleren als je Roma-zeep gebruikt. Leven als een koning als je Red&White whisky drinkt. En hoe je doodgaat aan longkanker als je sigaretten rookt.

Na de reclame is er, terwijl de banden worden verwisseld, een korte pauze. En dan verschijnt het keuringscertificaat op het scherm. Er staat op dat de film voor twaalf jaar en ouder is, dat hij zeventien rollen heeft en een totale lengte van 4639,15 meter. Het certificaat is getekend door mevrouw M. Kane, voorzitter van de keuringscommissie. Zij tekent alle keuringscertificaten. Salim heeft me al vaak naar die vrouw gevraagd. Hij is vreselijk jaloers op haar baan. Ze ziet Armaans films eerder dan wie dan ook.

De titelrol begint. Salim kent iedereen in deze film. Hij weet wie de kleding verzorgt, wie de haren kapt en wie de make-up doet. Hij kent de namen van de producent, de man van de financiën, de hoofd-geluidstechnicus en alle assistenten. Salim spreekt niet goed Engels, maar hij kan wel namen lezen, zelfs die in heel kleine lettertjes zijn geschreven. Hij heeft deze film al acht keer gezien en iedere keer leert hij nog een paar namen uit zijn hoofd. Maar als je zijn geconcentreerde gezichtsuitdrukking zou zien, zou je denken dat hij naar de première zit te kijken met kaartjes van de zwarte markt.

Binnen twee minuten maakt Armaan Ali zijn opwachting in de film. Hij springt uit een blauw-witte helikopter en Salims ogen beginnen te stralen. Ik zie dezelfde onschuldige opwinding op zijn gezicht als toen hij Armaan een jaar geleden voor het eerst in het echt zag.

Salim rent naar binnen en laat zich voorover op bed vallen.

Ik schrik. 'Salim, Salim,' schreeuw ik, 'wat is er? Waarom ben je zo vroeg?' Ik draai hem op zijn rug. Hij lacht.

'Er is vandaag echt iets ongelooflijks gebeurd. Dit is de gelukkigste dag van mijn leven,' zegt hij.

'Wat is er? Heb je de loterij gewonnen?'

'Nee. Dit is veel kostbaarder dan de loterij winnen. Ik heb Armaan Ali gezien.'

Hij vertelt me buiten adem het hele verhaal. Hoe hij Armaan Ali heel eventjes heeft gezien op zijn dagelijkse ronde door Ghatkopar. De ster stapte uit een Mercedes en ging een vijfsterrenhotel binnen. Salim bracht zijn laatste lunch naar een klant en zat in de bus. Op het moment dat hij Armaan zag, sprong hij uit de rijdende bus, werd bijna aangereden door een Maruti en rende naar de acteur, die al door de draaideur het hotel was binnengegaan. Hij werd bij de ingang tegengehouden door een lange portier in uniform en mocht het hotel niet in. 'Armaan!' schreeuwde Salim in een wanhopige poging de aandacht van de ster te trekken. Armaan hoorde zijn naam en bleef staan. Hij draaide zich om. Hij maakte oogcontact met Salim. Hij glimlachte vaag, knikte nauwelijks zichtbaar en liep verder de lobby in. Salim vergat de lunch en haastte zich naar huis om mij het nieuws te vertellen dat zijn droom was uitgekomen. Een klant van Gawli Tiffin Carrier had die middag honger.

'Ziet Armaan er in het echt anders uit dan op film?' vraag ik.

'Nee. In het echt ziet hij er nog beter uit,' zegt Salim. 'Hij is langer en knapper. Mijn grootste wens in het leven is hem de hand te schudden. Al is het maar één keer. Als dat gebeurt, was ik een maand mijn handen niet.'

Ik denk na over hoe goed het is eenvoudige wensen te hebben in het leven, wensen die zo makkelijk kunnen worden vervuld. Zoals een filmster de hand schudden.

Ondertussen houdt die hand op het scherm een geweer vast dat hij op een groepje van drie politieagenten richt. Armaan speelt in deze film de rol van gangster. Een gangster met een goed hart. Hij rooft van de rijken en geeft geld aan de armen. Ondertussen wordt hij verliefd op de heldin, Priya Kapoor, een rijzende ster aan het firmament, zingt hij liedjes en vervult de wens van zijn moeder samen met hem op pelgrimstocht naar het heiligdom van Vaishno Devi te gaan. Dat is het verhaal tot de pauze.

Priya Kapoors opkomst in de film wordt begroet met een fluitconcert in de box. Ze is een lange, knappe actrice die een paar jaar geleden Miss World was. Haar lichaam heeft de vormen als van een klassieke schoonheid, met zware borsten en een slanke taille. Ze is momenteel mijn favoriete actrice. Ze pruilt wat af in de film en blijft 'Houd je mond' tegen de komiek zeggen. We lachen.

'Jouw grootste wens is Armaan Ali de hand te schudden,' zeg ik tegen Salim, 'maar wat denk je dat die van Armaan is? Hij lijkt alles al te hebben: een goed uiterlijk, roem en geld.'

'Nee hoor,' antwoordt Salim ernstig. 'Hij heeft Urvashi niet.'

De kranten staan vol van de breuk tussen Armaan en Urvashi, na een wervelende romance van negen maanden. Er gaan geruchten dat Armaan gek wordt van liefdesverdriet. Dat hij niet meer eet en drinkt. Dat hij suïcidaal is. Urvashi Randhawa werkt weer als model.

Ik zie dat Salim huilt. Zijn ogen zijn rood en nat van tranen. Hij heeft de hele dag nog niets gegeten. Het hartvormige glazen fotolijstje met daarin een foto van Armaan en Urvashi ligt in honderd stukjes op de grond.

'Luister Salim, je gedraagt je als een kind. Je kunt er niets tegen doen,' zeg ik tegen hem.

'Als ik Armaan nou maar in het echt kon ontmoeten. Ik wil hem troosten. Zijn hand vasthouden en met hem huilen. Ze zeggen dat je hart lichter wordt van huilen.'

'En wat haalt dat uit? Urvashi gaat heus niet terug naar Armaan.'

Salim kijkt ineens op. 'Denk je dat ik haar zou kunnen spreken? Misschien kan ik haar overhalen terug te gaan naar Armaan. Misschien kan ik tegen haar zeggen dat het een enorme vergissing is. Dat Armaan vreselijk verdrietig is en berouw heeft.'

Ik schud mijn hoofd. Ik wil niet dat Salim door Mumbai gaat zwerven op zoek naar Urvashi Randhawa. 'Je moet je niet met andermans zaken bemoeien. En je moet de zorgen van anderen ook niet tot de jouwe maken, Salim. Armaan Ali is een volwassen man. Hij zal zelf een manier vinden om met zijn zorgen om te gaan.'

'Dan stuur ik hem een cadeautje,' zegt Salim.

Hij koopt een grote fles Fevicol-lijm en repareert het gebroken fotolijstje. Hij is er een week mee bezig, maar uiteindelijk is het hart weer gelijmd, een traliewerk van zwarte lijntjes waar het glas was gebroken.

'Dat stuur ik naar Armaan,' zegt hij. 'Het symboliseert dat zelfs een gebroken hart weer kan genezen.'

'Met Fevicol?' vraag ik.

'Nee. Met liefde en aandacht.'

Salim pakt het in in een lap en stuurt het naar Armaan Ali's huisadres. Ik weet niet of Armaan het heeft ontvangen. Of het is kapotgemaakt door de posterijen, stukgegooid door de beveiliging of weggegooid door Armaans secretaresse. Het belangrijkste is dat Salim gelooft dat het zijn held heeft bereikt en heeft bijgedragen aan het helen van zijn wond. Dat het Armaan weer heel heeft gemaakt en hem in staat heeft gesteld weer te gaan acteren in zijn kaskrakers, zoals deze. Die ik nu voor het eerst zie en Salim voor de negende keer.

Er wordt een lied vertolkt op het scherm. Een godsdienstig lied. Armaan en zijn moeder klimmen naar het heiligdom van Vaishno Devi.

'Ze zeggen dat als je Mata Vaishno Devi oprecht ergens om vraagt, ze je wens vervult. Wat zou jij vragen?' vraag ik Salim.

'Wat zou jij vragen?' vraagt hij mij.

'Ik denk dat ik geld zou vragen,' zeg ik.

'Ik zou vragen om de hereniging van Armaan en Urvashi,' zegt hij zonder er een seconde over na te denken.

Op het scherm verschijnt in grote letters: PAUZE.

Salim en ik staan op en strekken onze armen en benen. We kopen twee kleffe *samosa's*. De jongen die de drankjes verkoopt, kijkt gedeprimeerd naar de lege stoelen. Hij zal vandaag niet veel winst maken. We besluiten naar het toilet te gaan. Die is met mooie witte tegels betegeld en heeft een rij urinoirs en schone wastafels. We hebben allebei ons eigen toilet. Salim neemt altijd degene op de rechterhoek en ik neem altijd dat aan de linkermuur. Ik leeg mijn blaas en lees de graffiti op de muur: IK WIL NEUKEN. TINU HEEFT HIER GEPIST. SHEENA IS EEN HOER. IK HOUD VAN PRIYANKA.

Priyanka? Ik scheld op de graffiti-kunstenaar die dat laatste opschrift heeft geschonden. Ik spuug op mijn hand en probeer de extra letters weg te wrijven, maar ze zijn geschreven met dezelfde zwarte markeerstift en weigeren te vervagen. Uiteindelijk kras ik ze met mijn nagel van de muur en lukt het me het opschrift in de originele staat te herstellen. Zoals ik het vier maanden geleden heb geschreven. IK HOUD VAN PRIYA.

De tweede bel gaat. De pauze is voorbij. De film gaat weer beginnen. Salim heeft me al verteld hoe hij afloopt. Armaan en Priya gaan een lied zingen in Zwitserland en daarna wordt Priya vermoord door een rivaliserende bende. Dan doodt Armaan als wraak honderden boeven, ontmaskert corrupte politici en politieagenten en sterft uiteindelijk de heldendood.

We gaan weer op stoel A21 en A22 zitten. Het wordt weer donker in de zaal. Er komt ineens een man binnen door de balkondeur, die naast Salim gaat zitten. A20. Hij kan uit tweehonderd plaatsen kiezen, maar hij neemt A20. Het is onmogelijk zijn gezicht te zien, maar ik kan zien dat het een oude man met een golvende baard is. Hij draagt zo te zien een *pathan*-pak.

Ik ben nieuwsgierig naar die man. Waarom komt hij halverwege de film binnen? Heeft hij de helft van de prijs betaald voor zijn kaartje? Salim trekt zich niets van de man aan. Hij zit op het puntje van zijn stoel in afwachting van de liefdesscène tussen Armaan en Priya, die zo gaat beginnen.

Armaan is in Zwitserland, zogenaamd om een contactpersoon te zoeken, maar eigenlijk om Priya het hof te maken en een lied te zingen, waarbij hij wordt vergezeld door twintig blanke danseressen in traditionele kostuums die veel te dun zijn om in een koud, bergachtig land te dragen. Nu zijn lied en dans voorbij en zit hij in zijn hotelkamer met een knappend vuur in de open haard.

Priya neemt een bad. We horen stromend water, Priya neuriet een melodietje en we zien haar in bad. Ze zeept haar benen en rug in. Ze steekt haar been omhoog, dat bedekt is met schuim, en maakt het schoon met de straal water uit de douchekop. We hopen dat ze hetzelfde zal doen met haar weelderige borsten, maar ze stelt ons teleur.

Uiteindelijk komt ze uit bad met alleen een roze handdoek om haar lichaam. Haar ravenzwarte haar hangt los over haar rug en glanst van het vocht. Haar lange benen zijn glad en onbehaard. Armaan neemt haar in zijn armen en bedekt haar gezicht met kussen. Zijn lippen bewegen naar beneden, naar het kuiltje in haar hals. Op de achtergrond klinkt zachte, romantische muziek. Priya maakt de knopen van zijn overhemd los en Armaan trekt het lui uit, waardoor zijn mannelijke borstkas te zien is. De gloed van het vuur legt een gouden glans over de minnaars. Priya maakt zacht kreunende geluiden terwijl ze haar rug hol trekt en Armaan haar hals laat strelen. Zijn hand glijdt naar haar rug en trekt aan haar handdoek. De roze doek valt op haar voeten. We zien een verleidelijk stukje dijbeen en rug, maar niets van haar borsten. Volgens Salim hebben de censoren hier een stukje uit de film geknipt. Daarom is hij zo jaloers op mevrouw Kane.

Armaans torso houdt Priya nu in een omhelzing geklemd. We zien de ronding van haar borsten, horen haar zware ademhaling en zien de zweetdruppels op haar voorhoofd. In de box klinkt een fluitconcert. De oude man naast Salim gaat ongemakkelijk met zijn benen over elkaar zitten. Ik weet het niet zeker, maar volgens mij masseert zijn hand zijn kruis.

'Die oude vent naast je wordt speels,' fluister ik tegen Salim.

Maar die is zich niet bewust van mij en de oude man, hij zit met open mond naar de verstrengelde lichamen te kijken die op de maat van de achtergrondmuziek heen en weer bewegen. We zien Armaans op-en-neer bewegende rug en een close-up van de goudgele vlammen die de houtblokken likken, maar snel uit zullen gaan. Zwart.

Als ik thuiskom in de chawl is er net zo'n soort vuur in onze keuken, maar in plaats van houtblokken gebruikt Salim papier. 'Klootzakken! Honden!' mompelt hij terwijl hij een dikke stapel glanzend papier in stukken scheurt.

'Wat doe je, Salim?' vraag ik geschrokken.

'Ik neem wraak op de mannen die kwaad hebben gesproken over Armaan,' zegt hij terwijl hij nog een vel papier op zijn brandstapel gooit.

Ik zie dat Salim pagina's uit een tijdschrift scheurt.

'Wat is dat voor tijdschrift? Het ziet er nieuw uit.'

'Het laatste nummer van *Starburst*. Ik ga alle exemplaren die ik kan bemachtigen, vernietigen. Ik kon er maar tien kopen bij de kiosk.'

Ik pak een exemplaar dat nog intact is. Armaan Ali staat op de cover, met een schreeuwende kop: 'De naakte waarheid over deze man.'

'Maar je idool staat op de voorkant. Waarom vernietig je het?' schreeuw ik.

'Om wat ze schrijven over Armaan.'

'Maar je kunt niet lezen.'

'Ik kan goed genoeg lezen en met mijn oren is niets mis. Ik heb mevrouw Barve tegen mevrouw Shirke horen praten over de schunnige beschuldigingen die hierin over Armaan staan.'

'Zoals?'

'Dat Urvashi bij hem is weggegaan omdat hij haar niet kon bevredigen. Dat hij homo is.'

'En?'

'Hoezo, en? Denk je dat ze mijn held ongestraft zo kunnen misbruiken? Ik weet dat dat artikel vol onzin staat. Armaans rivalen zijn jaloers op zijn succes. Ze hebben dit verzonnen om zijn reputatie te bezoedelen. Dat sta ik niet toe. Ik ga naar het kantoor van *Starburst* en steek het in brand.'

Salim is razend. En ik weet waarom. Hij haat homo's. Als er één categorie mensen is die hij altijd afkraakt, zijn het homo's. Insinueren dat zijn idool homoseksueel zou zijn, is in zijn beleving de ultieme belediging.

Gelukkig trekt *Starburst* zijn aantijgingen in het volgende nummer in. En voorkomt zo dat een *dabbawallah* – een lunchbezorger – een brandstichter wordt.

Ondertussen gaat het er in stoel A20 steeds heftiger aan toe. De oude man gaat dichter bij Salim zitten. Hij duwt zijn been tegen dat van Salim. De eerste keer denkt Salim dat het zijn eigen schuld is. De tweede keer denkt hij dat het een ongelukje is. De derde keer is hij ervan overtuigd dat het opzettelijk gebeurt.

'Mohammad,' fluistert hij tegen me, 'als die klootzak naast me zijn been niet bij zich houdt, geef ik hem een trap.'

'Kijk eens hoe oud hij is, Salim. Waarschijnlijk zijn het spiertrekkingen in zijn been,' probeer ik.

De vechtscène is begonnen en Salim kijkt geconcentreerd naar de actie. Armaan is in de schuilplaats van de schurk en de hel breekt los. De held gebruikt allerlei trucjes – boksen, karate, kungfu – om zijn tegenstanders ervan langs te geven.

De handen van de oude man komen ook in actie. Hij legt zijn elleboog op de gezamenlijke armleuning en laat zijn arm naast die van Salim glijden, raakt die licht aan. Het valt Salim nauwelijks op. Hij is geheel in beslag genomen door de film, die bijna zijn hoogtepunt bereikt.

De bekendste scène uit de film staat op het punt te beginnen. Die waarin Armaan sterft nadat hij alle slechteriken heeft gedood. Hij is vele keren geraakt. Zijn jas is doorweekt van het bloed. Zijn hele lichaam zit vol schotwonden. Zijn broek is smerig van stof en vuil. Hij sleept zichzelf over de grond naar zijn moeder, die net is gearriveerd.

Salim is in tranen. Hij leunt naar voren en zegt ontroerd: 'Moeder, ik hoop dat ik een goede zoon ben geweest. Huil niet om me. Onthoud dat een heldendood sterven beter is dan het leven van een lafaard leiden.'

Armaans hoofd ligt op zijn moeders schoot. Hij zegt Salim na: 'Moeder, ik hoop dat ik een goede zoon ben geweest. Huil niet om me. Onthoud dat een heldendood sterven beter is dan het leven van een lafaard leiden.' De moeder huilt ook terwijl ze het bloedende hoofd in haar schoot wiegt. Armaan Ali's gezicht is nat van de tranen. Hij grijpt haar hand. Zijn borstkas gaat op en neer.

Er vallen tranen op mijn schoot. Ik zie een andere moeder voor me, die haar baby herhaaldelijk kust voor ze hem in een container legt en de kleren om hem heen schikt. Op de achtergrond giert de wind. Er klinken sirenes. De politie komt zoals gewoonlijk te laat. Nadat de held al het werk voor hen heeft gedaan. Ze kunnen nu niets meer voor hem doen.

De linkerhand van de man met de baard is verder gegleden zonder dat het iemand is opgevallen. Ze ligt nu op Salims schoot. Salim is zo verdiept in de sterfscène dat het hem niet opvalt. De oude man voelt zich erdoor aangespoord. Hij wrijft met zijn handpalm over Salims spijkerbroek. Terwijl Armaan zijn laatste adem uitblaast, vergroot de man de druk op Salims kruis, tot hij hem bijna grijpt.

Salim ontploft. 'Jij klootzak, jij gore perverseling. Ik vermoord je,' schreeuwt hij en hij slaat de man in zijn gezicht. Hard.

De man haalt snel zijn hand van Salims schoot en probeert op te staan. Maar voor hij goed en wel overeind is, grijpt Salim hem. Het lukt hem niet hem in zijn kraag te grijpen, maar hij pakt de baard van de man. Salim trekt eraan en houdt hem ineens in zijn hand. De man springt met een benauwde gil uit zijn stoel en rent naar de uitgang, zo'n drie meter van hem weg.

Precies op dat moment valt de stroom in het theater uit en springt de generator aan. Het scherm wordt zwart en het verblindende licht van de noodverlichting springt aan. De man wordt overvallen door het plotselinge licht als een hert in het licht van de koplampen van een auto. Hij draait zich onzeker om.

Net zo plotseling gaat de stroom weer aan. Het was maar een korte onderbreking. De film gaat weer verder en de noodverlichting gaat uit. De man haast zich langs de zwarte gordijnen, naar het bordje met in rode letters UITGANG erop. Hij rukt de deur open en verdwijnt.

Maar in die fractie van een seconde hebben Salim en ik bruingroene ogen gezien. Een haviksneus. Een markante kin.

Salim blijft achter met een hand vol grijs haar dat vaag naar aftershave en sneldrogende haarlijm ruikt. Op het scherm draait de aftiteling van de film. Deze keer ziet hij de namen van de public relations-mensen, de lichtmensen, de jongens die de spots bedienen, de regisseur van de vechtscènes en de cameraman niet. Hij huilt.

Armaan Ali, zijn held, is gestorven.

Smita kijkt me sceptisch aan. 'Wanneer is dit precies gebeurd?'

'Een jaar of zes geleden. Toen Salim en ik nog in de chawl in Ghatkopar woonden.'

'En realiseer je je wat dat betekent, wat je me net hebt verteld?'

'Wat?'

'Dat dit als het openbaar wordt gemaakt, Armaan Ali te gronde kan richten en zijn filmcarrière voorbij is. Maar dat gebeurt natuurlijk alleen als wat je me hebt verteld, waar is.'

'Dus u gelooft me nog steeds niet?'

'Dat zeg ik niet.'

'Ik zie twijfel in uw ogen. Als u me nog steeds niet gelooft, is dat uw zaak. Maar u kunt het bewijs op die dvd niet negeren. Zullen we naar de eerste vraag kijken?'

Smita knikt en drukt op de afspeelknop op de afstandsbediening.

De lichten in de studio zijn gedimd. Ik zie het publiek dat in een cirkel om me heen zit, nauwelijks. De enige verlichting in de ruimte is de spot in het midden, waar ik in een leren draaistoel tegenover Prem Kumar zit. Tussen ons in staat een halfronde tafel. Voor me staat een groot scherm waarop de vragen zullen worden geprojecteerd. Het studiobordje is verlicht, er staat STILTE.

'Camera's, drie, twee, één, actie.'

De herkenningsmelodie klinkt en de galmende stem van Prem Kumar vult de zaal. 'Hier zijn we weer, klaar om te ontdekken wie er vandaag geschiedenis zal schrijven door de grootste prijs te winnen die ooit ter wereld beschikbaar is gesteld. Ja, dames en heren, we zijn klaar om te ontdekken wie er een miljard zal winnen!'

Het studiobordje springt op APPLAUS. Het publiek begint te klappen. Er wordt ook geroepen en gefloten.

De muziek wordt zachter. Prem Kumar zegt: 'We hebben hier vanavond drie gelukkige deelnemers, die onze computer willekeurig heeft geselecteerd. Deelnemer nummer drie is Kapil Chowdhary uit Malda in West-Bengalen. Deelnemer nummer twee is professor Hari Parikh uit Ahmadabad, maar onze eerste deelnemer vanavond is de achttienjarige Ram Mohammad Thomas uit ons eigen Mumbai. Dames en heren, geef hem een hartelijk applaus.'

Iedereen klapt. Nadat het applaus is weggestorven, wendt Prem Kumar zich tot mij. 'Ram Mohammad Thomas, wat een interessante naam, de rijkheid en diversiteit van India wordt er prachtig in uitgedrukt. Wat is uw beroep, meneer Thomas?'

'Ik ben ober in Jimmy's Bar & Restaurant in Colaba.'

'Een ober! Wat interessant! Vertel eens, hoeveel verdient u per maand?'

'Ongeveer negenhonderd roepie.'

'Zo weinig? En wat gaat u doen als u vanavond wint?'

'Dat weet ik niet.'

'Dat weet u niet?'

'Nee.'

Prem Kumar kijkt me met een gefronst voorhoofd aan. Ik volg het script niet. Tijdens het 'babbeltje' hoor ik te 'stralen' en te 'vermaken'. Ik had moeten zeggen dat ik een restaurant ga kopen, of een vliegtuig, of een land. Ik had kunnen zeggen dat ik een groot feest ga geven. Met Miss India ga trouwen. Naar Timboektoe ga reizen.

'Oké. Dit zijn de spelregels. Er worden twaalf vragen gesteld en als u op al die vragen het goede antwoord geeft, wint u de grootste jackpot op aarde, een miljard roepie! U mag wanneer u maar wilt stoppen en meenemen wat u tot dan toe hebt gewonnen, maar na vraag negen kunt u niet meer stoppen. Dan is het Spelen of Betalen. Maar daar hebben we het nog wel over als we zover zijn. Als u het antwoord op een vraag niet weet, is dat geen probleem, want u hebt twee hulplijnen: een vriend en de fifty-fifty. Volgens mij zijn we klaar voor de eerste vraag voor duizend roepie. Bent u klaar?'

'Ja, ik ben klaar,' antwoord ik.

'Dan komt hier vraag één. Een makkelijke over populaire films. Ik weet zeker dat iedereen in het publiek het antwoord weet. We weten allemaal dat Armaan Ali en Priya Kapoor een van de populairste hedendaagse filmkoppels vormen. Maar weet u in welke film Armaan Ali en Priya Kapoor voor het eerst samen optraden? Was dat A) *Vuur*, B) *Held*, C) *Honger* of D) *Bedrogen*?'

Op de achtergrond klinkt spannende muziek, met het geluid van een tikkende bom eroverheen.

'D. *Bedrogen*,' antwoord ik.

'Gaat u wel eens naar de film?'

'Ja.'

'En hebt u *Bedrogen* gezien?'

'Ja.'

'Weet u absoluut zeker dat dit het goede antwoord is?'

'Ja.'

Het tromgeroffel zwelt aan. Het goede antwoord verschijnt op het scherm.

'Dat is goed! U hebt duizend roepie gewonnen! Dan gaan we nu naar de reclame,' zegt Prem Kumar.

Het studiobordje springt op APPLAUS. Het publiek klapt. Prem Kumar glimlacht. Ik niet.

2000 roepie

DE LAST VAN EEN PRIESTER

Als je ooit met de trein naar Dilli* bent gegaan, heb je vast Paharganj bezocht. Waarschijnlijk ben je aangekomen op het lawaaiige en stoffige Paharganj Railway Station. Dan ben je het station uit gelopen en ben je links afgeslagen naar Connaught Place, voorbij de drukke markt met de budgethotels en goedkope prostituees voor buitenlandse toeristen. Maar als je naar rechts was gegaan, langs Mother Dairy en het J.J. Vrouwenziekenhuis, dan zou je een groot rood gebouw hebben gezien met een groot wit kruis erop. Dat is de St. Mary-kerk. Daar ben ik achttien jaar geleden op eerste kerstdag geboren. Of om preciezer te zijn, dat is waar ik in de koude nacht van vijfentwintig december werd achtergelaten. Gedumpt in de grote container die de zusters daar hadden neergezet voor oude kleren. Wie me daar heeft achtergelaten en waarom weet ik nog steeds niet. Men heeft altijd vermoed dat iemand van de kraamafdeling in het J.J. Ziekenhuis me daar heeft neergelegd. Misschien ben ik daar geboren en is mijn moeder, om redenen die alleen zij kent, gedwongen me te vondeling te leggen.

Ik heb die scène heel vaak in mijn hoofd gevisualiseerd. Een lange en elegante jonge vrouw, in een witte sari, verlaat om

* Dilli is de Hindi-naam voor Delhi

middernacht het ziekenhuis met een baby in haar armen. Achter haar giert de wind, waardoor haar gitzwarte haar voor haar gezicht waait, dat erachter schuilgaat. Bladeren ritselen onder haar voeten. Stof waait op. Onweer flitst door de lucht. Ze loopt met zware voetstappen naar de kerk, haar baby tegen haar boezem gedrukt. Ze komt aan bij de deur van de kerk en klopt aan met de metalen deurklopper. Maar het waait zo hard dat het geklop niet wordt gehoord. Ze heeft weinig tijd. De tranen stromen over haar wangen en ze bedelft het gezicht van het kindje onder de kussen. Dan legt ze hem in de container en legt de oude kleren goed zodat hij comfortabel ligt. Ze kijkt een laatste keer naar de baby, wendt haar ogen af en rent weg van de camera, verdwijnt in de nacht...

De zusters van St. Mary hadden een weeshuis en een adoptiebureau en ik werd met een groepje andere weeskinderen ter adoptie aangeboden. Alle andere baby's verdwenen een voor een, maar voor mij kwam niemand. De aspirant-vader en aspirant-moeder zagen me en wisselden een veelbetekenende blik. Dan schudden ze nauwelijks zichtbaar met hun hoofd en liepen verder naar de volgende wieg. Ik weet niet waarom. Misschien was ik te donker. Te lelijk. Had ik te veel buikkramp. Misschien glimlachte ik niet engelachtig genoeg. Of gorgelde ik te veel. Dus bleef ik twee jaar in het weeshuis. Gek genoeg gaven de zusters me nooit een naam. Ik werd gewoon Baby genoemd. De baby die niemand wilde.

Uiteindelijk werd ik geadopteerd door mevrouw Philomena Thomas en haar man Dominic Thomas. Ze waren afkomstig uit Nagercoil in Tamil Nadu en woonden nu in Dilli. Mevrouw Thomas werkte als schoonmaakster in de St. Joseph-kerk, waar haar man tuinman was. Omdat ze in de veertig waren en kinderloos, had vader Timothy Francis, de priester van de gemeente, hen aangespoord adoptie te overwegen om de leegte in hun leven te vullen.

Hij leidde hen zelfs naar het weeshuis van St. Mary, waar meneer Thomas één blik op me zal hebben geworpen en zijn doorgegaan naar de volgende baby, maar waar mevrouw Philomena Thomas meteen voor mij koos toen ze me zag. Ik paste perfect bij haar donkere huid! Meneer en mevrouw Thomas waren twee maanden bezig de benodigde formulieren voor mijn adoptie in te vullen, maar binnen drie dagen nadat ze me mee naar huis hadden genomen en nog voor ik kon worden gedoopt, ontdekte meneer Thomas dat de leegte in het leven van zijn vrouw al was gevuld. Niet door mij, maar door een moslim die Mastan Sheikh heette en die de kleermaker van de plaatselijke dames was en gespecialiseerd was in korte rokken. Mevrouw Thomas dumpte haar echtgenoot en pas geadopteerde kind en ging ervandoor met de kleermaker, er werd gezegd naar Bhopal. Haar verblijfplaats is tot op de dag van vandaag onbekend. Toen hij dit ontdekte, draaide meneer Dominic Thomas door. Hij sleepte me met wieg en al naar het huis van de priester en liet me daar achter. 'Vader, dit kind is de bron van alle ellende in mijn leven. U hebt me gedwongen hem te adopteren, dus beslist u nu maar wat er met hem gebeurt.' En voor vader Timothy ook maar 'Amen' kon zeggen, liep Dominic Thomas de kerk uit. Hij werd voor het laatst gesignaleerd toen hij met een geweer in zijn handen een treinkaartje naar Bhopal kocht. Dus was ik ineens overgeleverd aan de zorg van vader Timothy. Hij gaf me eten, onderdak en een naam. Joseph Michael Thomas. Er was geen doopplechtigheid. Er was geen priester die mijn hoofd boven een doopvont hield. Er werd geen wijwater gesprenkeld. Er werd geen witte doek over me heen gedrapeerd. Er werd geen kaarsje aangestoken. Maar ik was Joseph Michael Thomas. Zes dagen lang.

Op de zevende dag kwamen er twee mannen bij vader Timothy op bezoek. Een dikke man in een witte *kurta*-harembroek en een dunne man met een baard in een *sherwani*.

'We zijn van de Ieder-Geloofcommissie,' zei de dikke man. 'Ik ben Jagdish Sharma. En dit is meneer Inayat Hidayatullah. Ons derde bestuurslid is meneer Harvinder Singh, die een vertegenwoordiger is van het Sikh-geloof en die ook zou komen, maar helaas is opgehouden bij de Gurudwara.'

'Laten we meteen zeggen waar we voor komen,' zei meneer Sharma. 'We hebben gehoord, vader, dat u een kleine weesjongen hebt opgenomen.'

'Ja, de adoptieouders van het arme kind zijn verdwenen en hebben hem bij me achtergelaten,' zei vader Timothy, die nog steeds in het duister tastte over de reden van dit onverwachte bezoek.

'Hoe hebt u de jongen genoemd?'

'Joseph Michael Thomas.'

'Is dat niet een christelijke naam?'

'Ja, maar...'

'Hoe weet u dat de jongen christelijke ouders heeft?'

'Dat weet ik niet.'

'Waarom hebt u hem dan een christelijke naam gegeven?'

'Nou... Ik moest hem een naam geven. Wat is er mis met Joseph Michael Thomas?'

'Alles. Weet u niet, vader, hoe sterk de beweging tegen bekering in deze regionen is? Verscheidene kerken die werden verdacht van massabekering tot het christendom zijn al door woedende menigtes in brand gestoken.'

'Maar dit is geen bekering.'

'Luister, vader, we weten dat u geen bijbedoelingen hebt. Maar er wordt gezegd dat u een hindoejongen hebt bekeerd.'

'Maar hoe weet u dat hij een Hindoe is?'

'Dat maakt de elementen die van plan zijn uw kerk morgen te plunderen niet uit. Daarom zijn we hier om u te helpen. Om de zaken te sussen.'

'Wat stelt u dan voor?'

'Ik stel voor dat u de naam van de jongen verandert.'

'In wat?'

'Nou... Als u hem een hindoenaam geeft, lost dat misschien alles op. Waarom noemt u hem niet Ram, naar een van onze favoriete goden,' zei meneer Sharma.

Meneer Hidayatullah schraapte zacht zijn keel. 'Pardon, meneer Sharma, maar vervangen we het ene kwaad dan niet door het andere? Waar is het bewijs dat de jongen als Hindoe is geboren? Misschien is hij wel een moslim. Waarom noemen we hem niet Mohammad?'

Meneer Sharma en meneer Hidayatullah overlegden het daaropvolgende halfuur over de voordelen van Ram en Mohammad. Uiteindelijk gaf vader Timothy het op. 'Luister, als ik zijn naam moet veranderen om een op hol geslagen menigte tot rust te brengen, doe ik dat. Als ik nou eens allebei uw suggesties overneem en de jongen Ram Mohammad Thomas noem? Dat moet iedereen tevredenstellen.'

Gelukkig voor mij was meneer Singh er die dag niet bij.

Vader Timothy was lang, blank en van middelbare leeftijd. Hij had een enorm huis met een grote tuin vol fruitbomen op het terrein van de kerk. De daaropvolgende zes jaar was hij mijn vader, moeder, meester, leraar en priester. Als er in mijn leven een periode is geweest waarin ik enigszins gelukkig was, was het in de tijd dat ik bij hem woonde.

Vader Timothy kwam uit Noord-Engeland, uit York, maar hij woonde al jaren in India. Dankzij hem leerde ik in mijn jonge jaren lezen en Engels spreken. Hij leerde me kinderliedjes en de verhalen van Moeder de Gans. Ik zong met mijn vreselijk valse stem 'Tinkel tinkel kleine ster' en 'Slaap kindje slaap' en bood vader Timothy, neem ik aan, daarmee een aangename afwisseling van zijn plichten als priester.

Wonend op het grote kerkterrein voelde ik me deel van een

veel groter gezin. Naast vader Timothy woonde de trouwe bediende Joseph ook in het huis en mevrouw Gonzalves, de schoonmaakster, woonde ook in de buurt. En dan was er een hele groep straatkinderen van de loodgieters, schoenmakers, schoorsteenvegers en wasmannen die vlakbij woonden en niet schroomden het kerkterrein te gebruiken voor hun cricket- en voetbalwedstrijdjes. Vader Timothy leerde me over het leven van Jezus en Adam en Eva, en de buurtbewoners leerden me de grondbeginselen van andere religies. Ik leerde over de mahabharata en de koran. Ik leerde over de vlucht van de profeet van Mekka naar Medina en over het afbranden van Lanka. Bethlehem en Ayodhya, de heilige Petrus en de Hajj maakten allemaal deel uit van mijn opvoeding.

Hiermee suggereer ik niet dat ik een gelovig kind was. Ik had zoals ieder kind drie prioriteiten: eten, slapen en spelen. Ik bracht heel wat middagen door met mijn leeftijdgenootjes in de buurt, ving vlinders en liet vogels schrikken in de tuin van vader Timothy. Als Joseph, de oude bediende, de curiosa in de woonkamer afstofte, glipte ik weg en probeerde rijpe mango's te plukken zonder dat de tuinman het zag. Als ik werd gepakt, schold ik hem uit in het Hindi. Ik danste in de moessonregen, probeerde visjes in de modderige poelen regenwater te vangen en kwam hoestend en niezend thuis, tot grote ontsteltenis van vader Timothy. Ik voetbalde met de straatkinderen, kwam in elkaar geslagen en vol blauwe plekken thuis en lag dan de hele nacht te huilen.

Vader Timothy had een druk leven. Hij maakte iedere ochtend een wandeling, speelde golf, volleybal en tennis, verslond boeken en ging drie keer per jaar naar zijn oude moeder in Engeland. Hij was ook een uitmuntend violist. 's Avonds zat hij vaak in de maanverlichte tuin de melancholiekste melodieën te spelen die je je maar kunt voorstellen. Als het tijdens de moesson 's avonds regende, had ik het gevoel dat de hemel weende omdat die zijn trieste melodieën hoorde.

Ik vond het leuk om naar de kerk te gaan. Het was een oud gebouw uit 1878 met glas-in-loodramen en een spectaculair houten dak. Het altaar was prachtig uitgesneden. Er hing een groot crucifix met Christus boven en de letters I.N.R.I. Er stonden beelden van vele heiligen en van de Maagd met Kindje op een troon. De banken waren van teakhout gemaakt, maar ze zaten alleen op zondag vol. Tijdens de lange preek van vader Timothy viel ik altijd in slaap en ik werd pas wakker als hij de hosties en wijn uitdeelde. Ik vond het ook heerlijk het orgel te horen en het koor te horen zingen. Ik werd verliefd op paaseieren en kerstbomen, die er jammer genoeg maar één keer per jaar waren, en de kerkelijke bruiloften die er wel het hele jaar door waren. Ik wachtte in spanning op het moment dat vader Timothy zei: 'U mag nu de bruid kussen.' Ik was altijd de eerste die confetti gooide.

Mijn relatie met vader Timothy werd nooit precies omschreven. Het was me nooit duidelijk of ik bediende of zoon was, parasiet of huisdier. De eerste jaren van mijn leven leefde ik dus in de gelukkige veronderstelling dat vader Timothy mijn echte vader was. Maar ik begon me langzaamaan te realiseren dat er iets niet klopte. Ten eerste noemde iedereen die op zondag naar de mis kwam hem vader. Het intrigeerde me dat hij de vader van zoveel mensen was, dat ik zoveel broers en zussen had en dat die allemaal veel ouder waren dan ik. Ik begreep ook niet hoe het kon zijn dat hij wit was en ik zwart. Dus op een dag vroeg ik het hem en verbrijzelde hij de fantasiewereld waarin ik tot dan toe had geleefd. Zo voorzichtig mogelijk vertelde hij me dat ik een weeskind was, dat mijn moeder me had achtergelaten in de kledingcontainer bij het weeshuis van St. Mary en dat dat de reden was waarom hij blank was en ik niet. Dat was voor het eerst dat ik het verschil tussen kerkvader en vader begreep. En voor het eerst hadden mijn tranen die nacht niets te maken met fysieke pijn.

Toen ik me eenmaal echt realiseerde dat ik geen biologische band met vader Timothy had en dat ik alleen maar in de kerk woonde omdat hij een goed hart had, raakte ik vastbesloten in ieder geval een deel van mijn schuld aan hem terug te betalen. Ik begon uit mezelf klusjes voor hem te doen. Zoals de kleren uit de wasmand in de wasmachine doen. Dan zat ik voor de wasmachine en keek hoe de trommel draaide en draaide en de kleren er op magische wijze schoon uit kwamen. Ik heb ook een keer wat stoffige boeken in de wasmachine gedaan. Afgewassen in de keukengootsteen. Duur porselein gebroken. Groente gesneden. Een keer mijn vinger er bijna afgesneden.

Vader Timothy stelde me aan veel van zijn parochianen voor. Ik ontmoette de oude mevrouw Benedict, die heel vroom iedere dag naar de mis kwam, weer of geen weer, tot ze op een dag uitgleed op de stoep en overleed aan longontsteking. Ik ging naar de bruiloft van Jessica, die zoveel huilde en wier vader een hartaanval kreeg. Ik ging een keer mee naar de *high tea* bij kolonel Waugh, die de Australische defensie-attaché in Dilli was en die in een totaal vreemde taal met vader Timothy sprak. Ik ging een keer vissen met meneer Lawrence, die niets ving en toen op de markt een grote forel kocht om zijn vrouw om de tuin te leiden.

Iedereen die ik ontmoette, sprak alleen maar in lovende woorden over vader Timothy. Ze zeiden dat hij de beste priester was die het bisdom ooit had gehad. Ik zag hoe hij diepbedroefde mensen troostte, zieken verzorgde, geld uitleende en zijn maaltijd zelfs met melaatsen deelde. Hij glimlachte tegen iedereen in zijn parochie, had een oplossing voor ieder probleem en een bijbelcitaat voor iedere situatie: geboorte, doop, heilig vormsel, huwelijk en dood.

Het is zondag en de kerk zit vol mensen voor de mis. Maar vandaag staat vader Timothy niet alleen achter het altaar. Er is een andere man bij hem, die ook een soutane draagt en een witte boord. Hij ziet er meer uit als een bokser dan als een priester. Vader Timothy stelt hem voor: '...en het is me een groot genoegen u voor te stellen aan vader John Little, die als priester bij de kerk van St. Joseph komt. Vader John is, zoals u wel ziet, een stuk jonger dan ik en hoewel hij pas drie jaar geleden is gewijd, heeft hij vreselijk veel ervaring. Ik weet zeker dat hij zich veel makkelijker zal kunnen inleven in de jongere leden van onze kerk, die, zoals ik al een tijdje weet, achter mijn rug om over me praten als "die ouwe sok".' De parochianen grinniken.

Die avond nodigt vader Timothy vader John te eten uit. Joseph moet opdienen, maar in mijn enthousiasme om indruk te maken op vader Timothy, haal ik de zware soepterrine uit de keuken en loop met onzekere passen naar de eettafel. Zoals te verwachten is van een onervaren zevenjarige zet ik de terrine niet op tafel, maar leeg hem over vader Johns kleren. Hij staat geschrokken op en het eerste woord dat over zijn lippen komt, is 'Shit!' Vader Timothy trekt een wenkbrauw op, maar zegt niets.

Drie dagen later vertrekt vader Timothy naar Engeland en laat de kerk en mij over aan de zorg van vader John. Twee dagen later zie ik hem als hij de trap van de kerk af komt lopen. 'Goedenavond vader,' zeg ik beleefd. Vader John kijkt me minachtend aan. 'Jij bent die achterlijke wees die laatst een hele terrine soep over me heen heeft gegooid! Als ik jou was, zou ik me maar gedragen zolang vader Timothy er niet is. Ik houd je in de gaten.'

Joseph heeft me met een glas melk naar de kamer van vader John gestuurd. Hij kijkt een film op televisie. Hij vraagt me binnen te komen. 'Kom binnen, Thomas, wil je de film met me kijken?' Ik kijk naar de televisie. Het is een Engelse film, volgens mij over priesters, want ik zie een priester in een zwarte soutane praten tegen een andere priester in een witte soutane. Ik ben opgelucht dat vader John graag naar goede, religieuze films kijkt. Maar van de volgende scène lopen de rillingen over mijn rug, want ik zie een jong meisje van mijn leeftijd op een bed zitten. Ze lijkt geen gewoon meisje, want ze heeft een rare uitdrukking op haar gezicht en ze kijkt onrustig om zich heen. De priester in de zwarte soutane komt haar kamer binnen met een kruis in zijn hand. Hij wijst met het kruis naar haar en ze begint de vreselijkste, vieste scheldwoorden te zeggen die ik ooit heb horen uitspreken en dat met de schorre stem van een volwassen man. Ik stop mijn vingers in mijn oren, want ik heb van vader Timothy geleerd dat ik niet naar zulke vieze woorden mag luisteren. Het meisje houdt ineens op met praten. Ze begint te lachen alsof ze gek is. Dan doet ze haar mond open en er komt gruwelijk, groen spul uit dat als een waterstraal uit een tuinslang spuit en op de priester terechtkomt. Ik moet bijna overgeven. Ik kan niet meer kijken en ren naar mijn kamer. Ik hoor vader John bulderen van het lachen. 'Kom terug, achterlijke wees, het is maar een film,' roept hij.

Ik heb die nacht nachtmerries.

Drie dagen later ben ik met Joseph boodschappen aan het doen. We kopen vlees, eieren, groente en meel. Als we 's avonds laat terugkomen bij de kerk hoor ik een motorfiets achter me. Voor ik kan omkijken, rijdt de motor naast ons. De bestuurder slaat me op mijn hoofd en scheurt weg, er waait stof op. Ik zie alleen zijn rug. Het lijkt een zwaargebouwde man met een leren jack en een strakke zwarte broek, en er zit een man met net zulke kleren achterop. Ik vraag me af wie de berijder is en waarom hij me op mijn hoofd sloeg. Het komt absoluut niet in me op dat het vader John kan zijn. Ik ben ook maar een achterlijke wees.

Een week later moet ik post bezorgen bij vader John, maar hij zit in bad. 'Leg de post maar op tafel,' schreeuwt hij uit de badkamer. Ik wil net de kamer uit lopen, als ik iets onder zijn matras zie uitsteken. Ik bekijk het van dichtbij. Het is een tijdschrift. Ik trek het onder het matras vandaan. En dan zie ik dat er een heleboel onder het matras liggen. Ze zijn niet erg dik, maar hebben mooie, glanzende covers. Ze hebben rare titels als *Gay Parade* en *Out* en *Gay Power*. Ik spreek goed Engels, dus ik weet dat 'gay' vrolijk betekent, maar de mannen op de omslag lijken helemaal niet vrolijk. Ze zijn behaard en naakt. Ik duw snel de tijdschriften onder het matras terug. Ik wil net weglopen als vader John uit de badkamer komt. Hij heeft een handdoek rond zijn middel. Maar zijn borstkas staat vol vreemde figuren in zwarte inkt en hij heeft geschilderde slangen op zijn armen. 'Wat doe jij hier?' berispt hij me. 'Rot op!'

Ik heb geen idee waarom vader John die vreemde tekeningen op zijn lichaam heeft en wat die rare tijdschriften onder zijn matras doen. Ik ben maar een achterlijke wees.

Ik zie 's avonds regelmatig rare jongemannen de kerk binnenlopen en naar de kamer van vader John gaan. Er kwamen ook vaak bezoekers voor vader Timothy, soms op de gekste uren, maar ze kwamen nooit op een motorfiets en droegen nooit leren jacks of metalen kettingen om hun nek. Ik besluit een van de bezoekers naar vader Johns kamer te volgen. Hij klopt aan, gaat naar binnen en vader John doet de deur dicht. Ik tuur door het kleine sleutelgat. Ik weet dat dat absoluut niet mag, maar ik word gek van nieuwsgierigheid. Door het sleutelgat zie ik vader John en de in leer geklede jongeman op het bed zitten. Vader John doet een lade open en haalt er een plastic zakje met wit poeder uit. Hij maakt in zijn linkerhandpalm een dun lijntje met het poeder. Dan maakt hij een lijntje op de hand van zijn vriend. Ze buigen allebei hun hoofd naar het lijntje en inhaleren diep. Het witte poeder lijkt in hun neus te verdwijnen. Vader John lacht net zoals dat gekke meisje op de televisie. Zijn vriend zegt: 'Dit is goed spul, man! Veel te goed voor een priester. Hoe ben je trouwens in de kerk verzeild geraakt?'

Vader John begint weer te lachen. 'Ik vond de kleding zo mooi,' zegt hij en hij staat op van het bed. 'Kom hier,' zegt hij tegen zijn vriend en hij strekt zijn hand naar hem uit. Ik ga snel weg.

Ik heb geen idee waarom vader John talkpoeder in zijn neus doet terwijl wij het allemaal voor ons lichaam gebruiken. Maar ik ben maar een achterlijke wees.

Uiteindelijk komt vader Timothy terug van zijn vakantie in Engeland en ik ben ontzettend blij hem weer te zien. Ik weet vrij zeker dat hij heel wat klachten over vader John heeft gehad want al twee dagen na zijn terugkomst hebben ze een enorme ruzie in zijn studeerkamer. Vader John rent briesend de kamer uit.

Pasen is voorbij. Ik heb al mijn paaseieren opgegeten. Mevrouw Gonzalves, de schoonmaakster, zit te grinniken. 'Wat is er, mevrouw Gonzalves?' vraag ik. 'Weet je dat niet?' fluistert ze geheimzinnig, 'Joseph heeft vader John met een andere man in de kerk betrapt. Aan niemand vertellen, hoor, en zeker niet aan vader Timothy, want dan hebben we de poppen aan het dansen.'

Ik begrijp het niet. Wat maakt het uit dat vader John met een andere man in de kerk was? Vader Timothy is aan de lopende band met andere mannen in de kerk, zoals tijdens de biecht.

Vandaag ga ik voor het eerst biechten.

'Ja, mijn zoon, wat wil je vertellen?' vraagt vader Timothy.

'Ik ben het, vader.'

Vader Timothy springt bijna uit zijn stoel. 'Wat doe jij hier, Thomas? Ik heb je toch verteld dat dit een serieuze zaak is?'

'Ik kom biechten, vader. Ik heb gezondigd.'

'Echt?' De stem van vader Timothy wordt vriendelijker. 'Wat heb je gedaan?'

'Ik heb door het sleutelgat in de kamer van vader John gegluurd. En ik heb zonder zijn toestemming naar een paar dingen van hem gekeken.'

'Dat geeft niets, mijn zoon. Daar hoef ik niets over te horen.'

'U moet het wel horen, vader,' zeg ik en ik vertel hem over de tijdschriften onder het matras, de tekeningen op zijn lichaam, de in leer geklede bezoekers 's nachts en het snuiven van talkpoeder.

Die avond vindt in de studeerkamer de ultieme confrontatie tussen de twee priesters plaats. Ik luister aan de deur. Er wordt veel geschreeuwd. Vader Timothy beëindigt de discussie door te dreigen vader John bij de bisschop aan te geven. 'Ik ben priester,' zegt hij, 'en als je priester bent, heb je een zware last te dragen. Als je die niet aankunt, moet je teruggaan naar het seminarie.'

Een Engelse rugzaktoerist die door Dilli reisde, kwam vanochtend naar de kerk en vader Timothy ontdekte dat hij ook uit York kwam. Dus brengt hij hem mee naar huis en zegt dat hij een paar dagen mag blijven. Hij stelt me aan hem voor. 'Ian, dit is Thomas, die bij ons woont. Thomas, dit is Ian. Wist je dat hij ook uit York komt? Je vraagt me altijd naar de stad van mijn moeder, nu kun je alles vragen.'

Ik vind Ian aardig. Hij is een jaar of zestien. Hij heeft een lichte huid, blauwe ogen en goudkleurig haar. Hij laat me foto's van York zien. Ik zie een grote kathedraal. 'Die heet de Sint Pieter,' zegt hij. Hij laat me foto's van prachtige tuinen, musea en parken zien.

'Ken je de moeder van vader Timothy?' vraag ik hem. 'Die woont ook in York.'

'Nee, maar als ik weer thuis ben, ga ik haar opzoeken, ik heb haar adres gekregen.'

'En jouw moeder? Woont die ook in York?'

'Vroeger wel. Maar ze is tien jaar geleden overleden. Ze is overreden door een motorfiets.' Hij haalt een foto van zijn moeder uit zijn portemonnee en laat die aan me zien. Ze had een lichte huid, blauwe ogen en goudkleurig haar.

'Waarom ben je in India?' vraag ik hem.

'Om mijn vader te bezoeken.'

'Wat doet je vader?'

Ian twijfelt even voor hij antwoordt. 'Hij geeft les aan een katholieke school in Dehradun.'

'Waarom woon jij niet in Dehradun?'

'Omdat ik in York studeer.'

'Waarom woont je vader dan niet bij je in York?'

'Om allerlei redenen. Maar hij komt drie keer per jaar bij me op bezoek. Deze keer wil ik hem in India bezoeken.'

'Houd je van je vader?'

'Heel veel.'

'Zou je willen dat je vader altijd bij je kon zijn?'

'Ja. En jouw vader? Wat doet die?'

'Ik heb geen vader. Ik ben een achterlijke wees.'

Drie avonden later nodigt vader Timothy vader John uit met hem en Ian te dineren. Ze eten en praten tot laat in de avond en vader Timothy speelt zelfs wat viool. Vader Timothy vertrekt kort na middernacht, maar vader John en Ian blijven nog zitten kletsen. Ik hoor hen lachen door mijn open slaapkamerraam. Ik kan niet slapen.

Het is een maanverlichte nacht en het waait hard. De eucalyptusbomen zwiepen heen en weer en hun bladeren ruisen. Ik sta op om te gaan plassen. Als ik naar de badkamer loop, zie ik licht in de kamer van vader John. Ik hoor geluiden. Ik loop op mijn tenen naar vader Johns kamer. De deur is dicht, dus ik gluur door het sleutelgat. Wat ik binnen zie, is beangstigend. Ian staat voorover over de tafel geleund en vader John staat over hem heen gebogen. Zijn pyjama ligt om zijn enkels. Ian maakt kreunende geluidjes, alsof hij pijn heeft. Ik ben vreselijk in de war. Ik mag dan een achterlijke wees zijn, maar ik weet dat er iets mis is. Vader John doet Ian kwaad. Ik ren naar vader Timothy, die diep slaapt. 'Word wakker, vader, vader John doet iets slechts met Ian,' schreeuw ik.

'Met wie? Met Ian?' Vader Timothy is op slag wakker. We rennen naar de kamer van vader John en vader Timothy rent naar binnen. Hij ziet wat ik net heb gezien. Zijn gezicht wordt zo bleek dat ik bang ben dat hij gaat flauwvallen. Hij grijpt de deur vast om niet in te storten. Dan wordt zijn gezicht rood. Van woede. Hij staat bijna te schuimbekken. Ik ben bang. Ik heb hem nog nooit zo kwaad gezien. 'Ian, ga naar je kamer,' buldert hij. 'En jij ook, Thomas.'

Ik doe wat me wordt gezegd, nog meer in de war dan ik al was.

De volgende ochtend word ik wakker van het geluid van twee knallen. De geluiden komen uit de richting van de kerk. Ik voel meteen dat er iets mis is. Ik ren de kerk binnen en ben getuige van een scène die me tot op het bot schokt. Vader Timothy ligt in een plas bloed bij het altaar onder het beeld van Jezus Christus aan het kruis. Hij draagt zijn soutane en het lijkt of hij knielt om te bidden. Tien stappen van hem vandaan ligt het lichaam van vader John, vol bloedspetters. Zijn hoofd lijkt te zijn verbrijzeld in kleine stukjes en zijn hersenen kleven aan de banken. Hij draagt leer. Hij heeft een geweer in zijn rechterhand. Hij heeft tekeningen van donkere slangen op zijn armen. Nadat hij vader Timothy heeft neergeschoten, moet hij zichzelf het leven hebben benomen.

Ik zie het tafereel en heb het gevoel dat de lucht uit mijn longen wordt geperst. Ik begin te gillen. Het is een hoge gil, die de ochtendstilte als een kogel doorboort. Hij jaagt de kraaien uit de eucalyptusbomen. Joseph, die curiosa in de woonkamer aan het afstoffen is, stopt met stoffen en luistert. Mevrouw Gonzalves komt snel onder de douche vandaan. Ian wordt wakker en rent naar de kerk.

Ik sta over vader Timothy gebogen, jammerend zoals een achtjarige jammert die net alles wat belangrijk is in zijn leven is verloren. Ian komt naar me toe en gaat naast me zitten. Hij kijkt naar het levenloze lichaam van vader Timothy en begint ook te huilen. We houden elkaars hand vast en zitten bijna drie uur te huilen, zelfs nadat de politiejeep met het rode zwaailicht is gekomen en zelfs nadat de dokter in een witte jas met de ambulance is gearriveerd, zelfs nadat de lichamen zijn bedekt met een witte doek, in de ambulance zijn gelegd en Joseph en mevrouw Gonzalves ons hebben meegenomen naar het huis en proberen ons te troosten.

Veel, veel later vraagt Ian het me. 'Waarom heb je zoveel gehuild, Thomas?'

'Omdat ik vandaag echt een wees ben geworden,' antwoord ik, nog steeds niet in staat te bevatten wat er die ochtend is gebeurd. 'Hij was mijn vader. Net zoals hij vader was van iedereen die naar deze kerk kwam. Maar waarom huilde jij? Om wat je met vader John hebt gedaan?'

'Nee, ik huilde omdat ik ook alles heb verloren. Ik ben net als jij een wees geworden.'

'Maar jouw vader leeft nog, hij woont in Dehradun,' schreeuw ik.

'Nee, dat was een leugen,' hij begint weer te huilen. 'Ik mocht niemand de waarheid vertellen, maar nu kan dat wel. Timothy Francis was jouw vader, maar hij was mijn pa.'

Smita heeft een verdrietige uitdrukking op haar gezicht. 'Wat een tragisch verhaal,' zegt ze. 'Ik begrijp nu wat vader Timothy moet hebben bedoeld toen hij het over de last van een priester had. Het is verbijsterend hoe hij al die jaren een dubbelleven heeft geleid, als een priester die ook heimelijk was getrouwd en een vader was. Hoe is het met Ian afgelopen?'

'Dat weet ik niet. Hij is teruggegaan naar Engeland. Naar een oom, geloof ik. En ik werd naar een jeugdinrichting gestuurd.'

'Ik begrijp het. Laten we naar de tweede vraag kijken,' zegt Smita en ze drukt op AFSPELEN.

Het is nog pauze.

Prem Kumar leunt naar voren en fluistert tegen me. 'Ik zal je vertellen wat de volgende vraag is. Ik ga je vragen waar de afkorting FBI voor staat. Die organisatie ken je toch wel, hè?'

'Nee,' ik schud mijn hoofd. 'Ik weet niet wat FBI betekent.'

Hij trekt een raar gezicht. 'Ik wist het wel. Luister, we willen graag dat je wat meer geld wint. Ik kan de vraag vervangen door een waar je het antwoord wel op weet. Zeg me snel of er afkortingen zijn die je wel kent.'

Ik denk even na voor ik antwoord. 'Ik heb nog nooit van FBI gehoord, maar wel van I.N.R.I.'

'Wat is dat?'

'Dat staat op het kruis.'

'Oh! Ik kijk even in mijn databank.'

De pauze is voorbij. De herkenningsmelodie klinkt.

Prem Kumar wendt zich tot mij. 'Ik ben erg nieuwsgierig,

meneer Ram Mohammad Thomas, wat uw religie is. U lijkt alle religies in uw naam te dragen. Vertel eens, waar gaat u heen om te bidden?'

'Moet je naar een tempel, kerk of moskee om te bidden? Ik geloof in wat Kabir zegt. Hari is in het oosten en Allah in het westen. Kijk in je hart en daar zul je Ram en Karim vinden.'

'Mooi gesproken, meneer Thomas. U lijkt me een expert op het gebied van religie. En als dat het geval is, zou mijn volgende vraag makkelijk voor u moeten zijn. Hier komt ze, voor tweeduizend roepie. In welke volgorde staan deze letters op het kruis? A) I.R.N.I., B) I.N.R.I., C) R.I.N.I. of D) N.I.R.I.? Is de vraag duidelijk, meneer Thomas?

'Ja,' antwoord ik.

'Mooi. Wat is uw antwoord?'

'Het antwoord is B. I.N.R.I.'

'Weet u dat absoluut, honderd procent zeker?'

'Ja.'

Het tromgeroffel zwelt aan. Het goede antwoord verschijnt op het scherm.

'Dat is absoluut, honderd procent goed! U hebt tweeduizend roepie gewonnen.'

'Amen,' zeg ik.

5.000 roepie

DE BELOFTE VAN EEN BROER

‘U moet goed naar alle kanten van een zaak kijken voor u een beslissing neemt. Zet iets apart voor een noodgeval. Nieuwe buren brengen vrolijkheid. U kunt thuis een klein probleem tegenkomen, maar dat zult u snel en goed oplossen. Geef geen advies tenzij u echt wordt gevraagd uw mening te geven.’

Dat zegt de horoscoop in de *Maharashtra Times* vandaag voor steenbokken zoals ik, die in de laatste week van december zijn geboren.

Ik lees de *Maharashtra Times* niet. Ik lees helemaal geen krant. Maar ik jat wel eens een exemplaar uit de vuilnisbak van meneer Barve. Je kunt de krant goed gebruiken om het vuur in de keuken mee aan te maken en soms, als ik niets te doen heb, blader ik door de bladzijden om iets te doen te hebben, voor ze tot as vergaan.

En ik geloof niet in horoscopen. Als ik dat wel deed, zou ik nu misschien dood moeten zijn, zoals in de voorspelling van Pandit Ramashankar Shastri stond. Maar in de horoscoop van vandaag lijkt wel een kern van waarheid te zitten. In de kamer naast de mijne trekken nieuwe buren en er is inderdaad een probleempje thuis.

We zijn net terug van de matinee in Regal Talkies en Salim is razend. Hij rukt alle posters van Armaan Ali die ons kamertje bijna drie jaar hebben opgesierd van de muur. De poster van Armaan in een leren jack is in stukken gescheurd. Armaan op een motorfiets is met een mes bewerkt. Armaan in zijn blote behaarde torso ligt in de prullenbak. Armaan met een pistool is in kleine stukjes gescheurd en Armaan en zijn paard zijn geroosterd boven het vuur. Zonder alle posters ziet ons kamertje, waar alleen twee bedden in staan, er ineens nog kaler uit; de schimmelplekken op de gesauste muren zijn niet meer verborgen.

Ondanks de waarschuwing in de horoscoop kan ik het niet laten Salim wat verstandig advies te geven. 'Realiseer je je nu dat ik gelijk had toen je tien maanden geleden probeerde de relatie tussen Armaan en Urvashi te lijmen? Ik heb toen al tegen je gezegd dat je je niet met andermans zaken moet bemoeien en dat je de problemen van anderen niet op je moet nemen. Onthoud dit als les voor de toekomst.'

Salim hoort me nors aan terwijl hij de poster van Armaan omringd door een schare schoonheden vertrapt.

Ik hoor veel voetstappen buiten de kamer en ook wat stemmen. Zo te horen trekken de nieuwe bewoners eindelijk in de kamer naast de onze. Ik vind het spannend. Het is altijd leuk nieuwe mensen te ontmoeten. Ik hoop dat er jongens van mijn leeftijd bij zijn. Putul en Dhyanesh zijn leuk gezelschap, maar ze mogen op zondag van hun ouders nooit met me spelen, en dat is de enige dag dat ik niet hoef te werken. Ajay, de opschepper, begint me te irriteren. Hij zette me voor de hele chawl te kijk toen ik hem vertelde dat ik bij een gieterij werkte. Ik weet dat werken bij een gieterij niet half zo opwindend is als voor een filmster werken. Maar het is in ieder geval beter dan op straat rondhangen.

Na de tijd dat ik bij actrice Neelima Kumari in haar flat woonde, was ik bijna vergeten hoe het is in een chawl te wonen. Chawls zijn de stinkende oksel van Mumbai, een verzameling eenkamerwoninkjes waar de lagere middenklassen wonen. De mensen die hier wonen, hebben het maar iets beter dan degenen die in sloppenwijken als Dharavi wonen. De rijke mensen, die in vijfkamerappartementen van marmer en graniet wonen, die genieten. De armoedzaaiers, die in vieze, kapotte hutten wonen, die lijden. En wij, die in overvolle chawls wonen, wij leven gewoon.

Wonen in een chawl heeft bepaalde voordelen. Wat er met Neelima Kumari is gebeurd, zou hier nooit gebeuren, want in een chawl weet iedereen precies wat zich waar afspeelt. De bewoners wonen onder één dak en schijten en baden op dezelfde plek. De bewoners van een chawl ontmoeten elkaar misschien niet op andere sociale gebeurtenissen, maar ze ontmoeten elkaar als ze in de rij staan bij de gezamenlijke toiletten. Het gerucht gaat dat meneer en mevrouw Gokhale verliefd zijn geworden toen ze in de rij bij de toiletten stonden. Ze zijn binnen een maand getrouwd.

Er is geen enkele kans dat ik verliefd word op een meisje dat in de chawl woont. Die zijn allemaal dik en lelijk en lijken in niets op mijn favoriete actrice Priya Kapoor. En ze houden allemaal van stomme dingen als poppen en kunnen geen leuke dingen als boksen of *kabaddi*. Niet dat ik veel tijd heb om dat te doen. Ik werk de hele dag in de gieterij en kom pas om zes uur 's avonds thuis. En metaal smelten is zwaar werk. De hitte van gesmolten ijzer is verstikkend en af en toe word je bijna verblind door de knaloranje vlammen.

'Thomas!' Ik hoor een stem. Meneer Ramakrishna, de beheerder van de chawl, roept me. Hij is een erg belangrijke man. Als er een lamp kapotgaat of de waterdruk te laag is, gaan we naar meneer Ramakrishna. Als we niet genoeg geld hebben om de maandelijkse huur te betalen, smeken we bij meneer Ramakrishna. We hebben geprobeerd meneer Ramakrishna zover te krijgen dat hij de balustrade op de eerste verdieping repareert, die gevaarlijk gammel is.

Ik loop de kamer uit en zie meneer Ramakrishna naast een korte man van middelbare leeftijd staan die zijn voorhoofd fronst en eruitziet of hij al heel lang niet naar het toilet is geweest. 'Thomas, dit is meneer Shantaram. Hij is jullie nieuwe buurman. Ik heb tegen meneer Shantaram gezegd dat je een heel verantwoordelijke jongen bent, dus laat hem, zijn vrouw en zijn dochter even alles zien, zodat ze snel kunnen wennen. Goed, meneer Shantaram, dan ga ik ervandoor.'

O nee, denk ik, *geen jongens.* Ik probeer zijn vrouw en dochter te zien, maar zie alleen heel even een stukje van de rug van een vrouw, met grijs haar. Ik zie ook een meisje, ouder dan ik, met lang zwart haar, dat op het bed zit. Shantaram ziet dat ik zijn flatje in gluur en sluit haastig de deur.

'Wat doet u voor werk?' vraag ik Shantaram.

'Ik ben wetenschapper, astronoom. Dat snap jij toch niet. Maar daar heb ik even pauze van. Ik werk als salesmanager in de showroom van Vimal. Deze kamer is tijdelijk. We verhuizen zeer binnenkort naar een luxeappartement in Nariman Point.'

Ik weet dat meneer Shantaram liegt. Mensen die zich een appartement in Nariman Point kunnen veroorloven, wonen niet in een chawl, ook niet heel even.

De muren van de kamers in de chawl zijn ontzettend dun. Als je je oor tegen de muur legt en je concentreert, of nog beter, als je er een omgekeerd glas tegenaan houdt en je oor ertegenaan drukt, hoor je zo'n beetje alles wat er in de kamer naast je gebeurt. Salim en ik doen dat vaak bij onze linkerburen, van wie de kamer tegen onze keukenmuur ligt. Meneer en mevrouw Bapat zijn niet zo jong meer. Er wordt zelfs gefluisterd dat meneer Bapat mevrouw Bapat slaat, maar dat maken ze

’s avonds overduidelijk weer goed, want Salim en ik horen vaak hun zware ademhaling en gehijg, en hun ‘o’s’ en ‘a’s,’ en dan moeten we grinniken.

Ik plant de roestvrijstalen beker tegen de muur van meneer Shantaram en steek mijn oor erin. Ik hoor Shantaram praten.

‘Dit is niets meer dan een zwart gat. Het is vreselijk vernederend om hier te moeten verblijven, maar voor jullie tweeën zal ik de schande ondergaan tot ik een goede baan vind. Luister, ik wil geen straatjongens in huis. God mag weten uit wat voor vreselijke oorden ze komen. Die twee naast ons zijn schurken van de laagste soort, als je het mij vraagt. En Gudiya, als ik je betrap met een jongen uit de chawl, geef ik je ervanlangs met mijn leren riem, begrepen?’ buldert hij en ik laat in paniek de beker vallen.

De daaropvolgende weken zie ik Shantaram en zijn vrouw en dochter nauwelijks. Ze gaat vast iedere dag naar school, maar tegen de tijd dat ik uit de gieterij kom, is zij binnen en zit de deur stevig op slot.

Het valt Salim niet eens op dat we nieuwe buren hebben. Hij heeft nauwelijks vrije tijd als lunchbezorger. Hij staat om zeven uur ’s ochtends op en kleedt zich aan. Hij draagt een ruimvallend wit overhemd, een katoenen harembroek en een witte Nehru-pet. Aan die pet herken je alle dabbawallahs in Mumbai, en dat zijn er bijna vijfduizend. De volgende twee uur haalt hij zelfgemaakte maaltijden in lunchtrommeltjes op bij ongeveer vijfentwintig woningen. Daar gaat hij mee naar station Ghatkopar. Daar worden de lunches op bestemming gesorteerd, gecodeerd met gekleurde stippen, strepen en kruisen op de deksels en dan worden ze op speciale treinen geladen om precies op lunchtijd te worden afgeleverd bij de middenkader leidinggevenden en arbeiders in Mumbai. Salim ontvangt zelf uit een andere trein lunches die hij in de buurt van Ghatkopar aflevert nadat hij de stippen en strepen heeft ontcijferd die het adres aangeven. Hij moet heel zorgvuldig te werk gaan, want één foutje kan hem zijn baan kosten. Hij mag absoluut geen lunch met rundvlees bij een Hindoe afleveren, een met varkensvlees bij een moslim of een met knoflook en uien bij een Jain-vegetariër.

Het is negen uur 's avonds. Salim bladert in een filmtijdschrift. Ik zit geknield op mijn bed met mijn linkeroor in een roestvrijstalen beker tegen de muur geplakt. Ik hoor Shantaram tegen zijn dochter praten. 'Kijk maar door het oogglas, Gudiya. Ik heb de telescoop bijgesteld. Zie je dat helderrode object in het midden? Dat is Mars.'

Ik fluister tegen Salim. 'Pak snel een beker. Dit moet je horen.'

Salim drukt zijn oor ook tegen de muur. De daaropvolgende dertig minuten luisteren we naar een verslag over de hemel. We horen over constellaties, sterrenstelsels en kometen. Over de Grote en de Kleine Beer. We horen over iets wat de Melkweg heet en de Poolster. We horen over de ringen van Saturnus en de manen van Jupiter.

Als ik naar Shantaram luister, raak ik vervuld van een vreemd verlangen. Ik wens dat ik ook een vader heb die me over sterren en planeten leert. De avondhemel, die tot nu toe één grote zwarte massa voor me was, wordt ineens een plek van betekenis en verwondering. Zodra Shantarams les ten einde is, steken Salim en ik onze nekken uit het raam op de eerste verdieping en proberen de hemelse markeringspunten die hij heeft aangewezen te zien. Zonder hulp van een telescoop zien we alleen witte stipjes aan de hemel, maar we slaken een verrukte kreet als we de zeven sterren van de Grote Beer herkennen en zelfs de kennis dat de donkere vlekken op de maan geen vlekken zijn, maar kraters en zeeën, vervult ons met een tevredenheid alsof we de mysteries van het universum hebben opgelost.

Die nacht droom ik niet over een vrouw in een witte sari. Ik droom over de ringen rond Saturnus en de manen rond Jupiter.

Een week later hoor ik een nieuw geluid uit Shantarams kamer komen. 'Miauw!' Ik ren naar de muur met mijn beker in mijn hand.

Ik hoor Gudiya praten. 'Kijk, papa, ik heb een kat. Lief, hè? Ik heb hem van mijn vriendin Rohini gekregen uit het nest van haar kat. Mag ik hem houden?'

'Ik ben niet voor huisdieren,' moppert mevrouw Shantaram. 'Er is in deze kamer nauwelijks ruimte voor mensen, waar moeten we een dier houden?'

'Alsjeblieft, mama, hij is maar heel klein. Papa, alsjeblieft, alsjeblieft,' smeekt ze.

'Goed dan, Gudiya,' zegt Shantaram. 'Je mag hem houden. Hoe ga je hem noemen?'

'Dank je, papa. Ik wil hem Tommy noemen.'

'Nee, dat is veel te gewoontjes. Als deze kat in een astronomengezin gaat wonen, moeten we hem naar een van de planeten vernoemen.'

'Welke? Zullen we hem Jupiter noemen?'

'Nee. Hij is de jongste van het gezin, dus we noemen hem Pluto.'

'Wat een geweldige naam, papa. Kom eens, Pluto. Pluto, kom, ik heb melk voor je.'

'Miauw!' zegt Pluto.

Deze scènes dwingen me mijn mening over Shantaram te herzien. Misschien is hij toch niet zo erg als ik dacht. Ik leer weer eens dat schijn bedrieglijk kan zijn en dat de scheidslijn tussen goed en slecht maar heel dun is.

Op een avond zie ik Shantaram stomdronken thuiskomen. Zijn adem stinkt naar whisky. Hij loopt onstabiel en heeft hulp nodig om de trap op te komen. Dit herhaalt zich de volgende dag en de dag daarna. Binnen de kortste keren weet de hele chawl dat meneer Shantaram een dronkaard is.

In Hindi-films zijn dronkelappen altijd grappige personages. Denk aan Keshto Mukherjee met een fles en je barst vanzelf in lachen uit. Maar in het echte leven zijn dronkaards niet grappig, ze zijn angstaanjagend. Als Shantaram dronken thuiskomt, hebben we geen glas nodig om hem te kunnen afluisteren. Dan schreeuwt hij uit volle borst scheldwoorden en zitten Salim en ik in onze kamer te bibberen alsof hij tegen ons scheldt. Zijn gevloek wordt zo'n ritueel dat we wachten tot we zijn gesnurk horen voor we zelf gaan slapen. We gaan opzien tegen de uren tussen het moment waarop Shantaram stomdronken van zijn werk komt en het moment waarop hij in bed stort. Dat is voor ons een angstige tijd.

We denken dat het wel weer voorbij zal gaan en dat Shantaram uiteindelijk weer gewoon zal worden. Maar het wordt alleen maar erger. Shantaram gaat nog meer drinken en dan begint hij met dingen te gooien. Het begint met plastic bekers en boeken. Hij gooit ze tegen de muur. Dan begint hij potten en pannen te breken. Hij schopt zo veel herrie dat het erg moeilijk wordt om naast hem te wonen. Maar we weten dat we niet kunnen klagen bij meneer Ramakrishna. De stemmen van een dertienjarige en een elfjarige met een chronische huurachterstand maken geen indruk. Dus duiken we maar in elkaar in ons bed als er iets tegen onze gezamenlijke muur knalt en verkrampen van angst als we een bord of kopje horen breken.

Zelfs deze fase duurt niet lang. Shantaram begint al snel objecten naar mensen te gooien. Met name naar zijn gezinsleden. De hevigste toorn is tegen zijn vrouw gericht. 'Jij stomme trut, jij hebt mijn leven verziekt. Ik had onderzoek moeten doen naar zwarte gaten en in plaats daarvan laat ik bloesjes en sari's zien aan achterlijke huisvrouwen. Ik haat je. Waarom ga je niet dood?' buldert hij en hij gooit een peperbus, een glas, een bord. Naar zijn vrouw, zijn dochter, haar kat.

Op een nacht overschrijdt hij alle grenzen en gooit een kop gloeiendhete thee naar zijn vrouw. Gudiya probeert haar moeder te beschermen en krijgt de kokende vloeistof over zich heen, die haar gezicht verbrandt. Ze gilt van de pijn en moet naar het ziekenhuis worden gebracht. Shantaram is zo dronken dat het niet eens tot hem doordringt wat hij heeft gedaan. Mevrouw Shantaram gaat alleen met haar dochter naar het ziekenhuis. Twee dagen later komt ze naar me toe en vraagt of ik met haar mee wil op bezoek bij Gudiya. 'Ze is zo eenzaam. Misschien kun jij met haar praten.'

Dus ga ik met mevrouw Shantaram mee, voor het eerst van mijn leven naar een ziekenhuis.

Het eerste wat je overvalt als je een ziekenhuis binnenloopt, is de lucht. Ik word misselijk van de walgelijke geur van desinfecterend middel, die tot in ieder hoekje van de nogal vieze zalen doordringt. Het tweede wat je opvalt in een ziekenhuis is dat je helemaal geen blije mensen ziet. De patiënten die op hun groene bedden liggen, kreunen allemaal en zelfs de zusters en dokters zien er chagrijnig en serieus uit. En het ergste in een ziekenhuis is de onverschilligheid. Niemand maakt zich echt zorgen om je. Ik had me voorgesteld dat er allemaal dokters en zusters rond Gudiya's bed zouden staan, maar ik zie haar helemaal alleen in een bed op de brandwondenafdeling liggen zonder dat er ook maar een zuster te bekennen is. Haar hele gezicht is verbonden en je kunt alleen haar zwarte ogen zien.

'Kijk eens wie hier is, Gudiya,' zegt mevrouw Shantaram en ze kijkt me stralend aan.

Als ik op het meisje afloop, voel ik me verlegen. Ze is duidelijk ouder dan ik. Ik ben maar een voyeur die stukjes van haar leven heeft gezien, maar ik ken haar nauwelijks. Ze glimlacht naar me. Ik zie haar lippen niet, maar ik zie aan haar ogen dat ze glimlacht. Het ijs tussen ons is gebroken.

Ik zit drie uur aan haar bed over van alles te kletsen. Gudiya vraagt naar mijn naam. 'Hoe kom je aan zo'n ongebruikelijke naam: Ram Mohammad Thomas?'

'Dat is een lang verhaal. Dat vertel ik wel als je weer beter bent.'

Ze vertelt over zichzelf. Ik hoor dat ze bijna eindexamen doet en naar de universiteit gaat. Ze wil dokter worden. Ze vraagt naar mijn leven. Ik vertel haar niets over vader Timothy of wat er later met me is gebeurd, maar ik vertel over mijn ervaringen in de chawl. Ik vertel haar over het leven als arbeider in een gieterij. Ze luistert uitermate geïnteresseerd naar me en ik voel me belangrijk en gewild.

Er komt een dokter die tegen mevrouw Shantaram zegt dat haar dochter geluk heeft gehad. Ze heeft alleen een tweedegraads verbranding en zal geen blijvende littekens houden. Ze mag binnen een week naar huis.

In de drie uur die ik met Gudiya doorbreng, hoor ik ook alles over haar vader. Mevrouw Shantaram vertelt me: 'Mijn man is een beroemde ruimtewetenschapper. Of dat was hij. Hij heeft op het Aryabhatta Space Research Institute gewerkt, waar hij met enorme telescopen sterren bestudeerde. We woonden in een grote bungalow op de campus van het instituut. Drie jaar geleden heeft hij een nieuwe ster ontdekt. Het was een heel belangrijke wetenschappelijke ontdekking, maar een van zijn collega's is met de eer gaan strijken. Toen is mijn man volledig ingestort. Hij begon te drinken. Hij begon ruzie te maken met zijn collega's en op een dag werd hij zo kwaad op de directeur van het instituut dat hij hem bijna doodsloeg. Hij is op staande voet ontslagen en ik heb de directeur moeten smeken om hem niet te laten arresteren. Nadat hij bij het instituut was weggegaan, heeft mijn man een baan gekregen als natuurkundeleraar op een goede school, maar hij bleef drinken en hij kon zijn agressie niet in toom houden. Hij sloeg jongens bij het minste of geringste en werd binnen zes maanden ontslagen. Sinds die tijd heeft hij allerlei baantjes gehad, als kantinebeheerder op een groot kantoor, als accountant in een fabriek en nu is hij verkoopassistent in een kledingshowroom. Al ons spaargeld is op en we moeten nu in een chawl wonen.'

'Kan meneer Shantaram niet stoppen met drinken?' vraag ik haar.

'Mijn man heeft me bezworen dat hij geen druppel meer zou drinken en ik begon te hopen dat het ergste achter de rug was. Maar hij kon zich niet aan zijn belofte houden en zie wat er nu is gebeurd.'

'Doe me een plezier, Ram Mohammad Thomas,' zegt Gudiya. 'Wil je voor Pluto zorgen tot ik thuiskom?'

'Natuurlijk,' beloof ik.

Ze strekt ineens haar arm uit en pakt mijn hand vast. 'Jij bent de broer die ik nooit heb gehad. Vind je ook niet, mammie?' zegt ze. Mevrouw Shantaram knikt.

Ik weet niet wat ik moet zeggen. Dit is een nieuwe relatie voor me. In het verleden heb ik mezelf voorgesteld als iemands zoon, maar nog nooit als iemands broer. Dus houd ik maar gewoon Gudiya's hand vast en voel de onuitgesproken band tussen ons.

Die nacht droom ik over een vrouw in een witte sari met een baby in haar armen. Achter haar giert de wind. Haar lange zwarte haar waait voor haar gezicht, dat erachter schuilgaat. Ze legt de baby in een kledingcontainer en gaat weg. Dan komt er een andere vrouw. Ze is ook lang en elegant, maar haar gezicht is bedekt met verband. Ze pakt de baby uit de container en overlaadt hem met kussen. 'Mijn lieve broertje,' zegt ze. 'Z-u-s,' gorgelt de baby. 'Miauw!' Een benauwde miauw snijdt ineens door de nacht. Ik word wakker en probeer te achterhalen of het gegil dat ik hoorde uit mijn droom kwam of uit de aangrenzende kamer.

De volgende ochtend vind ik Pluto's slappe en gehavende lichaampje in de vuilnisbak waar meneer Barve zijn *Maharashtra Times* altijd in gooit. De kat heeft een gebroken nek en ik ruik de whisky zelfs op zijn vacht. Shantaram zegt tegen zijn vrouw dat Pluto is weggelopen. Ik ken de waarheid, maar het heeft geen zin die te vertellen. Pluto is inderdaad weggelopen. Naar een andere, betere wereld, denk ik.

'Ik vind Gudiya ontzettend aardig,' vertel ik Salim. 'Ik moet zorgen dat Shantaram haar nooit meer zoiets aandoet.'

'Wat kun je doen? Hij is haar vader.'

'Het is ook onze zaak. We zijn hun buren.'

'Weet je niet meer wat je tegen mij hebt gezegd? Dat het geen goed idee is om je met andermans zaken te bemoeien? En dat je de zorgen van een ander nooit tot de jouwe moet maken, Mohammad?'

Hier heb ik geen antwoord op.

Gudiya komt thuis, maar ik kan haar niet zien, want Shantaram laat geen jongens toe in zijn huis. Mevrouw Shantaram vertelt me dat haar man zijn fout heeft ingezien en dat hij het nooit meer zal doen, hoewel ze als ze diep in haar hart kijkt wel weet dat hij niet meer te redden is. Maar zelfs zij wist niet hoe diep haar man kon zinken.

Nog geen week nadat Gudiya terug is uit het ziekenhuis doet hij haar weer iets aan. Hij probeert haar aan te raken. Niet zoals een vader dat doet. In eerste instantie begrijp ik het niet. Het enige wat ik hoor, is dat hij zegt dat Gudiya zijn maan is.

Dan hoor ik mevrouw Shantaram huilen en gillen. Gudiya gilt huilend in een hoekje van de kamer: 'Papa, blijf van me af. Papa, blijf alsjeblieft van me af.'

Als ik Gudiya's smekende gegil hoor, knapt er iets in mijn hersenen. Ik wil Shantarams kamer binnenrennen en hem met mijn blote handen vermoorden. Maar voor ik genoeg moed heb verzameld, hoor ik hem ineens hard snurken. Hij is tegen de vlakte gegaan. Gudiya huilt nog. Ik heb geen beker nodig om haar te horen jammeren.

Haar huilen raakt me op een vreemde manier. Ik weet niet hoe een broer moet reageren op het verdriet van zijn zus want ik heb geen ervaring als broer. Maar ik weet dat ik haar moet troosten. Jammer genoeg is het niet erg eenvoudig iemand te troosten als er een muur, hoe dun ook, tussen haar en jou staat. Maar de behoefte aan fysiek contact met mijn zus is overweldigend. Dan zie ik dat er onder aan de muur, waar de waterleiding de aangrenzende kamer inloopt, een kleine, ronde opening is, groot genoeg om je arm doorheen te steken. Ik spring van het bed, ga plat op mijn buik op de grond liggen en duw mijn hand door de opening. 'Niet huilen, zus. Houd mijn hand maar vast,' schreeuw ik. En dan grijpt iemand mijn hand. Ik voel vingers mijn arm strelen, mijn elleboog, mijn pols, als een blinde die iemands gezicht voelt. Dan verstrengelen Gudiya's vingers zich met de mijne en voel ik een magische overdracht van energie, liefde, of hoe je het ook wilt noemen. Op dat moment word ik één met Gudiya en voel ik haar pijn als de mijne.

Ondertussen zit Salim nog steeds op zijn bed verbijsterd naar het tafereel te kijken. 'Ben je gek, Mohammad? Realiseer je je wat je doet?' berispt hij me. 'Dat gat waar je je hand door steekt, is hetzelfde gat waardoor de ratten en kakkerlakken onze kamer binnenkomen.'

Maar ik heb geen oog voor Salim of voor wat dan ook. Het enige wat uitmaakt, is de liefde die ik voor mijn zus voel. Ik weet niet hoe lang ik Gudiya's hand vasthoud, maar als ik de volgende ochtend wakker word, lig ik nog steeds op de grond met mijn hand door het gat en ligt een familie kakkerlakken vredig in de zak van mijn overhemd te slapen.

De volgende avond komt Shantaram weer stomdronken thuis en probeert zijn dochter aan te randen. 'Je bent mooier dan alle sterren en planeten. Je bent mijn maan. Je bent mijn Gudiya, mijn popje. Gisteren ben je me ontlopen, maar vandaag verlaat ik je niet,' zegt hij.

'Stop daarmee!' gilt mevrouw Shantaram, maar haar man merkt haar niet eens op. 'Maak je maar geen zorgen, Gudiya, er is niets mis met mijn liefde voor jou. Zelfs Shahjahan, de grote keizer, is verliefd geworden op zijn eigen dochter, Jahan Ara. En wie kan een man het recht ontzeggen fruit te plukken van een boom die hij zelf heeft geplant?'

'Je bent een duivel,' schreeuwt mevrouw Shantaram en hij slaat haar. Ik hoor een fles breken. 'Nee!' hoor ik Gudiya schreeuwen.

Ik voel me of er een soldeerbrander in mijn hoofd is gestoken en er gesmolten metaal over mijn hart is gegoten. Ik kan er niet meer tegen. Ik ren naar de kamer van meneer Ramakrishna en vertel hem dat Shantaram iets vreselijks met zijn vrouw en dochter doet. Maar Ramakrishna doet net of ik het over het weer heb.

'Luister,' zegt hij tegen me, 'wat er binnen de vier muren van een huis gebeurt, is een privé-zaak en daar mogen we ons niet mee bemoeien. Je bent een weesjongen. Je hebt geen levenservaring. Maar ik ken de dagelijkse verhalen van vrouwenmishandeling, misbruik, incest en verkrachting die in alle chawls in Mumbai plaatsvinden. Maar niemand doet iets. Wij Indiërs hebben het sublieme vermogen de pijn en ellende om ons heen te zien en ons er niets van aan te trekken. Dus doe nu maar als een goede inwoner van de stad je ogen, je oren en je mond dicht en dan ben je net zo gelukkig als ik. En nu wegwezen, ik wil slapen.'

Ik haast me terug naar mijn kamer. Ik hoor Shantaram snurken en Gudiya huilen dat ze vies is. 'Raak me niet aan. Dan besmet ik je.'

Ik denk dat ze gek wordt. En ik ook.

'Besmet mij maar,' zeg ik en ik steek mijn hand door het gat in de muur. Gudiya grijpt haar. 'Ik zal niet lang meer leven, Ram Mohammad Thomas,' jammert ze, 'en ik pleeg liever zelfmoord dan dat ik me aan mijn vader onderwerp.' Haar pijn drijft door het gat en omarmt me. Ik begin te huilen. 'Ik sta dit niet meer toe,' zeg ik tegen haar, 'dat is de belofte van een broer.'

Salim kijkt me vuil aan, bijna alsof ik een misdaad heb begaan door dat te beloven. Maar ik ben voorbij goed en kwaad. Ik voel Gudiya's knokige vingers, het vel van haar handen en weet dat we allebei opgejaagde dieren zijn, partners in misdaad. Mijn misdaad was dat ik, een weesjongen, de problemen van anderen tot de mijne heb gemaakt. Maar wat was Gudiya's misdaad? Simpelweg dat ze als meisje was geboren en dat Shantaram haar vader was.

De volgende dag los ik mijn belofte in, als Shantaram 's avonds thuiskomt en de gammele trap naar de eerste verdieping opklimt. Hij loopt langzaam en zwalkend. Zelfs zijn kleren stinken naar whisky. Als hij bij het gedeelte komt waar meneer Ramakrishna de balustrade nog niet heeft gerepareerd, val ik hem van achteren aan. Ik werp me tegen zijn rug en hij valt tegen de houten balustrade. Die is al zwak en gammel. Ze houdt zijn gewicht niet. Ze kraakt en versplintert. Shantaram verliest zijn evenwicht en valt naar beneden.

In films zie je hoe een boef van het dak valt en dan lijkt het of hij door de lucht zweeft. Dan zwaait hij met zijn armen en benen en gilt: 'Aaaah,' maar in het echte leven gaat het heel anders. Shantaram valt gewoon als een steen naar beneden. Hij zwaait niet met zijn handen of benen. Hij valt met zijn gezicht op de grond en ligt daar met gestrekte armen en benen.

Pas als ik Shantarams slappe lichaam op de grond zie, realiseer ik me wat ik heb gedaan. En dan zie ik de consequenties van mijn daad voor me.

De politiemannen komen in hun jeep met een rood zwaailicht en maken een mooie krijtomtrek. Ze maken foto's en zeggen: 'Hier is hij gevallen.' Dan kijken ze op en zien me op de eerste verdieping. De inspecteur wijst naar me. 'Dat is de jongen die hem heeft geduwd. Arresteer hem!' en dan word ik naar de gevangenis gebracht, waar ze al mijn kleren uittrekken en me slaan. Dan word ik naar een rechtszaal gebracht met een ventilator aan het plafond waar een strenge rechter in een zwarte toga zit. Op een vervaagd goudkleurig bordje dat achter hem aan de muur hangt, staat *Satyameva Jayate*: de waarheid overwint alles. De rechter kijkt me heel even aan en spreekt zijn vonnis uit. 'Ram Mohammad Thomas, ik verklaar u schuldig aan de moord met voorbedachten rade op meneer Shantaram. Op grond van artikel 302 van het Indiase Strafwetboek veroordeel ik u hierbij tot dood door ophanging.'

'Nee!' schreeuw ik en ik probeer weg te rennen, maar mijn armen en benen zijn geboeid. Ik word geblinddoekt en naar een dodencel gebracht. Er wordt een strop rond mijn nek gedaan, iemand trekt aan een hendel en ik gil van de pijn als mijn benen ineens in het luchtledige bungelen en mijn adem uit mijn longen wordt geperst. Ik open mijn ogen en ben in de hemel. Maar de hemel ziet er precies zo uit als de chawl en ik kijk naar beneden en zie het lichaam van Shantaram met gespreide ledematen op de grond liggen. Mensen verzamelen zich eromheen. Iemand roept: 'Bel de politie!'

Ik wacht niet langer. Ik tuimel de trap af en begin te rennen.

Ik ren langs het hek en het melkstalletje en het hoge gebouw. Ik ren naar het station en neem de trein naar Victoria Terminus. Ik ga langs alle perrons op zoek naar een bepaalde trein. Die vind ik uiteindelijk en ik spring erin op het moment dat hij van het perron wegrijdt.

Ik heb Mumbai verlaten. Ik heb Gudiya verlaten. Ik heb Salim verlaten en ben gevlucht naar de enige andere stad die ik kende: Dilli.

Smita zegt geen woord tijdens mijn hele verhaal. Ik zie nu dat ze diep is geroerd door wat ik vertel. Ik ontdek zelfs een traan in een van haar ooghoeken. Misschien begrijpt ze als vrouw wat Gudiya heeft moeten doorstaan.

Ik pak de afstandsbediening. 'Laten we naar de derde vraag kijken,' zeg ik en ik druk op AFSPELEN.

Prem Kumar draait op zijn stoel en richt zich tot mij. 'Meneer Thomas, u hebt twee vragen goed beantwoord en tweeduizend roepie gewonnen. Laten we kijken of u de derde vraag voor vijfduizend roepie kunt beantwoorden. Bent u er klaar voor?'

'Klaar,' antwoord ik.

'Goed. Vraag drie. Die gaat over...'

De spot gaat ineens uit en Prem Kumar en ik zitten in het donker.

'Oeps! Houston, we hebben een probleem,' zegt Prem Kumar. Het publiek begint te lachen. Ik snap de grap niet.

'Wat zei u?' vraag ik Prem Kumar.

'O, dat is een bekende zin uit de film *Apollo Thirteen*. U ziet natuurlijk geen Engelstalige films. Die zin zeg je als je ineens een groot probleem hebt, en dat hebben we. De show kan niet verder voor de spot is gemaakt.'

Terwijl de technici de bedrading van de spot controleren, luistert Prem Kumar naar een stem in zijn headset. Dan leunt hij naar voren en fluistert in mijn oor: 'Oké vriend, je geluk heeft twee vragen geduurd en gaat nu ophouden. De volgende vraag is een heel moeilijke, vooral voor een ober. Ik denk niet dat je het antwoord weet. Ik had je heel graag wat meer geld laten winnen, maar de producer vertelt me net dat hij naar de volgende deelnemer wil, een wiskundeprofessor. Pech gehad, knul!' Hij neemt een slokje limonade en smakt met zijn lippen.

De spot doet het weer. Het studiobordje springt op APPLAUS.

Terwijl het geklap wegsterft, kijkt Prem Kumar me aan. 'Meneer Thomas, u hebt twee vragen goed beantwoord en u hebt tweeduizend roepie gewonnen. Laten we kijken of u de derde vraag voor vijfduizend roepie kunt beantwoorden. Bent u er klaar voor?'

'Klaar,' antwoord ik.

'Goed. Onze volgende vraag gaat over astronomie. Vertel me eens, meneer Thomas, weet u uit hoeveel planeten ons zonnestelsel bestaat?'

'Waar kan ik uit kiezen?'

'Nee, dat is de vraag niet. Ik vraag of u weet hoeveel planeten ons zonnestelsel heeft.'

'Nee.'

'Nee? Ik hoop dat u weet wat de naam is van de planeet waar we op leven.'

Het publiek begint te lachen.

'Aarde,' zeg ik nors.

'Goed. Dus u weet in ieder geval de naam van één planeet. Bent u klaar voor de derde vraag?'

'Klaar,' antwoord ik.

'Oké. Vraag drie. Wat is de kleinste planeet in ons zonnestelsel? Is dat A) Pluto, B) Mars, C) Neptunus of D) Mercurius?'

Nog voordat de muziek klinkt, ontsnapt er een geluid aan mijn lippen en het is: 'Miauw!'

'Pardon?' zegt Prem Kumar verbijsterd. 'Wat zei u? Ik dacht even dat ik u hoorde miauwen.'

'Ik zei A.'

'A?'

'Ja. Het antwoord is A. Pluto.'

'Weet u absoluut, honderd procent zeker dat het A is?'

'Ja.'

Het tromgeroffel zwelt aan. Het goede antwoord verschijnt op het scherm.

'Dat is absoluut, honderd procent juist! Pluto is inderdaad de kleinste planeet in ons zonnestelsel. Meneer Thomas, u hebt vijfduizend roepie gewonnen!'

Het publiek heeft ineens vertrouwen in mijn intellectuele vermogen. Er staan wat mensen op om te klappen.

Maar Smita is nog stil.

10.000 roepie

GEDACHTE VOOR DE GEHANDICAPTEN

De zon lijkt zwakker, de lucht vervuilder, de hemel een tint donkerder en de vogels lijken minder opgewekt.

Als je uit een mooie, grote bungalow wordt gerukt met een prachtige zonnige tuin en in een bouwval van een huis wordt gegooid waar je wordt gedwongen in een te volle slaapzaal met tientallen andere kinderen te slapen, denk ik dat je een enigszins verwrongen beeld van het leven krijgt.

En als je dan ook nog geelzucht hebt, wordt het allemaal wel heel vervelend. Geelzucht is een heel nare ziekte, maar met heel goede bijverschijnselen. Ze halen je uit de bedompte slaapzaal en geven je een kamer voor jou alleen. Het is een enorme kamer met een metalen bed en groene gordijnen. Hij wordt 'isoleerkamer' genoemd.

Ik lig al twee weken in bed. Maar het voelt of ik ziek ben geweest vanaf het moment dat ze me na de dood van vader Timothy uit de kerk kwamen ophalen. Ze kwamen me niet halen in een jeep met een rood zwaailicht. Ze kwamen in een blauwe bus met tralies voor de ramen. Zoals de bussen die ze gebruiken om straathonden te vangen. Maar deze was om straatjongens mee te vangen. Als ik jonger was geweest, hadden ze me waarschijnlijk naar een adoptiebureau gestuurd en me meteen te koop aangeboden. Maar aangezien ik acht was, werd ik naar de Dilli Inrichting voor Jongens in Turkman Gate gestuurd.

De inrichting heeft plaats voor vijfenzeventig jongens. Er wonen er honderdvijftig. Het is er vol, lawaaiig en vies. Er zijn maar twee toiletten, met lekkende wastafels en smerige latrines. Er lopen ratten door de gangen en de keuken. Er is een klaslokaal met gammele tafeltjes en een gebarsten schoolbord. Er zijn leraren die al jaren niet voor de klas hebben gestaan. Er zijn sportvelden waar het gras een meter hoog staat en als je niet voorzichtig bent, haal je je open aan stenen die zo groot zijn als voetballen. Er is een sportleraar in een helder wit safari-jasje en een strak geperste broek. Hij heeft een cricketuitrusting en badmintonspullen in een mooie glazen kast, maar daar mogen we nooit aan komen. De eetzaal is een grote ruimte met een goedkope vloer en lange houten tafels. Maar de stuurse chef-kok verkoopt het vlees en de kip die voor ons zijn bedoeld aan een restaurant en geeft ons een dagelijks dieet van groente en dikke, zwartgeblakerde chapatti's. Hij peutert constant in zijn neus en scheldt op iedereen die om meer vraagt. De directeur, meneer Agnihotri, is een oudere, vriendelijke man die gesteven kurta's van *khadi*-katoen draagt, maar we weten allemaal dat zijn assistent, meneer Gupta, met de bijnaam Schrik van Turkman Gate, de echte baas is. Hij is de ergste van allemaal, een korte, harige man die de hele dag paan kauwt en naar leer ruikt. Hij draagt twee dikke gouden kettingen om zijn hals, die rinkelen als hij loopt. Hij draagt een korte bamboestok bij zich die hij gebruikt wanneer hij daar maar zin in heeft. Er gaan geruchten dat hij 's nachts jongens naar zijn kamer roept en dingen met hen doet, maar daar wil niemand het over hebben. We willen het over de leuke dingen hebben. Zoals iedere avond toestemming om twee uur televisie te kijken in de gemeenschappellijke woonkamer. Dan zitten we op elkaar gepakt rond de Dyanora-televisie met een beeldbuis van 55 centimeter en kijken Hindi-filmliedjes op Kanaal V en middenklassesoaps op

Doordarshan. We kijken het liefst naar de zondagfilms.

Die films spelen zich af in een fantasiewereld. Een wereld waarin kinderen moeders, vaders en verjaardagen hebben. Een wereld waarin ze in enorme huizen wonen, in enorme auto's rijden en enorme cadeaus krijgen.

We keken naar die fantasiewereld, maar we lieten ons er niet door meeslepen. We hadden niet de middelen en voelden niet de aandrang om te proberen een leven te krijgen als Amitabh Bachchan of Shahrukh Khan. Het beste wat we konden wensen was iemand te worden van degenen die de macht over ons hadden. Dus altijd als een leraar ons vroeg: 'Wat wil je worden als je groot bent?' zei niemand piloot, premier, bankier of industrieel. We zeiden kok, schoonmaker, sportleraar en in het allerbeste geval bewaker. De inrichting maakte ons in onze eigen ogen kleiner.

Ik leerde veel jongens in de inrichting heel goed kennen. Sommigen waren jonger dan ik, de meesten ouder. Ik leerde Munna, Kallu, Pyare, Pawan, Jashim en Irfan kennen. De overplaatsing van het huis van vader Timothy naar de inrichting was er een van de hemel naar de hel voor me. Maar toen ik de andere jongens leerde kennen, realiseerde ik me dat dit hun hemel was en niet hun hel. Ze kwamen uit de sloppenwijken van Dilli, Bihar en Uttar Pradesh en zelfs uit als Nepal. Ik hoorde hun verhalen over aan drugs verslaafde vaders en zich prostituerende moeders. Ik zag de littekens die ze hadden opgelopen door slaag van opdringerige ooms en tirannieke tantes. Ik hoorde over het bestaan van slavernij en misbruik. En ik leerde bang te zijn voor de politie. Die was er in de meeste gevallen verantwoordelijk voor dat de jongens in de inrichting waren beland. Jongens die waren gepakt toen ze brood stalen uit een stalletje langs de weg, of toen ze illegale kaartjes bij een theater stonden te verkopen en de agent niet hadden kunnen omkopen. Maar meestal waren ze er gewoon bij gelapt omdat hun gezicht de inspecteur niet aanstond.

Veel van die jongens waren 'recidivisten'. Dat betekende dat ze naar de inrichting waren teruggestuurd nadat iemand van de kinderbescherming zich over hen had ontfermd. Munna kwam terug nadat hij was mishandeld door zijn stiefmoeder. Jashim werd achternagezeten door zijn wrede broer. Pawan kwam terug omdat het familielid dat hem had meegenomen hem in een smoezelig hotel aan het werk had gezet en hij door de politie werd betrapt. Ondanks zulke onaangename ervaringen waren er heel wat jongens die ernaar smachtten ergens te worden teruggeplaatst, klaar om de hun bekende hel te verruilen voor een onbekende.

Zonder er iets voor te doen, werd ik hun leider. Niet omdat ik groter was. Niet omdat ik agressiever was, maar omdat ik Engels sprak. Ik was een weesjongen die de magische taal kon lezen en schrijven en het effect daarvan op de staf was verbijsterend. De hoofdbewaker vroeg me af en toe zelfs hoe het met me ging, de sportleraar gaf me toestemming op de binnenplaats een geïmproviseerde cricketpitch te maken en we hebben een stuk of vijf leuke wedstrijden gespeeld, tot Munna het raam van de directeur brak en alle sportactiviteiten werden verboden. De strenge kok gaf me af en toe een tweede bord eten. Gupta riep me 's nachts nooit naar zijn kamer. En de dokter bracht me zonder het gebruikelijke gedraal meteen naar de isoleer zodat ik de rest van de slaapzaal niet aanstak.

Ik had meer dan twee weken van mijn exclusieve verblijf in de isoleer genoten toen er nog een bed in de kamer werd gezet. Er werd me verteld dat er nog een jongen kwam, die er erg slecht aan toe was. Hij werd die middag op een brancard binnengebracht, in een kapot oranje jasje, gevlekte en versleten korte broek en een gele *tabeez* om zijn hals. En dat was de eerste keer dat ik Salim Ilyasi zag.

Salim is alles wat ik niet ben. Hij heeft een lichte huid en het gezicht van een engeltje. Hij heeft zwart krulhaar en als hij glimlacht, krijgt hij kuiltjes in zijn wangen. Hoewel hij pas zeven is, heeft hij een heldere, nieuwsgierige geest. Hij vertelt me zijn verhaal in korte, haperende zinnen.

Hij komt uit een heel arm gezin dat in een dorp in Bihar woonde. In het dorp woonden voornamelijk arme boeren, maar ook een paar rijke landeigenaren. Er woonden hoofdzakelijk Hindoes, maar ook moslimgezinnen, zoals dat van Salim. Zijn vader was arbeider, zijn moeder huisvrouw en zijn oudere broer werkte in een theekraampje. Salim zelf ging naar de dorpsschool. Ze woonden in een kleine rieten hut aan de rand van het terrein van de *zamindar*.

De week ervoor was er iets ergs gebeurd in de Hanumantempel van het dorp. Iemand brak 's nachts in het sanctum sanctorum in en ontheiligde het beeld van de apengod. De priester van de tempel zei dat hij een moslimjongen in de bosjes had gezien. En dat was dat. Zodra de Hindoes dit hoorden, kwamen ze in opstand. Gewapend met machetes, pikhouwelen, takken en fakkels plunderden ze de huizen van alle moslimgezinnen. Toen de menigte aanviel, zat Salim buiten bij de hut te spelen en zijn vader, moeder en broer dronken binnen thee. Ze staken voor zijn ogen de hut in brand. Hij hoorde het gegil van zijn moeder, het geschreeuw van zijn vader en het gejammer van zijn broer, maar de menigte liet niemand uit de hut ontsnappen. Zijn hele gezin verbrandde in een inferno. Hij vluchtte naar het station en sprong op de eerste de beste trein. De trein bracht hem zonder eten, kleding of een bekend gezicht naar Dilli. Hij lag twee dagen koud en hongerig op het perron, in een delirium van koorts en verdriet, voor een agent hem ontdekte en naar de inrichting bracht.

Salim zegt dat hij 's nachts nachtmerries heeft. Hij hoort het geluid van de menigte. Zijn moeders gegil klinkt in zijn oren.

Hij beeft als hij zich zijn broer voorstelt in het vuur. Hij zegt dat hij alle Hindoes haat en bang voor hen is. Hij vraagt hoe ik heet.

'Mohammad,' zeg ik.

Salim en ik werden heel goede vrienden. We hadden veel gemeen. We waren beiden wees zonder hoop ooit 'teruggeplaatst' te worden. We waren allebei gek op knikkeren. En we waren allebei dol op films. Toen we weer naar de slaapzaal mochten, gebruikte ik mijn invloed om te zorgen dat hij een bed naast me kreeg.

Op een nacht wordt Salim naar Gupta's kamer geroepen. Gupta woont alleen op het terrein. Hij is weduwnaar. Salim begrijpt niet wat er gebeurt. 'Waarom moet ik naar hem toe?' vraagt hij aan mij. 'Dat weet ik niet,' zeg ik. 'Ik ben nog nooit naar zijn kamer geweest. Maar we kunnen er vandaag achter komen.' Dus gaat Salim naar Gupta's kamer en loop ik op mijn tenen achter hem aan.

Als Salim op de deur klopt, zit Gupta in zijn woonkamer. Hij draagt een gekreukte kurta. 'Kom binnen... Salim,' zegt hij met dubbele tong. Hij heeft een glas vol met een goudkleurige vloeistof in zijn hand. Hij drinkt in één teug de drank op en veegt zijn mond af. Zijn ogen lijken op grote knopen. Ik kijk door het spleetje tussen de gordijnen in de deuropening. Hij streelt Salims gezicht, gaat met zijn vingers over zijn neus en smalle lippen. Dan beveelt hij plotseling: 'Trek je broek uit.'

Salim is in de war door zijn verzoek.

'Doe wat ik zeg, rotkind, of je krijgt slaag,' gromt Gupta.

Salim doet wat hem wordt gezegd. Hij trekt weifelend zijn broek uit. Ik wend mijn ogen af.

Gupta benadert Salim van achteren en ik hoor zijn gouden ketting rammelen. 'Goed zo...' mompelt hij. 'En nu vooroverbuigen. Leg je hand op de bank.'

Ik zie dat Gupta het koord van zijn kurta losmaakt en die op zijn enkels laat zakken. Ik zie zijn harige achterwerk. Hij duwt zich in Salim. Salim begrijpt nog steeds niet wat er gebeurt, maar er trekt een mist op uit mijn hersenen. Het dringt ineens tot me door wat er die nacht op de kamer van vader John is gebeurd. En de volgende dag.

Er ontsnapt een harde gil uit mijn mond die de nachtelijke stilte als een kogel doorboort. De rustig slapende jongens in de slaapzaal worden wakker, de kok die in de keuken ligt te slapen wordt wakker, zelfs de straathonden worden wakker en beginnen wild te blaffen.

Gupta weet niet wat hem overkomt. Hij trekt snel zijn broek omhoog en probeert Salim weg te sturen. Maar dan zijn de kok, de directeur en de bewakers al onderweg naar Gupta's kamer. Die nacht ontdekken ze Gupta's smerige geheim (hoewel ze er niets tegen ondernemen). Maar Gupta ontdekt ook dat ik achter de gordijnen sta te gluren. Vanaf dat moment is hij mijn doodsvijand. Salim is geschokt, maar niet gewond. Hij had allang geen vertrouwen meer in Hindoes. Maar hij draagt de rest van zijn leven de angst om misbruikt te worden met zich mee.

Het is een prachtige lentedag. En hij lijkt nog mooier omdat we buiten het terrein van de inrichting zijn. We zijn een dagje uit met een internationale liefdadigheidsinstelling. We rijden met een bus met airco door Dilli. We lunchen in de dierentuin en bekijken de dieren. We zien voor het eerst een nijlpaard, kangoeroes, giraffen en een luiaard. We zien pelikanen, flamingo's en een vogelbekdier. Dan gaan we naar de Qutub Minar. We beklimmen lachend en stoeiend de trap en kijken naar buiten vanaf het balkon op de eerste verdieping. De mannen en vrouwen op de grond lijken wel mieren. We schreeuwen 'Hoooo' en luisteren hoe het geluid vervormt voor het de grond raakt.

Dan gaan we naar India Gate, waar een grote kermis is. We krijgen allemaal tien roepie die we vrij mogen besteden. Ik wil in het reuzenrad, maar Salim trekt me aan mijn mouw naar een ander stalletje. Er staat 'Pandit Ramashankar Shastri. Wereldberoemde handlezer. Maar 10 roepie per lezing.' Er zit een oude man in het stalletje, hij draagt een *dhoti kurta*. Hij heeft een witte snor, een vermiljoenkleurige *tilak* op zijn voorhoofd en draagt een bril met sterke glazen. Achter op zijn hoofd heeft hij een zwarte *choti*.

'Ik wil mijn hand laten lezen,' zegt Salim. 'Dat kost maar tien roepie.' 'Doe niet zo stom,' zeg ik tegen hem, 'die mannen zijn allemaal oplichters. Ze kunnen je toekomst niet kennen. En trouwens, er gebeurt in onze toekomst heus niets wat we willen weten.'

'En toch wil ik mijn hand laten lezen,' zegt Salim vastberaden. 'Prima,' geef ik toe. 'Ga je gang, maar ik geef mijn tien roepie niet uit aan die onzin.'

Salim betaalt en laat enthousiast zijn linkerhand zien. De pandit schudt zijn hoofd. 'Nee, niet de linkerhand. Die is voor meisjes. Jongens moeten hun rechterhand laten zien.'

Salim steekt snel zijn rechterhand uit. De handlezer kijkt er met een vergrootglas naar en analyseert de lijntjes alsof hij een schatkaart bestudeert. Uiteindelijk legt hij het vergrootglas neer en zucht tevreden. 'Je hebt een bijzondere hand, mijn jongen. Ik heb nog nooit een betere lotslijn gezien. Ik zie een stralende toekomst voor je.'

'Echt?' Salim is dolblij. 'Wat word ik?'

Daar heeft meneer Shastri duidelijk niet aan gedacht. Hij sluit zijn ogen tien seconden en doet ze dan weer open. 'Je hebt een prachtig gezicht. Je wordt een beroemde acteur,' verklaart hij.

'Zoals Shahrukh Khan?' gilt Salim.

'Nog beroemder,' zegt de pandit. Hij wendt zich tot mij. 'Wil jij je hand ook laten zien? Het kost maar tien roepie.'

'Nee, dank u,' zeg ik en ik wil weglopen, maar Salim verspert me de weg. 'Nee, Mohammad, je moet je hand laten zien. Voor mij, alsjeblieft.'

Ik leg gelaten mijn tien roepie neer. 'Vertel me alstublieft mijn toekomst.' Ik steek mijn rechterhand uit.

De pandit fronst zijn voorhoofd, zet zijn bril goed en bestudeert mijn hand. Deze keer hangt hij er meer dan vijf minuten overheen. Dan maakt hij wat aantekeningen en berekeningen. 'Wat is er aan de hand?' vraagt Salim geschrokken.

De handlezer is klaar. Hij fronst zijn voorhoofd een beetje en schudt met zijn hoofd. 'De hoofdlijn is sterk, maar de hartlijn is zwak. En het belangrijkste is dat de levenslijn kort is. De sterren staan niet goed. De planeten staan ongunstig. De Jupiterheuvel is goed ontwikkeld, maar de Saturnusheuvel heft dat op. Er zijn obstakels en valkuilen. Ik kan je wel helpen, maar dat kost geld.'

'Hoeveel?'

'Ongeveer tweehonderd roepie. Waarom vraag je het niet aan je vader? Dat is toch de eigenaar van die grote bus?'

Ik begin te lachen. 'Ha, Panditji! Voor u de draad van mijn toekomst ging spinnen, had u even moeten controleren wie we zijn. We zijn geen rijke kinderen. We zijn wezen uit de Dilli Inrichting in Turkman Gate en die bus is niet eens van ons. Maar u hebt ons wel twintig roepie afgetroggeld.' Ik trek aan Salim. 'Kom, we gaan. We hebben hier genoeg tijd verspild.'

We lopen weg en de handlezer roept me. 'Luister! Ik wil je iets geven.'

Ik loop terug naar het stalletje. De pandit geeft me een oude munt van één roepie.

'Wat is dit, Panditji?'

'Het is een geluksmunt. Houd maar. Je zult haar nodig hebben.'

Ik houd haar in mijn vingers.

Salim wil een ijsje, maar we hebben maar één roepie en daar kun je niets mee kopen. We kijken hoe de andere kinderen van de attracties genieten. Ik gooi de munt doelloos omhoog, ze valt van mijn hand en rolt onder een bankje. Ik buig voorover om haar op te pakken. Ze ligt met de kop naar boven en ernaast ligt een biljet van tien roepie. Iemand heeft het verloren. Het lijkt wel magie. Salim en ik kopen allebei een ijsje. Ik doe de munt voorzichtig in mijn zak. Het is inderdaad een geluksmunt.

Salim is verdrietig dat mijn toekomst er niet zo schitterend uitziet als de zijne, maar hij is ook opgewonden dat hij filmster wordt. Er hangt een enorm billboard voor ons van een film die binnenkort uitkomt. Het is felgekleurd, met een held erop met een pistool in zijn handen, bloed op zijn borst en een zwarte bandana om zijn hoofd, een boef met een gemene grijns en een heldin met grote borsten. Salim kijkt er als gehypnotiseerd naar. 'Waar kijk je naar, Salim?' vraag ik. 'Ik probeer me voor te stellen of zo'n zwarte bandana me zou staan,' antwoordt hij.

We zitten in de klas, maar meneer Joshi, onze gezette leraar die gespecialiseerd is in boeren en in zijn neus peuteren, geeft geen les. Hij leest een roman, zorgvuldig verstopt in het schoolboek dat hij vasthoudt. Wij brengen de tijd door met papieren vliegtuigjes maken, tekeningen in de houten bankjes krassen en dutten. Munna, die de gang in de gaten moet houden, komt ineens binnenrennen. 'Masterji, Masterji,' zegt hij buiten adem, 'de directeur komt eraan.'

Meneer Joshi boert hard en gooit gauw zijn roman opzij. Hij knipt met zijn vingers en staat op. 'Oké, jongens, waar hebben we het over? Ja. Jullie waren me aan het vertellen wat je wilt worden als je groot bent. Wie is de volgende?'

Salim steekt zijn hand op. Voor het eerst van zijn leven.

‘Ja, Salim, wat wil jij worden?’

‘Ik word een beroemde acteur, Masterji. Dat heeft een waarzegger me verteld,’ zegt hij triomfantelijk.

Iedereen in de klas begint keihard te lachen.

Er zijn twee versies van wie de grote man is. Sommigen zeggen dat hij een ontzettend rijke diamanthandelaar is die zelf geen kinderen heeft. Dus komt hij af en toe naar de inrichting om kinderen te adopteren die dan naar zijn enorme huis in Mumbai worden gebracht. Volgens anderen heeft hij een school in Mumbai en neemt hij kinderen mee van wie hij denkt dat ze goed kunnen leren. Maar hoe dan ook, één ding is duidelijk. Als Sethji je uitzoekt, ziet je leven er rooskleurig uit.

Het maakt Salim niet uit of Sethji diamanthandelaar of schooldirecteur is. Wat hij belangrijk vindt, is dat hij een belangrijke man uit Mumbai is. Het centrum van de filmindustrie. Hij is ervan overtuigd dat hij komt om hem mee te nemen naar de glitter en glamour van Bollywood. Dat is zijn lot. De voorspelling van de handlezer komt uit.

We staan allemaal in een rij in de hal zodat Sethji ons kan bekijken. Salim is in bad geweest. Hij is drie keer in bad geweest en heeft zichzelf afgeschrobd tot ieder spoortje vuil was verdwenen. Hij heeft zijn beste kleren aangetrokken. Zijn haar is mooi geborsteld. Hij is de meest toonbare jongen uit de inrichting. Maar ik maak me zorgen om zijn wanhoop. Als hij niet wordt geselecteerd, zal hij kapot zijn.

Uiteindelijk arriveert Sethji met twee andere mannen. Hij ziet er niet uit als een diamanthandelaar. Hij lijkt meer een gangster. Maar ja, wij hebben nog nooit een diamanthandelaar gezien. Misschien zien die er wel uit als gangsters. Hij is donker en heeft een dikke zwarte snor, hij lijkt op Veerappan de *dacoit*. Hij draagt een wit *bandgala*-pak. Een lange, gouden ketting rinkelt om zijn nek en hangt tot aan zijn tweede knoopje. Om zijn vingers draagt hij ringen met kleurige edelstenen. Rode, groene en blauwe. Zijn twee handlangers zien eruit als handlangers. Ik hoor later dat ze Mustafa en Punnoose heten. Gupta is er ook bij, hij gaat hen voor. Zijn twee gouden kettingen vallen in het niet bij die ene dikke van Sethji.

'Sethji, u lijkt ons te zijn vergeten, u bent zo lang niet geweest. Er zijn sinds uw laatste bezoek veel nieuwe jongens gekomen. Ik weet zeker dat u er heel wat zult goedkeuren,' zegt Gupta tegen hem.

De inspectie begint. We lachen allemaal onze beste lach. Sethji bekijkt iedere jongen en keurt die van top tot teen. Ik weet niet waar hij naar op zoek is, want hij stelt helemaal geen vragen, hij kijkt alleen naar ons gezicht. Hij is klaar met zijn inspectie en heeft nauwelijks naar mij gekeken. Dan loopt hij nog een keer langs de rij. Hij stopt bij Salim.

'Hoe heet je?' vraagt hij met een zwaar Zuid-Indiaas accent.

'S...S...Salim Ilyasi,' stamelt Salim opgewonden.

'Wanneer is hij hier gekomen?' vraagt hij aan Gupta.

'Een maand of elf geleden, uit Chhapra in Bihar.'

'Hoe oud is hij?'

'Acht.'

'Heeft hij iemand?'

'Nee, Sethji. Zijn hele gezin is gestorven tijdens een dorpsrel.'

'Wat naar,' zegt Sethji. 'Maar hij is precies het soort jongen dat ik zoek. Kun je de papieren regelen?'

'U zegt het maar, Sethji. Wie u ook wilt, hij zal zo snel mogelijk bij u worden geplaatst. We zeggen gewoon dat Mustafa zijn oom is. De kinderbescherming zal niet moeilijk doen. Ze willen zoveel mogelijk kinderen kwijt.'

'Prima. Dit bezoek houd ik het bij één kind.'

Gupta kijkt naar Salim en dan naar mij, naast Salim. 'En hij?' Hij wijst naar me. Sethji maakt oogcontact met me en schudt met zijn hoofd. 'Nee, die is te oud.'

'Nee, Sethji, hij is pas tien. Hij heet Thomas en spreekt perfect Engels.'

'Dat maakt me niet uit. Ik heb hem niet nodig, ik wil alleen die andere jongen.'

'Dat zijn twee handen op één buik. Als u Salim neemt, moet u Thomas ook nemen.'

Sethji raakt geïrriteerd. 'Gupta, ik heb al gezegd dat ik geen Thomas wil. Ik neem maar één jongen en dat is Salim.'

'Het spijt me, Sethji, maar ik moet erop staan. Als u Salim neemt, moet u Thomas ook nemen. Ze zijn een *package deal*.'

'Een package deal?'

'Ja. Twee voor de prijs van één. Ik reken niets voor Thomas.' Gupta grijnst en laat zijn door paan verkleurde tanden zien.

Sethji trek zich terug met zijn trawanten.

'Oké,' zegt hij tegen Gupta. 'Maak de papieren voor allebei maar in orde. Ik haal ze maandag op.'

Salim vliegt me om mijn nek. Hij is dolgelukkig. Die nacht kan hij niet slapen van de opwinding. Hij droomt over een glansrijk leven in Mumbai. Van gouden zonsondergangen op Marine Drive met Amitabh en roze zonsopgangen op Cowpatty met Shahrukh. Ik slaap die nacht ook niet. Ik lig te woelen in mijn bed. Maar ik droom niet over een paradijselijk sterrenbestaan. Ik droom dat ik op straat fruit verkoop. Een donkere man wil wat mango's kopen. Ik zie zijn gouden ketting bungelen. Hij gooit wat geld op de grond. Ik stop een lekkere, sappige mango in zijn tas. En doe er stiekem een verrotte banaan bij. Gratis.

De treinreis naar Mumbai is saai. Salim en ik zitten met Mustafa en Punnoose in het tweedeklas slaapgedeelte. Ze vertellen ons dat Sethji per vliegtuig vooruit is gereisd. Mustafa en Punnoose dragen *lungi's*, roken *beedi's* en liggen het grootste deel van de tijd te slapen. Ze vertellen weinig over Sethji. Zijn echte naam is Babu Pillai, maar iedereen noemt hem Maman, wat oom betekent in het Malajalam. Hij komt uit Kollam in Kerala, maar woont al heel lang in Mumbai. Hij is een heel goede man die een school heeft voor gehandicapte kinderen en hen helpt hun leven opnieuw op te bouwen. Maman gelooft dat gehandicapte kinderen dichter bij God staan. Hij redt ook kinderen uit jeugdinrichtingen, die hij beschouwt als verkapte jeugdgevangenissen. Als Maman ons niet had gered, hadden we over twee jaar bij verkeerslichten voorruiten van auto's staan wassen of in villa's vloeren lopen vegen. Nu zullen we nuttige vaardigheden leren en opgeleid worden voor succes. Mustafa en Punnoose zijn uitstekende verkopers. Tegen het einde van de reis geloof ik zelfs dat het feit dat ik door Maman ben gered het beste is wat me tot nu toe is overkomen en dat mijn leven van nu af aan veel beter zal zijn.

Af en toe passeert de trein een sloppenwijk die langs het spoor ligt als een lint van vuil. We zien halfnaakte kinderen met hongerbuikjes naar ons zwaaien terwijl hun moeders de afwas doen in rioolwater. We zwaaien terug.

We worden overweldigd door de aanblik en geluiden van Mumbai. Churchgate Railway Station ziet er exact zo uit als in *Liefde in Mumbai.* Salim verwacht bijna dat hij tegen Govinda zal opbotsen die bij de kerk een lied staat te zingen. Mustafa wijst naar het strand bij Marine Drive. Ik ben gefascineerd door mijn eerste blik op de oceaan, waar gigantische golven tegen de rotsen slaan. Salim ziet de indrukwekkende oceaan niet. Hij kijkt naar de stalletjes waar drankjes en hapjes worden verkocht. 'Daar hebben Govinda en Raveena *bhel puri* gegeten,' wijst hij opgewonden. We passeren Haji Ali's *dargah.* Als hij het ziet, steekt Salim zijn handen omhoog de lucht in naar Allah. Precies zoals hij Amitabh Bachchan in *Coolie* heeft zien doen. We komen langs de wijken Worli, Dadar en Mahim, Mustafa en Punnoose wijzen de belangrijkste toeristische trekpleisters voor ons aan. Bij Fort Mahim vraagt Salim de taxichauffeur te stoppen. 'Wat is er?' vraagt Mustafa. 'Niets, ik wilde alleen even kijken naar de plaats waar de smokkelaars in *Mafia!* hun smokkelwaar losten.' Als we langs Bandra, Juhu en Andheri rijden, met hun schitterende filmsterrenwoningen, hun hoge muren en bewakers in uniform, wordt Salim nog sentimenteler. We kijken als verbijsterde toeristen uit een dorp tijdens hun eerste reisje naar een stad door het getinte glas van de autoramen naar de bungalows en hoge appartementencomplexen. Het is alsof we Mumbai door een gekleurde lens zien. De zon lijkt helderder te schijnen, de lucht voelt koeler, de mensen lijken rijker, de stad pulseert van het geluk ruimte te delen met de grote sterren van Bollywood. We bereiken onze bestemming in Goregaon.

Mamans huis is niet de enorme bungalow die we hadden verwacht. Het is een groot vervallen gebouw aan een binnenplaats met een tuintje en twee palmbomen. Er staat een hoge muur met prikkeldraad omheen. Twee donkere, goedgebouwde mannen zitten bij de poort beedi's te roken in hun dunne, geruite lungi's. Ze hebben dikke bamboestokken in hun handen. Ze slaan hun benen over elkaar en we zien een glimp van hun gestreepte ondergoed. Er komt een sterke lucht van arakzweet van hen af. Punnoose spreekt tegen hen in een waterval van Malajalam. Het enige woord dat ik opvang, is 'Maman'. Het zijn duidelijk bewakers die in dienst zijn van meneer Babu Pillai.

Als we het huis binnengaan, wijst Mustafa naar een verzameling bouwsels van golfplaten achter de binnenplaats. Het lijken grote schuren. 'Dat is Mamans school voor gehandicapten. De kinderen wonen er ook.'

'Waarom zie ik helemaal geen kinderen?' vraag ik.

'Die zijn naar hun beroepsopleiding. Maak je maar geen zorgen, je ziet hen vanavond. Kom, dan laat ik jullie kamer zien.'

Onze kamer is klein en vierkant, met een stapelbed en een in de muur ingebouwde spiegel. Salim neemt het bovenste bed. In de kelder is een badkamer die we mogen gebruiken. Er staat een bad en er hangt een douchegordijn. Het is niet zo luxueus als het huis van een filmster, maar het kan ermee door. Zo te zien zijn we de enige kinderen die in het huis wonen.

Maman komt ons die avond begroeten. Salim vertelt hem hoe geweldig hij het vindt in Mumbai te zijn en dat hij zo graag een beroemde filmster wil worden. Maman glimlacht als hij dat hoort. 'Als je filmster wilt worden, moet je in ieder geval kunnen zingen en dansen. Kun je zingen?' vraagt hij aan Salim. 'Nee,' zegt Salim. 'Nou, maak je maar geen zorgen. Ik zal een topleraar regelen voor jullie muzieklessen. Binnen de kortste keren zing je als Kishore Kumar.' Salim ziet eruit of hij Maman om zijn nek wil vliegen, maar hij houdt zich in.

's Avonds gaan we naar de school om te eten. Er is een eetzaal die doet denken aan die in het jongenstehuis, met een goedkope linoleumvloer, lange houten tafels en een chef-kok die er precies hetzelfde uitziet als die in het tehuis. Salim en ik moeten bij Mustafa aan een kleine ronde tafel gaan zitten. We krijgen eten voor de andere kinderen binnenkomen. Het eten is heet en smakelijk, een hele vooruitgang vergeleken bij het lauwe spul dat we in Dilli kregen.

Een voor een druppelen de kinderen binnen en ze tarten meteen onze definitie van de hel. Ik zie jongens zonder ogen die zich met een wandelstok op de tast voortbewegen, jongens met misvormde benen die zichzelf naar de tafel slepen, jongens zonder benen die op krukken lopen, jongens met mismaakte monden en vingers, die brood eten dat ze tussen hun ellebogen vasthouden. Sommigen van hen zien eruit en gedragen zich als clowns. Alleen maken ze ons niet aan het lachen maar aan het huilen. Gelukkig zijn Salim en ik bijna klaar met eten.

We zien drie jongens, ieder met een of andere misvorming, in een hoek toekijken hoe de andere jongens eten, maar zelf krijgen ze niets. Een van hen likt zijn lippen. 'Wie zijn die jongens?' vraag ik aan Mustafa, 'en waarom eten ze niet?' 'Ze hebben straf,' zegt Mustafa, 'omdat ze niet hard genoeg werken. Maak je geen zorgen, ze krijgen later eten.'

De volgende dag komt de muziekleraar. Het is een jonge man, met een ovaal, gladgeschoren gezicht, grote oren en dunne, knokige vingers. Hij heeft een harmonium bij zich. 'Noem me maar Masterji,' instrueert hij ons, 'en luister naar wat ik zing.' We zitten geconcentreerd op de vloer naar hem te luisteren en hij zingt: '*Sa re ga ma pa dha ni sa.*' Dan legt hij uit: 'Dit zijn de acht basisnoten die in iedere compositie aanwezig zijn. Open je mond en zing ze hard. Laat het geluid niet van je lippen komen, niet uit je neus, maar onder uit je keel.'

Salim schraapt zijn keel en begint: 'Sa re ga ma pa dha ni sa.' Hij zingt ongedwongen vanuit zijn keel. De kamer vibreert van zijn heldere noten. Zijn stem drijft door de kamer, de noten klinken puur en zuiver.

'Heel goed,' zegt de leraar en hij klapt in zijn handen. 'Je hebt een natuurlijke, door God gegeven stem. Ik weet zeker dat als je goed oefent, je al heel snel drieënhalf octaaf zult bestrijken.' Dan kijkt hij naar mij. 'Oké. En nu jij.'

'Sa re ga ma pa dha...' Ik probeer te zingen, maar mijn stem kraakt en de noten kletteren als een handvol knikkers op de vloer.

De leraar steekt een vinger in zijn oor. '*Hare Ram... Hare Ram...* Je zingt als een buffel. Ik zal met jou echt hard moeten werken.'

Salim schiet me te hulp. 'Nee Masterji. Mohammad heeft ook een erg goede stem. Hij kan heel goed schreeuwen.'

De daaropvolgende twee weken leert Masterji ons een paar religieuze liederen van bekende heiligen en hij leert ons harmonium spelen. We leren de *doha's* van Kabir en de *bhajans* van Tulsidas en Mirabai. Masterji is een goede leraar. Hij leert ons niet alleen de liederen, hij legt ons ook de ingewikkelde spirituele waarheden uit die de liederen in de simpele taal van gewone mensen bevatten. Ik heb een voorkeur voor Kabir, die zegt:

Maala pherat jug bhaya,
mita na man ka pher,
kar ka manka chhod de,
man ka manka pher.

Je bidt al heel lang je rozenkrans,
maar je geest dwaalt nog steeds af,
laat de kralen in je hand los
en raak de kralen van je hart aan.

Het feit dat Salim een moslim is, maakt Masterji weinig uit als hij hem de hindoebhajans leert. Salim zelf maakt zich er ook niet druk om. Als Amitabh Bachchan de rol van een moslim-*coolie* kan spelen en als Salman Khan een hindoekeizer kan spelen, kan Salim Ilyasi *Tumaki Chalat Ram Chandra Baajat Painjaniya* met de overtuiging van een tempelpriester zingen.

Tijdens dezelfde periode leren Salim en ik wat jongens van de gehandicaptenschool kennen, ondanks subtiele pogingen van Mustafa en Punnoose om te voorkomen dat we ons te veel inlaten met de, zoals ze dat verkeerd uitspreken, 'gehandiklepte' kinderen. We horen de trieste achtergrond van deze jongens en ontdekken dat Mumbai wat betreft wrede familieleden en politieagenten niet anders is dan Dilli. Maar hoe meer we over die kinderen horen, hoe meer de waarheid over Maman zich ook begint te ontvouwen.

We sluiten vriendschap met Ashok, een dertienjarige met een mismaakte arm en krijgen onze eerste schok te verwerken.

'We zijn geen schoolkinderen,' vertelt hij ons, 'we zijn bedelaars. We bedelen in de trein. Sommigen van ons zijn ook zakkenrollers.'

'En wat gebeurt er met het geld dat jullie verdienen?'

'Dat moeten we aan Mamans mannen geven, in ruil voor eten en onderdak.'

'Bedoel je dat Maman een gangster is?'

'Wat dacht je dan? Hij is geen engel, maar hij geeft ons tenminste iedere dag twee goede maaltijden.'

Mijn vertrouwen in Maman is weg, maar Salim gelooft nog steeds in de goedheid van de man.

We hebben een ontmoeting met Raju, een blinde jongen van tien.

'Waarom had je vandaag straf?'

'Ik had niet genoeg geld verdiend.'

'Hoeveel moet je per dag verdienen?'

'Zoveel mogelijk. Maar als je met minder dan honderd roepie thuiskomt, word je gestraft.'

'En wat gebeurt er dan?'

'Dan krijg je geen eten. Dan moet je met honger naar bed. Dan eten ratten je maag op.'

'Hier, neem onze chapatti maar. Die hebben we voor je bewaard.'

We praten met Radhey, een elfjarige met één been.

'Waarom krijg jij nooit straf? Jij verdient altijd genoeg geld.'

'Sst... Het is geheim.'

'Maak je geen zorgen. We vertellen het aan niemand.'

'Oké. Maar jullie mogen het aan niemand vertellen. In Juhu Vile Parle woont een actrice, in flat 24A. Als ik tekortkom, ga ik naar haar. Ze geeft me eten en geld om het tekort aan te vullen.'

'Hoe heet ze?'

'Neelima Kumari. Ze zeggen dat ze vroeger heel beroemd was. Maar ze acteert niet meer.'

'Hoe ziet ze eruit?'

'Ze moet toen ze jong was heel mooi zijn geweest, maar ze wordt oud. Ze heeft me verteld dat ze een hulpje in de huishouding nodig heeft. Als ik twee benen had, zou ik hier weglopen en bij haar een baantje als bediende nemen.'

Die nacht droom ik dat ik het huis op Juhu Vile Parle 24A binnenga. Ik bel aan en wacht. Een lange vrouw doet open. Ze draagt een witte sari. Achter haar giert de wind, haar haar waait voor haar gezicht, dat erachter schuilgaat. Ik doe mijn mond open om iets te zeggen en dan zie ik dat ze op me neerkijkt. Ik kijk naar beneden en ontdek met een schok dat ik geen benen heb, alleen twee stompjes.

Ik word badend in het zweet wakker.

We worden voorgesteld aan Moolay, een dertienjarige jongen met een geamputeerde arm.

'Ik haat mijn leven,' zegt hij.

'Waarom loop je niet weg?'

'Waarheen? Dit is Mumbai, niet mijn dorp. Het is moeilijk om een schuilplaats te vinden in deze grote stad. Zelfs om in een rioolpijp te slapen moet je mensen kennen. En je moet bescherming regelen tegen de andere bendes.'

'Andere bendes?'

'Ja. Vorige maand zijn er twee jongens weggelopen. Ze waren binnen drie dagen terug. Ze konden geen werk vinden.

Bhiku's bende stond hun niet toe in haar gebied te werken. We hebben hier tenminste eten en een dak boven ons hoofd en als we voor Maman werken, vallen de ander bendes ons niet lastig.'

'We willen niet bij andere bendes betrokken raken,' vertel ik hem en ik zeg een doha: '*Kabira Khara Bazaar Mein, Mange Sabki Khair, Na Kahu Se Dosti, Na Kahu Se Bair.* Kabir is op de markt en wenst iedereen welvaart toe; hij wil met niemand vriendschap of vijandschap.'

We ontmoeten Sikandar, geïmporteerd uit Pakistan.

Het gonst van opwinding in de eetzaal. Er is een nieuwe jongen. Mustafa brengt de nieuwe bewoner binnen en we verdringen ons om hem heen. Mustafa is het meest opgewonden van iedereen. 'We hebben hem net vanochtend binnen met de zending van Shakeel Rana,' zegt hij en hij slaat op zijn dijen van plezier.

De jongen is niet ouder dan twaalf. We raken hem aan alsof hij een gekooid dier is. Maar hij ziet er niet uit als een dier. Hij lijkt meer op het buitenaardse wezen dat we in de televisiereclame van Britannia-biscuit hebben gezien, met een ovaal, spits toelopend hoofd, Chinese ogen, een brede neus en smalle lippen. Mustafa zegt tegen Punnoose: 'Hij komt uit het heiligdom van Shah Dola in Punjab, Pakistan. Deze jongens worden rattenkinderen genoemd.'

'Hoe krijgen ze zo'n hoofd?'

'Ik heb van verschillende mensen gehoord dat ze ijzeren ringen om de babyhoofdjes doen om te zorgen dat ze niet groeien. Zo krijg je die unieke vorm.'

'Ik denk dat hij heel wat mogelijkheden heeft. Maman zal blij zijn,' zegt Punnoose.

'Ja,' beaamt Mustafa, 'deze is heel wat waard.'

Om de een of andere reden doet de jongen me denken aan

de beer die ik een keer met vader Timothy op Connaught Place heb gezien. Hij had een strakke halsboei om zijn nek en een zwarte muilkorf. Zijn eigenaar prikte hem hard met een stok met een punt en dan ging hij op zijn achterpoten staan en zwaaide naar de mensen die om hem heen stonden. Die gooiden dan munten naar hem. De eigenaar raapte het geld op en trok hem mee voor een volgende voorstelling. Ik was geraakt door de ogen van de beer, die zo verdrietig stonden dat ik vader Timothy had gevraagd: 'Kunnen beren huilen?'

Ik ontdek Jitu, die in een kast zit verstopt.

Hij houdt een plastic zak in zijn hand met een geelwitte substantie erin. Hij legt de open kant over zijn mond, inhaleert diep en duwt de bodem van de zak naar zijn gezicht. Zijn kleren ruiken naar verf en oplosmiddel. Hij heeft uitslag rond zijn neus. Zijn mond is bezweet en kleverig. Nadat hij heeft geïnhaleerd, worden zijn halfdichte ogen glazig en begint zijn hand te beven.

'Jitu... Jitu,' ik schud aan hem, 'wat doe je?'

'Laat me met rust,' zegt hij met een slaperige stem. 'Ik zweef. Ik slaap op de wolken.' Ik sla hem in zijn gezicht. Hij hoest zwart slijm op.

'Ik ben verslaafd aan lijm,' vertelt hij me later. 'Ik koop het bij de schoenmaker. Lijm neemt de honger en de pijn weg. Ik zie prachtige kleuren en af en toe mijn moeder.'

Ik vraag hem om wat lijm en probeer het. Nadat ik heb geïnhaleerd, word ik een beetje duizelig, de vloer onder me lijkt te bewegen en ik begin beelden te zien. Ik zie een lange vrouw, gekleed in een witte sari, met een baby in haar armen. Achter haar giert de wind, waardoor haar gitzwarte haar voor haar gezicht waait, dat erachter schuilgaat. Maar de baby strekt zijn piepkleine handje uit en met zachte bewegingen veegt hij de lokken weg en haar gezicht wordt zichtbaar. Hij ziet twee verwilderde, diepliggende ogen, een scheve neus en scherpe, puntige tanden die glinsteren van het bloed. Er kruipen maden uit de plooien van de gerimpelde huid die over haar kaak hangt. Hij gilt van angst en valt van haar schoot.

Geen lijm meer voor mij.

Ondertussen komt er een einde aan onze muzikale opleiding. Masterji is buitengewoon tevreden over Salims vorderingen. 'Je bent nu een volleerd zanger. Je hebt nog maar één les nodig.'

'En die is?'

'De bhajans van Surdas.'

'Wie is Surdas?'

'De beroemdste van alle *bhakti*-zangers, die duizenden liederen heeft gemaakt om Heer Krishna te vereren. Op een dag viel hij in een verlaten put. Hij kon er niet meer uit. Hij heeft zes dagen in de put gezeten. Hij bleef bidden en op de zevende dag hoorde hij een kinderstem aan hem vragen zijn handen uit te steken zodat het kind hem eruit kon helpen. Surdas kwam met hulp van de jongen uit de put, maar de jongen was verdwenen. De jongen was niemand anders dan Heer Krishna. Vanaf dat moment heeft Surdas zijn hele leven gewijd aan het schrijven van liederen om Krishna te vereren. Met de eensnarige *ektara* in zijn hand begon hij liederen te zingen over ieder detail in ieder stadium in de jeugd van Krishna. Krishna's eerste tandje, Krishna's eerste woordjes, zijn eerste stapjes...' Masterji begint te zingen: *Akhiyan hari darshan Ki Pyasi*; Mijn ogen hongeren naar uw aanwezigheid, Heer Krishna.'

'Waarom hongeren zijn ogen?' vraag ik.

'Heb ik je dat niet verteld? Surdas was volkomen blind.'

Op de laatste dag van onze muzikale opleiding bedelft Masterji Salim onder de complimentjes voor het perfect vertolken van een van Surdas' bhajans. Ik ben geïrriteerd en afgeleid. Mijn ontmoetingen met de jongens van Maman hebben me bezorgd gemaakt. Hoewel we op een bepaalde manier allemaal kinderen van een mindere god zijn, vind ik dat Mamans jongens het wel heel slecht hebben getroffen.

Punnoose komt de kamer binnen om met Masterji te praten. Ze spreken met gedempte stemmen, dan pakt Punnoose zijn portemonnee en begint geld uit te tellen. Hij geeft een stapeltje biljetten aan de muziekleraar, die het dankbaar in de zak van zijn kurta steekt. Ze lopen samen de kamer uit en laten mij alleen achter met Salim en het harmonium.

'Ik had nooit uit Dilli moeten weggaan,' zeg ik tegen Salim. 'Jij bent tenminste een goede zanger, maar mij heeft die reis niets opgeleverd.'

Dan zie ik een biljet van honderd roepie op de grond liggen. Punnoose moet het hebben laten vallen toen hij het geld telde. Mijn eerste neiging is het in mijn zak te steken, maar Salim grist het uit mijn hand en staat erop dat we het teruggeven. Dus lopen we naar de kamer die Maman als kantoor gebruikt en waar Punnoose en Mustafa meestal zijn te vinden.

Als we de deur naderen, horen we stemmen in de ruimte. Maman praat tegen Punnoose.

'Wat zei de Master na afloop van de lessen? Hij wordt steeds duurder.'

'Hij zei dat de oudste niets is, maar dat de jongste veel mogelijkheden heeft. Hij zegt dat hij nog nooit een jongen met zoveel talent heeft lesgegeven.'

'Dus je denkt dat hij minstens driehonderd kan binnenbrengen?'

'Wat is nou driehonderd? Hij heeft een magische stem. En dat gezicht? Wie kan dat gezichtje weerstaan? Ik denk dat hij mogelijkheden heeft voor vier- of vijfhonderd. We hebben de hoofdprijs gewonnen, Maman.'

'En die andere jongen? Die lange?'

'Wat maakt dat uit? Die klootzak zal voor zichzelf moeten vechten. Hij kan iedere avond honderd voor ons meenemen en anders heeft hij honger.'

'Mooi. Stuur ze volgende week maar met de trein mee. En we doen ze vanavond. Na het eten.'

Er loopt een rilling langs mijn ruggengraat als ik die woorden hoor. Ik grijp de hand van Salim en we rennen terug naar onze kamer. Salim is in de war over het gesprek dat we hebben gehoord en de getallen die werden genoemd, maar in mijn hoofd vallen de puzzelstukjes op zijn plaats.

'Salim, we moeten ontsnappen. Nu.'

'Maar waarom?'

'Omdat er vanavond iets ergs met ons gaat gebeuren. Na het eten.'

'Ik begrijp het niet.'

'Ik begrijp alles. Weet je waarom we de bhajans van Surdas hebben geleerd?'

'Omdat hij een groot dichter was?'

'Nee. Omdat hij blind was. En dat worden wij vanavond ook, zodat we in de trein kunnen bedelen. Ik weet zeker dat alle jongens hier opzettelijk zijn verminkt door Maman en zijn bende.'

Maar dat is zo wreed dat Salim weigert het te geloven. Hij wil blijven.

'Waarom loop je niet alleen weg?' zegt hij tegen me.

'Ik kan niet zonder jou weggaan.'

'Waarom niet?'

'Omdat ik je beschermengel ben en je bij mijn package deal hoort.'

Salim omhelst me. Ik pak de munt uit mijn zak. 'Luister, Salim,' zeg ik tegen hem, 'jij gelooft toch in het lot? Dan laten we deze munt onze toekomst bepalen. Kop en we gaan weg, munt en we blijven, oké?'

Salim knikt. Ik gooi de munt. Het is kop.

Ik kan Salim eindelijk overhalen uit Mamans nest te ontsnappen, maar hij twijfelt enorm. 'Waar moeten we dan heen? Wat gaan we doen? Ik ken niemand in deze stad.'

'Ik weet waar we heen gaan. Weet je nog dat Radhey ons over die actrice heeft verteld? Neelima Kumari? Die heeft een bediende nodig. Ik heb haar adres en ik weet ook met welke trein we erheen moeten.'

'En als we nou eens naar de politie gaan?'

'Ben je gek? Heb je dan helemaal niets geleerd sinds Dilli? Wat je ook doet, waar je ook heen gaat, ga nooit naar de politie. Nooit.'

We zijn in de badkamer in de kelder en luisteren naar het monotone geluid van water dat uit de kraan druppelt. Salim staat met een mes in zijn handen op mijn schouders en probeert de grendels van het tralieraam open te maken. 'Snel,' fluister ik met mijn kaken op elkaar. Boven hoor ik de bewakers van Maman door onze kamer lopen en kasten opentrekken. We horen geschreeuw en gescheld. Er valt een fles kapot, waardoor we nog zenuwachtiger worden dan we al waren. Salim is doodsbang en ademt snel en oppervlakkig. Mijn hart gaat harder slaan, tot ik het bijna hoor bonken. De voetstappen lijken dichterbij te komen. 'Nog maar één,' zegt Salim. 'Maar die zit klem. Ik denk niet dat ik hem openkrijg.' 'Alsjeblieft, probeer het nog een keer!' spoor ik Salim aan, 'ons leven hangt ervan af.' Salim probeert de grendel met hernieuwde moed en draait met al zijn kracht aan het mes. Uiteindelijk lukt het hem. Hij haalt snel de vier grendels eruit en tilt het tralieraam op. We zien buiten de palmbomen zachtjes in het briesje deinen. Het raam is net groot genoeg voor ons om erdoor te kruipen. Mamans mannen staan op het punt de trap naar beneden te nemen als Salim zichzelf door het raam perst. Dan grijpt hij mijn hand en helpt me naar buiten. We komen hijgend en naar adem snakkend op een berg stenen terecht. Het is volle maan en een rustige nacht. We inhaleren de frisse lucht. Die ruikt naar kokosnoten.

We zitten in de trein van Goregaon naar het centrum van deze enorme wereldstad. De trein is om deze tijd van de avond niet erg druk en er zitten maar een paar passagiers in onze coupé. Ze lezen de krant, spelen kaart, uiten kritiek op de regering, laten scheten. Er komt een frisdrankverkoper binnen met een plastic koelbox met gekleurde flesjes erin. 'Cola, Fanta, Thums Up, Limca, 7-Up,' schreeuwt hij met een hoge stem. De flesjes zijn gekoeld, we zien de condensdruppels op de buitenkant. Salim kijkt naar de drankjes en likt zijn uitgedroogde lippen. Hij voelt aan zijn borstzakje en klopt er gerustgesteld op. De verkoper kijkt hem hoopvol aan. Salim schudt zijn hoofd en de man loopt verder.

Er komt al snel een andere verkoper de coupé binnen, een man met een baard en een ronde bril. Hij heeft een groot dienblad voor zijn buik hangen, vol met roestige blikken, beslagen flessen en plastic pakjes met wortels, gedroogde blaadjes, poeders en zaden. 'Yusuf Fahim, reizende Hakim,' kondigt hij aan, 'ik heb een behandeling tegen iedere kwaal. Van kanker tot verstopping, zeg maar wat er mis is.' Jammer genoeg voor hem zitten er geen zieken in de coupé en hij loopt al snel verder, een scherpe lucht van geelwortel en gember achterlatend.

We kijken naar de lichtjes van de stad terwijl de trein langs woonwijken en sportstadions raast. We zien flitsen van mensen die in hun woonkamer zitten, televisie kijken, eten, hun bed opmaken. Twee haltes voor we eruit moeten, horen we schuifelende voetstappen aan de andere kant van de coupé.

Hij is een kleine, ondervoede jongen van een jaar of zeven, met een blauw bloesje en een stoffige korte broek. Hij loopt met een stok en heeft een ektara in zijn handen. We herkennen hem niet, hij is niet een van de jongens van Maman.

Hij staat een meter of drie van ons vandaan stil en begint luidkeels *Sunire maine nirbal ke Balaram* te zingen, Ik heb gehoord dat Krishna de zwakken helpt. Een van Surdas' bekendste gedichten.

We krimpen ineen terwijl de melodieuze klanken van de zanger de coupé vullen. Beelden van Mamans jongens dringen zich aan ons op. Raju, Radhey, Ashok en Moolay. Salim komt tegen me aan zitten en ik schuif zo ver mogelijk in het hoekje van mijn bank. Maar het hoofd van de zanger traceert ons als een radar. Hij lijkt ons met zijn blinde ogen beschuldigend aan te kijken. We luisteren vijf martelende minuten tot zijn lied klaar is. Dan haalt hij een bakje tevoorschijn en bedelt om geld. Er zit maar een handjevol passagiers in de coupé en niemand neemt de moeite om wat kleingeld te pakken.

Als de zanger onze kant op komt, pakt Salim iets uit zijn borstzak. Hij houdt het in zijn gebalde vuist en kijkt me schuldbewust aan. Ik knik stil. Met een pijnlijke uitdrukking op zijn gezicht opent Salim zijn vuist boven de uitgestrekte hand van de zanger. Een verfrommeld briefje van honderd roepie dwarrelt in het bakje van de bedelaar.

Smita beeft onwillekeurig. 'Ik kan niet geloven dat er in deze tijd nog mensen zijn die onschuldige kinderen zo wreed behandelen.'

'Het is triest, maar waar. Als Salim en ik die nacht niet waren ontsnapt, stonden we misschien nog steeds in de trein te zingen, zoals die blinde jongen,' antwoord ik.

'Heb je die baan bij Neelima Kumari gekregen?'

'Ja.'

'En wat is er met Salim gebeurd?'

'Neelima Kumari heeft een kamer in een chawl in Ghatkopar voor hem geregeld.'

'Maar in het laatste verhaal werkte je toch in een gieterij en woonde je toch ook in de chawl?'

'Dat was nadat ik Neelima Kumari had verlaten, of eigenlijk zij mij.'

'Hoe bedoel je?'

'Dat zul je snel horen.'

Smita schudt haar hoofd en drukt op AFSPELEN.

Prem Kumar kijkt in de camera. 'Dan gaan we nu naar de vierde vraag, voor tienduizend roepie. Deze is ook vrij eenvoudig, maar alleen als je verstand hebt van godsdienstige zangers. Meneer Thomas heeft ons verteld dat hij in alle religies gelooft. Laten we hopen dat hij de bhajans kent.' Hij wendt zich tot mij. 'Bent u er klaar voor?'

'Klaar,' antwoord ik.

'Mooi. Vraag vier. Surdas, de blinde dichter, bezong welke god: A) Ram, B) Krishna, C) Shiva of D) Brahma?'

De muziek begint.

'B. Krishna.'

'Weet u dat absoluut, honderd procent zeker?'

'Ja.'

Tromgeroffel. Het goede antwoord verschijnt op het scherm.

'Dat is absoluut, honderd procent correct! U hebt tienduizend roepie gewonnen!' verklaart Prem Kumar. Het publiek klapt. Prem Kumar grijnst. Ik niet.

50.000 roepie

HOE JE AUSTRALISCH SPREEKT

'Naam, geslacht en leeftijd graag, meneer,' zegt de timide uitziende man van de volkstelling. Hij draagt een bril met een zwart montuur en dikke glazen. Hij heeft een stapel papieren bij zich en speelt met een blauwe viltstift.

Kolonel Taylor begint met een geïrriteerde gezichtsuitdrukking de gegevens op te sommen. Hij draagt een crèmekleurig linnen pak. Hij draagt altijd een pak. Zomer en winter. Het staat hem goed, omdat hij lang is. Hij heeft een ovaal gezicht met een dikke peper-en-zoutsnor, smalle lippen en rode wangen. Zijn zandkleurige haar is naar achteren gekamd. Het hele gezin Taylor en alle bedienden staan op de veranda alsof er een groepsfoto gemaakt gaat worden. 'Ik ben kolonel Charles Taylor, mannelijk, 46. Dit is mijn echtgenote Rebecca Taylor, vrouw, 44.' Hij wijst naar mevrouw Taylor, dun, blond en gekleed in een lange rok. 'Dit is onze zoon Roy, man, 15.' Roy staat met zijn mobieltje te spelen. Hij is lang en slank en draagt een gebleekte merkspijkerbroek, een T-shirt en gymschoenen. 'Dit is onze dochter Maggie, vrouw, 17.' Maggie is niet zo lang, maar best knap, met een rond gezicht, blauwe ogen en goudkleurig haar. Ze draagt een ontzettend kort rokje.

Kolonel Taylor richt zich in zijn volle lengte op en legt meer kracht in zijn stem. 'Ik ben de Australische defensie-attaché. We zijn diplomaten, dus u hoeft ons niet op te nemen in uw telling. De enige mensen uit dit huis die in uw rapport thuishoren, zijn onze bedienden. Dat is Bhagwati, daar naast het hek. Hij is onze chauffeur-tuinman, man, 52. We hebben een dienstmeid, Shanti, vrouw, ik geloof 18, die er nu even niet is. Dat is Ramu, onze kok, man, 25 en dat is Thomas, man, 14. Is dat alles?'

'Nee, meneer, ik moet de bedienden wat vragen stellen, meneer. Er hoort een lange vragenlijst bij de telling van 2001. Allerlei rare vragen, zoals naar welke televisieprogramma's je kijkt, wat je eet, in welke steden je bent geweest en zelfs,' hij grinnikt, 'hoe vaak je seks hebt.'

Mevrouw Taylor fluistert iets tegen haar man. 'Charles, we kunnen Ramu en Thomas hun tijd niet laten verspillen aan dit idiote gedoe. Kun je die sukkel niet wegsturen?'

Kolonel Taylor trekt een pakje sigaretten uit zijn zak. 'Luister, meneer huppeldepup, mijn bedienden hebben echt geen tijd om die hele vragenlijst af te werken. Dus als u dit pakje Marlboro nou eens aanneemt en doorgaat naar het volgende huis? U kunt het zich vast wel permitteren vier mensen niet in uw lijst op te nemen.'

De volksteller kijkt naar het pakje en likt zijn lippen. 'Nou... meneer, dat is erg aardig van u. Maar ik rook niet, meneer. Maar als u toevallig een fles Black Label whisky hebt staan... of zelfs een Red Label, dan ben ik vertrokken, meneer. Want wat maakt het uit als we vier druppels uit de oceaan halen? Niemand mist vier mensen op een miljard!' Hij begint nerveus te lachen.

Kolonel Taylor kijkt de volksteller vuil aan. Dan stampt hij de woonkamer in en komt terug met een fles Johnny Walker Red Label. 'Hier, aanpakken en wegwezen. En val ons nooit meer lastig.'

De volksteller salueert naar kolonel Taylor. 'Maakt u zich maar geen zorgen, meneer. Ik kom pas terug in 2011.' Hij loopt tevreden weg. Mevrouw Taylor is ook blij. 'Die achterlijke Indiërs,' zegt ze glimlachend tegen haar man, 'geef ze een fles whisky en ze doen alles.' Bhagwati staat bij het hek te grijnzen. Hij heeft geen idee wat er gebeurt. Maar hij glimlacht altijd als sahib en memsahib glimlachen. Ramu staat ook te grijzen. Dat doet hij altijd als hij Maggie in een kort rokje ziet.

Ik ben de enige die niet lacht. Ik geef toe dat wij bedienden onzichtbaar zijn, dat we niet mogen worden gehoord tijdens feestjes en familiebijeenkomsten, maar om zelfs niet in de volkstelling van ons eigen land te worden opgenomen is wel heel erg pijnlijk. En hield de familie Taylor nou maar eens op met die snobistische verwijzing naar 'achterlijke Indiërs'. Sinds ik bij het gezin werk, is dit al minstens de vijftigste keer dat ik ze die uitdrukking heb horen gebruiken. Iedere keer als ik het hoor, begint mijn bloed te koken. Oké, de postbode, de elektricien, de man die de telefoon repareert en de agent, en nu zelfs ook de volksteller, hebben een zwak voor whisky. Maar dat betekent niet dat alle Indiërs dronkaards zijn. Ik hoop dat ik dat op een dag kan uitleggen aan mevrouw Taylor. Maar ik weet dat dat niet zal gebeuren. Als je op een chique locatie in Dilli in een groot huis woont, drie warme maaltijden per dag krijgt en een salaris van vijftienhonderd roepie, inderdaad, vijftienhonderd roepie, per maand, dan leer je je trots in te slikken. En te glimlachen als sahib en memsahib dat doen.

Maar eerlijk is eerlijk, de familie Taylor is erg goed voor me. Niet veel mensen zullen je aannemen als je zomaar op de stoep staat nadat je uit Mumbai bent weggegaan. En ik heb ook nog eens valse referenties opgegeven. Kolonel Taylor was de derde opvolger na kolonel Waugh. En de familie Taylor, die uit anglicanen bestond, had niets te maken met de rooms-katholieke kerk van vader Timothy. Het was gewoon stom geluk dat het gezin dringend om een bediende zat te springen, aangezien ze net een hulp het huis uit hadden getrapt.

In de vijftien maanden dat ik bij het gezin werk, zijn er nog vijf andere bedienden ontslagen. Allemaal vanwege kolonel Taylor. Hij is de man-die-alles-weet. Zoals er een alwetende God in de hemel is, heb je kolonel Taylor op aarde. Jagdish, de tuinman, heeft mest uit de schuur gestolen en kolonel Taylor wist ervan. Resultaat: de volgende dag ontslagen. Sheel, de dienstmeid, stal een armband uit de kamer van mevrouw Taylor en kolonel Taylor wist ervan. Resultaat: de volgende dag ontslagen. Raju, de kok, heeft op een avond wat whisky van kolonel Taylor gedronken. Resultaat: in elkaar geslagen en de volgende dag ontslagen. Ajay, de nieuwe kok, was van plan geld te gaan stelen en had het er aan de telefoon over met een vriend. Resultaat: de volgende dag ontslagen en hij en zijn vriend door de politie gearresteerd. Basanti, de nieuwe dienstmeid, heeft een jurk van Maggie gepast. Resultaat: ja, de volgende dag ontslagen. Hoe kolonel Taylor al die dingen te weten komt die achter gesloten deuren, midden in de nacht of aan de telefoon plaatsvinden als er niemand in de buurt is, is een groot mysterie.

Ik ben de enige die het heeft overleefd. Ik moet toegeven dat ik ook af en toe in de verleiding kom de losse munten die op de kaptafel van mevrouw Taylor liggen te pakken, of zo'n heerlijk Zwitsers chocolaatje uit de koelkast te nemen, maar ik houd me in, want ik weet dat kolonel Taylor de man-die-alles-weet is. En het gezin vertrouwt me. Het feit dat ik een christelijke naam heb en Engels spreek, helpt ook. Ik heb naast Shanti, die pas twee maanden geleden is aangenomen, als enige toegang tot alle privé-vertrekken in de woning. Ik mag in alle slaapkamers komen en ik ben de enige die af en toe televisie mag kijken en op de Nintendo mag spelen met Roy. Maar zelfs ik mag niet in kolonel Taylors kantoor komen, dat 'de Studeerkamer' heet. Het is het kleine kamertje dat aan de ouderslaapkamer grenst. Het heeft een degelijke bruine houten deur die wordt beschermd door dikke ijzeren tralies. Het ijzeren traliehek heeft drie sloten. Twee kleintjes en een goudkleurig hangslot, waarop staat: 'Yale. Gepantserd. Grendels van boor.' Op de muur naast het hangslot hangt een elektronisch paneeltje met een plaatje van een schedel met twee gekruiste beenderen en de getallen 0 tot en met 9 als op een toetstelefoon. Het hangslot gaat alleen open als je een code hebt ingetoetst. Als je het met geweld probeert te openen krijg je een schok van 440 volt en ga je dood. Als de kamer dicht is, gaat er een rood lampje branden. Als kolonel Taylor binnen is, springt het lichtje op groen. Niemand in het huis mag deze kamer binnen. Zelfs mevrouw Taylor, Maggie en Roy niet.

De tijd die ik bij de familie Taylor heb doorgebracht, heeft me de traumatische gebeurtenissen in Mumbai helpen vergeten. Shantaram en Neelima Kumari zijn pijnlijke herinneringen, maar ze zijn ver weg. De eerste paar maanden leefde ik in constante angst, ik kromp ineen als er een politiejeep met een rood zwaailicht langs het gebouw reed. Maar naarmate de tijd verstreek, werd het gevoel opgejaagd te worden steeds minder sterk. Ik dacht vaak aan Gudiya en vroeg me af hoe het haar verging, maar het is moeilijk een herinnering vast te houden als je geen gezicht hebt om met de naam te associëren. Uiteindelijk verdween ze in de prullenbak van mijn verleden. Salim was de enige die ik niet kon vergeten. Ik werd vaak geplaagd door schuldgevoel omdat ik hem in de steek had gelaten. Ik vroeg me af hoe hij het redde, of hij nog als dabbawallah werkte, maar ik nam geen contact met hem op, omdat ik bang was dat de politie dan achter mijn verblijfplaats zou komen.

Bij de familie Taylor heb ik geleerd barbecues en fondue te maken. Ik ben een expert geworden in het mixen van drankjes en het inschenken van de juiste hoeveelheid whisky. Ik heb rechtstreeks uit Canberra geïmporteerde kangoeroebiefstuk en krokodilnuggets gegeten. Ik ben een fan geworden van rugby, tennis en iets wat *Aussie Rules* heet en waar ik samen met Roy naar kijk. Maar zelfs na al die tijd heb ik nog moeite met het Australische accent. Ik zit iedere avond op mijn kamer te oefenen hoe ik als een Australiër moet praten. Maar als ik met zo'n accent praat, barst ik in lachen uit.

Ik geniet vooral van het winkelen met mevrouw Taylor. De meeste van haar spullen komen uit Australië. Maar soms koopt ze importproducten van de Super Bazaar en de Khan Market. We kopen Spaanse chorizo, roquefortkaas, zoute augurken en rode pepers in olijfolie. De beste dagen zijn als ze met Maggie en Roy naar de Kids Mart gaat, de grootste kinderwinkel ter wereld. Je kunt er kleding, speelgoed, fietsen en cassettes kopen. Maggie en Roy kopen truien en spijkerbroeken en ik mag in de gratis draaimolen.

Roy en Maggie krijgen iedere maand een tijdschrift. Het heet *Australian Geographic.* Ik vind het het mooiste tijdschrift dat er bestaat. Het staat vol foto's van de schitterendste plaatsen op aarde. En ze liggen allemaal in Australië. Er zijn stranden met kilometers goudkleurig zand. Eilanden met prachtige palmbomen. Oceanen vol walvissen en haaien. Steden vol wolkenkrabbers. Vulkanen die dodelijke lava uitspuwen. Bergen met besneeuwde toppen aan rustige groene valleien. Op mijn veertiende is het mijn vurigste wens die mooie plaatsen te zien. Voor mijn dood Queensland, Tasmanië en het Great Barrier Reef te bezoeken.

Mijn leven bij de familie Taylor is ook comfortabel doordat ik niet veel te doen heb. In tegenstelling tot in het huis van de actrice, waar ik de enige bediende was, deel ik hier mijn werk met drie anderen. Ramu is de kok en de baas over de keuken. Shanti maakt de bedden op en doet de was. Ik hoef alleen maar te stofzuigen en schoon te maken. Af en toe poets ik het zilver, maak boekenstapels in de bibliotheek van kolonel Taylor en help Bhagwati met het snoeien van de heggen. We wonen allemaal in de bediendenvertrekken aangrenzend aan het huis. We hebben een grote en twee kleine kamers tot onze beschikking. Bhagwati woont met zijn vrouw en zoon in de grote kamer. Shanti woont alleen in een kleine kamer. En ik deel de andere kleine kamer met Ramu. Er staat een stapelbed in de kamer. Ik slaap bovenin.

Ramu is een aardige vent. Hij werkt sinds vier maanden bij het gezin en is een geweldige kok. Waar hij het trotst op is, is dat hij Frans kan koken, aangezien hij hiervoor bij een Frans gezin werkte. Hij kan *gateau de saumon*, *crêpes suzette* en *prawn au gratin* maken, wat mijn favoriete schotel is. Ramu is goedgebouwd en als je de pokkenlittekens in zijn gezicht negeert, is hij best knap. Hij is dol op Hindi-films. Zijn favoriete films zijn die waarin de heldin ervandoor gaat met de arme held. Ik heb het vermoeden dat Shanti verliefd is op Ramu. Afgaand op de manier waarop ze naar hem kijkt en af en toe naar hem knipoogt, denk ik dat ze hem een signaal probeert te geven. Maar Ramu is niet in Shanti geïnteresseerd. Hij is verliefd op iemand anders. Hij heeft me laten zweren dat ik het aan niemand vertel. Dus ik kan niet zeggen op wie. Maar ik denk dat ik wel kan zeggen dat het een mooi meisje is met blauwe ogen en goudkleurig haar.

Hoewel ik in de bediendenvertrekken woon, behandelt het gezin me bijna als familie. Als ze naar McDonald's gaan, nemen ze een kindermenu voor me mee. Als Roy en Maggie scrabble spelen, mag ik meedoen. Als Roy cricket kijkt in de televisiekamer, nodigt hij me uit bij hem te komen zitten (hoewel hij vreselijk vervelend wordt als Australië verliest). Iedere keer dat ze samen op vakantie naar Australië gaan, nemen ze een cadeautje voor me mee: een sleutelhanger met 'Ik houd van Sydney' erop of een T-shirt met een grappige tekst. Soms moet ik huilen om zoveel aardigheid. Als ik een plakje Edammer kaas eet of een blikje *root beer* drink, kan ik nauwelijks geloven dat ik hetzelfde weeskind ben dat hier niet ver vandaan nog maar vijf jaar geleden dikke zwarte chapatti's en onverteerbare stoofpot in een smerige inrichting zat te eten. Soms zie ik mezelf echt als lid van dit Australische gezin. Ram Mohammad Taylor. Maar als een van de bedienden wordt berispt of weggestuurd omdat hij iets verkeerd heeft gedaan, of als kolonel Taylor met zijn vinger zwaait en zegt: 'Achterlijke Indiërs', stort mijn droomwereld in en zie ik mezelf als een straathond die door een raam met tralies een exotische wereld in kijkt waar hij niet bij hoort.

Maar één ding is wel van mij: mijn salaris, dat een steeds grotere stapel geld vormt, hoewel ik die nog steeds moet zien of aanraken. Na zijn negatieve ervaringen met een hele reeks bedienden, heeft kolonel Taylor besloten me niet maandelijks een salaris te geven omdat ik minderjarig ben. Hij geeft me vijftig roepie zakgeld per maand. Ik krijg de rest van mijn opgespaarde salaris als ik hier wegga. En alleen als ik me goed gedraag. Anders is het, net als voor Raju en Ajay, weg zonder betaling. Ramu krijgt wel iedere maand salaris. Tweeduizend roepie. Hij heeft al achtduizend roepie gespaard, die hij in een gat in zijn matras bewaart. Ik heb maar honderd roepie in mijn zak, maar ik heb een rood boekje waarin ik iedere maand mijn salaris opschrijf. De familie Taylor is me vijfentwintigduizend roepie schuldig. Alleen al de gedachte aan al dat geld maakte me duizelig. Ik droom iedere avond van de plaatsen op de foto's die ik in de *Australian Geographic* zie. Ramu heeft grotere ambities. Hij droomt ervan met een mooi blank meisje te trouwen, op huwelijksreis naar Sydney te gaan en een keten van Franse restaurants te openen waar hij hertenvlees en *crème brûlée* gaat serveren.

De voddenman, *kabariwalla*, is er. Mevrouw Taylor verkoopt hem alle kranten en tijdschriften die we het afgelopen halfjaar hebben verzameld. Die moeten minstens tienduizend roepie in aanschaf hebben gekost. Maar we verkopen ze voor vijftien roepie per kilo. Ramu en ik slepen met zware stapels van *The Times of India, Indian Express, The Pioneer* en *The Hindu*. We halen de opgestapelde exemplaren van *India Today*, *Femina*, *Cosmopolitan* en *The Australian* tevoorschijn. De kabariwalla weegt ze op zijn stoffige weegschaal. Ineens verschijnt Roy. 'Wat gebeurt er?' vraagt hij aan zijn moeder. 'Niets. We doen alle oude tijdschriften weg,' antwoordt ze. 'O ja?' zegt hij en hij verdwijnt het huis in. Na vijf minuten komt hij terug met dertig exemplaren van *Australian Geographic* in zijn armen. Mijn mond valt open. Ik ben diep geschokt. Hoe kan Roy ook maar overwegen die tijdschriften te verkopen? Maar voor ik iets kan uitbrengen, heeft de kabariwalla de glanzende tijdschriften gewogen. 'Zes kilo. Ik geef je negentig roepie,' zegt hij tegen Roy. De jongen knikt. De transactie is voltooid. Ik ren naar mijn kamer.

Zodra de kabariwalla het huis uit is, houd ik hem op straat tegen. 'Het spijt me, maar de memsahib wil die tijdschriften terug,' zeg ik tegen hem. 'Jammer dan,' zegt hij en hij haalt zijn schouders op, 'ik heb ze gekocht. Het zijn uitstekende tijdschriften en ik kan er een goede prijs voor krijgen.' Uiteindelijk moet ik hem mijn honderd roepie geven, maar ik krijg de exemplaren van *Australian Geographic* terug. Nu zijn ze van mij. Die avond spreid ik ze allemaal uit in mijn piepkleine kamer en kijk naar de bergen en stranden, kwallen en kreeften, lachvogels en kangoeroes. Om de een of andere reden zien deze exotische plaatsen er vandaag toegankelijker uit. Misschien had ik nu doordat ik de tijdschriften bezat ook een heel klein stukje van hun inhoud in mijn hart.

Een andere opmerkelijke gebeurtenis deze maand is de eerste aflevering van *Spycatcher* op Star TV. Deze serie is binnen de kortste keren razendpopulair geworden in Australië. Ze gaat over het leven van een Australische politieagent, Steve Nolan, die in de jaren tachtig spionnen vangt. Kolonel Taylor raakt er volledig aan verslaafd. Normaal gesproken verdwijnt hij bijna iedere avond in zijn Studeerkamer en komt er alleen uit om te eten. Maar op woensdagavond zit hij in de televisiekamer met een flesje Fosters-bier en kijkt naar Steve Nolan die vieze buitenlanders ('rooie rakkers') vangt die geheimen verkopen aan een Russische organisatie die de KGB heet. Ik kijk graag naar de serie vanwege de achtervolgingsscènes, de levensgevaarlijke stunts en de geweldige apparaatjes, zoals een pen die ook fototoestel is, of een cassetterecorder die een pistool wordt. En de auto van Steve Nolan is fascinerend: een signaalrode Ferrari die als een raket door de straten schiet.

Het tuinfeest van de familie Taylor is een jaarlijks terugkerend evenement, maar deze zomer is het een speciaal feest. Het wordt gegeven ter ere van een generaal uit Australië en zelfs de hoofdcommissaris zal komen. Ramu en ik, en zelfs Bhagwati, worden voor de gelegenheid opgedirkt in spierwitte uniformen met ronde goudkleurige knopen. We dragen witte handschoenen en zwarte schoenen. We dragen een ongemakkelijk grote witte tulband met een staartje eraan op ons kleine hoofd. Het zijn van die tulbanden die de bruidegom op zijn bruiloft draagt. Maar wij zien er niet uit als een bruidegom op een paard. Wij zien eruit als chique obers op een chic tuinfeest.

De gasten arriveren. Kolonel Taylor verwelkomt hen op het goedverzorgde grasveld in de achtertuin. Hij draagt een lichtblauw pak. Ramu staat spiezen met kip, varken, vis en schaap te grillen boven de barbecue. Bhagwati serveert cocktails van een zilveren dienblad aan de gasten. Ik sta achter de bar. Ik ben de enige die begrijpt wat de gasten bedoelen als ze om een

Campari-soda of een Bloody Mary vragen. Shanti helpt in de keuken. Zelfs zij draagt een mooie rok in plaats van de gebruikelijke sari.

De gasten zijn hoofdzakelijk blank en van andere ambassades. Er zijn ook een paar Indiërs: wat journalisten en hoge ambtenaren van het ministerie van defensie. De blanken drinken Kingfisher-bier en cocktails. De Indiërs vragen zoals gewoonlijk om Black Label whisky.

Er zijn twee categorieën gesprekken tijdens het tuinfeest. De Indiërs hebben het over politiek en cricket. De diplomaten en expats wisselen roddels uit over hun bedienden en collega's, en zeuren over de hitte. 'Het is zo godvergeten heet, gaven ze ons nou maar gewoon vrij.' 'Mijn dienstmeid is ervandoor met de tuinman en dat terwijl ik hun allebei net een loonsverhoging had gegeven.' 'Het is tegenwoordig zo moeilijk om goede hulp te vinden. De meesten van die godvergeten bedienden zijn dieven.' 'Heb je het gehoord van die arme Luciano? Officieel is hij aan een longontsteking bezweken, maar het gerucht gaat dat het aids was.'

De komst van de hoofdcommissaris met een mooi geklede man, die, zo wordt me verteld, de generaal is, leidt tot opwinding onder de genodigden. Mevrouw Taylor struikelt bijna over haar eigen voeten in haar haast de hoofdcommissaris te begroeten. Er wordt heel wat gekust en er worden heel wat handen geschud. Kolonel Taylor ziet er tevreden uit. Het feest is een succes.

Om elf uur zijn alle gasten weg. Er zijn alleen nog twee Indiase journalisten en een hoge ome van het ministerie van defensie, Jeevan Kumar, die met hun tiende glas Johnny Walker in hun hand zitten. Mevrouw Taylor kijkt minachtend naar hen. 'Charles,' zegt ze tegen haar man, 'waarom heb je die godvergeten persmuskieten uitgenodigd? Ze gaan altijd als laatsten weg.' Kolonel Taylor maakt sussende geluiden. De hoge ome van defensie, een donkere, zwaargebouwde man, loopt zwalkend het huis in. 'Kan ik u even spreken, kolonel Taylor?' roept hij en kolonel Taylor rent achter hem aan.

Het is na middernacht en Ramu slaapt nog steeds niet. Ik hoor hem woelen. 'Wat is er, Ramu? Wil je vannacht niet slapen?' vraag ik.

'Hoe kan ik slapen, Thomas? Mijn geliefde kwelt me.'

'Wat ben je toch stom. Hoe vaak heb ik je nu al gezegd dat je die fantasie moet opgeven? Als kolonel Taylor erachter komt, laat hij je vermoorden.'

'Minnaars moeten zichzelf willen opofferen voor hun liefde. Maar nu draag ik tenminste iets van mijn geliefde bij me.'

'Wat? Wat heb je?' Ik klim uit mijn bed.

'Sst... Ik kan het je alleen laten zien als je belooft het aan niemand te vertellen.'

'Goed, goed. Ik zweer het. Laat nou zien.'

Ramu schuift zijn hand onder zijn kussen en haalt een rood lapje stof tevoorschijn. Hij houdt het tegen zijn neus en inhaleert diep. Zelfs ik ruik een vaag parfum.

'Wat is het? Laat zien.'

Ramu ontvouwt het als een vlag. Het is een beha. Ik spring geschokt op en stoot mijn hoofd tegen de houten rand.

'O mijn god! Hoe kom je daaraan? Hij is toch niet van haar, hè?'

'Kijk zelf maar,' zegt Ramu en hij geeft de beha aan mij.

Ik bekijk de beha. Hij ziet er vreselijk duur uit, hij is van geborduurd kant. Er zit een merkje bij de sluiting waar 'Victoria's Secret' op staat.

'Wie is Victoria?' vraag ik.

'Victoria? Ik ken geen Victoria.'

'Deze beha is van Victoria. Haar naam staat erop. Hoe kom je eraan?'

Ramu is in de war. 'Maar... maar ik heb hem uit Maggies kamer gestolen.'

'O mijn god, Ramu. Je weet dat je niet in de slaapkamer van de kinderen mag komen. Nou zit je in de nesten.'

'Luister, Thomas, je hebt beloofd het aan niemand te vertellen. Ik smeek je dit geheim niet te onthullen.'

Ik zweer het nog een keer en klim weer in mijn bed. Ramu begint al snel te snurken. Ik weet dat hij droomt over een meisje met blauwe ogen en goudkleurig haar. Maar ik droom over een jeep met een rood zwaailicht. Ik ben ervan overtuigd dat Ramu in de nesten zit. Want kolonel Taylor is de man-die-alles-weet.

Twee dagen later komt er inderdaad een jeep met een rood zwaailicht het terrein op rijden. Een politie-inspecteur met een veiligheidsbril op komt de woonkamer binnenbanjeren. Het is inspecteur Tyagi, degene die Ajay heeft meegenomen. Hij vraagt naar Ramu en de agenten sleuren de kok uit de keuken en nemen hem mee naar zijn kamer. Ik ren erachteraan. Het is ook mijn kamer. Ze doorzoeken Ramu's bed. Ze vinden het geld dat hij in zijn matras bewaart. En ze vinden ook een diamanten collier onder zijn kussen. Ik heb geen idee hoe het daar is terechtgekomen, maar ik weet wel dat Ramu geen dief is. Dan begint de agent mijn bed overhoop te halen. Ze vinden mijn *Australian Geographics*, keurig op een stapeltje in een hoek. Ze vinden mijn sleutelhangers en T-shirts. En dan vinden ze een verfrommelde rode beha onder mijn matras. Ik heb geen idee hoe hij daar is terechtgekomen, maar het is beha die Ramu uit Maggies kamer heeft gestolen.

Ik word voor de familie Taylor geleid als een beruchte misdadiger. 'Taylor sahib, u had het over één bedrieger in huis en we hebben inderdaad het diamanten collier en een heleboel geld in zijn bed gevonden. Maar kijk eens wat we in het bed van deze kleine klootzak hebben gevonden. We hebben deze tijdschriften gevonden, die hij uit de kamer van de kinderen moet hebben gestolen,' hij laat de stapel *Australian Geographics* op de vloer vallen, 'en we hebben dit gevonden.' De inspecteur ontvouwt de rode beha als een vlag.

Maggie begint te gillen. Ramu valt bijna flauw. Kolonel Taylor heeft een moorddadige glans in zijn ogen. '*Strewth!* Jij ook al, Thomas?' zegt mevrouw Taylor, die in eerste instantie diep geschokt is, later woedend. Ze wordt razend en slaat me vier of vijf keer in mijn gezicht. 'Achterlijke Indiërs,' gaat ze tekeer, 'jullie zijn allemaal hetzelfde. Jullie zijn allemaal ondankbare schooiers en godvergeten viespeuken. We geven je eten en kleding en wat krijgen we ervoor in de plaats? Dat jullie onze spullen proberen te jatten?'

Kolonel Taylor schiet me te hulp. 'Nee, Rebecca,' zegt hij tegen zijn vrouw. 'Je vergist je. Thomas is een goede vent. Die klootzak van een Ramu had deze in zijn bed verstopt. Vertrouw me maar, ik weet het zeker.'

Kolonel Taylor bewijst nogmaals dat hij de man-die-alles-weet is. Zijn alwetendheid redt me die dag en ik krijg mijn verzameling *Australian Geographics* terug. Maar de stranden van Queensland en de wilde dieren in Tasmanië trekken me niet langer aan. Ramu geeft huilend toe dat hij de beha heeft gepakt, maar blijft volhouden dat hij het collier niet heeft gestolen. Hij beschuldigt Shanti. Maar dat heeft geen zin. De inspecteur neemt hem mee naar zijn jeep. Hij neemt ook een fles Black Label van kolonel Taylor mee en geeft hem een blotetandenlach. 'Hartelijk bedankt, Taylor sahib. Als u me nodig hebt, belt u maar. Ik ben u graag van dienst. Hier is mijn kaartje.'

Kolonel Taylor neemt verstrooid het kaartje aan en laat het op het bijzettafeltje in de woonkamer liggen.

Het huis staat bol van de opwinding. Kolonel en mevrouw Taylor hebben een hondje voor Maggie aangeschaft. De kolonel neemt het aangelijnd mee naar huis. De hond is klein en wollig, met een nat neusje en een lange staart. Hij ziet eruit als een pop en zijn blaffen lijkt meer op gillen. Maggie zegt dat het een apso is. Ze noemt hem Rover.

Er is weer opwinding in huis. De nieuwe kok is gearriveerd. Hij heet Jai. Hij weet nog niet de helft van wat Ramu wist. Geen Franse *cuisine* meer, hij weet niet eens hoe je *au gratin* uitspreekt. Maar hij krijgt de baan omdat hij een volwassen, getrouwde man is met een vrouw en twee kinderen die in een dorp in de buurt wonen. Ik ben niet blij dat ik mijn kamer weer moet delen. Ik vond het heerlijk alleen in het stapelbed te slapen. De ene nacht sliep ik boven, de andere onder.

Ik vind Jai meteen niet aardig. Hij heeft nerveuze ogen. Hij rookt stiekem in de kamer (roken is verboden in huize Taylor). En hij behandelt me als een bediende. 'Wat is je ambitie in het leven?' vraagt hij me zoals een leraar uit de inrichting. 'Een Ferrari kopen,' lieg ik. 'En de jouwe?' Hij steekt nog een sigaret op en blaast kringetjes rook uit. 'Ik wil een garage beginnen, maar dat kost geld. Ik heb een heel rijke vriend, Amar, die me heeft beloofd dat als ik honderdvijftigduizend ophoest, hij de rest regelt. Hoeveel geld denk je dat die *firangs* in huis hebben?' Ik houd mijn mond. Dus meneer Jai is meteen de eerste week dat hij er is een beroving aan het plannen. Gelukkig weet hij niet van de man-die-alles-weet. Daar zal hij snel genoeg achter komen.

Kolonel Taylor gaat 's ochtendsvroeg met Rover wandelen in Lodhi Garden, dat vlak bij het huis ligt. Tot het stadsbestuur van Dilli een nieuwe wet introduceert die zegt dat hondeneigenaren de poep van hun hond moeten opruimen en anders zwaar worden beboet. Dan krijg ik de opdracht meester en hond te vergezellen en ben ik dus poepruimer van Rover. Ik haat dit klusje. Stel je voor dat je om halfzes moet opstaan om met een schep en een bakje achter een vieze, domme hond aan te rennen die iedere twee minuten zit te schijten. Maar Lodhi Garden is een mooie plaats voor een ochtendwandeling. Er is veel groen en een vervallen oeroud monument, Bara Gumbad, in het midden. Het park is 's ochtends vol joggers. Ik zie dikke oude dames yoga doen en magere anorectische meisjes aerobics. Het begint me ook op te vallen dat kolonel Taylor soms lang uit mijn blikveld verdwijnt als ik poep van Rover sta te scheppen. Dat maakt me nieuwsgierig en op een ochtend besluit ik Rover aan zijn lot over te laten en kolonel Taylor te volgen. Ik zie hem langs Bara Gumbad naar een bosje toe lopen. Ik begluur hem vanachter een dik begroeid bosje en zie hem de Indiër van het ministerie van defensie begroeten die ook op het tuinfeestje was.

'Zeg, meneer Kumar, ik ben u gisterenavond van uw huis in South Ex helemaal naar de snoepwinkel gevolgd en dat is u absoluut niet opgevallen,' zegt kolonel Taylor.

Jeevan Kumar zweet hevig en is duidelijk nerveus. Hij lijkt berouw te hebben. 'Het spijt me verschrikkelijk, kolonel sahib. Ik zal in het vervolg beter opletten. Ik weet dat we niet samen moeten worden gezien.'

'Natuurlijk, meneer Kumar, dat spreekt voor zich, maar als u zo onvoorzichtig blijft, ben ik bang dat we de persoonlijke ontmoetingen moeten staken. Onthoud gewoon deze simpele regel: VUARUAK.'

'VUARUAK?'

'Ja. Verwar Uw Achtervolger, Raak Uw Achtervolger Kwijt. Het is eigenlijk heel eenvoudig. Het betekent dat je nooit een rechtstreekse route neemt als je ergens heen gaat. Verander van route, neem een andere auto, duik een winkel in, kom een andere weer uit, alles wat de achtervolger verwart. Als u dat doet, wordt het erg ingewikkeld gevolgd te worden. Degene die je achtervolgt, zal het opgeven.'

‘Goed, kolonel sahib. Dat zal ik onthouden. Maar laat me u het goede nieuws vertellen. Ik denk dat ik u kan geven wat u al die tijd al wilt. Ontmoet me op vrijdag de veertiende op de parkeerplaats achter Balsons in South Ex. Daar is nooit iemand. Om acht uur ’s avonds. Goed?’

‘Goed.’

De ontmoeting is voorbij. Ik haast me terug naar Rover voor kolonel Taylor terugkomt.

Op vrijdag de veertiende heb ik mijn ogen en oren wijdopen. Kolonel Taylor vertelt zijn vrouw ’s ochtends vroeg zijn plannen voor die dag: ‘McGill, die nieuwe handelsattaché, wil dat ik hem na het werk de stad laat zien. Dus het wordt laat, Rebecca. Wacht maar niet op me met het eten.’

‘Prima. De vrouw van de hoofdcommissaris heeft me uitgenodigd om te komen bridgen, dus ik ben er ook niet,’ zegt mevrouw Taylor.

Ik weet dat één plus één twee is. Waarom heeft kolonel Taylor tegen zijn vrouw gelogen over die ontmoeting met McGill? Wat doet hij in het geheim met Jeevan Kumar? Hij daalt die dag in mijn achting. Ik heb erg met mevrouw Taylor te doen.

Na Ramu is het Roy’s beurt. Kolonel Taylor heeft hem betrapt toen hij in zijn slaapkamer met Shanti zat te zoenen. Shanti zweert op het graf van haar moeder dat er niets tussen haar en Roy *baba* speelt en dat dit de eerste keer is dat Roy haar kuste en dat het per ongeluk ging. Maar haar smeekbede heeft geen effect. Het resultaat is maar al te voorspelbaar. Op staande voet ontslagen. Maar ze krijgt wel haar loon mee. Roy zal wel op zijn donder krijgen dat hij te dicht in de buurt is gekomen van die ‘achterlijke Indiërs’ en hij zal voorlopig wel niet mogen winkelen in de Kids Mart. Ik besluit als voorzorgsmaatregel de komende twee weken maar niet schoon te maken in Maggies kamer.

Als ik dat wel had gedaan, had ik haar waarschijnlijk kunnen redden. Want een kleine twee weken na Roy zit zijn zus in de problemen. De man-die-alles-weet heeft het onomstotelijke bewijs dat ze in haar kamer heeft zitten roken. Maggie probeert te ontkennen, maar kolonel Taylor toont het pakje sigaretten dat ze in haar *almirah* heeft verstopt en vindt zelfs de peuken die ze is vergeten weg te gooien. Dus mag Maggie ook niet meer naar Kids Mart.

Geloof het of niet, maar twee maanden later betrapt kolonel Taylor iemand anders op bedrog. Zijn eigen vrouw. Mevrouw Rebecca Taylor. Ze blijkt een verhouding te hebben met iemand op de ambassade. 'Jij stomme trut,' gilt hij tegen haar in hun slaapkamer, 'ik doe jou en die kolereminnaar van je wat aan.' Ik hoor een klap en iets wat breekt. Een vaas of zo. Mevrouw Taylor eet die avond niet mee. Maggie en Roy blijven ook op veilige afstand van hun vader. Ik kan er niets aan doen, maar ik leef mee met mevrouw Taylor. Haar man heeft ontdekt dat ze een verhouding heeft, maar ze heeft geen idee van zijn eigen vieze geheimpje. Ik wil kolonel Taylor verraden. Vertellen dat hij die vuile, oude Jeevan Kumar stiekem ontmoet op verlaten parkeerplaatsen. Maar als je in een glazen huis woont, kun je niet met stenen gooien en ik word constant achtervolgd door de angst dat de man-die-alles-weet ontdekt dat ik Shantaram van de overloop heb geduwd. En dat hij dingen over me weet die zelfs ik niet weet.

Terwijl al die idiote dingen gebeuren in het huis, word ik ondertussen doodnerveus van Jai. Zijn kookprestaties verslechteren. Zijn heldere soepen smaken nergens naar, zijn curry's zijn smerig en zelfs Rover wil zijn biefstuk niet eten. Hij verveelt me dood met die stomme verhalen over zijn garage en die honderdvijftigduizend. Ik sta op het punt om mijn beklag over hem te gaan doen bij kolonel Taylor, als het gezin wordt getroffen door een tragedie. In Adelaide sterft de moeder van kolonel Taylor. Iedereen is erg verdrietig. We zien voor het eerst de zachte kant van de hoge militair. 'We gaan een week weg,' zegt hij zacht tegen Jai. 'Het huis wordt afgesloten. Thomas en jij kunnen buiten eten.' Maggie en Roy huilen. Mevrouw Taylor heeft rode ogen. Bhagwati huilt natuurlijk ook. Zelfs ik heb tranen in mijn ogen. Er is maar één iemand die geniepig lacht achter de keukenmuur: Jai.

Die nacht breekt Jai in het huis van de familie Taylor in. Hij gaat niet naar de kinderkamers of de ouderslaapkamer. Hij gaat meteen naar de Studeerkamer. Hij zet eerst de hoofdschakelaar van de elektriciteit om. Dan veroorzaakt hij kortsluiting in het elektronische paneel, zaagt met een kettingzaag het hangslot door, doet het traliehek open en trapt de houten deur open.

Ik word wakker van hard geschreeuw dat uit het huis komt. Om drie uur. Ik ren het huis in en ontdek wat Jai heeft gedaan. Hij staat in de Studeerkamer en slaat met zijn hoofd tegen de muur. 'Die klootzakken. Ze leven als koningen en hebben geen cent in huis,' zegt hij ziedend.

'Idioot, wat heb je gedaan?' gil ik tegen hem.

'Niets meer dan waar ik hier voor was. Ik ben een beroepsinbreker, Thomas. Ik heb acht jaar in Tihar Jail gezeten. Ik dacht dat die klootzak van een Taylor met al die beveiliging de familiejuwelen wel in die kamer zou bewaren. Maar er ligt helemaal niets. Zes maanden werk voor niets. Ik zet de elektriciteit weer aan en dan ben ik weg. Ik neem de vcd-speler mee en de drie-in-één uit de televisiekamer. Het zijn kruimels, maar ik moet toch wat. Je mag mijn rotzooi opruimen als ik weg ben. En als je de politie belt, breek ik ieder bot in je lichaam.'

Nadat Jai is vertrokken, kijk ik om me heen in de kamer. Hij staat vol rare apparaatjes. Microfoontjes die op piepkleine zonnebloemen lijken en camera's als ogen zonder lichaam. Er liggen blocnotes met het woord 'code' erop met onzinnige combinaties van cijfers en letters. Er liggen boeken. 'De kunst van spionage', 'Basisprincipes voor een goede dubbelspion', 'Spioneren voor sukkels'. Er liggen papieren waar 'Topgeheim' en 'Alleen voor bevoegden' op staat gestempeld, er liggen tekeningen, een waarop staat: 'Ontwerp ATV-onderzeeër nucleaire reactor' en een met: 'schemata onderzeeër'. En er ligt een lade vol piepkleine videobandjes. Ik kijk naar de stickers op de bandjes, die alfabetisch staan geordend. Ajay. Bhagwati. Hoofdcommissaris. Jeevan. Jones. Maggie. McGill. Raj. Ramesh. Rebecca. Roy. Shanti. Stuart. En Thomas. In de tweede lade ligt een draagbare videorecorder verstopt. Ik steek mijn bandje er met bevende handen in. Het beeld komt tot leven met beelden uit mijn kamer. Ik zie mezelf naar bed gaan, in mijn rode boekje schrijven, met Ramu praten, slapen. Ik spoel snel vooruit om te zien of er beelden van Shantaram op de band staan. Dan doe ik de band van mevrouw Taylor in het apparaat. Ze zit op een bed in wat op een hotelkamer lijkt. Er komt een man binnensluipen, die haar in zijn armen neemt. Ik zie alleen zijn rug. Hij kust haar lang en hard. Dan wordt er geklopt. De man draait zich geschrokken om en kijkt me recht in mijn ogen. Ik ga bijna dood van schrik. Het is de hoofdcommissaris. Ik haal snel de band eruit en zet de videorecorder uit. Ik sta een paar minuten doodstil, bang dat er in deze kamer ook een geheime camera draait. Dan haal ik diep adem. Nu weet ik hoe kolonel Taylor de man-die-alles-weet is geworden. Hij heeft camera's in het hele huis gehangen en waarschijnlijk ook bij de hoofdcommissaris. Hij is een spion. Maar ik ben Steve Nolan uit *Spycatcher* niet. Ik verdien vijftienhonderd roepie per maand en in mijn rode boekje staat een totaal van drieënveertigduizendvijfhonderd roepie. En ik wil niet dat dat geld alleen in een rood boekje bestaat. Ik wil het aanraken, het gladde oppervlak van de knisperend nieuwe biljetten voelen. Dus houd ik mijn mond. En glimlach als de sahib en memsahib dat doen.

Ik bel kolonel Taylor op zijn mobieltje. 'Het spijt me dat ik u moet storen, meneer, maar er is in het huis ingebroken. Jai heeft de vcd-speler en de drie-in-één meegenomen. En hij heeft in de Studeerkamer ingebroken.'

'Wat???'

'Ja, meneer. Het spijt me, meneer.'

'Luister, Thomas, ik wil dat je het volgende doet. Ik wil dat je meteen de Studeerkamer veiligstelt. Haal dat kapotte hangslot eraf. Je hoeft de kamer niet binnen te gaan. Zorg voor een nieuw slot, desnoods dat van jezelf, en zorg dat er niemand in die kamer komt. Het is heel belangrijk dat je de politie niet belt. Als het alarm afgaat, toets je code 0007 in op het toetsenbordje naast de deur, begrepen? 0007 en dan gaat het alarm uit. Ik neem de eerstvolgende vlucht terug en zou morgenmiddag in Dilli moeten zijn, maar tot mijn aankomst wil ik dat je zorgt dat niemand de Studeerkamer binnengaat. Begrepen?'

'Ja meneer.'

Kolonel Taylor komt terug naar Dilli en mist de begrafenis van zijn moeder. Zodra de taxi voor ons huis is gestopt, haast hij zich naar de Studeerkamer. Hij komt er opgelucht weer uit. 'Godzijdank is er niets meegenomen. Goed gedaan, Thomas. Ik wist dat ik op je kon vertrouwen.'

De daaropvolgende zes maanden gaat mijn leven zijn gewone gangetje. Er wordt een nieuwe kok aangenomen die zelfs nog nooit in de buurt van Tihar Jail is geweest. Bhagwati wordt ontslagen omdat hij zonder toestemming de auto heeft meegenomen om naar een bruiloft in zijn familie te gaan. Maggies nieuwe vriendje James wordt ontdekt en mag het huis niet meer in.

Roy wordt betrapt op drugsgebruik en krijgt ervan langs. Mevrouw Taylor en haar man spreken met ijzige formaliteit tegen elkaar. Ik neem aan dat kolonel Taylor Jeevan Kumar nog steeds ontmoet in eenzame steegjes en op verlaten parkeerplaatsen.

Maggie en Roy spelen scrabble in de woonkamer. Ze vragen of ik meedoe. Ik heb heel veel nieuwe woorden geleerd sinds ik dat spel met hen doe. Allerlei Australische woorden waar ik nog nooit van had gehoord. Maggie wint onze spelletjes altijd. Ze heeft een enorme woordenschat. Ze is de enige die woorden van acht letters kan maken en zelfs een keer een van negen. Ik ben het slechtst. Ik maak woorden als 'ga', 'eet', 'zing' en 'lat'. Heel af en toe lukt het me een zes- of zevenletterwoord te maken, maar dan heb ik uiteindelijk nog de laagste score. Soms denk ik dat Roy me als derde speler uitnodigt zodat hij zelf niet steeds als laatste eindigt. Ik heb vandaag geen goede letters. Veel X-en, Y's, Q's en C's Het spel is bijna afgelopen. Maggie heeft 203 punten, Roy 175 en ik 104. Mijn laatste acht letters zijn de S, P, D, U, B, O, i, N en de P. Ik denk aan NOP of SPIN. Dan maakt Roy met een E van Maggie BEL en zie ik het ineens. Ik leg DUB voor BEL en SPION erachter. DUBBELSPION. Dat is een totaal van 32 punten, inclusief 3 punten extra voor een lichtblauw vakje onder de B. En dat keer zes vanwege twee rode vakjes en 32 punten extra omdat ik al mijn letters in één keer heb gebruikt. 242 Punten. En nu jij, Maggie!

Ik hang al de hele dag in de buurt van de telefoon rond. Maggie verwacht een telefoontje van James en heeft me opgedragen op te nemen voor haar vader dat in de Studeerkamer doet. Om kwart over zeven 's avonds gaat de telefoon eindelijk. Ik neem meteen op. Maar kolonel Taylor was me voor. 'Hallo,' zegt hij. Er wordt aan de andere kant van de lijn zwaar geademd. Dan hoor ik de stem van Jeevan Kumar. 'Morgen, donderdag, om acht uur 's avonds bij de Kwality Ice Cream Shop bij India Gate. Ik heb superspul.' 'Oké,' zegt kolonel Taylor en hij hangt op.

Kolonel Taylor zit met zijn Fosters-bier in de woonkamer en kijkt naar een aflevering van *Spycatcher*. Steve Nolan heeft deze keer een echt dilemma. Hij heeft ontdekt dat zijn beste vriend, met wie hij heeft gestudeerd, die getuige was op zijn bruiloft, een communistische spion is. Hij is vreselijk verdrietig. Hij weet niet wat hij moet doen. Hij zit verfomfaaid in een bar en drinkt een heleboel whisky. Dan zegt de barman tegen hem: 'Het is een smerige wereld, maar als niemand wil schoonmaken, komt het hele land in de goot terecht.' Dat hoort Steve Nolan en hij krijgt er weer helemaal zin in. Hij racet in zijn rode Ferrari naar het huis van de spion. 'Je bent een goede man die fout werk doet,' zegt hij tegen zijn vriend voor hij zijn pistool tevoorschijn haalt. 'Vriendschap is belangrijk. Maar mijn land komt eerst. Het spijt me,' zegt hij en hij schiet hem dood.

De volgende avond om tien uur stoppen er met piepende banden een politiejeep en een ambassadeauto met rode zwaailichten voor de deur. Dezelfde inspecteur die Ramu heeft gearresteerd komt samen met de politiecommissaris binnen. Kolonel Taylor is bij hen en ziet eruit als Steve Nolan in die bar. Binnen tien minuten arriveert ook de hoofdcommissaris, die er woedend uitziet. 'Wat is er aan de hand?' vraagt hij aan de korpschef. 'Waarom is kolonel Taylor ineens *persona non grata* en vraagt de marechaussee hem binnen achtenveertig uur het land te verlaten?'

'Nou, excellentie, we hebben bewijs dat uw officier activiteiten heeft ontplooid die niet bij zijn status als diplomaat horen. Ik ben bang dat hij het land zal moeten verlaten,' antwoordt de districtschef.

'Wat is de aanklacht?'

'We hebben hem op heterdaad betrapt bij het in ontvangst nemen van gevoelige en topgeheime documenten van ene Jeevan Kumar, die op het ministerie van defensie werkt.'

Kolonel Taylor is lijkbleek. Nou zegt hij niet meer dat Indiërs achterlijk zijn. Hij staat met een gebogen hoofd midden in de zitkamer.

De hoofdcommissaris zucht. 'Dit is de eerste keer in mijn lange carrière dat een van mijn officieren tot PNG wordt uitgeroepen. En geloof me, Charles is geen spion. Maar als hij weg moet, moet hij weg.' Dan neemt hij de politiecommissaris apart. 'Meneer Chopra, ik heb u de afgelopen jaren heel wat kistjes Black Label gestuurd. Kunt u me een plezier doen en één vraag beantwoorden?'

'Natuurlijk.'

'Kunt u me vertellen hoe u wist over Charles' afspraak vandaag? Heeft die Kumar u naar hem toe geleid?'

'Grappig dat u dat vraagt. Het was Jeevan Kumar niet. Het was een van uw eigen mensen. Hij heeft vanochtend inspecteur Tyagi gebeld en gezegd dat hij om acht uur naar India Gate moest om kolonel Taylor te betrappen op het ontvangst nemen van geheime documenten.'

'Dat geloof ik niet. Hoe weet u zo zeker dat het een Australiër was?'

Inspecteur Tyagi doet een stap naar voren. 'Nou, ambassadeur, de man sprak met een zwaar Australisch accent, dus dat was wel duidelijk. Hij gebruikte woorden die alleen een Australiër zou zeggen.'

De volgende dag vertrekt kolonel Taylor alleen uit Dilli met een Qantas-vlucht. Mevrouw Taylor en de kinderen vertrekken later. Ik ga bij de familie Taylor weg. Met drie sleutelhangers. Zes T-shirts. Dertig exemplaren van *Australian Geographic*, die ik ga verkopen aan een kabariwalla. En tweeënvijftigduizend roepie. In knisperend nieuwe biljetten.

Ik neem afscheid van de familie Taylor. Roy gedraagt zich vreselijk. Sinds hij drugs gebruikt, lijkt hij wel een op hol geslagen kangoeroe. Maggie staat met James te zoenen. En ik maak me geen zorgen om mevrouw Taylor. Met de hoofdcommissaris in de buurt is zij tevreden. En ik ga naar Salim in Mumbai. Dat wordt geweldig!

Smita kijkt op haar horloge. Het is halftwee. 'Weet je zeker dat je verder wilt?' vraag ik.

'Hebben we een keuze?' antwoordt ze. 'Je wordt morgen formeel aangeklaagd.' Ze drukt op AFSPELEN.

Er is weer een reclamepauze. Prem Kumar tikt op zijn desk. 'Weet u, meneer Thomas, het geluk gaat u nu in de steek laten. Ik wil wedden dat u het antwoord op de volgende vraag niet weet. Dus reken er maar op dat u een hulplijn moet inzetten.'

De muziek begint.

Prem Kumar wendt zich tot mij. 'Dan gaan we nu naar vraag vijf voor vijftigduizend roepie. Hij gaat over de wereld van de diplomatie. Als een regering iemand tot *persona non grata* uitroept, wat betekent dat dan? A) de diplomaat wordt gehuldigd, B) zijn ambtstermijn wordt verlengd, C) de diplomaat is dankbaar, of D) het gedrag van de diplomaat is onacceptabel? Hebt u de vraag begrepen, meneer Thomas?'

'Ja,' antwoord ik.

'Goed. Dan wil ik nu graag uw antwoord. U hebt allebei uw hulplijnen nog. U kunt een vriend om hulp vragen of uw fifty-fifty inzetten en dan verdwijnen er twee foute antwoorden van het scherm, zodat u nog maar uit twee antwoorden hoeft te kiezen. Wat gaat het worden?'

'Het wordt D.'

'Pardon?'

'Het antwoord is D. Het gedrag van de diplomaat is onacceptabel.'

'Gokt u dat? Als u nu het verkeerde antwoord geeft, verliest u tienduizend roepie. U kunt ook nu ophouden.'

'Ik weet het antwoord. Het is D.'

Het publiek snakt naar adem.

'Weet u absoluut, honderd procent zeker dat dit het goede antwoord is?'

'Ja.'

Het tromgeroffel zwelt aan. Het goede antwoord verschijnt op het scherm.

'Dat is absoluut, honderd procent correct! U hebt vijftigduizend roepie gewonnen!' verklaart Prem Kumar. Het publiek staat op en juicht me toe. Prem Kumar veegt het zweet van zijn voorhoofd. 'Ik moet zeggen dat dit heel uitzonderlijk is,' schreeuwt hij. 'Vanavond lijkt meneer Thomas echt de man-die-alles-weet!'

100.000 roepie

PAS GOED OP JE KNOPEN

'*Khallas*. Klaar,' zeg ik zo duidelijk mogelijk. 'Geen whisky meer. Bar is dicht. Naar huis.'

'Neeee. Zeg dat nou niet. Nog ééén glaasje. Het laatste.' De klant houdt smekend zijn lege glas omhoog. Ik kijk op mijn horloge. Het is kwart voor een. Officieel gaat de bar pas om een uur dicht. Ik pak met een grimas de fles Black Dog Rum. 'Honderd roepie,' eis ik. De man pakt een verfrommeld biljet uit zijn borstzak en ik schenk hem voorzichtig een glas in.

'Dank je, bbbb...arman,' zegt hij. Hij neemt een teug rum en stort voorover op zijn tafeltje. Het glas valt op de vloer en breekt, de fles water valt om en neemt het bakje munt-chutney mee. Over een paar seconden slaapt hij. Nu moet ik niet alleen de bende opruimen die hij heeft gecreëerd, maar ook een taxi bellen, hem overeind helpen en zorgen dat hij thuiskomt. En hoewel ik slim genoeg was hem zijn drankjes vooruit te laten betalen, kan ik een fooi van deze klant wel vergeten.

Misschien is het mijn eigen schuld dat ik in deze situatie verzeild ben geraakt. De klant vertoonde alle tekenen dat hij op het punt stond in te storten. Maar ik dacht dat hij nog wel één glaasje kon hebben. Zoals gewoonlijk had ik het mis.

Zelfs na twee maanden in Jimmy's Bar & Restaurant ben ik nog niet in staat goed in te schatten hoeveel drankjes een klant aankan. Maar ik heb wel een ruw classificatiesysteem van dronkaards gemaakt. Boven aan mijn lijstje staan de paarden. Dat zijn de dronkaards die acht glazen kunnen drinken zonder met een dubbele tong te gaan praten. Dan heb je de ezels, die na een glas of twee beginnen op te scheppen en te raaskallen en dan sentimenteel worden en gaan huilen. Dan heb je de honden. Hoe meer die drinken, hoe meer ze ruzie willen maken en willen vechten. Sommigen van hen proberen Rosie te versieren. Daaronder staan de beren, die drinken en dan in slaap vallen. En helemaal onderaan staan de varkens. Die gore klootzakken die na hun laatste glas gaan kotsen. Deze classificatie is niet waterdicht. Ik heb wel klanten gehad die beginnen als paarden, maar eindigen als varkens. En honden die beren werden. Gelukkig is deze klant geëindigd als beer en niet als varken.

Ik werk de laatste dronkaard de deur uit en kijk naar de klok aan de muur. Tien over één. Sinds Rosie en haar vader naar Goa zijn voor een vakantie kom ik bijna dagelijks pas na middernacht thuis in mijn krottenwoning in Dharavi. Dat is ook mijn schuld. Als ik niet tegen de manager had gezegd dat ik drankjes kan mixen en weet hoeveel whisky ik moet inschenken, dat ik het verschil tussen een Campari-soda en een Bloody Mary weet, dan was ik niet gevraagd tijdens de afwezigheid van Alfred in te vallen als barman.

In Jimmy's Bar & Restaurant in Colaba hangen vervaagde posters aan de muur en spiegels achter de bar. Er staan stevige meubels en het beste eten in Zuid-Mumbai wordt er geserveerd. Doordat het eten uitstekend is en niet veel kost, trekt het klanten van alle pluimage aan. Je kunt er iedere dag een topleidinggevende aan de bar met zijn drankje naast een arbeider zien zitten. Van de manager moeten we gesprekjes voeren met de klanten, want mensen drinken meer in gezelschap. Rosies vader, Alfred D'Souza, de bibberige barman, verstaat de kunst om met iedereen een gesprekje te voeren. Hij kent de vaste klanten en zit uren bij ze. Hij hoort hun ellende aan en ondertussen wordt hun drankrekening steeds hoger. Rosie begint uit te groeien tot een perfect barmeisje. Ze zit aan de bar in een laag uitgesneden bloesje met een strak rokje en buigt af en toe naar voren om haar decolleté te laten zien en de klanten ertoe aan te zetten de dure importwhisky te bestellen in plaats van de goedkope Indiase merken. Maar raakt ze door haar streken in de problemen bij lompe klanten die denken dat ze voor een prikje met haar naar bed kunnen, dan ben ik de officieuze uitsmijter.

Meneer Alfred D'Souza denkt dat er tussen mij en zijn dochter iets gaande is en houdt me als een havik in de gaten als Rosie in de buurt is. Hij heeft het helemaal mis. Rosie is vast een heel lief meisje. Ze is klein en heeft een grote boezem. Afgaande op de manier waarop ze haar hoofd scheef houdt als ze me aankijkt en af en toe naar me knipoogt, denk ik dat ze me misschien een signaal probeert te geven. Maar mijn hersenen zijn nu niet in staat zulke signalen te registreren. Ze worden geheel in beslag genomen door herinneringen aan één persoon. Nita. De doktoren in Agra zeggen dat het minstens vier maanden zal duren voor ze is hersteld. En ik weet dat Shyam me nooit zal toestaan haar te ontmoeten. Daarom ben ik weer in Mumbai. Om de geesten van Agra uit te bannen, die van de levenden en de doden. Maar ik kan mijn eigen geschiedenis in deze stad niet ontvluchten. Ze achtervolgt me. Herinneringen uit het verleden belemmeren me op iedere tweesprong die ik op mijn pad ontmoet. Shantaram, de mislukte astronoom, lacht me uit in de straten. Neelima Kumari, de actrice, roept naar me in de trein. En Salim, mijn vriend, kijkt vanaf ieder billboard op me neer. Maar ik heb er bewust voor gekozen niet naar Salim te gaan. Ik wil niet dat hij in de maalstroom van mijn gekke leven en mijn gekke plannen wordt getrokken.

Ik woon in een hoekje van Mumbai dat Dharavi heet, in een benauwde hut van dertig vierkante meter. Zonder raam, zonder daglicht en zonder ventilatie. Het dak is van golfplaten. Als er boven mijn hoofd een trein voorbijraast, schudt mijn huis hevig. Er is geen stromend water en geen wc. Dit is alles wat ik kan betalen. Maar ik ben in Dharavi niet alleen. Er zijn een miljoen mensen zoals ik, opeengepakt op de driehoek van tweehonderd hectare moerasachtige stedelijke woestenij, waar we leven als dieren en sterven als insecten. Wanhopige migranten uit het hele land knokken met elkaar om hun eigen handvol hemel in de grootste sloppenwijk van Azië. Er zijn dagelijks ruzies – over centimeters ruimte, over een emmer water – soms met dodelijke afloop. De inwoners van Dharavi komen uit de stoffige achterbuurten van Bihar en Uttar Pradesh, Tamil Nadu en Gujarat. Ze kwamen naar Mumbai, de gouden stad, met hun harten vol dromen over geld verdienen en het leven leiden van iemand uit de hogere middenklasse. Maar dat goud is al heel lang geleden in lood veranderd. En het heeft verroeste harten en aangevreten geesten achtergelaten. Zoals die van mij.

Als je in Dharavi wilt wonen, moet je niet bang zijn aangelegd. In Dilli's Jeugdinrichting werden we gekleineerd, maar het grimmige landschap van stedelijke ellende vernedert je en maakt je doods. Boven de open riolen vliegen zwermen muggen. De stinkende gemeenschappelijks wc's vol poep zitten zo vol ratten dat je je niets aantrekt van de stank en alleen bezig bent met het beschermen van je achterste. Op iedere hoek liggen bergen vuil waarin voddenpikkers nog iets nuttigs vinden. Soms moet je je adem inhouden om door de beangstigend nauwe straatjes te kunnen lopen. Maar voor de verhongerende inwoners van Dharavi is dit hun thuis.

Dharavi ligt als een kankergezwel tussen de moderne wolkenkrabbers en met neon verlichte winkelcentra in het hart van Mumbai. En de stad weigert de wijk te erkennen. Dus is ze verboden. Alle huizen in Dharavi zijn 'illegale bouwwerken', die ieder moment kunnen worden gesloopt. Maar als de bewoners simpelweg proberen te overleven, trekt het bestuur zich daar niets van aan. Dus wonen de mensen in illegale huizen, ze gebruiken illegale elektriciteit, drinken illegaal water en kijken naar illegale kabeltelevisie. Ze werken in Dharavi's vele illegale fabrieken en illegale winkels, en reizen zelfs illegaal – zonder kaartje – op de treinen die midden door de kolonie rijden.

De stad mag het lelijke gezwel Dharavi dan in de steek hebben gelaten, maar je maakt een gezwel niet kleiner door het illegaal te verklaren. Het doodt nog steeds met zijn langzaam werkende gif.

Ik forens dagelijks van Dharavi naar Jimmy's Bar. De enige goede kant aan werken in Jimmy's zaak is dat ik op zijn vroegst om twaalf uur 's middags moet beginnen met werken. Maar dat weegt niet op tegen de lange avonden die ik doorbreng met het bedienen van dronken lui uit de hele stad en het aanhoren van hun verhalen. De enige conclusie die ik heb getrokken, is dat whisky de grote nivelleerder is. Je kan een hoge leidinggevende zijn of een fabrieksarbeider, maar als je niet tegen drank kan, ben je gewoon een dronkaard.

Na mijn traumatische ervaring met Shantaram had ik gedacht dat ik nooit meer een dronken persoon om me heen zou tolereren, maar Jimmy's zaak was de enige waar ik werk kon vinden en als je in deze stad wilt overleven, moet je compromissen sluiten. Ik troost mezelf met de gedachte dat de geur van whisky minder erg is dan de stank uit de gemeenschappelijke latrine naast mijn hut. En dat luisteren naar het verhaal van een dronkelap minder pijnlijk is dan de hartverscheurende verhalen over verkrachting, mishandeling, ziekte en dood die je dagelijks uit de hutten in Dharavi hoort komen. Dus heb ik nu geleerd te doen alsof ik geïnteresseerd luister en zeg ik 'Hmmm,' 'Ja,'

'Echt?' en 'Wauw!' tegen het deel van de drinkende bevolking van Mumbai dat iedere avond in Jimmy's Bar & Restaurant is te vinden en saaie verhalen vertelt over overspelige vrouwen en knieperige bazen, terwijl ik ondertussen probeer de klant over te halen nog een bord Chicken Fry te bestellen of een schaaltje gezouten cashewnoten voor bij dat drankje. En ik wacht iedere dag op die brief die ik verwacht van de mensen van W2M en waarin staat dat ik ben geselecteerd om aan de show mee te doen. Maar de postbode brengt niets, niet eens een foldertje van de plaatselijke pizzatent.

Ik begin me de laatste tijd verslagen te voelen. Ik heb het gevoel dat het specifieke doel van mijn komst naar Mumbai niet haalbaar is. Dat ik tegen de stroom in zwem. Dat er een sterke stroming werkzaam is waar ik niet tegenop kan. Ik voel me lamgeslagen. Maar dan hoor ik het angstige gegil van mijn geliefde Nita en Neelima Kumari's ingehouden gesnik en voel ik de wilskracht weer. Ik moet met die show meedoen. En tot dat gebeurt, tot ik mijn doel bereik, zal ik luisteren naar de verhalen van de dronkaards in deze stad. Sommige zijn goed. Andere slecht. Sommige grappig. Andere verdrietig. En één ronduit bizar.

Het is na middernacht, maar de eenzame klant aan de bar weigert te vertrekken. Vandaag is de laatste dag van mijn zware taak. Morgen komen Rosie en haar vader terug en kan ik weer op een normale tijd naar huis.

De klant is gearriveerd in een Mercedes, met chauffeur, die buiten staat geparkeerd. Hij zit sinds tien uur te drinken en is aan zijn vijfde glas bezig. Zijn chauffeur in uniform ligt in de auto te slapen. Misschien weet hij dat zijn werkgever geen haast heeft naar buiten te komen. De man is begin dertig en draagt een chic donker pak met een zijden stropdas en hij heeft glanzende leren schoenen aan. 'Mijn lieve broer, mijn lieve broer,' blijft hij iedere twee minuten herhalen, waarna hij weer een slokje Black Label neemt en een hapje van zijn bord *Shammi* kebab.

De manager knipt met zijn vingers naar me. 'Thomas, ga bij hem zitten en vraag hem naar zijn broer. Zie je niet dat die arme kerel radeloos is?'

'Maar... Manager sahib, het is na middernacht. We moeten zeggen dat hij weg moet, anders mis ik de trein van halfeen.'

'Doe wat ik zeg of ik breek je kaak,' snauwt hij tegen me. 'Ga met die klant praten. Zorg dat hij die Schotse *single malt* bestelt die we gisteren hebben binnengekregen. Hij rijdt in een Mercedes. Ik weet zeker dat hij dat wel kan betalen.'

Ik staar naar de manager zoals een schooljongen dat naar een pestkop doet. Het is echt een engerd. Maar zonder het geld dat hij me betaalt, kan ik me niet eens veroorloven in Dharavi te wonen. Ik loop met tegenzin naar de bar en glip naar de klant. 'O, mijn lieve broer, ik hoop maar dat je me kunt vergeven,' jammert hij en hij knabbelt aan zijn Shammi kebab. Hij gedraagt zich als een ezel, maar dan in de heldere fase, met wat drankjes in zijn lijf en woorden die uit zijn mond komen borrelen.

'Wat is er met uw broer gebeurd, meneer?' vraag ik. De man kijkt op en staart me met halfdichte ogen aan. 'Waarom vraag je dat? Dat maakt de pijn alleen maar groter,' zegt hij.

'Vertel me maar over uw broer, meneer. Misschien wordt de pijn dan minder.'

'Nee. Niets kan de pijn minder maken. Zelfs je whisky niet.'

'Als u niet over uw broer wilt praten, meneer, zal ik niet naar hem vragen. Maar hoe gaat het met u?'

'Wil je niet weten wie ik ben?'

'Nee, meneer.'

'Ik ben Prakash Rao. Managing Director bij Surya Industries. De grootste knopenproducent in India.'

'Knopen?'

'Ja. Je weet wel, knopen op overhemden, broeken, jassen, rokken, bloesjes, broekjes. Die maken wij. We maken allerlei knopen van allerlei materialen. We gebruiken vooral polyester, maar we hebben ook knopen van stof, plastic, leer en zelfs kamelenbot, hoorn en hout. Heb je onze advertentie nog nooit in de krant gezien? "Al uw knopen – van het dichtmaken van kleding tot het optrekken van ondergoed – vindt u bij Surya. Knopen, dat zijn wij". Ik weet zeker dat de knopen op jouw overhemd van ons bedrijf komen.'

'En uw broer, hoe heet die?'

'Mijn broer? Arvind Rao. O, mijn arme broer. O, Arvind.' Hij begint weer te jammeren.

'Wat is er met Arvind gebeurd? Wat heeft hij gedaan?'

'Hij was de eigenaar van Surya Industries. Tot ik hem heb vervangen.'

'Waarom hebt u hem vervangen? Wacht, ik zal u een glaasje van deze heerlijke Schotse single malt inschenken.'

'Dank je. Die ruikt goed. Ik weet nog dat ik op mijn huwelijksreis naar Mauritius, naar Port Louis, voor het eerst single malt whisky heb gedronken.'

'U was me aan het vertellen over het vervangen van uw broer.'

'O ja. Mijn broer was een vreselijk goede man. Maar hij moest vervangen worden omdat hij gek werd.'

'Gek? Hoe? Alstublieft, nog een schaaltje cashewnoten.'

'Dat is een lang verhaal.'

Ik gebruik een zin van Rosie. 'De nacht is nog jong. De fles is vol. Steek maar van wal.'

'Kan ik je vertrouwen, ben je mijn vriend?' vraagt hij en hij kijkt me glazig aan.

'Natuurlijk kunt u me vertrouwen,' antwoord ik met een blotetandengrijns.

'Dan vertel ik je mijn verhaal, vriend. Ik ben dronken, weet je. En een dronken man vertelt altijd de waarheid. Hè, vriend?'

'Natuurlijk.'

'Dus, vriend, mijn broer, mijn lieve, lieve broer Arvind was een groot zakenman. Hij heeft Surya Industries vanaf de grond opgebouwd. We verkochten aanvankelijk kralen op de Laadbazaar-markt in het oude Hyderabad. Je weet wel, die bij Charminar. Hij is degene die het hele imperium dat ik heb geërfd eigenhandig heeft opgebouwd.'

'Maar u hielp uw broer zeker met de zaak?'

'Nauwelijks. Ik was een mislukkeling. Ik kan niet eens rekenen. Mijn broer heeft me uit de goedheid van zijn hart onder zijn vleugels genomen en me op de verkoopafdeling van zijn bedrijf een baan gegeven. Ik deed mijn best en naarmate de tijd verstreek, kreeg mijn broer meer vertrouwen in mijn mogelijkheden. Uiteindelijk werd ik Hoofd Internationale Verkoop en heeft hij me naar New York gestuurd, waar ons internationale kantoor is.'

'New York? Wauw! Dat was zeker geweldig?'

'Ja, New York is geweldig. Maar ik had een zware baan, moest iedere dag op stap, naar de verkopers en distributeurs, orders verwerken, zorgen dat alles op tijd werd bezorgd. Ik was druk van 's ochtends vroeg tot 's avonds laat en zat de hele dag in de metro.'

'En wat gebeurde er toen? Wacht, dan haal ik nog een bord Shammi kebab.'

'Dank je, vriend. In New York heb ik Julie ontmoet.'

'Julie? Wie is dat?'

'Haar echte naam was Erzulie De Ronceray, maar iedereen noemde haar Julie. Ze was donker en sensueel, met dik krullend haar, pruillippen en een wespentaille. Ze werkte als schoonmaker in het gebouw waarin mijn kantoor was gevestigd. Ze was een illegale immigrant uit Haïti. Heb je wel eens van Haïti gehoord?'

'Nee. waar ligt dat?'

'In de Cariben, bij Mexico.'

'Dus toen ontmoette u Julie.'

'Nou ja, we zeiden af en toe gedag tegen elkaar. Op een dag was er een inval van de IND en werd ze gepakt voor werken zonder vergunning. Ze smeekte me haar in dienst te nemen zodat haar verblijf in de VS kon worden gelegaliseerd. In een aanval van goedheid ging ik akkoord. Als beloning kreeg ik liefde, respect en de beste seks die je je maar kunt voorstellen. Geloof me. Ik ben dronken. En een dronken man vertelt altijd de waarheid, toch?'

'Natuurlijk. Waarom neemt u niet nog een glas? Die Schotse single malt is echt lekker, hè?'

'Dank je, vriend. Je bent erg aardig. Veel aardiger dan Julie. Ze manipuleerde me, weet je. Maakte misbruik van mijn zwakke punten. Ik was een eenzame man in een grote stad. Van het een kwam het ander en uiteindelijk trouwden we.'

'En toen ging u op huwelijksreis naar Port Louis, toch?'

'Precies. Maar toen we terugkwamen van onze huwelijksreis ontdekte ik een andere, donkere kant aan Julie. Ik ging voor het eerst naar haar woning en ontdekte dat die vol rare spullen stond. Versierde rumflessen vol lovertjes en kralen, een hele stapel rare poppen, allerlei stenen, kruisen, ratels en zelfs perkament van slangenhuid. Ze had ook een zwarte kat die Bossu heette, echt een rotbeest.

De eerste keer dat ik merkte dat Julie niet was wie ze op het eerste gezicht leek, was toen ik in de Bronx werd aangevallen door een overvaller met een mes. Ik had het geluk er levend af te komen, maar ik liep een diepe snee in mijn arm op. Ik mocht van Julie niet naar het ziekenhuis. Ze legde kruiden op mijn arm, zei allerlei chants op en binnen twee dagen was de wond, die anders minstens een week was gebleven, totaal verdwenen, je zag niets meer. En toen vertelde ze dat ze voodoopriesteres was.'

'Voodoo? Wat is dat?'

'Dat wil je niet weten, mijn vriend. Voodoo is op Haïti een religie. De gelovigen vereren geesten die *loas* heten en ze geloven dat alles in het universum met elkaar is verbonden. Alles heeft invloed op iets anders. Niets gebeurt willekeurig. En alles kan. Daarom kunnen mensen die voodoo kennen allerlei verbijsterende dingen. Zoals de doden tot leven brengen.'

'U maakt een grapje.'

'Nee, echt niet. Die dode mensen heten zombies. Ik heb je verteld dat ik dronken ben. En een dronken man vertelt altijd de waarheid, toch?'

'Natuurlijk.' Ik zit helemaal in het verhaal. Ik vergeet hem te paaien met meer whisky en cashewnoten.

'Julie haalde mijn hele leven overhoop. Ze was voorheen een arme schoonmaker, maar nu wilde ze bij de gegoede burgerij horen. Ze vergat dat ze was getrouwd met de broer van een rijke industrieel, niet met de industrieel zelf. Ze wilde aan de lopende band geld. Geld dat ik haar niet kon geven omdat het niet van mij was. Het was van mijn broer, van het bedrijf.

Ze dwong me te stelen. Het begon met kleine dingetjes. Een paar dollar met een vervalste declaratie voor de taxi. Toen werden het grotere bedragen. Geld dat ik van een klant had ontvangen en niet opgaf. Een getekend contract dat vooruit was betaald en dat ik niet naar het hoofdkantoor stuurde. Uiteindelijk had ik een half miljoen dollar verduisterd. En toen kwam mijn broer, die hier in Mumbai woonde, erachter.'

'O mijn god. En toen?'

'Wat denk je? Mijn broer was razend. Als hij dat had gewild, had hij me kunnen laten arresteren door de politie. Maar bloed kruipt waar het niet gaan kan. Ik was zijn vlees en bloed. Ik smeekte om vergeving en die gaf hij me. Hij haalde me natuurlijk wel terug uit Amerika, stuurde me naar een klein kantoor in Hyderabad en stond erop dat ik ten minste de helft van het geld dat ik had verduisterd, zou terugbetalen over een periode van twintig jaar.

Ik was heel blij met die voorwaarden. Alles beter dan naar de gevangenis moeten. Maar Julie was razend. "Hoe kun je je zo door je broer laten behandelen?" verweet ze me. "Je bent zijn gelijke in het bedrijf, je moet voor je rechten vechten."

Naarmate de tijd verstreek, begon haar constante gezeur invloed op me te krijgen. Ik begon Arvind als een gemene en doortrapte man te zien die me slecht behandelde. Toen kwam Arvind op een dag naar Hyderabad om me te bezoeken in mijn kantoortje. Hij vond weer bewijs van een diefstalletje en werd razend. Hij schold me uit waar de werknemers bij waren, zei dat ik nergens goed voor was en dreigde me te ontslaan.

Ik voelde me afschuwelijk. Ik had voor het eerst behoefte terug te slaan. Ik vertelde het verhaal aan Julie, die witheet van razernij werd. "Die broer van jou moet eens een lesje leren," zei ze tegen me. "Ben je klaar om wraak te nemen?" "Ja," antwoordde ik met mijn door zijn beledigingen verdoofde hersenen. "Mooi. Regel dan een ongewassen knoop van een van de overhemden van je broer en een plukje van zijn haar." "Waar moet ik dat vandaan halen?" vroeg ik. "Wees op je hoede," zei Julie. Zeg, schenk me nog eens een glas in.'

Ik vulde haastig zijn glas. 'Hoe bent u aan het haar van uw broer en een knoop van zijn overhemd gekomen?'

'Dat was eenvoudig. Ik ben op een dag bij hem op bezoek geweest in Mumbai, was in zijn huis en heb een knoop van een overhemd gehaald dat hij net in de wasmand had gegooid. Toen heb ik zijn kapper omgekocht om de volgende keer dat mijn broer zijn haar zou laten knippen een lok van zijn haar aan mij te geven. Ik heb tegen hem gezegd dat ik een offerande voor heer Venkateshwara in Tirupathi nodig had.

Dus binnen een maand had ik een knoop en haar voor Julie. Wat Julie toen deed, was verbijsterend. Ze pakte een mannelijke pop van stof met allemaal rare zwarte strepen erop. Ze naaide de knoop aan de borst van de pop en plakte het haar op zijn hoofd. Toen doodde ze een haan en deed al zijn bloed in een pan. Ze doopte het hoofd van de pop in het bloed van de haan. Toen nam ze de pop mee naar haar kamer en zei allerlei spreuken en bezweringen, en legde er vreemde wortels en kruiden op. Toen haalde ze er een zwarte naald uit en zei: "De voodoopop is klaar. Ik heb de geest van je broer erin gebracht. Nu gebeurt alles wat je met deze zwarte speld met de pop doet ook met je broer in Mumbai. Als ik bijvoorbeeld de naald in het hoofd van de pop steek, krijgt je broer vreselijke hoofdpijn. En als ik de naald diep in de knoop steek, krijgt je broer vreselijk pijn in zijn borst. Probeer maar." Ik dacht dat ze een grapje maakte, maar om haar een plezier te doen stak ik de speld in de borstkas van de pop. Nog geen twee uur later werd ik gebeld dat Arvind een lichte hartaanval had gehad en was opgenomen in Breach Candy Hospital.'

'Mijn god! Dat is verbijsterend,' roep ik.

'Ja. Je kunt je wel voorstellen hoe vreselijk ik schrok. Niet omdat Arvind een hartaanval had gehad, maar omdat ik me realiseerde dat Julie met zwarte magie een echte voodoopop had gemaakt.

Tijdens de daaropvolgende twee maanden werd de pop een geheim vies speeltje voor me. Ik reageerde al mijn frustratie af en stortte al mijn latente jaloezie over die pop uit. Ik begon er een pervers genoegen in te scheppen hem pijn te doen en te laten lijden. De pop werd een verknipte vorm van amusement voor me. Ik nam de pop mee naar Mumbai en keek hoe Arvind op het grasveld bij zijn huis lag te kronkelen van de pijn als ik de knoop op de pop voorzichtig aanraakte met de zwarte speld. Ik begon de pop ook te gebruiken als er andere mensen in de buurt waren. Ik nam hem mee naar een vijfsterrenhotel waar Arvind een groepje Japanse klanten bezighield. Ik zat onopvallend aan een hoektafeltje, vanwaar ik Arvind kon zien, met de pop onder tafel verstopt. Mijn broer was aan het praten: "... Ja, meneer Harada, we zijn van plan een filiaal in Japan te openen, maar tot nu toe heeft Nippon Knopen daar nog niet erg enthousiast op gereageerd. We zijn ook..." Ik stak plotseling de zwarte speld in het hoofd van de pop. "Oooooooooooh!" schreeuwde mijn broer en hij greep met beide handen naar zijn hoofd. Zijn buitenlandse klanten vertrokken zonder te hebben gegeten.

Ik nam de pop mee naar een familiebruiloft in Bangalore waar mijn broer en ik waren uitgenodigd. Net toen Arvind de bruid en bruidegom wilde zegenen, gebruikte ik de zwarte speld. "Mag God de bruid en de Oooooooooooh!" schreeuwde hij en hij gaf de bruidegom tot de ontsteltenis van de gasten een kopstoot. Er kwamen die avond heel wat mensen naar me toe om te vertellen hoe erg ze het vonden dat Arvind gek werd.

Ik nam de pop mee naar een bijeenkomst waar mijn broer een prijs voor de beste ondernemer zou ontvangen. Mijn broer was met zijn dankwoord bezig, met de glanzende kristallen prijs in zijn hand. "Vrienden, ik voel me enorm vereerd dat ik hier met deze schitterende prijs sta. Ik ben er al mijn hele leven van overtuigd dat hard werken en Oooooooooooh!" schreeuwde hij. De glazen prijs viel uit zijn handen en brak in duizend stukjes. Hij liet een MRI-scan maken, maar er werd niets gevonden. De dokter adviseerde hem naar een psychiater te gaan.

Uiteindelijk nam ik de pop mee naar de jaarvergadering van de aandeelhouders en ging op de achterste rij in de zaal zitten. Arvind was met zijn directeursverslag bezig. "En, beste aandeelhouders, ik ben blij te kunnen melden dat ons bedrijf het laatste kwartaal een aanzienlijke groei in de bruto Oooooooooooh!" Daarna was het één groot pandemonium in de zaal, met opgewonden aandeelhouders die het onmiddellijke ontslag van de directeur eisten. Hij werd gedwongen binnen een week zijn ontslag in te dienen. Ik werd de nieuwe directeur en mijn broer werd opgesloten in een psychiatrische inrichting.

Mijn broer bleef twee jaar opgenomen. Gedurende die tijd werd ik rijker dan ik me had kunnen voorstellen. Julie had ook eindelijk alles wat ze altijd al had gewild. Ze nodigde haar moeder uit Port-au-Prince en haar broer uit bij ons te komen wonen. Maar terwijl ik de valkuilen van een rijk man leerde kennen, begon ik ook mijn leven te overdenken en de manier waarop ik zo rijk was geworden. En toen ontmoette ik Jyotsna.'

'Wie is dat?'

'Officieel is ze mijn nieuwe secretaresse, maar feitelijk is ze veel meer dan dat. Ze is mijn zielsverwant. Ik heb zo veel met haar gemeen wat ik nooit zal kunnen delen met een buitenlander als Julie. Ze is een vreselijk lief meisje, het tegenovergestelde van Julie. Jyotsna deed me inzien dat ik mijn oudere broer vreselijk onrecht heb aangedaan. Ik besloot te zorgen dat Arvind uit de inrichting werd vrijgelaten.'

'Is dat gelukt?'

'Nee. Het was te laat. Ze hebben mijn broer mishandeld in de inrichting. Ze hebben hem shocktherapie gegeven. Hij is twee weken geleden overleden.'

'Wat?'

'Ja. Mijn arme broer is dood,' jammert hij, 'mijn lieve broer is dood.' Hij ondersteunt zijn hoofd met zijn handen en zegt: 'En ik heb hem gedood.'

Ik schrik uit mijn verdoofde toestand wakker. Meneer Rao begint van een ezel in een hond te veranderen.

'Die trut van een Julie, ik ga haar ontmaskeren. Ik gooi haar dikke, stomme moeder het huis uit en stuur die nietsnut van een broer van haar de laan uit. Ik vermoord die rotkat van haar en trap Julie Mumbai uit. Laat haar maar rotten in de hel op Haïti! Ha!'

'Maar hoe wilt u dat aanpakken?'

Prakash heeft een sluwe glinstering in zijn ogen. 'Jij bent mijn vriend en ik ben dronken. Een dronkaard spreekt altijd de waarheid. Dus kan ik je wel vertellen dat ik al een advocaat in de arm heb genomen en dat de scheidingspapieren worden opgesteld. Als Julie die tenminste zonder morren accepteert, anders heb ik nog iets anders in petto. Kijk maar.' Hij pakt iets uit zijn broekzak. Het is een klein, compact pistool, niet groter dan mijn vuist. Het metaal is glad en glanzend. 'Moet je die schoonheid eens zien. Deze ga ik gebruiken om de kop van die trut eraf te schieten. En dan trouw ik met Jyotsna. Jij bent mijn vriend. Ik ben dronken. En een dronken man spreekt altijd de oooooooooooh!' Opeens schreeuwt hij het uit van de pijn, hij grijpt naar zijn hart en valt voorover met zijn gezicht op tafel. De fles single malt valt om en de cashewnoten vallen op de vloer.

Het ziet ernaar uit dat ik mijn fooi weer misloop.

Een halfuur later arriveert de politiejeep met de rode zwaailichten. Er komt een ambulance met een arts in een witte jas die hem doodverklaart als gevolg van een hartaanval. Ze doorzoeken zijn zakken. Ze vinden een portemonnee vol biljetten. Een foto van een beeldschone Indiase. Een stapeltje papieren waarop SCHEIDING staat. Ze vinden geen pistool. Dat hebben dode mannen toch niet nodig.

Smita kijkt me vuil aan. 'Je denkt toch niet dat ik die onzin geloof, hè?'

'Ik oordeel nergens over. Ik vertel alleen wat Prakash Rao me heeft verteld en wat ik heb gezien.'

'Maar zulke verhalen zijn toch niet waar?'

'Het enige wat ik kan zeggen, is dat de waarheid soms ongeloofwaardiger is dan fictie.'

'Ik kan niet geloven dat Rao is vermoord door iemand die in een voodoopop zat te prikken. Volgens mij heb je dit verhaal uit je duim gezogen.'

'Prima, dan geloof je mijn verhaal niet, maar hoe verklaar je dan mijn antwoord op de volgende vraag?'

Smita drukt op AFSPELEN.

Prem Kumar tikt op zijn desk. 'Dames en heren, dan gaan we nu verder met onze volgende vraag, vraag zes voor een *lakh* roepie. De absolute favoriet in alle spelshows. Ja. Ik heb het over landen en hoofdsteden. Meneer Thomas, hoe is uw kennis van hoofdsteden? Weet u bijvoorbeeld wat de hoofdstad van India is?'

Het publiek lacht. Ze willen best geloven dat een ober niet weet wat de hoofdstad van zijn eigen land is.

'Ni Dilli*.'

'Heel goed. En wat is de hoofdstad van de Verenigde Staten van Amerika?'

'New York.'

Prem Kumar begint te lachen. 'Nee. Dat is fout. Wat is de hoofdstad van Frankrijk?'

'Dat weet ik niet.'

'En de hoofdstad van Japan?'

'Dat weet ik niet.'

'De hoofdstad van Italië dan. Weet u die?'

'Nee.'

'Nou, dan zie ik niet hoe u de volgende vraag zonder hulplijn kunt beantwoorden. Dan komt hier vraag zes voor honderdduizend roepie. Wat is de hoofdstad van Papoea-Nieuw-Guinea? Is dat A) Port Louis, B) Port-au-Prince, C) Port Moresby of D) Port Adelaide?'

* Ni Dilli is de Hindi-naam voor New-Delhi

De spannende muziek begint.

'Hebt u enig idee, meneer Thomas?'

'Nou, ja, ik weet wat de foute antwoorden zijn.'

'Is dat zo?' vraagt Prem Kumar ongelovig. De mensen in het publiek beginnen tegen elkaar te fluisteren.

'Ja. Ik weet dat het Port-au-Prince niet is, want dat is de hoofdstad van Haïti. Port Louis ligt op Mauritius. En Port Adelaide kan het niet zijn, want Adelaide ligt in Australië. Dus moet het C) zijn. Port Moresby.'

'Dit is verbijsterend. Weet u dat absoluut, honderd procent zeker?'

'Ja.'

Het tromgeroffel zwelt aan. Het goede antwoord verschijnt op het scherm.

'Dat is absoluut, honderd procent correct! Het is Port Moresby. U hebt honderdduizend roepie gewonnen, nu bent u een *lakhpati*!' verklaart Prem Kumar. Het publiek staat op en juicht. Prem Kumar veegt het zweet van zijn voorhoofd. 'De manier waarop u die antwoorden geeft, lijkt wel magie.'

Smita begint te lachen. 'Het is geen magie, idioot,' zegt ze tegen Prem Kumar op het scherm, 'het is voodoo!' Ze ziet ineens iets op het tapijt van haar slaapkamer liggen. Ze buigt zich voorover om het op te pakken. Het is een knoopje. Zo een dat ze gebruiken voor overhemden. Ze kijkt naar mijn overhemd. Het derde knoopje ontbreekt. Ze geeft het aan mij. 'Alsjeblieft. Pas maar goed op je knopen.'

200.000 roepie

MOORD IN DE WEST-EXPRES

Het is druk en rumoerig op het Paharganj Railway Station in Ni Dilli. De grijze perrons baden in wit licht. Treinen spuwen rook uit en fluiten als ongeduldige stieren.

Als je me in die drukte zou moeten zoeken, waar zou je dan kijken? Je zou me waarschijnlijk proberen te vinden tussen de tientallen straatkinderen die in verschillende stadia van rust en slaap op de gladde betonvloer liggen. Misschien kun je je me voorstellen als een tiener die plastic flesjes met water uit de wc-kraan probeert te verkopen als puur mineraalwater uit de Himalaya. Je kunt me voor je zien als een van de vegers in een vies overhemd met een gescheurde broek, die met een grote bezem over het perron schuifelt en het vuil van het beton naar het spoor veegt. Of je kunt me zoeken tussen het regiment kruiers in een rood uniform met zware bagage op hun rug.

Nou, kijk nog maar eens, want ik ben geen verkoper, geen kruier en geen veger. Vandaag ben ik een bonafide passagier, op weg naar Mumbai, in een slaapcoupé, echt waar, en dat met een heuse reservering. Ik draag een gesteven wit katoenen safari-overhemd en een Levi's-spijkerbroek, jawel, Levi's, die ik op de Tibetan-markt heb gekocht. Ik loop zelfverzekerd naar perron vijf om op de Paschim (West-) Expres naar Mumbai te stappen. Naast me sjouwt een kruier een lichtbruine koffer op zijn hoofd.

De kruier is door mij ingehuurd en de koffer op zijn hoofd is van mij. Er zit wat kleding in, wat oud speelgoed, een stapeltje exemplaren van de *Australian Geographic* en een elektronisch spelletje voor Salim. Er zit geen geld in de koffer. Ik heb te veel verhalen over treinrovers gehoord die je 's nachts drogeren en ervandoor gaan met je bezittingen, om de waardevolste bagage van mijn leven – mijn loon van de familie Taylor – in mijn koffer te bewaren. De envelop vol knisperende biljetten van duizend roepie – vijftig stuks – heb ik dus bij me, op een plek waar niemand haar kan zien. In mijn ondergoed. Ik heb de overige tweeduizend voor de reis gebruikt. Ik heb er mijn kleding van betaald, mijn kaartje en het spelletje voor Salim en nu ga ik de kruier betalen en wat eten en drinken kopen. Ik kijk snel naar de losse biljetten in mijn borstzak. Ik denk dat ik nog net genoeg heb om met een riksja van Bandra-Terminus naar Salims chawl in Ghatkopar te reizen. Zal Salim niet verrast zijn als hij me in een driewieler ziet arriveren in plaats van met de stoptrein? En als hij het spel ziet? Ik hoop maar dat hij niet flauwvalt van geluk.

Op perron vijf is het drukker dan in de Super Bazaar. Er staan evenveel verkopers als sjacheraars bij een overheidsgebouw. Passagiers zoeken koortsachtig, als studenten die de uitslagen van een examen doorlezen, op het reserveringsbord naar hun naam. Ik ontdek dat de spoorwegmaatschappij mijn naam helemaal verkeerd heeft begrepen en er T.M. Ram van heeft gemaakt. Niettemin ben ik blij dat ik de onderste kooi 3 in coupé S7 toegewezen heb gekregen.

De coupé is bijna aan het einde van de lange trein en tegen de tijd dat we er zijn, is de kruier moe en bezweet. Ik zoek mijn aangewezen plek, naast de deur, en schuif mijn koffer netjes onder de bank. Ik betaal de kruier twintig roepie. Hij wil meer, vertelt me dat de afstand van het station naar de coupé uitzonderlijk lang was en ik geef hem twee roepie extra. De kruier vertrekt en ik kijk om me heen.

Mijn coupé telt zes kooien. Eén boven me, twee voor me en twee aan de zijkant. Op de onderste kooi tegenover me zit een gezin met twee kinderen, een jongen van mijn leeftijd en een meisje dat wat ouder is. De vader is een Marwari-zakenman van middelbare leeftijd, gekleed in het karakteristieke zwarte herenvest met zwarte pet. Hij heeft borstelige wenkbrauwen, een smalle snor en een strenge gezichtsuitdrukking. Zijn vrouw is van dezelfde leeftijd en ziet er net zo streng uit. Ze draagt een groene sari met een gele blouse en kijkt me achterdochtig aan. De jongen is lang en slank en ziet er vriendelijk uit, maar het meisje bij het raam is degene die als een magneet mijn aandacht trekt. Ze is dun en mooi en draagt een blauwe salvar kameez met de *chunni* over haar borst getrokken. Haar ogen zijn omlijnd met kohl en heel expressief. Ze heeft een prachtige huid en mooie lippen. Ze is het mooiste meisje dat ik sinds tijden heb gezien. Een meisje naar wie je nog eens moet kijken. En nog eens. Ik denk dat ik mezelf kan verliezen in haar betoverende ogen. Maar voor ik verder over haar schoonheid kan nadenken, word ik afgeleid door een baby die hard begint te huilen. Het is een jongetje, pas een paar maanden oud, dat in de kooi aan de zijkant bij zijn moeder op schoot zit. De moeder is een jonge, nors uitziende vrouw in een gekreukte rode sari. Zo te zien reist ze alleen. Ze probeert de baby te sussen met een speen, maar hij blijft krijsen. Uiteindelijk doet ze haar bloesje omhoog en geeft de baby de borst. Die drinkt tevreden en daarna wiegt ze hem in slaap. Vanaf mijn stoel kan ik de onderkant van haar volle bruine borst zien en ik krijg een droge mond, tot ik zie dat de Marwari-zakenman me zit aan te staren. Ik kijk gauw naar het raam achter haar.

Er komt een theeverkoper binnen. Ik ben de enige die een kop thee vraagt. Hij schenkt lauwe thee uit een aardewerken kan, die een beetje naar modder smaakt. Hij wordt gevolgd door een krantenjongen. De zakenman koopt een exemplaar van *The*

India Times. Zijn zoon koopt een *Archie*-strip. Ik koop de nieuwste *Starburst* van mijn snel minder wordende geld.

De trein fluit voor de laatste keer en komt in beweging, anderhalf uur te laat. Ik kijk op mijn horloge, hoewel ik heel duidelijk op de digitale klok op het perron zie dat het halfzeven is. Ik schud met mijn pols in de hoop dat de anderen, vooral het meisje, zien dat ik een gloednieuw digitaal Kasio-horloge draag, gemaakt in Japan, met de dag en de datum erop, dat me een angstaanjagende tweehonderd roepie heeft gekost in de Palika Bazaar.

De vader duikt in zijn krant en de zoon in zijn strip. De oudste moeder begint voorbereidingen te treffen voor het avondeten voor het gezin. De jonge moeder slaapt met haar baby nog aan haar borst gekluisterd. Ik doe alsof ik het filmblad lees. Dat ligt open op de middenpagina, met daarop een foto van het jongste sekssymbool Poonam Singh in een bikini, maar ik ben niet geïnteresseerd in haar vormen. Ik blijf stiekem naar het meisje kijken, dat afwezig naar het voorbijrazende landschap staart. Ze kijkt niet één keer naar mij.

Om acht uur komt er een conducteur in een zwart vestje de coupé binnen. Hij vraagt ons om de plaatsbewijzen. Ik trek het kaartje te voorschijn en wapper ermee in de lucht, maar de conducteur kijkt er niet eens naar. Hij ponst het en geeft het aan me terug. Zodra hij weg is, opent de oudste moeder rechthoekige dozen met eten. Heel veel. Ik zie puree, gele aardappels, rode augurk en een toetje. De heerlijke geur van zelfgemaakte *gulab jamuns* en *barfees* drijft de coupé in. Ik begin ook honger te krijgen, maar de ober is nog steeds niet geweest om bestellingen op te nemen. Misschien had ik iets van het station moeten meenemen.

De Marwari-familie eet met smaak. De vader werkt de ene lepel puree na de andere naar binnen. De moeder maakt de goudgele aardappels op en neemt hap na hap van de sappige augurken. De jongen gaat voor de zachte gulab jamuns en slurpt zelfs van de suikerige siroop. Alleen het meisje eet mondjesmaat. Ik lik in stilte mijn lippen. Gek genoeg biedt de jongen me wat puree aan. Ik bedank hem beleefd. Ik heb veel verhalen gehoord over dieven die vermomd als passagiers gedrogeerd eten aan hun medepassagiers aanbieden en er dan met hun geld vandoor gaan. En er is geen wetenschappelijk bewijs dat aantoont dat jongens die *Archie* lezen geen dieven kunnen zijn. Als het meisje me eten had aangeboden, had ik misschien – nee, zeker – ja gezegd.

Na het eten beginnen de jongen en het meisje aan een spelletje dat Monopoly heet. Ze rollen met de dobbelstenen en verschuiven wat pionnen op een rechthoekig bord. Ze hebben een stapeltje gek gekleurde biljetten, die eruitzien als nepgeld, in hun handen. Ik heb met Maggie en Roy wel Scrabble gespeeld, maar dit spel ken ik niet. De vader en moeder zitten naast elkaar en kletsen als een echtpaar. Ze hebben het over de soaps op televisie, iets over een aankoop en een vakantie naar Goa.

Ik klop zachtjes op mijn buik, waar vijftigduizend roepie in knisperend nieuwe biljetten in de tailleband van mijn ondergoed zit verstopt. Ik voel de macht van al dat geld verraderlijk mijn buik, ingewanden, lever, longen, hart en hersenen binnensijpelen. De honger in mijn maag verdwijnt op wonderbaarlijke wijze.

Als ik zo naar dat middenklassegezin voor me kijk, voel ik me niet langer een indringer. Ik ben geen buitenstaander meer die in hun onbereikbare wereld gluurt, maar een insider die met hen kan praten als gelijke, in hun eigen taal. Net als zij kan ik nu soaps op televisie kijken, met de Nintendo spelen en in het weekend naar Kids Mart gaan.

Treinreizen staan voor mogelijkheden. Ze geven een verandering aan. Als je aankomt, ben je iemand anders dan toen je vertrok. Je kunt onderweg nieuwe vrienden maken of oude vijanden tegenkomen; je kunt diarree oplopen van het eten van oude samosa's of cholera door het drinken van besmet water. En je kunt zelfs, als ik dat durf te zeggen, liefde ontdekken. Ik zat in kooi 3 van coupé S7 in trein 2926A met vijftigduizend roepie in mijn ondergoed en een aanlokkelijke mogelijkheid fluisterde in mijn oor, streelde mijn zintuigen en deed mijn hart sneller slaan: dat ik misschien, heel misschien, op het punt stond verliefd te worden op een beeldschone medereiziger in een blauwe salvar kameez. En als ik het over liefde heb, bedoel ik niet die onbeantwoorde, ongelijke liefde die we voor filmsterren en beroemdheden voelen. Ik bedoel echte, praktische, mogelijke liefde. Liefde die niet eindigt met tranen op je kussen maar die tot een huwelijk kan leiden. En kinderen. En vakanties met het gezin naar Goa.

Na een tijdje hebben de broer en zus geen zin meer in hun spel. De jongen komt naast me zitten. We raken aan de praat. Hij vertelt me dat hij Akshay heet en zijn zus Meenakshi. Ze wonen in Dilli en gaan naar Mumbai voor de bruiloft van een oom. Akshay is dolblij met zijn Playstation 2 en zijn computerspelletjes. Hij stelt me vragen over MTV, internet en noemt een paar pornosites. Ik vertel hem dat ik Engels spreek, *Australian Geographic* lees, scrabble speel en zeven vriendinnen heb, van wie er drie uit het buitenland komen. Ik vertel hem dat ik een Playstation 3 heb en een Pentium 5-computer en dat ik dag en nacht zit te internetten. Ik vertel hem dat ik naar Mumbai ga om mijn beste vriend Salim te ontmoeten en dat ik met een taxi van Bandra Terminus naar Ghatkopar ga.

Ik had moeten weten dat het veel moeilijker is een zestienjarige te bedriegen dan een zestigjarige. Akshay doorziet me. 'Ha! Dat is allemaal onzin. Je weet niets over computers. De

Playstation 3 is nog niet eens op de markt. Je zit tegen me te liegen,' zegt hij spottend.

Ik kan de drang niet weerstaan. 'O, dus je denkt dat ik lieg, hè? Nou, meneer Akshay, laat me je vertellen dat ik op dit moment vijftigduizend roepie in mijn zak heb. Heb je ooit zo veel geld gezien?'

Akshay gelooft me niet. Hij daagt me uit het geld te laten zien en ik kan het niet laten. Ik draai me om, steek mijn hand in mijn broek en haal de envelop eruit, die een beetje vochtig is en naar urine stinkt. Ik haal het stapeltje knisperende biljetten van duizend roepie eruit en zwaai die triomfantelijk voor hem heen en weer. Dan stop ik ze snel terug in de envelop en steek die terug in mijn broek.

Je had Akshays ogen moeten zien. Die rolden bijna uit zijn hoofd. Het was een overwinning waar ik eeuwig van zou nagenieten. Voor het eerst in mijn leven had ik iets wat tastbaarder was dan een droom om mijn verhaal te bevestigen. En voor het eerst in mijn leven zag ik iets nieuws in de ogen die mij zagen. Respect. Dat leerde me een heel waardevolle les. Dat dromen alleen macht hebben in je eigen geest. Maar met geld kun je macht hebben over de geest van anderen. En weer voelde de vijftigduizend in mijn ondergoed als vijftig miljoen.

Het is nu tien uur en iedereen maakt zich klaar om te gaan slapen. Akshay's moeder haalt groen beddengoed te voorschijn uit een oude rugzak en begint de vier bedden die haar gezin zal gebruiken op te maken. De jonge moeder met de baby slaapt nog steeds in de kooi aan de zijkant zonder zich druk te maken om kussens en lakens. Ik heb geen beddengoed en ik heb niet zo'n slaap, dus ik zit naast het raam, voel de koele lucht langs mijn gezicht gaan en kijk in de duisternis naar de tunnel waar we doorheen rijden. Akshays moeder ligt in de kooi recht tegenover de mijne en Meenakshi ligt in de bovenste. De vader klimt in de kooi boven de mijne en Akshay neemt de bovenste kooi aan de zijkant, boven de moeder met kind.

De vader valt meteen in slaap en ik hoor hem snurken. De moeder draait zich op haar zij en trekt een laken over zich heen. Ik strek mijn nek uit om iets van Meenakshi te kunnen zien, maar ik zie alleen haar rechterhand, met een gouden armband om haar pols. Ze gaat ineens rechtop in bed zitten en draait zich in mijn richting om haar schoenen op de grond te gooien. Haar chunni is los en ik zie duidelijk de bovenkant van haar borsten door de v-hals van haar blauwe kameez. De aanblik stuurt een onwillekeurige rilling van genot langs mijn ruggengraat. Ik denk dat ze ziet dat ik naar haar kijk, want ze trekt snel haar chunni recht en kijkt me afkeurend aan.

Na een tijdje val ik ook in slaap en ik droom middenklassedromen over het kopen van een miljoen dingen, waaronder een rode Ferrari en een beeldschone bruid in een blauwe salvar kameez. En dat allemaal van mijn vijftigduizend roepie.

Ik word wakker van iets wat in mijn buik prikt. Ik doe mijn ogen open en zie een donkere man met een dikke zwarte snor met een dunne houten stok in mijn buik prikken. Het is niet die stok waar ik me zorgen om maak. Het is de revolver in zijn rechterhand, die hij niet speciaal op iemand gericht houdt. 'Dit is een *dacoity*,' zegt hij zo rustig alsof hij zegt 'het is vandaag woensdag'. Hij draagt een wit overhemd met een zwarte broek en heeft lang haar. Hij is jong en ziet eruit als een straat-Romeo of een student. Maar ik heb dan ook nog nooit een *dacoit* buiten de bioscoop gezien. Misschien zien ze er allemaal wel uit als studenten. Hij praat weer: 'Ik wil dat jullie allemaal langzaam uit je kooi klimmen. Als niemand probeert een held te zijn, raakt er niemand gewond. Probeer niet te vluchten, want mijn partner staat bij de andere deur. Als jullie allemaal meewerken, is dit over tien minuten achter de rug.'

Akshay, Meenakshi en hun vader worden ook in hun buik gepord en moeten hun kooi uit. Ze zijn slaperig en verward. Als je midden in de nacht ineens wordt wakker gemaakt, hebben je hersenen even nodig voor ze kunnen reageren.

We zitten nu allemaal in de onderste kooien. Akshay en zijn vader zitten naast mij en Meenakshi, haar moeder en de vrouw met de baby zitten tegenover ons. De baby begint te huilen. De moeder, die eruitziet alsof ze op het punt staat in te storten, probeert de baby rustig te krijgen, maar die gaat alleen maar harder krijsen. 'Geef hem melk,' beveelt de dacoit geïrriteerd. De moeder is in de war. Ze trekt haar bloesje omhoog en ontbloot niet een, maar beide borsten. De dacoit grijnst en grijpt met veel omhaal een van haar borsten. Ze begint te gillen en trekt snel haar bloesje naar beneden. De dacoit lacht. Deze keer windt het me niet op. Een geladen revolver dat op je hoofd wordt gericht, is spannender dan een blote borst.

Nu de dacoit ieders onverdeelde aandacht heeft, komt hij terzake. Hij houdt met zijn linkerhand een jutezak omhoog en heeft de revolver in zijn rechterhand. 'Ik wil dat jullie nu al je waardevolle bezittingen in de zak doen. Ik wil dat de mannen me hun portemonnees, horloges en geld uit hun zakken geven, de dames hun tasjes, armbanden en gouden kettingen. Als iemand niet doet wat ik zeg, schiet ik hem meteen dood.' De beide moeders beginnen tegelijk te gillen als ze dit horen. We horen geschreeuw aan de andere kant van de coupé. De partner van de dacoit staat waarschijnlijk dezelfde instructies te geven aan de passagiers aan zijn kant.

De dacoit loopt met de open zak langs ons. Hij begint bij de moeder met het kind. Ze haalt met de doodsangst in haar ogen haar bruinleren tasje te voorschijn, doet het snel open om er de speen en een melkflesje uit te halen en laat het tasje in de zak vallen. Haar baby, van wie de borstvoeding even wordt onderbroken, begint weer te huilen. Meenakshi ziet er verbijsterd uit.

Ze doet haar gouden armband af, maar als ze die in de zak wil doen, laat de dacoit de zak vallen en grijpt haar bij haar pols. 'Jij bent veel mooier dan een armband, schatje,' zegt hij, terwijl Meenakshi zich wanhopig probeert los te wrikken uit de greep van de man. De dacoit laat haar pols los en grijpt haar kameez. Hij grijpt haar shirt bij het kraagje, ze deinst achteruit en haar shirt scheurt bijna in tweeën. Dan staat ze in haar beha en we kijken allemaal geschokt toe. Meenakshi's vader kan het niet meer aanzien. 'Jij klootzak!' schreeuwt hij en hij probeert de dacoit te slaan, maar die heeft reflexen als een panter. Hij laat Meenakshi's shirt los en slaat de vader met het handvat van zijn revolver. De zakenman loopt een diepe snee op, waar bloed uit stroomt. Meenakshi's moeder begint weer te schreeuwen en wordt hysterisch.

'Stil,' gromt de dacoit, 'of ik schiet jullie allemaal dood.'

Die woorden hebben een ontnuchterend effect en we worden allemaal doodstil. Ik voel een klont van angst in mijn keel en mijn handen worden koud. Ik hoor iedereen zwaar ademen. Meenakshi huilt stil. Haar moeder doet haar armbanden en tasje in de zak, haar vader geeft met bevende vingers zijn horloge en portemonnee af. Akshay vraagt of hij zijn *Archie* moet inleveren. Dat maakt de dacoit razend. 'Denk je dat dit een grap is?' snauwt hij en hij slaat de jongen. Akshay gilt van de pijn en wrijft over zijn wang. Om de een of andere reden vind ik het allemaal ineens vreselijk grappig, als een komische onderbreking in een horrorfilm. De dacoit geeft me ervan langs. 'Wat zit jij te grijnzen? En wat heb jij bij je?' snauwt hij. Ik pak de overgebleven biljetten en munten uit mijn borstzak en gooi ze in de zak; ik heb alleen mijn geluksmuntje nog in mijn zak. Ik begin mijn horloge los te maken, maar de dacoit kijkt ernaar en zegt: 'Dat is nep, dat hoef ik niet.' Hij lijkt tevreden met wat hij in onze coupé heeft gekregen en wil naar de volgende coupés lopen als Akshay hem naroept: 'Wacht, je bent iets vergeten.'

De scène ontvouwt zich voor mijn ogen als in slowmotion. De dacoit draait zich om. Akshay wijst naar me en zegt: 'Die jongen heeft vijftigduizend roepie!' Hij zegt het zacht, maar ik heb het gevoel dat iedereen in de hele trein het heeft gehoord.

De dacoit kijkt Akshay dreigend aan. 'Is dat weer een grapje?'

'N...Nee,' zegt Akshay, 'dat zweer ik.'

De dacoit kijkt onder mijn kooi. 'Zit het in die bruine koffer?'

'Nee, hij heeft het in zijn ondergoed verstopt, in een envelop,' antwoordt Akshay met een brede grijns op zijn gezicht.

'Aha!' zegt de dacoit.

Ik zit te beven. Ik weet niet of het van woede of angst is. De dacoit komt naar me toe. 'Geef je me het geld gewoon of moet ik je dwingen je voor al die mensen uit te kleden?' vraagt hij.

'Nee! Het is mijn geld,' schreeuw ik en ik grijp instinctief naar mijn kruis als een voetballer in het muurtje bij een vrije trap. 'Ik heb het verdiend. Ik geef het je niet. Ik weet niet eens hoe je heet.'

De dacoit begint schor te lachen. 'Weet je niet wat dacoits doen? We nemen geld dat niet van ons is. Van mensen die niet eens onze naam weten. Geef je me nu die envelop of moet ik haar zelf uit je onderbroek halen?' Hij zwaait met de revolver voor mijn gezicht, een paar centimeter van mijn ogen vandaan.

Ik geef me over aan de macht van de revolver. Als een verslagen strijder steek ik langzaam mijn vingers in de tailleband van mijn broek en trek de envelop eruit, die nat is van zweet en naar vernedering ruikt. De dacoit grist haar uit mijn hand en doet haar open. Als hij de knisperend nieuwe biljetten van duizend roepie ziet, begint hij te fluiten. 'Hoe kom je in godsnaam aan zoveel geld?' vraagt hij. 'Dat heb je zeker ergens gestolen? Maar dat maakt mij niet uit,' zegt hij en hij gooit het in zijn jutezak. 'En allemaal stil blijven zitten terwijl ik hiernaast ga kijken.

Ik staar stom voor me uit en zie hoe vijftig miljoen dromen me worden afgenomen, in een jutezak gegooid, op één hoop met middenklasse-armbanden en -portemonnees.

De dacoit is naar de aangrenzende coupé, maar niemand durft aan de noodrem te trekken en de trein stil te zetten. We blijven als op onze stoel gelijmd zitten met de gezichtsuitdrukking van rouwenden op een begrafenis. Na tien minuten komt hij terug, met de dichtgeknoopte zak op zijn rug en de revolver in zijn rechterhand. 'Goed zo,' zegt hij en hij laat ons zien dat zijn zak vol en zwaar is. Hij kijkt me aan en grijnst, als een pestkop die net het speelgoed van een jongetje heeft afgepakt. Dan kijkt hij naar Meenakshi. Ze heeft haar boezem met haar chunni bedekt, maar je kunt door het gaasachtige materiaal heen haar beha zien. Hij smakt met zijn lippen.

De partner van de dacoit schreeuwt naar hem. 'Ik ben klaar. Jij ook?' 'Ja,' schreeuwt onze dacoit terug. De trein begint ineens langzamer te rijden.

'Schiet op,' zegt de andere dacoit terwijl hij van de trein springt.

'Ik kom eraan. Hier, neem de zak vast mee,' schreeuwt onze dacoit en hij gooit de zak – en vijftig miljoen dromen – naar buiten. Hij wil naar buiten springen, maar bedenkt zich op het laatste moment. Hij loopt onze coupé weer binnen. 'Snel, geef me een afscheidskus,' zegt hij tegen Meenakshi terwijl hij zijn revolver op haar richt. Meenakshi is doodsbang. Ze krimpt ineen op haar stoel.

'Wil je me geen kus geven? Nou, trek dan je chunni maar uit. Ik wil je borsten zien,' beveelt hij. Hij houdt met beide handen de revolver vast en snauwt tegen Meenakshi. 'Laatste waarschuwing. Laat me snel wat bloot zien of ik schiet je hoofd eraf voor ik vertrek.' Meenakshi's vader sluit zijn ogen. Haar moeder valt flauw.

Meenakshi begint huilend en jammerend haar chunni los te maken. Onder de chunni zit alleen een stukje witte stof. Met twee bandjes en twee cups.

Maar ik zie dit niet gebeuren. Ik zie een lange vrouw met golvend zwart haar. Achter haar giert de wind, waardoor haar gitzwarte haar voor haar gezicht waait, dat erachter schuilgaat. Ze draagt een witte sari en het dunne materiaal fladdert en trilt als een vlieger. Ze heeft een baby in haar armen. Een man met lang haar en een grote snor, een zwarte broek en een wit overhemd benadert haar. Hij richt een revolver op haar en grijnst. 'Doe je sari open,' blaft hij. De vrouw begint te huilen. De bliksem flitst. Stof waait op. Bladeren dwarrelen door de lucht. De baby springt ineens uit de armen van de moeder, boven op de man, en grijpt naar zijn gezicht. De man gilt en rukt de baby weg, maar die grijpt weer naar zijn gezicht. De man en de baby rollen over de grond terwijl de vrouw in de sari op de achtergrond jammert. De man richt zijn revolver op het gezicht van de baby, maar die is vandaag gezegend met bovennatuurlijke krachten. De baby trekt met zijn piepkleine vingers aan de revolver en richt die van zich af. De man en de baby vechten weer, rollen over de grond. Ze zijn in een doodsstrijd verwikkeld. Soms is de man sterker en soms lijkt de baby te winnen. De man rukt uiteindelijk de arm waarmee hij de revolver vasthoudt, los. Hij legt zijn vinger op de trekker. De borstkas van de baby is recht voor de loop. Hij wil schieten, maar op het laatste moment lukt het de baby de revolver op de borstkas van de man te richten. Er klinkt een oorverdovende explosie en de man valt naar achteren, alsof hij door een sterke rukwind omver wordt geduwd. Er verschijnt een dieprode vlek op zijn witte overhemd.

'O mijn god!' hoor ik Akshay's stem als een echo in een grot. De dacoit ligt op de vloer, een paar centimeter bij de deur vandaan en ik heb een revolver in mijn hand, waar een dunne rookpluim uit komt. De trein gaat weer sneller rijden.

Het is nog steeds niet tot me doorgedrongen wat er is gebeurd. Als je midden in een droom ineens wordt wakker gemaakt, hebben je hersenen even nodig voor ze kunnen reageren. Maar als je een rokende revolver in je hand hebt en er ligt een dode man aan je voeten, is er weinig ruimte voor verwarring. Het overhemd van de dacoit is doordrenkt van het bloed, de vlek wordt steeds donkerder en groter. Het ziet er niet uit zoals in films, waar een kogel meteen een rode vlek maakt, die er hetzelfde blijft uitzien tot ze het slachtoffer afvoeren in een ambulance. Nee. In eerste instantie is er helemaal geen bloed. Dat komt heel langzaam. Eerst is er een piepklein rood vlekje, niet groter dan een punaise, dat zo groot wordt als een munt, dan zo groot als een schoteltje, dat weer zo groot wordt als een bord en dan blijft het maar groeien en groeien tot het bloed een stroom wordt en ik naar adem begin te snakken en de hele coupé in een rode rivier dreigt te verdrinken, als Akshay's vader me ineens wild aan mijn schouders schudt. 'Wakker worden, zeg ik,' schreeuwt hij, en het rode waas verdwijnt.

Ik zit in mijn kooi met een menigte mensen om me heen. Bijna het hele compartiment is naar onze coupé gekomen om te kijken wat er is gebeurd. Mannen, vrouwen en kinderen reikhalzen. Ze zien een dode dacoit van wie niemand de naam weet, die op de grond ligt met een donkerrode vlek op zijn witte overhemd, een vader met een diepe snee in zijn voorhoofd, een doodsbange moeder met een hongerige baby die de laatste druppel melk uit haar borsten heeft gezogen, een broer die nooit meer *Archie* in de trein zal lezen en een zus die de rest van haar leven nachtmerries zal hebben. En een straatjongen die heel even wat geld heeft gehad en nooit meer middenklassedromen zal hebben.

Het gele licht in de coupé lijkt veel feller dan anders. Ik knipper herhaaldelijk met mijn ogen en houd de revolver slap in mijn handen. Het is een kleine en compacte, zilverkleurige revolver met een zwart handvat. Er staat 'Colt' op en een plaatje van een springend paard naast de inscriptie. Ik draai het om. Op de andere kant van de tromp staat: 'lichtgewicht', maar het voelt belachelijk zwaar. Er staan letters en cijfers op de revolver, maar die zijn vervaagd. Ik kan 'Conn USA' lezen en 'DR 24691'.

Meenakshi zit stiekem naar me te gluren. Ze kijkt naar me zoals Salim naar filmsterren kijkt. Ik weet dat ze op dit moment verliefd op me is. Als ik haar nu een aanzoek doe, trouwt ze met me. Ze zal gelukkig zijn en kinderen van me krijgen. Zelfs zonder mijn vijftigduizend. Maar ik kijk niet naar haar, want alles is veranderd. Ik kijk naar de revolver in mijn hand en het gezicht van de dode dacoit van wie ik de naam niet ken.

Hij kon op allerlei manieren zijn gestorven. Hij had doodgeschoten kunnen zijn in een confrontatie met de politie op een drukke markt. Hij had afgeslacht kunnen worden door een rivaliserende bende terwijl hij thee stond te drinken bij een kraampje langs de weg. Hij had in een ziekenhuis kunnen sterven aan cholera, kanker of aids. Maar nee, daar is hij niet aan overleden. Hij is doodgegaan door een kogel die ik heb afgevuurd. En ik wist niet eens hoe hij heette.

Treinreizen gaan allemaal over mogelijkheden. Maar een gat in je hart is nogal definitief. Voor een dood lichaam houdt de reis op. Misschien nog naar een lijkstapel. Het zal gegarandeerd geen verkopers en conducteurs meer tegenkomen. Ik daarentegen, heb niet alleen kans verkopers en conducteurs tegen te komen, maar ook de politie. Hoe zal die me behandelen? Als een held die de kuisheid van een meisje heeft beschermd en de wereld heeft bevrijd van een beruchte dacoit, of als een koelbloedige moordenaar die een man heeft doodgeschoten zonder ook maar zijn naam te weten. Ik weet maar één ding. Ik kan de gok niet wagen daarachter te komen. En dan schieten de woorden van kolonel Taylor door mijn hoofd als een bliksemflits door de hemel. 'VUARUAK. Verwar Uw Achtervolger, Raak Uw Achtervolger Kwijt.' Ik weet precies wat ik moet doen.

Op het moment dat de trein het volgende station binnenrijdt, waar ongetwijfeld een kordon politieagenten op me zal staan te wachten, spring ik naar buiten met de Colt nog in mijn hand. Ik ren over het spoor en spring in een andere trein, die net bij het perron wegrijdt. Ik ga niet in een coupé zitten; ik blijf bij de deur staan. De trein rijdt over een cantileverbrug en ik gooi de revolver in de donkere rivier eronder. Als de trein dan stopt bij het volgende station, stap ik over op een trein die ergens anders heen gaat. Dit doe ik de hele nacht, overstappend van trein naar trein, van het ene station naar het andere.

De steden zoeven in een waas aan me voorbij. Ik weet niet of ik naar het noorden of zuiden reis, naar het oosten of westen. Ik weet de namen van de treinen niet eens. Ik blijf maar overstappen. Het enige wat ik zeker weet, is dat ik niet naar Mumbai kan. Misschien heeft Akshay de politie wel over Salim verteld en dan kunnen ze me in Ghatkopar komen arresteren. Ik wacht tot we op een station komen met veel licht, geluid en mensen.

Om negen uur 's ochtends rijdt de trein waar ik in zit een druk station binnen. Ik stap uit in een katoenen safari-overhemd dat is gescheurd en waar drie knopen aan ontbreken, een Levi's-spijkerbroek die kleeft van vuil en roet en met een digitaal nephorloge om mijn pols. Deze stad lijkt een goede plek om me even schuil te houden. Ik zie een groot geel bord aan de rand van het perron staan met de naam van de stad. Er staat in vette zwarte letters: 'Agra. 169 meter boven de zeespiegel.'

Smita zit met haar hand voor haar mond. 'O mijn god,' zegt ze.

'Dus je hebt al die jaren geleefd met het schuldgevoel een man te hebben vermoord?'

'Twee. Vergeet niet dat ik Shantaram van de trap heb geduwd,' antwoord ik.

'Maar wat er in de trein is gebeurd, was een ongeluk. En het was zelfverdediging. Ik zal eerst eens uitzoeken of er ooit een zaak van is gemaakt. Het lijkt me niet dat de andere passagiers vonden dat je moest worden vervolgd. Je hebt hen gered. Wat is er met dat meisje gebeurd, die Meenakshi? Heb je haar ooit nog gezien?'

'Nee. Nooit. Laten we nog een stukje van de show bekijken.'

Het studiolicht is weer gedimd.

Prem Kumar wendt zich tot mij. 'Dan gaan we nu naar vraag zeven voor tweehonderdduizend roepie. Bent u er klaar voor?'

'Klaar,' antwoord ik.

'Oké. Vraag zeven. Wie heeft de revolver uitgevonden? Was dat A) Samuel Colt, B) Bruce Browning, C) Dan Wesson of D) James Revolver?'

De muziek begint. Ik denk diep na.

'Hebt u weleens van die namen gehoord?' vraagt Prem.

'Nee. Maar er klinkt er één bekend.'

'Wilt u stoppen of gokken?'

'Ik denk dat ik een gokje waag.'

'Denk rustig na. U kunt de honderdduizend roepie die u tot nu toe hebt gewonnen, verliezen.'

'Ik heb niets te verliezen. Ik speel.'

'Goed. Wat is uw antwoord?'

'A. Colt.'

'Weet u dat absoluut, honderd procent zeker?'

'Ja.'

Het tromgeroffel zwelt aan. Het goede antwoord verschijnt op het scherm.

'Dat is absoluut, honderd procent correct! Samuel Colt heeft inderdaad in 1835 de revolver uitgevonden. U hebt uw prijzengeld verdubbeld tot twee lakh roepie!'

Ik kan het niet geloven. Ik heb mijn vijftigduizend roepie teruggewonnen met een rente van drie keer het hele bedrag. Dankzij een duistere dacoit wiens naam ik niet wist.

Het publiek roept o en a. De herkenningsmelodie begint, maar ik hoor alleen het meedogenloze gedreun van een trein die van Dilli naar Mumbai rijdt. Via Agra.

Prem Kumar springt ineens uit zijn stoel om me de hand te schudden, maar mijn hand is slap en onverschillig. Als je midden in een spelshow ineens wordt verrast, hebben je hersenen even nodig voor ze kunnen reageren.

500.000 Roepie

VERHAAL VAN EEN SOLDAAT

De sirene van het luchtalarm gaat exact om halfnegen 's avonds en leidt tot koortsachtige activiteit in de chawl. Bewoners volgen de instructies op die de hele afgelopen week in afwachting van een uitbraak van vijandelijkheden door de luidsprekers zijn aangekondigd. Doe alle lichten uit, schakel alle elektrische apparaten uit, draai het gas dicht, doe het huis op slot en loop in een geordende rij naar de bunker.

De bunker ligt onder het schoolgebouw. Het is een grote rechthoekige hal met gedimd licht. Er ligt een vervaagd en stoffig rood tapijt op de vloer en de enige meubels zijn een paar gammele stoelen en een oude metalen tafel met een televisie met een beeldbuis van 35 centimeter. Het is heet, krap en benauwd in de bunker, maar hij is onze redding, dus we kunnen niet echt klagen. Hoewel er geruchten gaan dat de bunker in Pali Hill een televisie heeft met een beeldbuis van 81 centimeter, latex Dunlopillo-kussens en airco.

De bewoners verdringen zich rond de televisie, die op het nieuwskanaal staat. Bijna iedereen uit de chawl is er. De families Gokhale, Nene, Bapat, meneer Wagle, meneer Kulkarni, mevrouw Damle, meneer Shirke, mevrouw Barve... Alleen meneer Ramakrishna, de beheerder, ontbreekt. Die is vast druk bezig de huur te tellen, kapotte lampen te vervangen en lekkende kranen te repareren.

Eerst is er reclame. Deze oorlog is mede mogelijk gemaakt door Mother India-tandpasta en Jolly-thee. Dan is er een toespraak van de premier. De Indiase troepen winnen de oorlog, vertelt hij ons met een ernstig gezicht, en het is een kwestie van dagen tot de vijand zich zal overgeven. Deze oorlog zal een gevecht tot het einde zijn, vertelt hij met een hoge stem. Er zal een einde aan terrorisme worden gemaakt. En aan honger. En aan armoede. Hij spoort ons aan vooral gul te geven aan het Soldiers' Benefit Fund.

Na de toespraak van de premier komt er een actrice in beeld die ons nog eens hetzelfde verhaal vertelt, maar dan in filmstijl.

De vrouwen staren naar de actrice. Wat ziet ze er jong uit, zeggen ze, en wat is ze mooi. Ze vragen zich af of haar sari van zijde of chiffon is. En hoe houdt ze haar huid zo zacht? Welke zeep gebruikt ze? En ze heeft zo'n lichte huid. Ze heeft niet eens Fair and Lovely Cream nodig.

De mannen zijn razend. Die klootzakken hebben ons al genoeg problemen bezorgd, zeggen ze. Genoeg is genoeg. Deze keer moeten we Pakistan met de grond gelijkmaken.

Meneer Wagle is in de chawl de expert wat betreft oorlog. Hij geeft les aan de universiteit en is de meest geleerde bewoner. Hij vertelt ons dat Pakistan raketten en atoombommen heeft. Daarom zitten we in deze bunker. Zodat we zijn beschermd tegen straling. Maar tegen een atoombom kun je niets beginnen. Hij zegt dat als de bom valt, water lucht zal worden. Lucht zal vuur worden. De zon verdwijnt. Er ontstaat een enorme paddestoelwolk aan de hemel. En dan gaan we allemaal dood, besluit hij treurig.

Maar de dood is moeilijk voor te stellen als dit je eerste oorlog is en je zoals ik en Putul een jongen van twaalf bent, of tien zoals Salim en Dhyanesh. We zijn enthousiast en nieuwsgierig. We bivakkeren voor de televisie en worden betoverd door de strijdtaferelen.

We weten niets over straling en we trekken ons er niets van aan. We zijn geïnteresseerd in belangrijkere dingen. Zoals:

Hoeveel lawaai maakt een atoombom?

Kunnen we de straaljagers over ons huis zien vliegen?

Is het net zo iets als Diwali?

Zou het niet leuk zijn als er een raket naast de chawl landt?

Het is de derde nacht van de oorlog. Ons leven in de bunker begint een voorspelbare routine te krijgen. De vrouwen nemen hun groenten en breiwerk mee. Ze zitten in een groep, snijden tomaten en aardappels, maken zweetmiddel, halen het kaf van de linzen, halen gezonde blaadjes uit bosjes spinazie en koriander en wisselen de laatste roddel uit. Heb je gehoord dat mevrouw Goswami een nieuwe televisie met een beeldbuis van 63 centimeter heeft gekocht? Ik vraag me af waar haar man al dat geld vandaan haalt. Volgens mij hebben meneer Bapat en zijn vrouw afgelopen nacht flink ruzie gehad. De hele buurt kon het horen! Heb je de nieuwste *Starburst* gezien? Er staat in dat Armaan Ali misschien homoseksueel is! Waarom blijken knappe kerels toch altijd homo te zijn?

De mannen luisteren tevreden naar het nieuws en bespreken de laatste geruchten. Is het waar dat de noodtoestand wordt uitgeroepen? Ze zeggen dat Pathankot helemaal is platgebombardeerd. Er zijn heel veel burgers gesneuveld. Mehta heeft betrouwbare informatie, rechtstreeks van het ministerie, dat de benzine op rantsoen gaat. Er zijn bijna geen uien en tomaten meer te koop. We moeten maar melk gaan hamsteren.

Wij jongeren hebben ons eigen speelgroepje. We rennen schreeuwend door de hal en struikelen over elkaar, tot ergernis van de vrouwen. We spelen Ik-zie-ik-zie-wat-jij-niet-ziet tot we geen zin meer hebben. Dan bedenkt Putul een nieuw spel. Heel toepasselijk heet het Oorlog en Vrede. Het spel is eenvoudig. We maken twee teams, het ene aangevoerd door een Indiase generaal en het andere door een Pakistaanse. De twee teams moeten elkaar vangen. Degene die als eerste wordt gevangen, wordt krijgsgevangene en kan alleen worden vrijgelaten door hem te ruilen met een gevangene uit het andere kamp. De generaal telt voor twee gevangenen. Het team met de meeste krijgsgevangenen wint. Er is alleen een probleem. Niemand wil de Pakistaanse generaal zijn. Uiteindelijk vinden ze dat Salim dat moet worden. Jij bent een moslim, zeggen ze tegen hem, dus jij bent de Pakistaan. Salim is het er in eerste instantie niet mee eens, maar wordt omgekocht met de belofte van twee pakjes kauwgom. Ik ga in Salims team en we hakken de Indiërs in de pan.

Als we zijn uitgespeeld, komen we samen in een hoek waar we uitrusten van de inspanning en de oorlog bespreken.

'Ik vind die oorlog geweldig,' zeg ik, 'het is zo spannend. En mijn werkgever Neelima Kumari heeft me een week vrij gegeven vanwege de avondklok.'

'Ja,' zegt Putul. 'Mijn school is ook een week dicht.'

'Hadden we iedere maand maar oorlog,' zegt Dhyanesh.

'Houd op met die nonsens!' buldert een man achter ons.

We draaien ons geschrokken om en zien een oude man achter ons staan. Hij is lang en mager, met een kleine snor op een verweerd gezicht. Hij draagt een groen legeruniform met een heleboel zakken en een brede riem. Hij kijkt ons streng aan en steekt een beschuldigende vinger naar ons op. 'Hoe durven jullie zo luchtig over de oorlog te praten? Oorlog is een serieuze zaak. Mensen geven hun leven.'

Dan zien we ineens dat hij maar één been heeft.

Hij vertelt ons dat hij onderkorporaal (in ruste) Balwant Singh is. Dat hij sinds kort in onze chawl woont, alleen, en dat hij zijn been in de strijd is verloren.

Nadat hij ons de les heeft gelezen, hobbelt Balwant Singh op zijn krukken weg en gaat op de stoel recht voor de televisie zitten.

De televisie zendt livebeelden van de oorlog uit. Het scherm baadt in een wazig groen licht. We zien hoe een draagraket wordt geladen. Een soldaat drukt op een knop en de raket schiet in een vlammenzee weg. Een halve minuut later zien we heel ver weg een groengele lichtflits en we horen het geluid van een explosie. 'We hebben het doel exact geraakt,' verklaart een legerofficier die naast de lanceerinrichting staat. Hij grijnst. Zijn tanden lijken onnatuurlijk groen. Binnen tien seconden wordt er nog een raket gelanceerd. De verslaggever draait zich om en zegt recht in de camera: 'Dit was onze exclusieve live-verslaggeving van de oorlog in Rajasthan. Ik ben Sunil Vyas van Star News, gestationeerd bij de vijfde divisie. Dan gaan we nu terug naar de studio.' Er wordt niet verteld wat het doelwit was, wat er is geraakt, hoeveel mensen er bij de aanval zijn omgekomen en hoeveel hem hebben overleefd. Dan verschijnt er een bekende zanger in beeld die vol overgave oude patriottistische liederen begint te zingen.

Onderkorporaal (in ruste) Balwant Singh staat op uit zijn stoel. 'Dit is geen echte oorlog,' zegt hij vol walging, 'dit is een grap. Ze laten je geen oorlog zien. Ze laten je een soap zien.'

Meneer Wagle kan er niet om lachen. 'Nou, wat is dan wel een echte oorlog?' vraagt hij.

Balwant kijkt met de minachting van een soldaat voor een burger naar Wagle. 'Een echte oorlog is iets heel anders dan deze kinderfilm. In een echte oorlog zie je bloed en ingewanden. In een echte oorlog zie je dode lichamen, door vijandige bajonetten afgesneden handen, en benen die eraf zijn geblazen door granaatscherven.'

'In welke oorlog hebt u gevochten?' vraagt meneer Wagle.

'In de laatste echte oorlog, die van 1971,' zegt Balwant Singh trots.

'Waarom vertelt u ons dan niet hoe een echte oorlog eruitziet?' zegt mevrouw Damle.

'Ja, vertel het ons,' schreeuwen we.

Balwant Singh gaat zitten. 'Willen jullie weten hoe een echte oorlog eruitziet? Dan zal ik jullie mijn verhaal vertellen. Over die veertien glorieuze dagen toen we onze bekendste overwinning op Pakistan behaalden.'

We gaan rond de oude soldaat zitten als een groepje kinderen rond een grootvader.

Balwant Singh begint te praten. Zijn ogen krijgen die dromerige blik die mensen krijgen als ze het over dingen hebben die heel lang geleden zijn gebeurd. 'Ik neem jullie mee naar 1971. De belangrijkste periode in de geschiedenis van India.'

De toehoorders in de bunker worden stil. Meneer Wagle zet de televisie zachter. Niemand protesteert. Een tweedehands live-verslaggeving op televisie is niet half zo goed als een eerstehands verhaal van een echte soldaat.

'De laatste echte oorlog begon op 3 december 1971. Ik weet die datum nog heel goed, doordat ik op dezelfde dag dat de oorlog werd verklaard, een brief ontving uit Pathankot van mijn geliefde vrouw, die me vertelde dat ze was bevallen van een zoon, ons eerste kind. In haar brief schreef mijn vrouw: "Je bent niet bij me, maar ik weet dat je vecht voor je vaderland en dat vervult mijn hart van trots en blijdschap. Ik bid voor je veiligheid en ik wacht samen met je zoon op je zegevierende terugkomst."

Toen ik die brief las, huilde ik, maar het waren tranen van geluk. Ik huilde niet omdat ik in oorlogstijd ver weg was van mijn gezin. Ik was gelukkig dat ik de strijd inging met de zegen van mijn vrouw en voelde me gesterkt door de geboorte van mijn zoon.'

'Hoe heeft ze uw zoon genoemd?' vraagt mevrouw Damle.

'We hadden al lang voor de geboorte besloten dat we een meisje Durga zouden noemen en een jongen Sher Singh. Dus het werd Sher Singh.'

'Hoe begon de oorlog?' vraagt mevrouw Shirke.

'Er stond op de nacht van 3 december een nieuwe maan. De lafhartige vijand deed in de duisternis preventieve luchtaanvallen op een aantal van onze luchthavens langs de westelijke sector: Srinagar, Avantipur, Pathankot, Uttarlai, Jodhpur, Ambala en Agra werden allemaal gebombardeerd. De luchtaanvallen werden gevolgd door een massale aanval op de strategische Chhamb-sector in het noorden.'

'En waar was u gestationeerd toen de oorlog uitbrak?' vraagt meneer Wagle.

'In Chhamb, met de dertiende infanterie div.'

'Div?'

'O, sorry. Wij soldaten zijn gewend afkortingen te gebruiken. Div betekent divisie. Ik behoor tot het Sikh Regiment en mijn bataljon – het 35ste Sikh – werd ingezet in Chhamb bij een brigade met 25 Assam en 8/1 Gurkha Rifles aan iedere kant.

Jullie moeten begrijpen waarom Pakistan ons aanviel in Chhamb. Chhamb is niet alleen de naam van een dorpje aan de westoever van een rivier die de Munawar Tawi heet. Het is de levensader naar de districten Akhnoor en Jaurian. Als je Chhamb inneemt, ben je een dreiging voor de hele staat.

Dus lanceerde Pakistan op 3 december rond tien voor negen 's avonds een aanval op drie punten tegen ons in de Chhamb-sector. De Pakistani openden met een zwaar spervuur. Geweren en mortieren. Het vuur was zo hevig dat bijna alle bunkers in het pelotongebied binnen een paar uur zwaar beschadigd waren en dat drie of vier van onze grenspatrouilles waren uitgeschakeld.

Ik had het commando over een voorpost met drie mannen toen de aanval begon. Mijn post werd aangevallen door een veel sterkere vijand. Jullie moeten niet vergeten dat we maar drie bataljons aan de andere kant van de Munawar Tawi hadden, die tegenover een divisie Pak-infanterie stonden, de drieëntwintigste Infanterie div, met een brigade wapentuig met ongeveer honderdvijftig tanks en negen of tien regimenten artillerie. Pakistan had meer artillerie in Chhamb dan aan het hele oostelijke front.

De drie mannen die toen onder mijn bevel stonden, waren Sukhvinder Singh uit Patiala, Rajeshwar uit Hoshiarpur en Karnail Singh uit Ludhiana. Karnail was de beste van het stel, een lange, gespierde man met een bulderende stem en een aanstekelijke lach. Hij was niet bang voor de oorlog. Maar er was één angst die hem iedere dag achtervolgde.'

'En welke was dat?' vraagt meneer Kulkarni.

'De angst te worden begraven. We hadden gehoord dat de Pakistani, als ze gesneuvelde Indiase soldaten vonden, die nooit aan ons uitleverden. In plaats daarvan zouden ze hen expres volgens de moslimtraditie begraven, zelfs als de Indiase soldaten Hindoes waren. Karnail was een godvrezende en vrome man en hij maakte zich constant zorgen dat als hij in de strijd zou sneuvelen, zijn lichaam drie meter onder de grond zou worden begraven en dat hij niet zou worden gecremeerd. Een week voor de oorlog uitbrak, zei hij tegen me: "Beloof alstublieft dat u zorgt dat ik word gecremeerd als ik sneuvel. Anders vindt mijn ziel nooit rust en zal ik 36.000 jaar in de onderwereld moeten ronddwalen." Ik probeerde het uit zijn hoofd te praten en zei dat hij niet zou sterven, maar hij was onvermurwbaar. Dus om van zijn gezeur af te zijn zei ik: "Goed, Karnail, als je sneuvelt, beloof ik je dat je een hindoecrematie krijgt."

We zaten op de avond van 3 december dus in een van de voorste bunkers – Karnail, Sukhvinder, Rajeshwar en ik – toen het vuren begon...'

Putul onderbreekt hem. 'Stond er in uw bunker ook een televisie?'

De soldaat begint te lachen. 'Nee. Onze bunker was niet zo luxueus. Er lag geen tapijt en er stond geen televisie. Hij was klein en benauwd. Er pasten met moeite vier mensen in. Het stikte er van de muggen en soms kwamen er zelfs slangen op bezoek.'

Balwants toon wordt serieuzer. 'Ik weet niet of jullie weten hoe Chhamb eruitziet. Het is een vlak gebied, maar het staat bekend om de grijze stenen en het *Sarkanda*, olifantsgras, dat zo hoog en dicht op elkaar groeit dat het een tank kan camoufleren. De vijand viel ons in de duisternis vanuit dit dikke gras aan. Voor we wisten wat er gebeurde, explodeerden er links en rechts van ons mortieren. Het was aardedonker en ik zag geen hand voor ogen. Er werd een granaat op onze bunker afgevuurd, maar we konden eruit klauteren voor hij explodeerde. Toen we de bunker uitkwamen, werden we begroet door een regen van spervuur. We liepen zachtjes voorwaarts, liepen in een rechte lijn, en probeerden de bron van het vuur te achterhalen. We vorderden goed en hadden bijna de Pakistaanse bunker bereikt waar het vuur vandaan kwam, toen er vlak achter me een mortierbom explodeerde. Voor ik het wist, waren Sukhvinder en Rajeshwar dood en had Karnail een bloedende buikwond door een granaatscherf. Ik was de enige die met oppervlakkige verwondingen vrijkwam. Ik informeerde snel bij de commandant van mijn compagnie naar de doden. Ik vertelde hem ook dat er door een licht machinegeweer dodelijk vuur uit een vijandelijke bunker werd gespuwd en dat als dat niet werd gestopt er ernstige schade aan de compagnie zou worden berokkend. Mijn commandant zei dat hij niemand kon missen en vroeg mij op de een of andere manier de LMG-positie te neutraliseren.

"Ik ga naar de vijandelijke bunker," zei ik tegen Karnail, "zorg voor dekkingsvuur." Maar Karnail hield me tegen. "Dit is een zelfmoordmissie, meneer," zei hij. "Dat weet ik, Karnail," zei ik, "maar iemand moet het vuile werk opknappen." "Laat mij dan gaan," zei Karnail. "Ik bied me vrijwillig aan om het vijandelijke vuur te neutraliseren." Toen zei hij: "Sahib, u hebt een vrouw. U hebt een pasgeboren zoon. Ik heb geen familie. Niemand die op me wacht. Ik ga waarschijnlijk toch dood aan die wond. Laat me gaan en iets voor mijn vaderland doen. Maar vergeet uw belofte niet, meneer." En voor ik ook maar een woord kon zeggen, griste hij het geweer uit mijn hand en ging ervandoor. "*Bharat Mata ki Jai*" – Lang leve Moeder India – schreeuwde hij en hij viel de vijandelijke bunker aan, doodde met zijn bajonet drie vijandelijke soldaten en stopte het LMG. Toen hij daar zo stond, werd hij dodelijk in zijn borst geraakt door geweervuur en hij stortte voor mijn ogen in met het geweer nog in zijn hand.'

Terwijl we ons proberen voor te stellen hoe het gewelddadige strijdtafereel eruitziet, wordt het doodstil in de hal. Het geluid van geweren en mortieren lijkt door de ruimte te echoën. Balwant vertelt verder.

'Ik heb als verlamd bijna twee uur op dezelfde plek gestaan. Ik moest terug naar de compagnie, maar de belofte die ik aan Karnail had gedaan, bleef door mijn hoofd galmen. Zijn lichaam lag op vijandelijk gebied en ik had geen idee hoeveel Pakistaanse soldaten er nog in de buurt waren. Ik was de enige overgeblevene in mijn sectie.

Om drie uur hield het vuren helemaal op en viel er een doodse stilte. Een plotselinge windvlaag deed de bladeren aan de bomen in de buurt ruisen. Ik liep heel voorzichtig richting de Pakistaanse bunker, nog geen tweehonderd meter van me vandaan. Toen hoorde ik ineens voetstappen vóór me. Ik spitste mijn oren om ze boven het gebonk van mijn hart uit te horen en hief mijn geweer. Ik spande de haan, klaar om te schieten, maar ik hoopte dat dat niet zou hoeven. Vuren in het donker veroorzaakt een heldere flits die mijn positie aan de vijand zou verraden. Ik probeerde zelfs het geluid van mijn eigen ademhaling te onderdrukken. Er kroop iets over mijn rug. Dun en glad. Het voelde als een slang. Ik voelde een wanhopige drang hem van mijn rug te schudden, maar uit angst dat de vijand me dan zou opmerken, sloot ik mijn ogen en hoopte maar dat hij me niet zou bijten. Na wat een eeuwigheid leek, gleed hij langs mijn been naar beneden en ik zuchtte van opluchting. Mijn rug was doorweekt van het zweet en mijn armen deden pijn. Mijn geweer voelde alsof het van lood was. Ik hoorde de voetstappen weer, ze kwamen steeds dichterbij. Ik tuurde de duisternis in en probeerde de vijand te zien, maar ik zag niets. Ik wist dat de dood op de loer lag. Het was doden of worden gedood. Er kraakte een takje en ik hoorde zelfs iemand ademen. Het was een afschuwelijk afwachten. Ik vroeg me af of ik meteen moest schieten of moest wachten tot de vijand zijn eerste beweging zou maken. Toen zag ik ineens de vlam van een lucifer en de achterkant van een hoofd, als een geest zonder lichaam, nog geen drie meter van me vandaan. Ik sprong meteen uit het gras en rende erheen met een getrokken bajonet. Het was een Pakistaanse soldaat die net wilde gaan plassen. Ik had hem bijna neergeslagen, toen hij zich omdraaide, zijn geweer liet vallen en me met gevouwen handen smeekte: "Dood me alsjeblieft niet. Ik smeek het je."

"Met hoevelen zijn jullie?" vroeg ik.

"Dat weet ik niet. Volgens mij ben ik mijn eenheid kwijt. Ik wilde net teruggaan. Dood me alsjeblieft niet," huilde hij.

"Waarom zou ik je niet doden?" vroeg ik op eisende toon. "Je bent de vijand."

"Maar ik ben net als jij een mens," zei hij, "en de kleur van mijn bloed is dezelfde als die van jou. Mijn vrouw wacht op me in Mirpur. En tien dagen geleden heb ik een dochtertje gekregen. Ik wil niet sterven voor ik haar heb gezien."

Zijn woorden maakten me week. "Ik heb ook een vrouw, en een zoon wiens gezicht ik nog niet heb gezien," zei ik tegen de vijandelijke soldaat. Toen vroeg ik: "Wat zou jij in mijn positie hebben gedaan?" Hij was even stil en zei toen weifelend:

"Ik zou je hebben gedood." "Zie je nou wel," zei ik, "we zijn soldaten. We moeten ons beroep trouw blijven. Maar ik beloof je dit. Ik zal zorgen dat je lichaam een begrafenis krijgt," en toen duwde ik zonder met mijn ogen te knipperen mijn bajonet door zijn hart.'

'Uuuh...' Mevrouw Damle sluit vol walging haar ogen.

Meneer Shirke is ook onrustig. 'U hoeft het niet zo gedetailleerd te vertellen hoor,' zegt hij tegen Balwant, terwijl hij vergeefs probeert Putuls oren af te dekken met zijn handpalmen. 'Al dat moorden en al dat bloed, straks krijgt mijn zoon nog nachtmerries.'

Balwant snuift. 'Ha! Oorlog is niet voor mensen met een zwakke maag. Het is goed dat die jongelui die nog nooit een oorlog van dichtbij hebben meegemaakt eens horen hoe dat er toegaat. Ze moeten weten dat oorlog een serieuze zaak is. In de oorlog sterven er mensen.'

'Hoe ging het verder?' vraagt meneer Wagle.

'Verder gebeurde er niet zoveel. Ik ging naar de vijandelijke bunker, waar de lichamen van drie Pakistaanse soldaten lagen. Ik nam Karnails lichaam over mijn schouder en sleepte hem terug naar mijn basiskamp. De volgende ochtend hebben we zijn lichaam gecremeerd.' Balwants ogen staan vol tranen. 'Ik heb de commandant over zijn heldendaad verteld, en op zijn aanbevelen heeft Karnail Singh postuum een MVC gekregen.'

'Wat is een MVC?' vraagt Dhyanesh.

'*Maha Vir Chakra*. Een van de hoogste militaire onderscheidingen in ons land,' antwoordt Balwant.

'En wat is de hoogste?'

'De PVC of *Param Vir Chakra*. Die wordt bijna altijd postuum uitgereikt.'

'Wat kreeg u dan voor beloning?' vraagt Dyanesh.

Balwants gezicht vertrekt. 'Ik heb niets gekregen voor die operatie. Maar dit is niet het einde van mijn verhaal. Ik moet jullie nog vertellen over de beroemde slag bij Mandiala Bridge.'

Meneer Wagle kijkt op zijn horloge. 'O hemel, het is al over twaalven. *Chalo chalo*, volgens mij hebben we vandaag wel genoeg opwinding gehad. De avondklok is voorbij. We moeten allemaal naar huis.'

We gaan met tegenzin uit elkaar.

De volgende dag zitten we weer in de bunker. Vandaag is de zoon van meneer Bapat, Ajay, er ook. Hij is terug van zijn grootmoeder. Hij is nogal een opschepper, heeft het altijd over zijn speelgoed, zijn computer, zijn skates en zijn schare vriendinnetjes. We hebben allemaal een hekel aan hem, maar dat zeggen we niet. We willen geen ruzie met een vijftienjarige die eruitziet als zeventien. Vandaag heeft hij een schriftje bij zich. Hij noemt het een handtekeningenboekje. Hij laat de andere kinderen zien wat erin staat. 'Deze is van Amitabh Bachchan, die van Armaan Ali, die van Raveena en deze van de beroemde slagman Sachin Malvankar.'

'En die?' vraagt Dhyanesh. Hij wijst naar een donkere, onleesbare krabbel. Ajay denkt even na en zegt dan schaapachtig: 'Dat heeft mijn moeder gedaan. Ze was de pen aan het uitproberen.'

Putul heeft ook iets bij zich, maar het is niet zijn handtekeningenboekje. Het is een schrift. Zijn vader heeft tegen hem gezegd dat geen school niet betekent dat hij niet hoeft te studeren. Vanaf nu moet hij iedere dag in de bunker een opstel schrijven. Het onderwerp van vandaag is: 'Mijn koe', hoewel Putul helemaal geen koe heeft.

Op de televisie vertelt een militaire woordvoerder hoe het ervoor staat. 'Pakistaanse luchtaanvallen tegen Indiase luchtbases in Ambala, Gorakhpur en Gwalior zijn succesvol geneutraliseerd. Indiase troepen hebben Baghla en Rahimyar Khan ingenomen. Pakistaanse parate bases in Bhawalpur, Sukkur en

Nawabshah zijn volledig vernietigd en de uitsprong van Shakargarh is volledig in onze macht. In de Chhamb-sector hebben onze troepen een grootschalige Pakistaanse aanval op de Mandiala Bridge afgeslagen.'

We juichen enthousiast. Er wordt geklapt en mensen schudden elkaar de hand.

Balwant Singh zit net als gisteren voor de televisie. 'Dus ze hebben Mandiala weer aangevallen,' zegt hij hoofdschuddend. 'Die Paki's leren nooit van hun fouten.'

Volgens mij zit Balwant te wachten tot iemand hem naar Mandiala Bridge vraagt, maar dat gebeurt niet.

Er begint een paneldiscussie op de televisie. Een groepje experts in de studio bespreekt de oorlog. Een man met een baard en een bril zegt: 'We weten allemaal dat Pakistan ongeveer veertig raketkoppen bezit. Als er boven een stad met een bevolkingsdichtheid van ongeveer 25.000 per vierkante kilometer één enkele 15 kilotonatoombom explodeert, veroorzaakt die ongeveer 250.000 doden. Als je die cijfers toepast op Mumbai, waar...'

Meneer Wagle zegt: 'Water wordt lucht. Lucht wordt vuur. Er ontstaat een paddestoelwolk in de lucht. We gaan allemaal dood.'

Meneer Kulkarni zet de televisie uit. 'Dit is te deprimerend,' zegt hij. 'Waarom luisteren we niet naar het inspirerende verhaal van onze oorlogsheld. Balwantji, u zei gisteren iets over de slag om Mandiala Bridge. Vertel ons er eens over.'

Balwant is blij dat iemand het vraagt. Hij gaat rechtop zitten en rekt zijn armen uit, waardoor zijn mouwen omhooggaan. Hij krabt aan het stompje van zijn been, draait zijn stoel zodat hij de hele groep ziet en begint.

'Er loopt een heel steile helling langs de Munawar Tawi, de Mandiala North. Daar viel de vijand ons aan in de nacht van 3 op 4 december en doordat we daar bijna geen troepen hadden, werden onze posten volledig verpletterd. Toen rukten de Paki's met tanks en infanterie op naar waar ik met het 35ste Sikh was gestationeerd.

We hadden ondertussen begrepen dat het voornaamste doel van Pakistans 23 div was de Mandiala Bridge in te nemen. Als dat zou gebeuren, zouden we worden gedwongen ons terug te trekken uit Chhamb en het hele gebied ten westen van Tawi, aangezien het verlies van de brug onze hele positie ten westen van Tawi zou overvleugelen. Dus waren we op 4 december rond twaalf uur 's middags begonnen onze positie te versterken. De 31ste Cavalerie werd versterkt door een eskader van het 27ste Gewapende Regiment en het 37ste Kumaon werd uit Akhnoor weggestuurd om een tegenaanval in te zetten om Mandiala North te heroveren. Maar het noodlot sloeg toe toen de commandant van het 37ste Kumaon door artillerievuur werd gedood voor hij zich bij ons had kunnen voegen. Dus had het bataljon geen leider en bereikte het Tawi pas na zonsondergang. Daarom werd het naar de oostelijke oever geleid, die over de Mandiala-oversteek uitkijkt. Toen het dus nacht werd op 4 december, werd de Mandiala-oversteek alleen bewaakt door het 35ste Sikh en de paracompagnie van het 19de Commando, samen met de tanktroepen van de 31ste Cavalerie, die Mandiala South bezet hielden.

Twee bataljons Pakistani – het 6de POK en het 13de POK – voerden op 5 december rond drie uur 's nachts een meedogenloze aanval uit op Tawi. Ze kwamen met hun Amerikaanse Patton-tanks en Chinese T-59's, met donderende kanonnen. Straaljagers van de Pak Air Force gierden boven onze hoofden, beschoten het gebied en lieten duizendponders op onze stellingen vallen. Ik zag overal brandende voertuigen, ontploffende granaten en tanks die op ons afkwamen als gigantische stalen insecten in het hoge olifantsgras. Het artillerievuur was zo zwaar dat het binnen vijftig minuten door al onze stellingen was gegaan. Het 13de POK stuitte op ons 29ste Jat en dreef dat uiteen. Nadat ze de commandant hadden gedood, rukten ze op naar Point 303. De verdediging van dat onderdeel was ook een taak van het 35ste Sikh, maar jammer genoeg kwam een deel van mijn landgenoten niet opdagen. Ze sloegen op de vlucht bij het vooruitzicht van een langdurig vijandelijk spervuur. Toen ze Point 303 hadden veiliggesteld, gaven de Paki's hun reservisten opdracht op te rukken en het brughoofd te versterken. Bij zonsopgang hadden de Pakistani Mandiala Bridge veroverd. Alleen een wonder zou ons nu nog kunnen redden. Kan iemand even een glas water voor me halen?'

Balwant Singh was een bedreven verteller. Hij legde nadruk op de goede woorden, pauzeerde op de juiste plaatsen en vroeg op het perfecte moment om een glas water, precies toen de spanning ondraaglijk werd.

Iemand komt gehaast met een tempexbekertje water aanlopen. We zitten met gespitste oren, willen geen woord missen. Balwant neemt een slok en gaat verder.

'Op dat moment voegde de commandant van de 368ste Brigade uit Akhnoor zich hoogstpersoonlijk bij ons. Toen hij arriveerde, zag hij een tafereel van totale vernietiging en verwarring. Soldaten renden voor hun leven het strijdtoneel af. De slag om de Mandiala-oversteek was omsluierd door de mist van oorlog. De grond was een niemandsland vol kraters geworden met overal dode lichamen, puin en brandende tankwrakken. Overal woedde vuur. Het water van de Tawi was rood van het bloed van soldaten. Het was één groot pandemonium. Niet zoals ze je op de televisie laten zien, dat je op een knopje drukt, een raket lanceert en dan gaat theedrinken.

De commandant, die me kende, zei: "Balwant Singh, wat gebeurt hier? Waar zijn alle mannen?" En ik antwoordde met een zwaar gemoed: "Het spijt me dat ik het moet zeggen, meneer, maar velen zijn het strijdtoneel ontvlucht op zoek naar veiligheid. Ze konden de enorme overmacht van de vijand niet weerstaan." We hadden drie tanks en vele mannen verloren.

De commandant zei: "Als we er allemaal zo over zouden denken, hoe moeten we de oorlog dan winnen?" Toen zuchtte hij. "Deze situatie is hopeloos. We moeten ons terugtrekken."

Daar protesteerde ik meteen tegen: "Sirjee," zei ik: "het motto van ons regiment is *Nischey Kar Apni Jeet Karon*, Ik vecht om te winnen. Ik geef het niet op zonder te vechten."

"Zo mag ik het horen, Balwant," zei de commandant. Hij sloeg me op mijn rug en zei dat ik de mannen die onder mijn bevel stonden, moest verzamelen. Mijn pelotonscommandant was er ook vandoor, dus de commandant gaf me de leiding over het peloton. Ons bataljon moest onmiddellijk oprukken om de brug te heroveren. De Delta-infanteriecompagnie van de Gurkha Rifles was ook klaar voor de aanval, samen met de resterende tanks van de 31ste Cavalerie.

De dag begon met een uitbarsting van kanon- en machinegeweervuur. De Mandiala-oversteek werd een hel van vuur, shock en explosies. We vielen met getrokken bajonetten aan vanaf onze stelling terwijl het vuur van scherpschutters over onze hoofden raasde, machinegeweren een constant dodelijk vuur spuwden, de vijandelijke vliegtuigen boven ons vlogen en om ons heen de bommen explodeerden. We schreeuwden de Sikhstrijdkreet: "*Bole So Nihal, Sat Sri Akal.*" We troffen de oprukkende vijand en staken in bloedige een-op-eengevechten met onze bajonetten vele vijanden dood. Deze gedurfde actie demoraliseerde de vijand volledig. Het tij begon te keren. We rukten steeds verder op.

Op dat moment besloot de vijand tanks in te zetten bij de Tawi. Die waren nu nog aan de andere kant van de rivier. Zodra ze over de brug zouden rijden en aan onze kant zouden komen, zouden we volledig aan hen zijn blootgesteld. We moesten koste wat kost voorkomen dat ze de brug zouden oversteken. Nu kwamen onze T-55 tanks van de 31ste Cavalerie en het

27ste gewapende Regiment in actie. In eerste instantie weerstonden ze de aanval van de vijand goed, maar toen de Pattontanks over de brug kwamen rijden, verlieten twee mannen hun tank en renden weg.

Ik weet niet wat er over me kwam. Ik rende naar een van de verlaten tanks, deed het luik van de koepel open en ging de tank binnen. Ik had wel verstand van tanks, maar had er nog nooit een bestuurd. Maar ik begreep binnen een paar minuten de besturing en ik kreeg de T-55 al snel in beweging. Terwijl mijn tank startte, kwam die zwaar onder vuur van de vijand te liggen, die zich in bunkers verschool. Dus reed ik meteen naar de stelling van de vijandelijke loopgraaf. De vijand dacht dat ik wel zou opgeven als ze maar bleven schieten, maar ik bleef meedogenloos richting de verborgen bunker rijden, tot ze eruit renden, op de vlucht sloegen en hun kanon achterlieten. Een van hen probeerde op mijn T-55 te klimmen. Ik draaide het lange 100mm-kanon op de geschutkoepel meteen rond en veegde hem van de tank als een vlieg van de melk. Ondertussen waren onze andere tanks begonnen de vijandelijke tanks aan te vallen en binnen twintig minuten was er nog maar één Pattontank over. Ik zat erachteraan toen die probeerde weg te komen. Hij raakte mijn tank en die vloog in brand. Maar mijn kanon deed het nog. Ik bleef hem achtervolgen en beschieten, nog geen vijftig meter voor me. Toen stopte de Pakistaanse tank ineens en begon achteruit te rijden. De gevechtskoepel tolde rond als een dronkaard. Hij stopte met draaien en toen ontplofte de tank. Ik berichtte mijn commandant dat er acht vijandelijke tanks waren vernietigd en dat we de situatie onder controle hadden.

Mandiala Bridge was nu bijna binnen ons bereik. De vijand was uiteengedreven. De vijandelijke tanks waren vernietigd, maar er was hier en daar nog verzet. De vijand had zes Browning-machinegeweren en enkele 3.5-inchraketwerpers rond de brug die nog actief waren. En wat het belangrijkste van alles was, was dat de Pakistaanse vlag nog op de brug wapperde. Die moest ik neerhalen. Verward door shock en bloedend door stukken rondvliegend metaal ging ik op weg naar de Pakistaanse bunker. Ik zag een kluwen prikkeldraad, half begraven in de omwoelde en modderige grond, en overal om me heen dode lichamen. Ik bleef doorgaan tot ik zo'n tien meter van de vijandelijke bunker vandaan was. Toen gooide ik een fosforgranaat de bunker in en er vielen drie Pakistaanse soldaten naar buiten, dood en bloedend. Er was nog maar één soldaat over. Ik richtte mijn karabijn om hem dood te schieten en realiseerde me toen dat die was geblokkeerd. De Pak-soldaat zag het ook. Hij glimlachte, richtte zijn geweer en vuurde. Een hagelregen raakte mijn linkerbeen en ik viel op de grond. Hij richtte het geweer op mijn hart en haalde de trekker nogmaals over. Ik zei een gebed en bereidde me voor te sterven. Maar in plaats van een oorverdovende knal klonk een holle klik. Zijn magazijn was leeg. "*Narai Takbir – Allah O Akbar*" schreeuwde hij en hij kwam op me af met zijn bajonet. Ik schreeuwde: "*Jai Hind*" en ontweek keurig zijn aanval. Toen sloeg ik hem dood met de kolf van mijn karabijn. Ik sprong naar de vijandelijke vlag, rukte die los en verving hem door onze driekleur. Toen ik onze vlag op Mandiala Bridge zag wapperen, was dat het gelukkigste moment van mijn leven, hoewel ik wist dat ik een been zou verliezen.'

Balwant Singh houdt op met praten en we zien dat hij tranen in zijn ogen heeft.

Bijna een minuut lang zit iedereen doodstil. Dan loopt Putul naar Balwant Singh toe en houdt hem zijn schrift voor.

De soldaat veegt zijn ogen af. '*Arrey*, wat is dit? Ik kan je wiskundehuiswerk niet voor je maken.'

'Ik wil niet dat u mijn huiswerk maakt,' zegt Putul.

'Wat is dat dan voor schrift?'

'Ik wil uw handtekening. U bent onze held.'

Iedereen begint te klappen.

Dhyanesh stelt dezelfde vraag nog een keer: 'Wat hebt u voor beloning voor die strijd gekregen?'

Balwant is stil. Alsof we een gevoelige snaar hebben geraakt. Dan zegt hij verbitterd: 'Niets. Ze hebben twee MVC's uitgereikt en twee Vir Chakras aan het 35ste Sikh, drie van mijn collega's hebben Sena-medailles gekregen en er is bij Jaurian zelfs een monument opgericht. Maar mij hebben ze niets gegeven, ze hebben me niet eens genoemd in het officiële rapport. Mijn moed is niet erkend.'

Hij zucht. 'Maar dat geeft niets. Als ik de vlam van Amar Jyoti zie branden, het monument voor de Onbekende Soldaat, voel ik me tevreden. Ik weet dat die brandt voor mensen zoals ik.' Hij voelt zich filosofisch gestemd en draagt een gedicht in het Urdu voor: 'We kwamen onaangekondigd in deze wereld. We zullen haar onaangekondigd weer verlaten. Maar tijdens ons verblijf in deze wereld, doen we dingen die, als deze generatie ze zich niet herinnert, de volgende niet zal kunnen vergeten.'

Iedereen is weer stil. Dan begint mevrouw Damle ineens te zingen: '*Sare jahan se Achcha Hindustan hamara...*' Al snel zingt iedereen het patriottistische lied mee. Ik weet niet wat ons jongens bezielt, maar we vormen spontaan een parade. We maken een rij en marcheren langs Balwant Singh, de vingers van onze rechterhand strak in saluut aan deze dappere soldaat.

Dit was onze oorlog. Hij was onze held.

Balwant Singh is zo overmand door emoties dat hij begint te huilen. '*Jai Hind!*' schreeuwt hij en hij strompelt de ruimte uit. Hij laat ons achter met het ruisende olifantsgras, het geluid van exploderende bommen, de bijtende lucht van cordiet en de stank van de dood.

Meneer Wagle doet een aankondiging: 'Beste vrienden, ik heb

de eer u te melden dat er morgen een groep van het Soldiers' Benefit Fund langskomt, SBF in het kort. Onze geliefde premier vraagt alle Indiërs genereus bij te dragen ten gunste van de soldaten die hun leven opofferen zodat wij met eer en waardigheid in vrijheid kunnen leven. Ik hoop dat jullie allemaal diep in de buidel tasten om de SBF te helpen.'

'Maar hoe zit het dan met de soldaat in ons midden? Moeten we die niet ook helpen?' roept meneer Shirke.

Er wordt instemmend geschreeuwd.

'Ja, jullie hebben helemaal gelijk. Maar ik denk dat we Balwantji een grote eer kunnen bewijzen door zijn daden in de oorlog van 1971 erkend te krijgen. We vertellen zijn verhaal morgen aan de mensen van de SBF.'

We zijn allemaal opgewonden. Het ziet ernaar uit dat we eindelijk ons steentje bijdragen aan de oorlog.

Ze komen met zijn drieën. Een lange man, een kleine man en een dikke man. Ze zijn alle drie voormalig officier, de lange van de marine, de kleine van de landmacht en de dikke van de luchtmacht. De korte man houdt een lange toespraak. We leven in een groots land. Onze premier is groots. Wij zijn groots. En onze donaties moeten ook groots zijn. Er gaat een mandje rond. Mensen doen er geld in. Iemand doet er vijf roepie in, anderen tien of honderd. Een vrouw geeft haar gouden armbanden. Salim heeft geen geld. Hij legt er twee pakjes kauwgom in. Balwant Singh is er niet. Hij heeft laten weten dat hij griep heeft.

Dan begint de ondervraging. 'Hebt u zelf gevochten in een oorlog?' vraagt Kulkarni aan de man van de landmacht, een kolonel buiten dienst.

'Ja natuurlijk. In twee oorlogen, die van '65 en die van '71.'

'En waar hebt u in 1971 gediend?'

'In Chhamb, waar misschien wel de felste strijd werd geleverd.'

'In welk regiment?'

'De infanterie. Het grote Sikh-regiment.'

'Hebt u medailles gekregen tijdens de oorlog van 1971?'

'Inderdaad. Een Vir Chakra. Dat was een grote eer.'

'Waarom kreeg u die?'

'Voor de grote slag om de Mandiala-oversteek, waar het 35ste Sikh geweldig werk heeft gedaan.'

'Wat bent u voor iemand? U neemt zelf medailles aan en ontzegt die anderen zonder wie u die brug nooit had kunnen heroveren.'

'Het spijt me, maar ik begrijp je niet. Over wie heb je het?'

'We hebben het over uw eigen soldaat, iemand die een held was tijdens de oorlog van 1971 in Chhamb en een been verloor. Hij had een Param Vir Chakra moeten krijgen, maar kreeg alleen tranen. Luister, kolonel sahib, wij zijn maar burgers. We kennen uw legerregels niet, maar er heeft hier een groot onrecht plaatsgevonden. Kunt u daar misschien iets tegen doen? Het is nooit te laat om een dappere soldaat te eren.'

'Waar is die dappere ziel?'

'Hier, in onze chawl.'

'Echt waar! Dat is geweldig. Ik zou hem graag willen ontmoeten.'

Dus brengen we hem naar de kamer van Balwant Singh. We wijzen zijn deur aan en de kolonel gaat naar binnen. We hangen rond bij de deur, willen niet afluisteren, maar kunnen het niet laten.

We horen harde stemmen, alsof er ruzie wordt gemaakt. Dan een knallend geluid. Na een minuut of tien komt de kolonel briesend van woede naar buiten. 'Is dat de man die volgens jullie een PVC had moeten krijgen? Het is de ergste oplichter die ik ooit heb gezien. Kon ik de nek van dat varken maar omdraaien.'

'Hoe durft u zo te praten over onze oorlogsheld!' vermaant mevrouw Damle hem.

'Hij, een oorlogsheld? Dat is de beste grap die ik ooit heb gehoord. Hij is een godvergeten deserteur. Hij is weggelopen zodra hij de ellende in de Chhamb-sector zag aankomen. Hij is een smet op het blazoen van het Sikh-regiment. Hij had veertien jaar moeten krijgen. Jammer genoeg verjaren desertiezaken na vijf jaar, anders had ik hem alsnog aangegeven.'

We zijn verbijsterd. 'Wat zegt u, kolonel? Hij heeft ons tot in detail zijn daden bij Chhamb verteld. Hij is zelfs in de strijd een been kwijtgeraakt.'

'Dat is een leugen. Laat me jullie zijn ware verhaal vertellen, dat eigenlijk heel zielig is.' De officier trekt zijn riem goed. 'Toen de oorlog uitbrak, was Balwant Singh er niet helemaal bij met zijn hoofd doordat zijn vrouw in Pathankot net was bevallen van hun eerste kind. Hij wilde wanhopig graag bij zijn gezin zijn. Zo graag dat hij, zodra het in Jaurian benard begon te worden, toen Pakistan met artillerie begon aan te vallen ervandoor ging. Hij bereikte Pathankot en verborg zich in zijn ouderlijk huis. Hij moet hebben gedacht dat hij de oorlog achter zich had gelaten, maar de oorlog achtervolgde hem. Twee dagen na zijn aankomst bombardeerde de Pak Airforce de vliegbasis van Pathankot. Ze raakten onze vliegtuigen niet, maar er vielen twee duizendponders op een huis vlakbij de basis. Het bleek het huis van Balwant te zijn. Zijn vrouw en kind overleden meteen en hij verloor zijn been ten gevolge van granaatscherven.'

'Maar... hoe kon hij dan het strijdtafereel zo tot in de details navertellen...'

De kolonel trekt een grimas. 'Ik weet niet wat hij jullie heeft verteld, maar veertig jaar is een lange tijd om je in te lezen over grote slagen. De klootzak is na al die jaren te voorschijn gekomen om jullie te bedotten en te genieten van zijn nepverhalen over heldendom. Mijn humeur is totaal verziekt door de ontmoeting met die man. Dit is geen goede dag voor me. Tot ziens.'

De kolonel schudt zijn hoofd en verlaat de chawl, gevolgd

door de lange man en de dikke man. We gaan terug naar de bunker. Voor ons is het ook geen goede dag. We vragen ons af wat Balwant Singh doet, wat er door zijn hoofd gaat. Hij komt die avond niet uit zijn kamer.

Ze vinden hem de volgende ochtend in zijn eenkamerwoning in de chawl. Voor zijn deur staat een onaangeroerd blik melk en er ligt een krant. Zijn krukken staan netjes tegen de muur. Zijn houten bed is in een hoek geduwd. Op het nachtkastje staat een kopje met een restje bruine theeblaadjes erin. De enige stoel in de kamer ligt op zijn kant in het midden. Balwant hangt aan de ventilator met een stuk roze stof om zijn nek. Hij draagt zijn olijfgroene uniform en zijn hoofd hangt op zijn borst. Steeds als zijn slappe lichaam zachtjes heen en weer bungelt, maakte de ventilator aan het plafond een zacht krakend geluid.

Er komt een politiejeep met een rood zwaailicht. Agenten doorzoeken zijn bezittingen. Ze kletsen en gebaren en ondervragen de buren op ruwe wijze. Een fotograaf maakt foto's met flitslicht. Er komt een ambulance met een dokter in een witte jas. Mensen drommen samen voor zijn kamer.

Ze rijden zijn lichaam op een brancard naar buiten, bedekt met een kraakhelder wit laken. De bewoners van de chawl kijken stil toe. Putul, Dhyanesh, Salim en ik gluren beschroomd vanachter hun ruggen vandaan. We staren uitdrukkingsloos naar het lichaam van de dode man en knikken, bang, verdrietig en schuldbewust, terwijl het langzaam tot onze verdoofde geest doordringt. Het was onze eerste oorlog en we wisten het. Dat oorlog een serieuze aangelegenheid was. Oorlog eiste levens.

Smita heeft een ernstige blik in haar ogen. Ik zie dat het verhaal van de soldaat haar heeft aangegrepen.

'Waar was jij tijdens de oorlog?' vraag ik.

'Hier in Mumbai,' antwoordt ze en ze verandert snel van onderwerp. 'Laten we naar de volgende vraag kijken.'

Prem Kumar draait zijn stoel naar me toe en begint tegen me te praten. 'Meneer Thomas, u hebt zeven vragen goed beantwoord en hebt twee lakh roepie gewonnen. Dan gaan we nu kijken of u de achtste vraag voor vijfhonderdduizend roepie goed kunt beantwoorden. Bent u er klaar voor?'

'Klaar,' antwoord ik.

'Goed. Vraag acht. Wat is de hoogste onderscheiding die door het Indiase leger wordt uitgereikt? Ik herhaal, wat is de hoogste onderscheiding bij het Indiase leger? Is dat A) Maha Vir Chakra, B) Param Vir Chakra, C) Shaurya Chakra of D) Ashok Chakra?'

De spannende muziek begint. De tijdbom begint harder te tikken.

Het publiek is opgewonden. Ze kijken welwillend naar me, men bereidt zich voor op het afscheid van de vriendelijke ober.

'B. Param Vir Chakra,' antwoord ik.

Prem Kumar trekt zijn wenkbrauwen op. 'Weet u dat antwoord, of raadt u het?'

'Ik weet het.'

'Weet u dat absoluut, honderd procent zeker?'

'Ja.'

Het tromgeroffel zwelt aan. Het goede antwoord verschijnt op het scherm.

'Dat is absoluut, honderd procent correct!' schreeuwt Prem Kumar. Het publiek juicht. Er wordt geklapt en 'Bravo!' geroepen.

Ik glimlach. Prem Kumar niet.

Smita knikt begrijpend.

1.000.000 roepie

TOESTEMMING OM TE DODEN

Er liggen heel wat gevaren op de loer als je verstrooid door Mumbai loopt. Je kunt uitglijden over een bananenschil en onderuitgaan. Je kunt ineens midden in een hoop zachte hondenpoep staan. Je kunt ruw worden geduwd door een eigenzinnige koe die van achteren tegen je achterwerk loopt. Of een uit het oog verloren vriend die je niet wilde ontmoeten, kan ineens uit het chaotische verkeer opduiken en je omhelzen.

Dat gebeurde mij op zondag 17 juni voor de Mahalaxmiracebaan toen ik tegen Salim Ilyasi opbotste. Na vijf jaar.

Toen ik drie maanden geleden uit Agra in Mumbai arriveerde, had ik besloten geen contact op te nemen met Salim. Het was een moeilijk besluit. Ik had hem gemist gedurende mijn jaren bij de familie Taylor en mijn werk in Agra en het viel me zwaar in dezelfde stad te zijn als hij en hem dan niet te zien. Maar ik wilde hem per se niet betrekken bij mijn plannen in die spelshow te komen.

'Mohammad!' schreeuwde Salim op het moment dat hij me zag, 'wat doe jij in Mumbai? Sinds wanneer ben je hier? Waar heb je al die jaren gezeten?'

Een uit het oog verloren vriend ontmoeten is, denk ik, net zoals een lievelingsgerecht eten dat je al heel lang niet hebt geproefd. Je weet niet hoe je smaakpapillen na al die tijd zullen reageren en of het gerecht nog net zo lekker zal smaken als toen. Ik ontmoette Salim na vijf lange jaren met gemengde gevoelens. Zou een hereniging net zo warm zijn als onze vriendschap vroeger was? Zouden we nog steeds zo eerlijk tegen elkaar zijn als we waren?

We zeiden in eerste instantie niet veel tegen elkaar en gingen op een bankje zitten. We luisterden niet naar het geschreeuw van de meeuwen die boven ons cirkelden. Het viel ons niet op dat jongens op straat aan het voetballen waren. We zagen de menigte aanbidders niet die naar de Haji Ali *dargah* gingen. We omhelsden elkaar en huilden. Om de tijd die we samen hadden doorgebracht en de tijd die we hadden verloren. En toen praatten we over alles wat er was gebeurd. Of liever gezegd, Salim praatte en ik luisterde.

Salim is langer en knapper geworden. Hij is zestien en ziet eruit als een Bollywood-ster. Het harde stadsleven heeft hem niet aangetast zoals het mij heeft aangetast. Hij houdt nog steeds van Hindi-films en verafgoodt nog steeds de sterren van Bollywood (behalve Armaan Ali dan natuurlijk). Hij gaat nog steeds iedere vrijdag naar het heiligdom van Haji Ali om te bidden. En het belangrijkste van alles: de voorspelling die de handlezer heeft gedaan, lijkt waarheid te worden. Hij werkt niet meer als dabbawallah om lunchtrommels bij de middenklasse van Mumbai te bezorgen, maar heeft zich ingeschreven op een dure toneelschool waar hij leert acteur te worden.

'Weet je wie mijn acteerlessen betaalt?' vraagt hij.

'Nee.'

'Abbas Rizvi.'

'Welke Abbas Rizvi? De beroemde producer die al die kaskrakers op zijn naam heeft staan?'

'Ja, die. Hij heeft me een hoofdrol aangeboden in zijn volgende film, die over twee jaar uitkomt, als ik achttien ben. Tot die tijd bekostigt hij mijn opleiding.'

'Maar dat is geweldig, Salim. Hoe is dat allemaal gebeurd?'

'Dat is een lang verhaal.'

'Geen verhaal is te lang voor me, Salim. Vertel het me vanaf het begin.'

Dus dit is Salims verhaal, in zijn eigen woorden.

'Nadat je ineens was weggegaan zonder bericht achter te laten, was ik helemaal alleen in de chawl. Ik heb nog vier jaar als dabbawallah lunchtrommels afgehaald en bezorgd, maar ik bleef er ook van dromen acteur te worden.

Op een dag haalde ik een trommel op bij de vrouw van een klant, Mukesh Rawal, en toen viel het me op dat zijn huis volhing met foto's van hem met beroemde filmsterren. Ik vroeg mevrouw Rawal of haar man in de filmindustrie werkte. Ze vertelde me dat hij doodgewoon verkoper in de farmaceutische industrie was, maar dat hij af en toe een bijrolletje had in een film.

Ik was verbijsterd dat te horen en haastte me diezelfde middag nog naar Mukesh Rawals kantoor om te vragen of ik dat ook kon worden. Mukesh keek me aan en begon te lachen. Hij zei dat ik te jong was om acteur te worden, maar dat ze soms rollen voor schooljongens of straatjongens hadden en dat ik daar misschien geschikt voor zou zijn. Hij beloofde mijn naam te noemen bij Pappu Master, de baas van de figuranten, voor wie hij werkte, en vroeg me om een portfolio met glossy foto's van mezelf in allerlei poses. Als Pappu mijn foto's mooi vond, zou hij me misschien voor een rolletje in een film kiezen. Mukesh vertelde dat een figurant geen acteeropleiding hoefde te hebben, maar dat ik er knap moest uitzien in een pak, bedreigend in boevenkleding en aandoenlijk in een schooluniform. Hij stond erop dat ik naar een studio ging om professionele foto's te laten maken.

Die nacht kon ik niet slapen. Ik ging de volgende ochtend naar een fotograaf en vroeg naar de kosten van zulke foto's. De fotograaf noemde een astronomisch bedrag, bijna een heel maandloon. Ik zei: "Arrey baba, zo veel geld heb ik niet." Dus adviseerde hij me zo'n goedkope wegwerpcamera te kopen en zelf foto's te maken, die hij dan zou uitvergroten. Ik deed wat hij zei. Ik kocht een camera en vroeg voorbijgangers foto's van me te nemen. Ik zat voor Churchgate op iemands motorfiets en probeerde er net zo cool uit te zien als Amitabh Bachchan in *Muqaddar ka Sikandar*. Ik poseerde in dezelfde houding als Akshay Kumar in *Khel* op een paard op Chowpatty Beach. Ik stond voor het Sun 'n' Sand Hotel als Hrithik Roshan in *Kaho Na Pyar Hai*. Ik hield een lege Johnny Walker-fles in mijn hand en probeerde er net zo dronken uit te zien als Shahrukh Khan in *Devdas*. Ik grijnsde voor Flora Fountain zoals Govinda dat in al zijn films doet. Ik had bijna twintig foto's van mezelf laten maken, maar er stonden er zesendertig op het rolletje en ik moest het volschieten voor ik de foto's kon laten ontwikkelen. Dus besloot ik foto's van interessante gebouwen en mensen te maken. Ik nam foto's van Victoria Terminus en de Gateway of India, ik maakte een kiekje van een mooi meisje op Marine Drive, legde een oude man in Bandra op de gevoelige plaat vast en maakte zelfs een close-up van een ezel in Colaba. Mijn laatste foto was van een zwarte man van middelbare leeftijd in Mahim, die op een bankje zat te roken. Hij had ringen in allerlei kleuren om zijn vingers. Pas nadat ik had afgedrukt, realiseerde ik me wiens foto ik had genomen en ik voelde me als verlamd.'

'Hoe bedoel je?' vraag ik Salim. 'Was het een beroemde filmster? Was het dat varken Armaan Ali?'

'Nee, Mohammad, het was een man die jij net zo goed kent als ik. Het was meneer Babu Pillai, alias Maman. De man die ons uit Dilli hierheen heeft gehaald en ons bijna blind had gemaakt.'

‘O mijn god!’ Ik sla mijn hand voor mijn mond. ‘Heeft hij je herkend?’

‘Ja. “Jij bent toch Salim? Jij bent de jongen die van me is weggelopen. Maar ik zal zorgen dat je me nooit vergeet,” schreeuwde hij en hij sprong op me af. Ik heb niet eens nagedacht. Ik draaide me om en rende naar de weg. Ik sprong net op tijd op een bus die net optrok van een halte en liet Maman hijgend op straat achter.

Ik zat in de bus te bedenken wat een geluk ik had gehad en moet je raden wat er toen gebeurde?’

‘Wat?’

‘De bus stopte bij een verkeerslicht en een groep bandieten met hoofdbanden, en gewapend met zwaarden, speren en drietanden stapte de bus binnen.’

‘O mijn god! Het was toch geen bende, hè?

‘Jawel. Het drong tot me door dat we in een rel waren beland. Er lag een rokend wrak voor ons op straat. Winkels waren vernield en de stoep lag vol bloed, stenen, stokken en slippers. De chauffeur rende meteen de bus uit. Ik kon niet nadenken van angst. Ik had gedacht dat ik nooit meer zoiets angstaanjagends zou hoeven doormaken. Ik hoorde geluiden waarvan ik dacht dat ik ze was vergeten. Het gegil van mijn moeder en het geschreeuw van mijn broer echoden in mijn oren. Ik begon te rillen. De bandieten vertelden ons dat een moslimbende hindoehuizen in brand had gestoken en dat zij zich nu gingen wreken. Ik hoorde later dat het allemaal was begonnen met een ruzie om een waterkraan in een sloppenwijk. Maar de geest van de mensen was zo vol haat dat ze een paar uur later bussen vernielden, huizen in brand staken en mensen afslachtten.

“Zeg allemaal hoe je heet. Alle Hindoes mogen weg, alle moslims moeten blijven zitten,” kondigden de bandieten aan. Een voor een zeiden de passagiers hun naam. Arvind. Usha. Jatin.

Arun. Vasanti. Jagdish. Narmada. Ganga. Milind. De bus liep leeg. De bandieten bekeken iedere passagiers met ogen als haviken. Ze controleerden het vermiljoen in de scheiding van het haar van sommige vrouwen, stelden sommige mannen vragen om zeker van hun religie te zijn en spaarden niet eens een klein jongetje, dat zijn broek uit moest doen. Ik was misselijk van de barbaarse vertoning en zat te beven op mijn stoel. Uiteindelijk zaten er nog maar twee passagiers in de bus, ik en een man twee banken achter me.

Weet je, Mohammad, in films met zo'n scène erin staat de held op en beroept zich op de menselijkheid van de boeven. Hij vertelt dat het bloed van Hindoes en moslims dezelfde kleur heeft. Dat er op je gezicht niet staat geschreven welke religie je aanhangt. Dat liefde haat moet overwinnen. Ik kende heel wat dialogen die ik voor die bandieten had kunnen voordragen, maar als je oog in oog staat met zulke wreedheid vergeet je alle dialogen. Je denkt maar aan één ding. Leven. Ik wilde leven, want ik moest mijn wens acteur te worden vervullen. En nu werden de droom en de dromer in brand gestoken in een bus in Mumbai.

"Hoe heet je?" vroeg de leider van de bandieten.

'Ik had Ram of Krishna kunnen zeggen maar ik kon geen woord uitbrengen. Een van de aanvallers wees naar de tabeez om mijn hals. "Die klootzak is een moslim, we vermoorden hem," spoorde hij de anderen aan.

"Nee. Hem doden is te makkelijk. We verbranden die klootzak levend in de bus. Dan leren hij en de zijnen wel dat ze van onze huizen moeten afblijven," zei de leider en hij begon te lachen. Een andere relschopper maakte een blik benzine open en begon die door de bus te sprenkelen. Ik was dol op de geur van benzine, maar sinds die dag is de enige geur die ik ermee associeer die van brandend vlees.

De man die twee rijen achter me zat, stond ineens op. "Jullie hebben mijn naam niet gevraagd. Ik zal het jullie vertellen. Ik heet Ahmed Khan. En ik wil de klootzak die deze jongen durft aan te raken, wel eens zien," zei hij.

De bandieten waren even stil en toen sprak hun leider: 'O, dus jij bent een moslim. Nou, dan verbranden we je samen met deze jongen.'

De man liet zich niet op stang jagen. 'Kijk hier eens naar voor je me in brand steekt,' zei hij en hij haalde een pistool te voorschijn. Hij richtte het op de bandieten.

Je had de gezichten van die relschoppers moeten zien. Hun ogen rolden bijna uit hun hoofd. Ze lieten hun zwaarden en drietanden in de bus achter en renden voor hun leven. Mijn leven was gered. Ik had tranen van dankbaarheid in mijn ogen.

De man zag me huilen en vroeg: "Hoe heet je?"

"Salim... Salim Ilyasi," antwoordde ik nog steeds huilend.

"Kun je niet liegen?" vroeg hij. "Maar ik waardeer mensen die de waarheid spreken, zelfs als ze met de dood worden bedreigd."

Hij vertelde dat hij een in- en exportbedrijf had en alleen in een groot huis in Byculla woonde. Hij zei dat hij iemand nodig had om te koken, schoon te maken en op het huis te passen als hij op zakenreis was. Hij beloofde me het dubbele van wat ik als lunchbezorger verdiende en ik ging meteen akkoord met zijn voorstel om zijn inwonende bediende te worden.

Ahmed had een huis met drie slaapkamers, een goede keuken en een zitkamer met een televisie met een beeldbuis van 90 centimeter. Ik kookte, maakte schoon en nam stof af, maar ik vergat mijn ambitie filmster te worden niet. Op een bepaalde manier was het een goede baan, want Ahmed was het grootste deel van de dag weg en soms zelfs twee weken achter elkaar. Dan ging ik langs de studio's. Ik liet dat fotorolletje ontwikkelen en liet prachtige uitvergrotingen maken. Ik gaf ze aan Mukesh Rawal, die ze aan Pappu Master liet zien, de baas van de figuranten. Geloof het of niet, maar drie maanden later kreeg ik mijn eerste filmrol aangeboden.'

'Echt waar? Welke rol en in welke film?'

'Het was de rol van student in Abbas Rizvi's film *Slechte jongens* met Sunil Mehra.'

'Laten we die meteen gaan kijken. Het lijkt me geweldig je op het witte doek te zien en je te horen praten.'

'Nou...' Salim twijfelt. Hij tuurt naar zijn schoenen. 'Mijn rol is er op het laatste moment uit gesneden. Dus je ziet me maar drie seconden aan een tafeltje in een klaslokaal zitten met dertig andere studenten en de enige dialoog in die scène is tussen de held Sunil en de leraar.'

'Wat?' roep ik teleurgesteld, 'maar drie seconden! Wat is dat nou voor rol?'

'Figuranten doen alleen maar dat soort rollen. We zijn geen helden en heldinnen. We zijn deel van het decor. Weet je, die grote feestscènes in films? Dat zijn allemaal figuranten die in hun pak een drankje drinken terwijl de hoofdpersonen over de dansvloer walsen. Wij zijn de voorbijgangers op straat als de held de boef achtervolgt. Wij zijn de jongens die in de disco klappen als de hoofdpersonen een danswedstrijd winnen. Maar ik vond het leuk werk. Mijn droom om achter de schermen van de film te kijken werd erdoor vervuld. En het bood me de mogelijkheid de producer te ontmoeten, Abbas Rizvi. Hij vond dat ik er goed uitzag en beloofde me een grotere rol in zijn volgende film.

In de tijd dat ik voor Ahmed werkte, vroeg ik me vaak af waarom een zakenman als hij met een pistool in de bus zat. Maar ik vroeg er niet naar. Het was per slot van rekening zijn pistool dat mijn leven had gered.

De daaropvolgende zes maanden ontdekte ik van alles over Ahmed. Hij was al met al een heel vreemde man. Hij had maar twee prioriteiten in zijn leven: lekker eten en televisiekijken. Hij keek maar naar twee programma's op de televisie: cricket en *Misdaadverslag Mumbai*. Hij was fanatiek wat cricket betreft. Als er een wedstrijd werd gespeeld, met of zonder India, moest hij ernaar kijken. Dus stond hij om drie uur 's nachts op als er een wedstrijd in West-Indië werd gespeeld en om middernacht als er in Australië werd gespeeld. Hij keek zelfs naar de wedstrijden tussen beginnende teams als Kenia en Canada.

Hij hield in een boekje alle cricketstatistieken bij. Hij kende het slaggemiddelde van iedere slagman, de bowlcijfers van iedere bowler, de vangballen van een veldspeler en de stumpings van een wicketkeeper. Hij wist de hoogste en de laagste score die ooit in een wedstrijd waren behaald, het maximaal aantal runs dat in en over was gescoord en de grootste en kleinste overwinningsmarges.

Maar hij verzamelde al die informatie met een doel: om op de wedstrijden te gokken. Daar kwam ik achter tijdens de India-Engeland-*series*. Ahmed zat naar de wedstrijd op de televisie te kijken en probeerde iemand met zijn mobieltje te bellen. Dus vroeg ik hem: "Wat doe je, Ahmed *bhai*?"

'Ik ga *satta* spelen,' antwoordde hij.

'Satta? Wat is dat?'

'Dat is een andere naam voor illegaal gokken. Satta wordt georganiseerd door grote onderwereldsyndicaten in Mumbai, die dagelijks miljoenen roepies omzet hebben. Op iedere wedstrijd worden miljoenen ingezet en op iedere bal duizenden. Ik ben een van de zwaarste gokkers. Het huis dat je ziet, de dure televisie, de magnetron in de keuken, de airco in de slaapkamer, ik heb alles te danken aan mijn sattawinst. Drie jaar geleden heb ik een enorme klapper gemaakt in de wedstrijd India-Australië.' Weet je die beroemde wedstrijd in de Eden Gardens nog? Toen India 232 voor 4 stond, op een nederlaag afstevende en het 1000 tegen 1 tegen India stond, heb ik op Laxman en India gewed en tien lakh roepie gewonnen!"

"Tien lakhs!" Ik was verbijsterd.

"Ja. Vandaag zet ik maar tienduizend in op India. Ik probeer mijn bookie te pakken te krijgen om te vragen wat de verhouding tussen de inzetten is, maar die is steeds in gesprek.' Hij sloeg een paar keer op zijn mobieltje, keek ongeduldig op zijn horloge en toetste nog eens het nummer in. Ditmaal werd er opgenomen. "Hallo, Sharad Bhai? Met AK. Code 3563. Hoe zit het met de wedstrijd?" Ik hoorde de stem van de bookie allerlei getallen noemen. Ik hoorde het commentaar op de achtergrond: "India heeft al een voorsprong van 175 over Engeland. Als ze eenmaal boven de 275 uitkomen, verschuift de voorkeur naar India. Bij minder dan een voorsprong van 250 wordt het fifty-fifty, maar boven de 250 wordt het 3:1 voor India."

"En wat zijn de cijfers voor een zege van Engeland?" vroeg Ahmed.

"Ben je gek?" antwoordde de bookie. "Engeland maakt geen schijn van kans; hooguit een gelijkspel. Maar als je het wilt weten, 8:1. Wil je inzetten?"

'Ja. Doe maar tienduizend op een nederlaag voor India," zei Ahmed. Zelfs ik was verbijsterd toen ik Ahmed zijn weddenschap hoorde plaatsen, want India stond enorm voor, maar Ahmed wist duidelijk meer dan de bookie, want toen de wedstrijd was afgelopen, had Engeland gewonnen, wapperden er allemaal Engelse vlaggen boven cricketveld Lords en sloeg Ahmed zijn gebalde vuist in de lucht en riep: "Ja! Ja! Ja!" Hij belde zijn bookie weer. "*Kyuan Sharad* bhai, had ik gelijk of niet? Hoeveel heb ik verdiend? Tachtigduizend? Ha! Niet slecht voor een paar uurtjes werk!"

Ahmed ging weg en kocht een fles vol schuimende vloeistof en ik dronk die avond mijn eerste slok champagne.

Ahmeds tweede prioriteit in het leven was naar *Misdaadverslag Mumbai* kijken. Heb je dat ooit gezien?'

Ik schud mijn hoofd. 'Nee, dat wordt in Dilli niet uitgezonden.'

'Het is een vreselijk saai programma. Het is een soort nieuwsbulletin, maar dan niet over overstromingen, rellen, oorlog en politiek. Het gaat helemaal over geweldsmisdrijven. Wie er is vermoord, wie er is verkracht, welke bank is overvallen, wie er uit de gevangenis is ontsnapt, dat soort dingen.

Ahmed zat altijd met een bord seekh-kebabs voor de televisie en begon dan hard te lachen als hij het bulletin op *Misdaadverslag* hoorde. Om de een of andere reden vond hij dat vermakelijk.

Ahmed ontving ook van tijd tot tijd grote gele enveloppen van een koerier. Ik had de strikte instructie dat ik zijn post niet mocht openmaken; die moest ik voor hem op tafel neerleggen. Op een middag werd er net toen ik thee zat te drinken een grote gele envelop afgegeven. Ik knoeide er per ongeluk thee overheen en raakte in paniek. Ik wist dat Ahmed kwaad zou worden als hij zou zien dat ik op zijn pakketje had geknoeid. Misschien zaten er wel waardevolle documenten in die ik had beschadigd. Dus ik ging zitten en maakte voorzichtig de gomflap open. Ik stak mijn vingers in de envelop, trok de documenten eruit... en floot van verbazing.'

'Waarom? Wat zat er in de envelop?'

'Niets. Er zat alleen een foto in van een mannengezicht met een half velletje uitgetypte bijzonderheden. Zelfs ik kan goed genoeg lezen om dat te begrijpen. Er stond: "Naam: Vithalbhai Ghorpade. Leeftijd: 56. Adres: Marve Road 73/4, Malad." Dat was alles.

Ik nam aan dat het de gegevens over een zakenman waren waar Ahmed zaken mee deed en ik dacht er verder niet over na. Ik plakte de envelop zorgvuldig weer dicht en legde die op de eettafel. 's Avonds kwam Ahmed thuis en pakte de envelop. Kort daarna werd hij gebeld door de persoon die de envelop had gestuurd. "Ja, ik heb het pakje ontvangen," was alles wat hij tegen hem zei.

Bijna twee weken later zat Ahmed *Misdaadverslag Mumbai* te kijken. Ik stond in de keuken groente te snijden, maar ik hoorde de presentator praten: "... Bij weer een gruwelijk incident in Malad is de politie op zoek naar aanwijzingen over de moord op de prominente zakenman Vithalbhai Ghorpade, die vermoord in zijn huis aan Marve Road werd gevonden." Er ging een belletje bij me rinkelen toen ik die naam hoorde. Ik keek naar de televisie en sneed bijna in mijn vinger, want op de televisie zag ik een foto van dezelfde man wiens foto ik in de gele envelop had gezien. De presentator ging verder: "Meneer Ghorpade, die 56 was, werd van dichtbij neergeschoten toen hij alleen thuis was. Hij laat een vrouw en een zoon achter. Volgens de politie van Malad is het motief beroving, aangezien het hele huis overhoop was gehaald en er veel waardevolle zaken zijn verdwenen."

Ik zag dat Ahmed lachte toen dit werd verteld. Dat verbaasde me ook. Waarom zou Ahmed lachen om de dood van een zakenpartner?

Een maand later werd er weer een gele envelop bezorgd. Ahmed was er niet en ik kon het niet laten te kijken wat erin zat. Deze keer stoomde ik de envelop open, zodat je niet zou kunnen zien dat ik eraan had gezeten. Ik maakte haar open en trok er weer een foto uit. Op deze stond een jongeman met een grote snor en een lang litteken dat van zijn linkeroog naar de onderkant van zijn neus liep. Op het vel papier stond getypt: "Naam: Jameel Kidwai, Leeftijd: 28, Adres: Shilajit Appartementen 35, Colaba." Ik nam de naam goed in me op en stopte de foto terug.

Die avond kwam Ahmed thuis en keek in de envelop. Er werd gebeld, net als de vorige keer, en hij bevestigde dat hij de envelop had ontvangen. Precies een week later hoorde ik bij *Mis-*

daadverslag dat een jonge advocaat, Jameel Kidwai, was doodgeschoten toen hij uit zijn auto stapte bij zijn woning in de Shilajit-appartementen. De presentator zei: "De politie vermoedt dat het om een maffia-afrekening gaat, aangezien meneer Kidwai de advocaat was van verscheidene maffiosi. Het onderzoek is in volle gang, maar op dit moment zijn er nog geen aanwijzingen." Ahmed, die met een glas whisky voor de televisie zat, bulderde van het lachen toen hij dit hoorde.

Ik begon me nu echt zorgen te maken. Waarom ontving Ahmed foto's van mensen en waarom stierven die mensen kort daarna? Dat was nog steeds een mysterie voor me. Dus toen drie weken later de volgende gele envelop werd bezorgd, keek ik niet alleen naar de foto, een van een oudere man, maar schreef ik ook het adres op. Het was een huis aan Premier Road in Kurla. De volgende dag volgde ik Ahmed. Hij nam de stoptrein naar Kurla en liep naar Premier Road. Maar hij ging het huis niet binnen. Hij liep er alleen drie of vier keer langs, alsof hij het in zich opnam. Twee weken later werd er bij *Misdaadverslag* aangekondigd dat de man vermoord in zijn huis was aangetroffen.

Ik ben niet dom. Ik wist op dat moment dat Ahmed de man had vermoord en dat ik onder één dak woonde met een huurmoordenaar. Maar ik wist niet wat ik moest doen. Ahmed had mijn leven gered en ik moest er niet aan denken hem aan de politie te verraden. Ondertussen belde Abbas Rizvi me op en hij deed me een goed aanbod voor een bijrol in zijn volgende film. Nadat ik dat had gehoord, rende ik de hele weg naar het Haji Ali-heiligdom. Ik raakte met mijn voorhoofd de stof op de tombe aan en bad om een lang leven voor Rizvi.

De daaropvolgende twee maanden leidde ik een ongemakkelijk dubbelleven. Als Ahmed een huurmoordenaar was die zich voordeed als zakenman, was ik een acteur die zich voordeed als bediende. Ahmed had toestemming om te doden, maar ik wist dat er een dag kwam waarop hij zelf zou worden gedood. Ik hoopte maar dat ik er niet bij betrokken zou raken. En toen ging alles mis.'

'Wat gebeurde er?'

'Het was vier maanden geleden, op 20 februari. Ik weet nog heel goed welke dag het was, omdat India in de laatste wedstrijd van de series tegen Australië speelde en Ahmed net had gewed. Hij wedde overal op, niet alleen op welk team zou winnen, maar ook wat het eerste wicket zou zijn dat zou omgaan, welke bowler het eerste wicket zou nemen, welk team de toss zou winnen en of het tijdens de wedstrijd zou gaan regenen. Soms wedde hij op zo'n beetje iedere bal in de wedstrijd – of het een vier, een zes, of een *dot*-bal zou worden. Die ochtend had Ahmed net zijn bookie gesproken. "Sharad Bhai, code 3563. Hoe is het vandaag met de pitch? Gisteren was hij plat, maar gaat die bal vandaag draaien? Het weerbericht is goed, maar wordt er later op de dag geen regen voorspeld?" Toen plaatste hij zijn weddenschap: "Op Sachin Malvankar, dat die vandaag zijn zevenendertigste *century* maakt. Hoe staat hij ervoor?" De bookie zei: "Hij staat al op 78 en iedereen denkt dat hij die century absoluut gaat maken, dus het is niet erg veelbelovend. Het beste wat ik voor je kan doen, is 13 tegen 10." "Goed," zei Ahmed, "doe dan maar tien lakhs. Dan heb ik ten minste drie lakhs winst."

Ahmed zat die hele middag voor de televisie en keek hoe Malvankar speelde. Bij iedere run die hij scoorde, floot hij hard. Naarmate Malvankar dichter bij zijn century kwam, werd hij steeds opgewondener. Toen Malvankar in de negentig kwam, stond Ahmed op instorten; hij beet op zijn vingers, bad bij iedere bal en kromp ineen als Malvankar door een gebowlde bal werd verslagen. Maar Malvankar, een meesterlijke batter, speelde voortreffelijk. Hij ging met een prachtige *straight drive* voor vier van 91 naar 95. Toen nam hij een *single* en kwam op 96.

Nog een single. 97. Toen bowlde Gillespie een korte bal naar Malvankar, die Malvankar schitterend naar de *cover boundary* haalde. Hayden rende erachteraan en probeerde te voorkomen dat hij over het touw zou gaan. Malvankar en zijn mede-batter, Ajay Mishra, renden snel tussen de wickets. Ze namen een run. 98. Toen raceten ze om de *second* af te maken. 99. Hayden kreeg de bal centimeters binnen de cover boundary te pakken en gooide, niet naar Adam Gilchrist, de wicketkeeper, maar naar de *bowler's end*. Malvankar zag de worp aankomen en schreeuwde: "Nééééé!" naar Mishra, die voor de derde run naar hem toe rende. Maar die idioot van een Mishra bleef over de pitch richting Malvankar rennen. Malvankar moest de derde run wel afmaken. Hij was bijna op de bowler's end toen de worp van Hayden arriveerde en de *stumps* vol raakte! Malvankar werd vijftien centimeter buiten de lijn gepakt en werd door de umpire uitgemaakt. Op negenennegentig.

Je kunt je wel voorstellen wat er met Ahmed gebeurde. Hij had tien lakhs ingezet op Malvankars zevenendertigste century en nu had hij alles in één run verloren. Hij schold op Gillespie. Hij schold op Hayden en nog het meest op Mishra. "Ik vermoord die klootzak," gromde hij en hij liep stampvoetend het huis uit. Waarschijnlijk naar een bar om zijn ellende weg te zuipen. Diezelfde middag arriveerde er weer een gele envelop. Ik was bang dat er een foto van een zekere Indiase batter in zou zitten, maar toen ik zag wie er op de foto stond, bestierf ik het bijna.'

'Waarom? Wie stond er op de foto? Vertel het me snel.'

'In de envelop zat een foto van Abbas Rizvi, de producer, en een getypt vel papier met zijn adres erop. Ik wist dat hij Ahmeds volgende slachtoffer zou zijn en dat ik mijn droom acteur te worden wel kon vergeten als hij zou sterven. Ik moest Rizvi waarschuwen. Maar als Ahmed erachter kwam, zou hij mij zonder pardon ook vermoorden. Hij was per slot van rekening een professionele huurmoordenaar met toestemming om te doden.'

'Dat was vast een benarde situatie. Wat heb je gedaan?' vroeg ik opgewonden.

'Ik heb gedaan wat ik moest doen. Ik ben meteen naar Rizvi gegaan en heb hem verteld wat er aan de hand was. Hij geloofde me niet, dus ik moest hem de foto en het adres laten zien dat die koerier had bezorgd. Toen hij eenmaal de foto in mijn hand zag, twijfelde hij niet meer. Hij zei dat hij naar Dubai zou vluchten en zich een jaartje gedeisd zou houden. Hij stond nu zo bij me in het krijt dat hij me beloofde dat ik de hoofdrol in zijn volgende film zou krijgen en dat hij tot die tijd mijn opleiding zou bekostigen. Dus zo werd mijn acteeropleiding betaald en daarom tel ik de dagen tot mijn achttiende verjaardag.'

'Mijn god, wat een verhaal, Salim,' zeg ik en ik zucht hard. 'Maar heb je jezelf niet aan Ahmed verraden door met dat pakje naar Rizvi te gaan? Die is toch die avond gebeld? Dan heeft hij gemerkt dat er geen envelop was.'

'Nee, ik heb mezelf niet verraden, want er lag die avond gewoon een envelop voor Ahmed op tafel.'

'Maar... dan heeft Ahmed Rizvi vermoord.'

'Nee, want er zaten een nieuwe foto en een ander adres in de envelop. Ik heb het laten uittypen op een kantoor in de buurt.'

'Briljant. Een fictief adres? Maar waar heb je een fictieve foto vandaan gehaald?'

'Dat kon ik niet regelen. Dus dat heb ik ook niet gedaan. Ik heb Ahmed een echte foto met een echt adres gegeven en hij heeft de opdracht uitgevoerd. Maar voordat hij kon ontdekken dat hij de verkeerde had vermoord, heb ik gezegd dat ik dringend naar Bihar moest en heb ik mijn ontslag genomen. Ik heb me her en der verstopt en ik ben Byculla niet binnen geweest.

Ik ben zelfs gestopt naar Haji Ali te gaan, wat er recht tegenover ligt. En vorige week heb ik bij *Misdaadverslag* gezien dat de politie een beruchte huurmoordenaar, Ahmed Khan, heeft doodgeschoten bij Churchgate Railway Station. Dus ben ik vandaag naar Haji Ali gegaan om Allah te danken en wie kwam ik tegen toen ik weer buiten kwam? Jou!'

'Ja, dat is inderdaad een verbijsterend toeval, maar ik heb nog één vraag. Wiens foto en adres heb je aan Ahmed gegeven?'

'De enige die het werkelijk verdiende. Ik heb hem de prachtige foto en het adres van meneer Babu Pillai gegeven!'

Smita klapt in haar handen. 'Geweldig! Ik wist al dat jij een slimme jongen bent, maar ik wist niet dat Salim een genie is. Hij kreeg bij volmacht toestemming om te doden en koos het perfecte doel. Hoe is het afgelopen? Heb je Salim over je deelname aan de quiz verteld?'

'Nee. Ik heb niet verteld waarom ik naar Mumbai ben gekomen. Ik heb gewoon gezegd dat ik in Dilli als bediende werkte en een paar dagen op bezoek in de stad was.'

'Dus Salim weet niets over je optreden in W2M?'

'Nee. Ik wilde het hem vertellen, maar voor ik de kans kreeg, werd ik gearresteerd.'

'Ik begrijp het. Maar laten we nu eens kijken hoe je toevallige ontmoeting met Salim je heeft geholpen in de show.'

De studiolichten zijn weer gedimd.

Prem Kumar kijkt in de camera. 'Dan gaan we nu naar vraag negen voor één miljoen roepie.' Hij kijkt mij aan. 'Bent u er klaar voor?'

'Klaar,' antwoord ik.

'Goed. Vraag negen. Die gaat over sport. Vertel me eens, meneer Thomas, doet u aan sport?'

'Nee.'

'Nee? Hoe komt u dan zo fit? Moet u mij eens zien, al dat vet, en ik ga iedere ochtend naar de sportschool.'

'Als u als ober zou werken en iedere dag dertig kilometer zou moeten reizen, zou u ook zo fit zijn,' antwoord ik.

Er wordt gelachen in het publiek. Prem Kumar trekt een gezicht.

'Goed, dan nu vraag negen, over cricket. Hoeveel test-centuries heeft India's grootste batter, Sachin Malvankar, gescoord? U kunt kiezen uit A) 34, B) 35, C) 36 of D) 37.'

De muziek begint.

'Mag ik iets vragen?'

'Natuurlijk.'

'Heeft India nog tegen een ander land gespeeld sinds de series tegen Australië?'

'Nee, niet dat ik weet.'

'Dan weet ik het goede antwoord. C. 36.'

'Is dat uw antwoord? Vergeet niet dat het om een miljoen roepie gaat.'

'Ja, het is C. 36.'

'Weet u dat absoluut, honderd procent zeker?'

'Ja.'

Het tromgeroffel zwelt aan. Het goede antwoord verschijnt op het scherm.

'U hebt absoluut, honderd procent gelijk! Sachin Malvankar heeft inderdaad 36 test-centuries gescoord. U hebt een miljoen roepie gewonnen! Dames en heren, dan gaan we nu naar de reclame.'

'Cut!' zeg ik.

10.000.000 Roepie

KONINGIN VAN HET INDIASE DRAMA

Een familiedrama met komedie en actie dat uiteindelijk in een tragedie eindigt. Zo zou ik in filmjargon mijn tijd bij Neelima Kumari kunnen beschrijven. Ze was actrice. En ik heb drie jaar bij haar gewerkt in haar flat aan Juhu Vile Parle. Op nummer 24A.

Het begon allemaal in die gruwelijke nacht dat Salim en ik ontvluchtten aan de klauwen van Maman en zijn bende. We namen de stoptrein naar Juhu. We liepen naar de flat van Neelima Kumari, drukten op de bel en wachtten.

Na lange tijd wordt de deur geopend. 'Ja?' vraagt de dame die voor ons staat. Radhey, de jongen met één been, had gelijk. Ze is lang en mooi, net een filmheldin, maar dan ouder. Salim valt voor haar voeten neer. 'Arrey,' ze doet gehaast een stap naar achteren. 'Wie zijn jullie? Wat doen jullie hier midden in de nacht?'

'We zijn vrienden van Radhey,' antwoord ik met gevouwen handen. 'Hij vertelde ons dat u een bediende zoekt. Wij komen onze diensten aanbieden. We weten dat u een heel vriendelijke dame bent. We hebben heel dringend eten en onderdak nodig en doen alles wat u vraagt.'

'Ja, ik heb inderdaad een bediende nodig, maar jullie zijn veel te jong.'

'Mevrouw, we zien er alleen jong uit. We kunnen het werk van vier mannen verzetten. En ik spreek Engels. Geef ons alstublieft een kans.'

'Maar ik heb geen twee bedienden nodig. Ik heb slechts plaats voor één.'

Salim en ik kijken elkaar aan. 'Kiest u dan een van ons,' zeg ik.

"Hoe heet je?" vraagt ze aan Salim.

'Salim.'

'O, ben je een moslim?'

Salim knikt.

'Luister, het spijt me, maar mijn oude moeder, die bij me woont, eet niets wat door een moslim is aangeraakt. Persoonlijk geloof ik niet in die onzin, maar wat doe je ertegen?' Ze haalt haar schouders op. Salim kijkt terneergeslagen.

Dan kijkt ze naar mij. 'En jij? Hoe heet jij?'

'Ram,' zeg ik.

Dus krijg ik de baan en dan ontdek ik dat het leven met een filmster niet zo geweldig is als het van buitenaf lijkt. Als je filmsterren zonder make-up ziet, ontdek je dat ze precies zijn zoals jij en ik, met dezelfde angsten en onzekerheden. Het enige verschil is dat wij ons voornamelijk met geld bezighouden, of het gebrek daaraan, en dat zij zich alleen druk maken om beroemdheid. Of het gebrek daaraan.

Ze wonen in een vissenkom. Eerst haten ze dat, maar naarmate ze meer worden vereerd, beginnen ze het geweldig te vinden. En als ze dan geen aandacht meer krijgen, verschrompelen ze en sterven.

Neelima Kumari's flat is ruim en modern, smaakvol ingericht met dure tapijten en schilderijen. Er zijn vijf slaapkamers. De grote ouderslaapkamer met aangrenzende badkamer is van Neelima en haar moeder heeft de op een na grootste. Voorzover ik weet, heeft Neelima verder geen familie. Geen broers, zussen, ooms of tantes.

Neelima's slaapkamer is de mooiste kamer in de flat. In het midden staat een gigantisch bed met een fluwelen sprei. De muren zijn betegeld met glanzende tegeltjes waar je jezelf duizend keer in ziet weerspiegeld. Er staat een kast vol parfum en flesjes. Naast die kast staat een Sony-televisie met een beeldbuis van 73 centimeter, een videorecorder en de nieuwste vcd-speler. Er hangt een dure kroonluchter aan het plafond. Een geruisloze airco houdt de kamer heerlijk koel. Aan alle muren hangen glazen plankjes vol prijzen. Er staat een glazen kast vol oude filmbladen. Neelima Kumari staat op alle omslagen. Als ik dat allemaal zie, voel ik me vereerd dat ik bij haar mag werken. Ze moet in haar tijd de beroemdste actrice van India zijn geweest.

Neelima's moeder is vreselijk. Hoewel ze bijna tachtig is, heeft ze de energie van een veertigjarige en ze levert constant commentaar. Ik ben de enige fulltime bediende in het huis. 's Avonds komt er een brahmaan-dame uit Maharashtra om te koken en de afwas te doen en een dienstmeid komt af en toe de was doen. Verder doe ik alles. Ik stof af en maak schoon, strijk de kleren en zet 's avonds thee, doe boodschappen buitenshuis, koop de melk en betaal de rekeningen van de vaste lasten. Maar Neelima's moeder is nooit tevreden, hoewel ik haar respectvol aanspreek met *Maaji*. 'Ram, je hebt mijn melk niet gehaald,' zegt ze dan, of 'Ram, je hebt mijn lakens niet gestreken.' 'Ram, je hebt deze kamer niet goed gestoft,' 'Ram, je staat te niksen,' 'Ram, mijn thee is niet goed verhit.' Soms irriteert haar eindeloze gezeur me zo dat ik haar mond wil dichtplakken. Neelima heeft ook haar kuren, maar is lang niet zo veeleisend. Ze wil dat ik bij hen kom wonen. Er zijn genoeg ongebruikte slaapkamers in de flat, maar haar puriteinse moeder wil per se geen inwonende man in huis. Dus word ik verbannen naar een chawl in Ghatkopar vanwaar ik iedere dag naar haar flat reis. Ze betaalt de huur van de kamer in de chawl. Op een bepaalde manier ben ik daar wel blij om, want ik kan die kamer met Salim delen.

Ik ben aan het winkelen met Neelima. Ze heeft geen auto, dus we gaan met de taxi. Ik vind het niet echt leuk met haar mee te gaan. Ze koopt alleen maar cosmetica en kleding en ik moet de zware tassen dragen. Ze gaat nooit naar McDonald's of de Pizza Hut. En ze koopt helemaal nooit iets voor mij.

Vandaag zijn we in Cuff Parade in een heel dure sariwinkel. Ze bekijkt meer dan twee uur sari's en koopt er dan drie voor vijftigduizend roepie, wat gelijkstaat aan bijna twee jaarsalarissen voor mij. Als we de winkel met airco uit lopen, wordt ze aangeklampt door een groepje schoolmeisjes. Ze zien er vreselijk opgewonden uit. 'Pardon mevrouw, bent u Neelima Kumari?' vraagt een van hen. 'Inderdaad,' zegt Neelima blij verrast. 'Zie je nou wel,' roept het meisje tegen haar vriendinnen, 'ik zei toch dat het Neelima was?' Dan draait ze zich weer naar ons om. 'Neelimaji, we zijn enorme fans van u. Dat we u in het echt zien, vervult een van onze grootste dromen. We hebben geen handtekeningenboekjes bij ons, maar wilt u alstublieft uw handtekening in ons schrift zetten?' 'Natuurlijk, heel graag,' zegt Neelima en ze pakt een pen uit haar handtas. Een voor een geven de meisjes enthousiast hun schrift aan Neelima. Neelima vraagt hoe ze heten en schrijft: 'Voor Ritu, liefs, Neelima.' 'Voor Roshni, liefs, Neelima.' De meisjes kijken in hun schrift en gillen verrukt.

Neelima straalt van al die bewondering. Dit is de eerste keer dat ik meemaak dat iemand haar herkent en ik verwonder me over het effect dat dat op haar heeft. Ik sta zwetend met een zware tas naast haar en ze kijkt me ineens bezorgd aan. 'Ram, jij hebt het vast vreselijk heet gekregen. Kom, dan gaan we een ijsje eten,' zegt ze. Ik piep van genot.

Eens in de zoveel tijd leert Neelima me iets over de filmindustrie. Ze vertelt me over de verschillende technici die bij het maken van een film betrokken zijn. 'Mensen denken dat een film wordt gemaakt door de acteurs en de regisseur. Ze weten niet dat zo'n film nooit zou kunnen worden gemaakt zonder de duizenden mensen achter de schermen. Pas nadat al die mensen hun werk hebben gedaan, knipt de regisseur met zijn vingers en zegt tegen de acteurs: "Licht, camera, actie!"' Ze vertelt me over sets, rekwisieten, licht, make-up, stuntmannen en assistenten.

Dan vertelt ze me over de verschillende genres. 'Ik heb een hekel aan die moderne films waar ze alles door elkaar husselen: drama, komedie, actie en melodrama. Nee. Een goede film respecteert en doet recht aan één enkel genre. Ik koos mijn films altijd heel zorgvuldig nadat ik het verhaal goed had bestudeerd en begreep wat het voor mij betekende om aan zo'n film mee te doen. Je zult mij nooit in een scène zien zingen en dansen en me in de volgende zien sterven. Nee, Ram. Een personage moet consequent zijn. Net als een grote schilder wordt herkend aan zijn eigen stijl, staat een acteur ook bekend om een karakteriserende eigenschap. Een eigen genre. Een grote artiest past niet alleen in een genre, hij definieert het ook. Heb je de kritiek op die nieuwe film, *Relatie van het hart*, in *The Times of India* gelezen? De recensent schreef dat Pooja, de actrice, de sterfscène totaal heeft verknald. "Had Neelima Kumari maar in deze film gespeeld om het personage tot zijn recht te laten komen. Jonge actrices zouden het vak moeten leren van legendes als zij." Ik voelde de vreugde in mijn hart toen ik dat las. Als voorbeeld te worden gebruikt, als de belichaming van het genre, is het ultieme compliment dat je een acteur kunt geven. Ik laat die recensie inlijsten.'

'Wat was het unieke aan uw stijl? Het spijt me, maar dat weet ik niet. Ik ben te jong om uw films te hebben gezien.'

Ze glimlacht. 'Ik weet dat je te jong bent om te weten dat Neelima Kumari bekendstaat als de "Koningin van het Indiase drama". Kom, dan laat ik je vandaag iets zien.'

Ze neemt me mee naar haar slaapkamer en doet een metalen kabinet open. Mijn ogen vallen bijna uit de kassen, want het hele kabinet is volgepropt met videobanden. 'Dit zijn allemaal films waarin ik heb meegespeeld.'

'Echt waar? Hoeveel zijn het er?'

'114. In zo veel films heb ik in twintig jaar meegespeeld.' Ze wijst naar de eerste rij. 'Dat zijn mijn vroegste films. De meeste zijn slapsticks. Je weet wel wat komedies zijn, hè?' Ik knik enthousiast. 'Ja, dat zijn de films waar Govinda in acteert.'

Dan wijst ze naar twee andere rijen. 'Dat zijn de films uit mijn middenperiode. Over het algemeen familiedrama's. Maar ik speelde ook in de beroemde thriller *Zeg wie de moordenaar is* en de klassieke horrorfilm *Dertig jaar later*.'

Dan wijst ze naar de overige vier rijen. 'En dat zijn allemaal drama's. Zie je de honderden prijzen die ik door de jaren heen heb gewonnen? De meeste zijn voor films in dit genre. Dit is mijn favoriete.' Ze tikt op een band. Ik lees het label. *Mumtaz Mahal*. 'In die film heb ik een fantastische rol gespeeld, die van de echtgenote van keizer Shahjahan, Mumtaz Mahal. Ik heb voor die rol zelfs een *National Award* gekregen. Zie je die trofee daar in het midden? Die National Award heb ik uit handen van de president van India ontvangen.'

'Was dat de grootste rol van uw leven, mevrouw?'

Ze zucht. 'Het was een prachtrol, met heel veel potentie voor emotie, maar ik heb het gevoel dat ik de beste rol van mijn leven nog moet spelen.'

Het gaat niet goed met Neelima's moeder. Ze hoest en kreunt veel. Haar gezeur begint ondraaglijk te worden. Ze jammert onophoudelijk over haar gezondheid en spaart zelfs Neelima niet, die ze constant herinnert aan haar plichten ten aanzien van de persoon die haar ter wereld heeft gebracht. Volgens mij begint Neelima zich een beetje te ergeren. Naast mijn andere klusjes ben ik nu de halve dag bezig medicijnen voor Maaji te kopen en te zorgen dat ze op tijd haar tabletten, capsules en druppels neemt.

Er is opschudding in de flat. Doordarshan, de nationale televisiezender, gaat vanavond een film met Neelima uitzenden, *De laatste echtgenote*. Het is een van haar beroemdste drama's en ze wil dat we met ons allen kijken in de woonkamer. Om acht uur zitten we allemaal voor de televisie. De kok, de dienstmeid en ik op de grond en Maaji naast Neelima op de bank. De film begint. Het is niet mijn soort film. Hij gaat over een arm middenklassegezin dat met een hele berg problemen te kampen heeft. Er wordt vreselijk veel in gehuild en gejammerd. Met op de achtergrond een heleboel gekreun van Maaji. De film is te realistisch. Ik vind het belachelijk om zulke films te maken. Wat heeft het voor zin een film te maken als je precies hetzelfde in het huis aan de overkant ziet gebeuren? Maar Neelima ziet er in de film heel jong en mooi uit en ze acteert heel goed. Het is een heel raar gevoel een film te bekijken terwijl de heldin achter je op de bank zit. Ik vraag me af wat ze voelt als ze zichzelf op de televisie ziet. Herinnert ze zich de assistenten en visagisten nog, de licht- en geluidstechnici die achter de schermen hebben gewerkt? Na een emotioneel geladen monoloog sterft Neelima in de film. Dat is het einde van de film. We staan op om onze benen te strekken. Dan zie ik dat Neelima huilt. 'Mevrouw,' vraag ik bezorgd, 'wat is er? Waarom huilt u?'

'Er is niets, Ram. Ik voel me zo verwant met mijn personage. Kijk, ik lach alweer.'

'Hoe kunnen acteurs toch het ene moment lachen en het volgende huilen?'

'Dat is het kenmerk van een groot acteur. Weet je waarom ze me de "Koningin van het Indiase drama" noemen?'

'Nee, mevrouw.'

'Omdat ik nooit glycerine gebruikte om te huilen in mijn films. Ik kon huilen op commando.'

'Wat is daar nou zo geweldig aan? Ik heb ook nog nooit glycerine gebruikt om te huilen,' zeg ik tegen de dienstmeid buiten gehoorsafstand van Neelima.

Hoe beter ik Neelima leer kennen, des te beter begrijp ik waarom ze de 'Koningin van het Indiase drama' wordt genoemd. Ze straalt melancholie uit. Zelfs in haar glimlach zie ik een zekere treurigheid. Ik vraag me af hoe haar leven is geweest, waarom ze nooit is getrouwd. Ze lijkt geen echte vrienden te hebben. Maar af en toe gaat ze het huis uit en komt pas heel laat terug. Ik vraag me af naar wie ze toe gaat. Ik betwijfel of het een vriend of minnaar is, want ze komt nooit stralend thuis. Als ze thuiskomt, ziet ze er uitgeput en depressief uit en gaat meteen naar haar kamer. Dat is één mysterie waar ik graag alles over zou willen weten.

Ik vraag me ook af hoe het met haar obsessie voor schoonheid zit. Lichamelijke schoonheid. Ze is heel mooi, maar toch zit ze uren voor de spiegel haar make-up te doen en in de spiegel te staren. Haar kaptafel staat vol potten crème. Op een dag lees ik de etiketten. Er staat antirimpelcrème, anticellulitiscrème en lotion tegen het ouder worden. Er staan huidoppeppers en vochtinbrengers die het verouderen tegengaan, revitaliserende nachtcrèmes en gels die je huid steviger maken. Haar badkamer staat vol vreemd ruikende zeepjes, scrubcrèmes en gezichtsmaskers die je een jonge uitstraling moeten geven. In haar medicijnkastje staan net zo veel medicijnen voor haar als voor Maaji. Er staan potjes capsules waarop staat dat het menselijke groeihormonen zijn en er staan borstverstevigende crème, melatonine en antioxidanten.

Op een dag vraag ik het haar. 'Mevrouw, neemt u me niet kwalijk, maar waarom gebruikt u al die make-up? U speelt toch niet meer in films?'

Ze kijkt me in mijn ogen. 'Mensen die in films spelen, worden vreselijk ijdel. We raken er zo aan gewend onszelf met make-up te zien dat we niet meer de moed hebben in de spiegel te kijken en ons echte gezicht te zien. Onthoud goed: een acteur is levenslang acteur. Films mogen een einde hebben, maar de show moet doorgaan.'

Ik vraag me af of ze dat echt meent. Of dat het gewoon een zin uit een of andere film was.

Er is vandaag iets geweldigs gebeurd. Maaji is in haar slaap overleden. Op eenentachtigjarige leeftijd.

Neelima huilt een beetje en gaat dan de begrafenis regelen. Bijna de gehele filmindustrie komt naar haar flat om haar te condoleren. Ze zit stoïcijns op een bank in de zitkamer, in een witte sari en met lichte make-up. Ik herken heel veel van de mensen die komen. Het zijn acteurs en actrices, regisseurs, producers, zangers en liedjesschrijvers. De kamer zit vol bezoek. Ik rek mijn hals uit om een glimp op te vangen van de beroemde acteurs die ik in *Starburst* heb gezien en wier films ik in de bioscoop heb gezien. Had Salim er maar bij kunnen zijn. Maar hij zou teleurgesteld zijn geweest. Want sterren zien er niet uit als de betoverende schoonheden die we op het scherm zien. Ze dragen geen make-up en geen prachtige kleding. Ze zijn allemaal in het wit gekleed en zien er verdrietig en somber uit.

Zelfs degenen die beroemd zijn om hun komedies.

Ik weet niet hoe Neelima het vindt dat haar moeder er niet meer is. Maar voor mij voelde Maaji's afscheid van deze wereld als een welkome opluchting na een deprimerende film.

Binnen een maand na Maaji's overlijden vraagt Neelima of ik haar inwonende bediende wil worden. Ze weet dat ik met Salim in de chawl woon en blijft zijn huur betalen. Ik verhuis naar haar flat. Maar ik word niet in een van de vier lege slaapkamers ondergebracht. Ik krijg het strijkkamertje.

Het valt me op dat Neelima sinds de dood van Maaji vaker uitgaat en soms 's nachts niet eens thuiskomt. Ik weet zeker dat ze iemand ontmoet. Misschien komt er binnenkort een huwelijk.

Ik word wakker van een schrapend geluid uit de richting van de zitkamer. Het geluid is zacht, maar het heeft me gewekt. Ik wrijf in mijn ogen en kijk op de wekker naast me. Halfdrie. Ik vraag me af wat Neelima op dit uur aan het doen kan zijn. Maar dan realiseer ik me dat haar minnaar misschien op bezoek is en ik word helemaal opgewonden. Ik loop op mijn tenen mijn kamer uit en loop naar de zitkamer.

Het is donker in de zitkamer, maar er is een man. Hij ziet er niet uit als een minnaar. Hij draagt een zwart masker voor zijn gezicht met alleen twee spleetjes erin om doorheen te kijken. Hij heeft een zwarte zak in zijn linkerhand. Met zijn rechterhand houdt hij een zaklamp vast die hij op de videorecorder richt. Hij maakt snel de kabels van de videorecorder los, pakt het apparaat op en doet het in zijn zwarte zak. Dan weet ik dat hij haar minnaar niet is. Het is een dief. Ik begin te schreeuwen. Het is een harde gil die de stilte van de nacht als een kogel doorboort. Neelima Kumari wordt wakker en komt op een holletje naar de zitkamer. De dief laat van schrik zijn zak en zijn lamp vallen en legt zijn handen over zijn oren. Er breekt een glazen beeldje dat op het televisiemeubel stond.

'Wat...Wat is er?' vraagt Neelima buiten adem. Ze doet het licht in de zitkamer aan. Dan ziet ze de dief en begint ook te gillen. De dief is nu bijna doof. Hij laat zich op zijn knieën vallen en begint te smeken. 'Alstublieft, mevrouw, ik ben geen dief. Ik wilde alleen uw huis bekijken.'

'Ram, pak de telefoon. Ik ga de politie bellen,' zegt Neelima tegen me. Ik pak snel de draadloze telefoon. De dief rukt zijn masker van zijn hoofd. Het is een jonge man met een sik. 'Alstublieft, mevrouw, bel de politie niet. Ik smeek het u. Ik ben geen dief. Ik ben laatstejaars student aan St. Xavier's. Ik weet dat u Neelima Kumari bent en ik ben een van uw grootste fans. Ik ben naar uw huis gekomen om te zien hoe u woont.'

Ik zie dat Neelima verzacht nu ze het verhaal van de fan hoort. 'Luister niet naar hem, mevrouw,' waarschuw ik haar. 'Deze man is een dief. Als hij een fan is, waarom heeft hij dan uw videorecorder gestolen?'

'Dat zal ik u vertellen, Neelimaji. Ik heb de band gekocht van iedere film waarin u hebt gespeeld. Ik heb alle honderdenveertien films. Ik bekijk er iedere dag tenminste één. Mijn videorecorder is stukgegaan doordat ik hem zo vaak gebruik. Hij wordt gerepareerd. Maar ik moet er niet aan denken één dag zonder uw films te moeten leven. Dus wilde ik een van uw videorecorders lenen. Alleen al het feit dat ik naar een film van u kijk op uw videorecorder maakt de ervaring zoveel bijzonderder. Ik wilde uw videorecorder terugbrengen zodra de mijne is gerepareerd. Geloof me alstublieft, mevrouw, ik zweer op mijn dode vader dat ik niet lieg.'

'Hij liegt, mevrouw,' schreeuw ik. 'U moet de politie bellen.'

'Nee, Ram,' zegt Neelima, 'laat me eerst eens testen of deze man inderdaad de waarheid vertelt. Als hij al mijn honderdenveertien films heeft gezien, kan hij wel een paar vragen beantwoorden. In welke film speelde ik het dorpsmeisje Chandni?'

'Hoe kan ik dat vergeten, Neelimaji, dat is een van mijn favoriete films. In *Terug naar het dorp*, toch?'

'Goed. Maar die was makkelijk. Vertel me eens, voor welke film heb ik in 1982 de *Filmfare Award* gekregen?'

'Die is nog makkelijker. Dat was natuurlijk voor *De donkere nacht*.'

'Mijn god, je hebt gelijk. Oké, vertel me dan maar in welke film ik naast Manoj Kumar heb gespeeld.'

'Dat was in die patriottistische film *De natie roept*.'

'Heb je die zelfs gezien?'

'Ik zei toch al, Neelimaji, dat ik uw grootste fan ben. Vertelt u mij eens waarom u die rol in *Gids* hebt aangenomen? Ik heb altijd gevonden dat de regisseur u onrecht deed met die rol.'

'Het is verbijsterend dat je me naar *Gids* vraagt. Ik vind ook dat ik die rol niet had moeten doen. Al de lovende kritieken zijn naar Jameela gegaan en ik kwam er bekaaid af.'

'Maar in *Het regent in Mumbai* was u geweldig. Die monoloog die u in de tempel houdt na de dood van uw vader is de mooiste scène uit de hele film. Daar had u de Filmfare Award voor moeten krijgen, maar die kreeg u voor *Vrouw*.'

'Ja. Als ik tussen *Vrouw* en *Het regent in Mumbai* zou moeten kiezen, zou ik waarschijnlijk ook de laatste kiezen. Ik moet zeggen dat je veel over mijn films weet. Hoe heet je?'

'Ranjeet Mistry. Ik ben vierentwintig. Ik heb u altijd naar *Mumtaz Mahal* willen vragen, dat vind ik de beste film aller tijden. Die bevallingsscène, waarin u sterft en Dileep Sahib, die de keizer speelt, aan uw bed zit, als u hem vraagt een belofte te doen en uw gouden armband afdoet, maar die dan niet aan hem geeft. Waarom was dat?'

'Dit is verbijsterend. Je kent ieder detail in die film. Ik zal het je vertellen. Maar waarom zit je op de grond? Kom eens naast me op de bank zitten. En, Ram, wat doe je met die telefoon in je hand? Zie je niet dat we een gast hebben? Ga twee koppen thee en koekjes halen. Zoals ik al zei, toen *Mumtaz Mahal* werd geschreven...'

Tegen de tijd dat ik met twee koppen thee terugkom, zitten Neelima en de dief als twee vrienden die elkaar lang niet hebben gezien, lachend anekdotes uit te wisselen. Ik schud ongelovig mijn hoofd. Die man kwam haar beroven en omdat hij toevallig een paar van haar films heeft gezien, voert ze hem thee met koekjes.

Wat als een thriller begon, werd een familiedrama.

Op een avond roept ze me. 'Ram, ik wil dat je morgen naar de chawl gaat. Voor een dagje. Ik heb het huis voor mezelf nodig.'

'Waarom, mevrouw?'

'Stel geen vragen,' zegt ze geïrriteerd. 'Doe gewoon wat ik zeg.'

In de drie maanden die daarop volgen, herhaalt ze dat verzoek nog drie keer. Ik weet dat ze haar minnaar thuis ontvangt als ik weg ben en dat ze wil dat ik dat niet weet. Dus de volgende keer dat ze tegen me zegt dat ik in Ghatkopar moet blijven en de volgende dag moet terugkomen, doe ik niet precies wat ze zegt. Ik ga 's avonds terug naar Ghatkopar, maar in plaats van om zeven uur 's ochtends naar haar flat te gaan doe ik dat om vijf uur en hang op straat rond bij de flat. Zoals ik al dacht, gaat om zes uur de deur open en komt er een man naar buiten. Hij is lang, met een eerlijk gezicht, maar zijn bloeddoorlopen ogen en warrige haar verpesten zijn uiterlijk. Hij draagt een spijkerbroek en een wit overhemd. In zijn linkerhand heeft hij een stapeltje bankbiljetten en een brandende sigaret en in zijn andere hand een autosleutel. Hij komt me vaag bekend voor, maar ik kan hem niet plaatsen. Hij kijkt niet eens naar me en neemt de trap naar de begane grond. Ik ga pas om zeven uur naar binnen.

Ik krijg mijn eerste schok als ik de zitkamer zie. Er liggen overal sigarettenpeuken en de vloer ligt vol as. Op de salontafel liggen een omgevallen glas en een lege whiskyfles. Het tapijt ligt vol pinda's. Het ruikt sterk naar alcohol in de kamer.

De tweede schok krijg ik als ik Neelima Kumari zie. Haar gezicht zit vol blauwe plekken en ze heeft een blauw oog. 'O mijn god, mevrouw, wat is er met u gebeurd?' schreeuw ik.

'Niets, Ram, ik ben uit mijn bed gevallen en heb me bezeerd. Maak je geen zorgen.'

Ik weet dat ze liegt. Die man die ik de flat heb zien verlaten, heeft haar dit aangedaan. En als dank heeft ze hem sigaretten, drank en geld gegeven. Ik ben kwaad. Het doet me pijn haar zo te zien en ik voel me niet bij machte haar te beschermen.

Vanaf die dag verandert Neelima. Ze wordt introverter en teruggetrokkener. Volgens mij begint ze te drinken, want haar adem ruikt vaak naar whisky.

Op een ochtend tref ik haar weer aan met een blauw oog en een brandwond van een sigaret op haar arm. Ik kan er niet meer tegen. 'Mevrouw, ik word er erg verdrietig van u zo te zien. Wie doet u dit aan?' vraag ik haar.

Ze had kunnen zeggen: 'Dat gaat je niets aan', maar ze was die ochtend in een filosofische bui. 'Weet je, Ram, iemand heeft ooit gezegd dat het beter is lief te hebben en je liefde te zijn verloren, dan helemaal nooit lief te hebben. Af en toe vraag ik me af of dat waar is. Ik heb ook liefgehad. Ik weet niet of ik mijn liefde al ben verloren, maar ik heb wel veel pijn gevoeld. Er is een man in mijn leven. Soms denk ik dat hij van me houdt. Soms denk ik dat hij me haat. Hij kwelt me langzaam, stukje voor stukje.'

'Waarom verlaat u hem dan niet?' roep ik.

'Zo eenvoudig ligt het niet. Zelfs pijn roept voor een deel genot op. Een zoete extase. Soms heb ik het gevoel dat als pijn zo zoet kan voelen, de dood een exquis welbehagen zal zijn. Als hij me martelt met zijn sigarettenpeuken, wil ik niet schreeuwen. Dan wil ik die prachtige zinnen uit *Vrouw* citeren. De sterfscène. "O leven, wat ben je wispelturig. De dood is mijn echte minnaar, mijn trouwe metgezel. Kom dood, neem me in je armen, fluister het zoete geluid van stilte in mijn oor en neem me mee naar het land van eeuwige liefde."'

'Maar dat was maar een film, mevrouw,' zeg ik tegen haar.

'Stil! Ben je vergeten wat ik je ooit heb verteld, dat je levenslang acteur bent? Vergeet niet dat ik altijd bekend zal staan als de "Koningin van het Indiase drama". En dat ben ik niet alleen geworden door teksten uit te spreken die me door een scriptschrijver zijn gegeven. Ik heb het leven van mijn personages geleefd. Ghalib is niet zo'n grootse tragische dichter geworden door wat dichtregels in een schrift te schrijven. Nee. Je moet de pijn voelen, beleven, in je dagelijks leven integreren voor je "Koningin van het Indiase drama" kunt worden.'

'Als dat de criteria zijn, kan ik dan de "Koning van het Indiase drama" worden?' vraag ik met de onschuldige, grote ogen van een twaalfjarige.

Ze geeft geen antwoord.

Neelima geeft in de zitkamer een interview aan een verslaggever van *Starburst*. Ik kom binnen met een dienblad gulab jamuns en samosa's.

'Goed, Neelimaji, we hebben het over het verleden gehad, laten we nu naar het heden gaan. Waarom bent u gestopt met acteren?' Ik kijk gespannen toe terwijl de verslaggever met een cassetterecorder bezig is. Ze is heel jong en vreselijk knap, met een lichte huid en schouderlang zwart haar. Ze draagt een mooie zwarte pantalon met een bedrukte kurti en zwarte pumps met hoge hakken.

'Omdat ze geen films meer maken zoals vroeger. De passie en betrokkenheid zijn verdwenen. De acteurs van tegenwoordig zijn lopendebandproducten, ze lijken allemaal op elkaar en praten elkaar na als papegaaien. Er is geen diepgang. Het is allemaal zo commercieel geworden. Wij deden één film tegelijk. Nu zie ik acteurs zich op één dag naar drie verschillende sets haasten. Het is idioot.' Neelima gebaart met haar handen.

'Nou, sorry dat ik het zeg, maar ik heb ook gehoord dat u bent gestopt omdat u geen rollen meer kreeg aangeboden.'

Ik zie dat ze woedend wordt. 'Wie heeft dat gezegd? Dat is een leugen. Ik heb verscheidene rollen aangeboden gekregen, maar die heb ik afgeslagen. Ze waren niet sterk genoeg. En de films waren niet heldin-georiënteerd.'

'Wat u bedoelt is dat u niet langer de hoofdrol kreeg aangeboden, maar die van de oudere zus of tante.'

'Jongedame, je hebt een ernstig probleem. Ik moet zeggen dat de journalisten van tegenwoordig geen manieren hebben. Ik heb geen enkele behoefte dit gesprek voort te zetten. Hoe durf je mij en mijn werk zo neer te halen? Zie je al die prijzen niet? Denk je dat ik die heb gekregen door niet te acteren? Denk je dat ik de titel "Koningin van het Indiase drama" heb verdiend door onder een boom te gaan staan zingen zoals de heldinnen van tegenwoordig, die niets meer zijn dan omhooggevallen figuranten?'

'Maar... maar... we hebben het niet over uw carrière in het verle...'

'Ik weet precies waar je het over hebt. Ik wil dat je onmiddellijk weggaat. Ram, laat deze juffrouw even uit en laat haar nooit meer binnen.' Neelima staat op en loopt gedecideerd de kamer uit. Ik begeleid de verwarde journalist naar de voordeur.

Ik weet niet of dit een komedie, drama of tragedie was.

Er hangen een heleboel ingelijste foto's in de flat van Neelima. Maar alleen zij staat erop. Neelima die een prijs in ontvangst neemt, Neelima die een lintje doorknipt, Neelima die naar een uitvoering kijkt. Neelima die een prijs uitreikt. Er hangen geen foto's van andere filmsterren in haar huis. Behalve twee ingelijste foto's in haar slaapkamer. Van beeldschone vrouwen. Een blanke en een Indiase.

'Wie zijn die vrouwen?' vraag ik haar op een dag.

'De linker is Marilyn Monroe en de rechter Madhubala.'

'Wie zijn dat?'

'Het zijn allebei heel beroemde actrices die jong zijn gestorven.'

'Waarom hangen hun foto's er dan nog?'

'Omdat ik ook jong wil sterven. Ik wil niet doodgaan als ik er oud en uitgeput uitzie. Heb je die foto van Shakeela in de *Film Digest* van deze week gezien? Ze was in de jaren vijftig een beroemde filmster en moet nu tegen de negentig zijn. Moet je zien hoe oud en uitgedroogd ze eruitziet. En zo zullen de mensen zich haar herinneren als ze dood is. Oud, gerimpeld en uitgeput. Maar mensen herinneren zich Marilyn Monroe en Madhubala als jonge vrouwen doordat die jong zijn gestorven. Het beeld dat mensen van je blijven houden, is hoe je eruitzag toen je stierf. Ik wil net als Madhubala een beeld van onschuld en schoonheid achterlaten, van eeuwige gratie en charme. Ik wil niet op mijn negentigste sterven. Soms droom ik ervan alle klokken op de wereld stil te kunnen zetten, iedere spiegel kapot te slaan en mijn jeugdige gezicht in de tijd te bevriezen.'

Ik voel me vreemd triest als ze me dit vertelt. Op een bepaalde manier is ze nu net als ik een wees. Maar in tegenstelling tot mij heeft ze een grote familie. Van fans, producers en regisseurs. En ze wil zich voor hen opofferen. Zodat ze zich haar altijd zullen herinneren als een jonge vrouw.

Ik voel me voor het eerst gezegend dat ik geen filmster ben.

Die avond komt er een beroemde producer op bezoek. Neelima is vreselijk opgewonden. Ze denkt dat hij haar een rol zal aanbieden en dat ze nog een keer voor de camera zal staan. Ze is de hele dag bezig kleding uit te zoeken en zich op te maken.

De producer komt 's avonds. Hij is klein en kaal en heeft een dikke buik. Ik moet gulab jamuns, samosa's en sorbet serveren.

'... is een grote rol voor u, Neelimaji,' zegt de producer, 'ik ben altijd een van uw grootste fans geweest. Ik heb *Vrouw* vijftien keer gezien. Die sterfscène. O mijn god, ik kan zelf wel sterven als ik die zie. Daarom heb ik besloten u uit uw teruggetrokken leven te halen. Deze film, waar ik al een topregisseur voor heb aangetrokken, is een echte vrouwenfilm. Ik bied u een geweldige rol aan.'

'Welke regisseur hebt u ingehuurd?'

'Chimpu Dhawan.'

'Is dat geen komedieregisseur?'

'Nou en? De film heeft ook wat komische scènes. Ik heb voor de hoofdrollen al toezeggingen van Shahrukh Khan en Tabu.'

'Ik begrijp het niet. U hebt al een vrouwelijke hoofdrol. Zijn er dan twee heldinnen?'

'Nee.'

'Wat doet Tabu dan?'

'Zij heeft de vrouwelijke hoofdrol.'

'Wat biedt u mij dan voor rol aan?'

'O, had u dat niet begrepen? Ik bied u de rol aan van Shahrukh Khans moeder.'

Ze trapt hem het huis uit.

De producer verlaat schuimbekkend de flat. 'Verwend nest, wat denkt ze wel niet? Ze ziet zichzelf nog steeds in een hoofdrol. Kijkt ze wel eens in de spiegel? Ze heeft geluk dat ik haar niet als grootmoeder cast!'

Ik vond dit een uitstekende scène voor een komedie.

Haar minnaar is weer op bezoek geweest. Maar deze keer is het erger. Ze ligt in bed met een heel diepe snee boven haar linkerwenkbrauw en haar wang is opgezet. Ze heeft zelfs moeite met praten.

'We moeten de politie bellen, mevrouw, en dat varken laten arresteren,' spoor ik haar aan terwijl ik haar wonden schoonmaak.

'Nee, Ram. Het komt wel goed.'

'Vertelt u me dan tenminste hoe hij heet.'

Ze lacht schor. 'Wat heeft dat voor zin? Maak je geen zorgen, die man is hier voor het laatst geweest. Ik heb er een eind aan gemaakt. Daarom heeft hij dit gedaan. Als ik hem ooit nog eens zie, spuug ik in zijn gezicht.'

'En hoe lang lijdt u nog in stilte? Kijk eens wat hij met uw gezicht heeft gedaan.'

'Het is het lot van de vrouw om in stilte te lijden. En wat hij met mijn gezicht heeft gedaan, is niets vergeleken bij wat hij met de rest van mijn lichaam heeft gedaan. Wil je het echt zien? Kijk dan maar.' Ze knoopt haar bloesje open en maakt haar beha los. Ik zie voor het eerst in mijn leven blote borsten. Ze zijn groot en hangen als de uiers van een koe. Ik krimp ineen van schrik als ik de brandwonden van sigaretten over haar hele borstkas zie. Ze zien eruit als zwarte kraters op haar gladde, lichte vlees. Ik begin te huilen.

Zij huilt ook. 'Ik wil niet meer met een masker op leven. Ik heb genoeg facelifts gehad. Ik heb genoeg schoonheidsmiddeltjes geprobeerd. Ik wil één keer in mijn leven een echte vrouw zijn. Kom bij me, kind,' zegt ze en ze trekt mijn gezicht tegen haar borst.

Ik weet niet wat Neelima Kumari dacht toen ze me tegen zich aan trok. Of ze me als zoon of als minnaar zag, of ze het deed om haar pijn te vergeten of gewoon voor de spanning. Maar toen mijn gezicht tussen haar borsten lag, verdween ieder bewustzijn van de buitenwereld en ik had voor het eerst in mijn leven het gevoel dat ik geen weeskind was. Ik had het gevoel dat ik een echte moeder had, van wie ik het gezicht kon zien en het lichaam kon aanraken. En de ziltige smaak van mijn tranen vermengde zich met het zweet en de geur van haar lichaam tot de indrukwekkendste gebeurtenis van mijn dertienjarige leven. Alle pijn en al het lijden, alle beledigingen en vernederingen die ik in mijn leven te verduren had gekregen, verdwenen op slag. Ik wilde alle klokken op de wereld stilzetten en dat moment voor altijd laten duren. Want hoewel het veel te kort was, voelde ik een sensatie die zo puur en echt was dat geen enkel toneelspel het ooit zou kunnen nabootsen.

Daarom zal ik deze scène niet beschrijven als drama, thriller of tragedie. Ze ontsteeg aan alle genres.

Neelima en ik hebben het nooit meer over die ochtend. En wat er die ochtend is voorgevallen, gebeurt daarna nooit meer. Maar we leven allebei met de wetenschap dat ons leven onherroepelijk is veranderd.

Ze wil haar masker afdoen, maar mist de mentale kracht dat te doen. En ze weigert zich door mij te laten helpen. Het onontkoombare lot van een 'Koningin van het Indiase drama' trekt weer aan haar. Ze wordt gedeprimeerder. Ze drinkt zo veel dat ze zich nauwelijks bewust is van de wereld om zich heen. Ze ontslaat de dienstmeid en de kok. Ik ben nog de enige bediende in de flat. En dan gaat ze zich voorbereiden op de beste rol in haar leven.

Neelima Kumari vraagt me alle filmtijdschriften met haar foto erin op een nette stapel te leggen. Ze zet zelf al haar prijzen goed, de platina prijzen vooraan met daarachter de gouden en de zilveren. Ze trekt haar duurste sari aan en doet haar mooiste sieraden om. Ze zit drie uur voor de spiegel om haar gezicht perfect op te maken. Dan spoelt ze al haar crèmes door de wc. Ze loopt naar het medicijnkastje en gooit al haar schoonheidsmiddelen weg. Dan opent ze een potje pijnstillers van haar moeder. Ik weet niet hoeveel ze er daarvan neemt.

Uiteindelijk gaat ze naar haar slaapkamer en doet de band van *Mumtaz Mahal* in de videorecorder. Ze gaat als een jonge bruid op het bed zitten. Ze heeft haar National Award in haar hand en drukt op AFSPELEN op de afstandsbediening. De film begint. Ze stuurt me naar de markt voor groente en gaat zitten wachten.

Als ik die avond terugkom van de markt, tref ik haar aan als een beeldschone jonge bruid die op bed ligt te slapen. Maar ik hoef haar koude huid niet aan te raken om te weten dat ze dood is. Ze heeft een trofee in haar hand. Er staat op: 'National Award voor beste actrice. Uitgereikt aan Neelima Kumari voor haar rol in *Mumtaz Mahal*, 1985.'

Het tafereel dat ik voor me zie, kan alleen worden beschreven als het toppunt van drama.

Ik zie het dode lichaam van Neelima Kumari en weet niet wat ik moet doen. Het enige wat ik zeker weet, is dat ik niet naar de politie zal gaan. Het zou me niet verbazen als ik dan de schuld krijg van haar dood en word aangeklaagd wegens moord. Dus doe ik het enige logische. Ik vlucht naar de chawl in Ghatkopar.

'Wat kom je doen?' vraagt Salim.

'Mevrouw heeft mij ook ontslagen. Net als de dienstmeid en de kok.'

'Wat moeten we nu? Hoe moeten we de huur voor de chawl betalen?'

'Maak je geen zorgen, ze heeft twee maanden vooruitbetaald. Tegen die tijd heb ik vast wel ander werk.'

Iedere dag dat ik in de chawl woon, ben ik bang dat er een jeep met een rood zwaailicht voor me zal komen, maar er gebeurt niets. Er staat geen nieuws in de kranten over de dood van Neelima Kumari. Ik krijg ondertussen werk in een gieterij.

Een maand later ontdekken ze haar lichaam nadat de buren hebben geklaagd over stank. Dus breken ze de deur open en gaan naar binnen. Ze vinden niets in de zitkamer en de vier slaapkamers. En dan ontdekken ze een rottend lijk in de ouderslaapkamer. De sari ziet er nieuw uit, de sieraden glinsteren, maar lichaam en gezicht zijn zo ontbonden dat ze niet meer zijn te herkennen. Ze halen het lichaam met witte maskers voor hun gezicht uit het huis en gooien de trofee in de vuilnisbak. Ze stellen haar identiteit vast aan de hand van gebitsfoto's. En als ze hebben ontdekt wie ze was, publiceren ze de foto van haar rottende lijk op de voorpagina van alle kranten. 'Neelima Kumari, voormalige beroemde "Koningin van het Indiase drama", heeft zelfmoord gepleegd. Ze was vierenveertig. Haar ontbindende lichaam werd pas een maand na haar dood in haar flat gevonden.'

Dit noem ik nou een echt drama.

Smita zucht. 'Geen wonder dat filmsterren zo neurotisch zijn! Weet je, ik heb *Mumtaz Mahal* gezien en ik heb me ook altijd afgevraagd hoe het met die gouden armband zat. Ik vraag me af wat Neelima Kumari die dief heeft verteld.'

'Dat zal jammer genoeg een mysterie blijven. Gaan we het over Neelima Kumari hebben, of zullen we teruggaan naar de quiz?'

Smita drukt met tegenzin op AFSPELEN.

Het is onrustig in de studio. Het is pauze. De producer van de show, een lange man met lang haar als van een vrouw – of een rockster – staat in een hoek druk met Prem Kumar te overleggen. Nadat hij is weggegaan, wenkt Prem Kumar me.

'Luister, meneer Thomas,' zegt Prem Kumar tegen me, 'u hebt het geweldig gedaan in de show. U hebt een miljoen roepie in de buidel. Wat gaat u nu doen?'

'Hoe bedoelt u?'

'Neemt u het miljoen, of gaat u voor het miljard spelen? Vergeet niet dat het nu Spelen of Betalen is.'

'Nou, dan neem ik wat ik nu heb. Ik heb tot nu toe geluk gehad. Maar dat kan een keer ophouden.'

'Dat zou vreselijk jammer zijn, meneer Thomas. We denken dat als u doorgaat met de quiz, u een heel belangrijk rolmodel voor de jeugd van ons land kunt zijn. Dus hebben wij van W2M besloten om het makkelijker voor u te maken om te winnen. Weet u nog dat ik u met de tweede vraag heb geholpen? Als ik die vraag niet had veranderd, had u geen roepie gewonnen. Ik wil bij de volgende drie vragen hetzelfde doen. Ik beloof u dat als u Spelen of Betalen doet we u zullen helpen te winnen, want we willen dat u wint. Want dat zou fantastisch voor onze show zijn.'

'Ik weet het niet. Om wat voor soort vragen gaat het?'

'Dat maakt niet zo veel uit, want we geven u van tevoren stiekem de antwoorden. Als u me bij vraag twee vertrouwde, kunt u me zeker vertrouwen bij de vragen tien, elf en twaalf. Afgesproken?'

'Nou, als u garandeert dat ik win, kan ik moeilijk nee zeggen. Wat is de volgende vraag?'

'Mooi,' zegt Prem Kumar en hij klapt in zijn handen. 'Billy,' zegt hij tegen de producer, 'meneer Thomas gaat Spelen of Betalen.' Dan draait hij zich naar me om en fluistert: 'Laat me u vertellen wat de volgende vraag is. Ik ga vragen wat de lengte is van de straat Palk tussen India en Sri Lanka. U kunt kiezen uit A) 64 kilometer, B) 94 kilometer, C) 137 kilometer en D) 209 kilometer. Het goede antwoord is C, 137 kilometer. Hebt u het begrepen?'

'Ja, maar hoe weet ik zeker dat dat het goede antwoord is?'

'O, dus u vertrouwt ons niet, meneer Thomas? Nou, dat kan ik me voorstellen. We hebben het per slot van rekening over een miljard roepie. Dus ik zal het bewijzen. Hier, kijk maar eens in dit boekje. Ik neem aan dat u getallen kunt lezen.' Hij trekt een boekje tevoorschijn vol vragen en antwoorden. Een quizboekje. Hij wijst naar een vraag. De vraag die hij mij heeft gesteld. Met hetzelfde antwoord: 137 kilometer.

'Gelooft u nu dat ik u geen hak wil zetten?'

Ik knik.

'Mooi. Gaat u zitten, dan kom ik er zo aan.'

De muziek begint en het studiobordje springt op APPLAUS. Prem Kumar richt zich tot het publiek. 'Dames en heren, we staan op een historische kruising in onze show. We hebben een kandidaat die de magische miljoen roepie heeft bereikt. Hij moet nu beslissen of hij gaat spelen voor de hoofdprijs of dat hij zich terugtrekt uit het spel. Het moment van de waarheid is aangebroken voor meneer Thomas. Wat is uw beslissing? Speelt u verder of gaat u ervandoor? Onthoud wel dat als u speelt, u alles wat u tot nu toe hebt verdiend, op het spel zet, want het is nu Spelen of Betalen. Wat gaat u doen?' Hij glimlacht geruststellend naar me.

'Ik speel,' zeg ik zacht.

'Pardon?' zegt Prem Kumar. 'Kunt u dat iets harder zeggen?'

'Ik speel,' zeg ik hard en zelfverzekerd.

In het publiek wordt naar adem gesnakt. Iemand zegt: 'O mijn god!' en een ander roept: 'Wat een idioot!'

'Weet u dat absoluut zeker?' vraagt Prem Kumar. Hij glimlacht weer naar me.

'Ja,' zeg ik.

'Dan hebben we geschiedenis geschreven, dames en heren,' zegt Prem Kumar opgetogen. 'We hebben een kandidaat die alles op het spel wil zetten. We hebben één keer eerder een kandidaat gehad die dat deed... en die verloor alles. Vandaag zullen we zien of meneer Thomas geschiedenis zal schrijven door de winnaar van de grootste prijs aller tijden te worden. Dan zijn we klaar voor de drie laatste vragen in Spelen of Betalen. Een applaus voor meneer Thomas.'

Het tromgeroffel zwelt aan. Op het scherm flitst SPELEN OF BETALEN. Het publiek staat op en klapt enthousiast.

Nadat de muziek is afgelopen, wendt Prem Kumar zich tot mij. 'Goed, meneer Thomas, u hebt een miljoen roepie gewonnen en u bent in de laatste ronde beland, die we Spelen of Betalen noemen. U wint óf een miljard, óf u verliest alles wat u tot nu toe hebt gewonnen. Dan komt hier vraag tien voor tien miljoen, jawel, tien miljoen roepie. Daar gaan we. 'In welk jaar heeft Neelima Kumari, de "Koningin van het Indiase drama", de National Award gewonnen?'

'Maar dat is niet de vr...'

'Alstublieft, meneer Thomas, onderbreek me niet midden in een vraag. Laat me uitpraten,' zegt hij streng. 'Ik vroeg dus: In welk jaar heeft Neelima Kumari, de koningin van het Indiase drama, de National Award gewonnen? Was dat A) 1984, B) 1988, C) 1986 of D) 1985?'

Ik staar Prem Kumar aan. Hij grijnst. Nu begrijp ik hem. Wat hij tijdens de pauze tegen me heeft gezegd, was een trucje om me zo ver te krijgen dat ik zou doorspelen. Om me alles te laten verliezen. Maar hij heeft geen rekening gehouden met mijn geluk. Dat laat me nog steeds niet in de steek.

'Ik weet het antwoord. Het is D. 1985.'

'Wat?' Prem Kumar is verbijsterd. Hij is zo verbaasd dat hij me vergeet te vragen of ik het absoluut, honderd procent zeker weet. Hij drukt op zijn knop en het goede antwoord verschijnt op het scherm. Het is D.

Prem Kumar kijkt me aan of hij een spook heeft gezien. 'Meneer... Meneer Thomas... heeft... heeft tien... tien miljoen roepie gewonnen,' stamelt hij helemaal in de war. Het publiek wordt wild. Iedereen staat op en gilt. Er beginnen mensen op de paden tussen de stoelen te dansen.

Prem Kumar veegt zweet van zijn voorhoofd en neemt een grote slok limonade.

Wat een drama had moeten worden, wordt een farce.

100.000.000 Roepie

X GKRZ OPKNU
(OF: EEN LIEFDESVERHAAL)

Eten. Dat is alles wat ik zie, hoor, denk en ruik op het overvolle station waar ik al twee uur sta in mijn Levi's-spijkerbroek en witte overhemd. Als je een tijdje niet eet, verschrompelt en sterft de honger. Maar als je lang niet eet – en dat had ik gisterenmiddag voor het laatst gedaan – gaan je hersenen raar doen. Ik zie om me heen alleen maar mensen die eten of drinken. Mijn neus volgt het spoor van voedsel als een hond die een bot ruikt. Het aroma van verse *jalebi's*, puree en *kachori's* maakt me bijna duizelig. Zelfs van zoiets eenvoudigs als een gekookt ei, waar ik nooit om heb gegeven, loopt nu het water me in de mond. Maar als ik in mijn zak voel, zit daar alleen een munt van één roepie in, en na mijn verlies van vijftigduizend roepie de afgelopen nacht lijkt dat geen geluksmunt meer te zijn. Dus lik ik over mijn uitgedroogde lippen en vraag me af hoe ik mijn honger kan stillen.

Ik sta op het punt mijn Kasio digitale horloge te ruilen voor een bord *chhole bhature* als mijn oog op een bord naast het stationsrestaurant valt. Er staat alleen maar: 'M – één kilometer hiervandaan'. Ik weet op slag waar ik eten kan krijgen. Gratis.

Ik verlaat Agra Railway Station en ga op zoek naar de grote rode M. Ik sla een of twee keer verkeerd af, vraag het aan een paar winkeliers en vindt hem uiteindelijk midden op een chique markt. De keurig geklede obers bij McDonald's kijken me argwanend aan, maar sturen me niet weg. Ze kunnen een klant in een Levi's-spijkerbroek, hoe armoedig die er verder ook uitziet, niet wegsturen. Ik ga dicht in de buurt van de houten afvalbak staan, zo een met een klep. Als er even niemand kijkt, steek ik mijn arm erin en pak alles wat ik pakken kan in die mooie bruine papieren zakken. Ik ga weg nadat ik op de schone wc's wat vuil van mijn gezicht heb gewassen.

Mijn eerste poging het afval te doorzoeken is een succes. Ik zit buiten op een groen houten bankje en doe me te goed aan een halve groenteburger, wat kipnuggets, twee bijna volle doosjes Franse friet en een halve beker 7-Up. Afval doorzoeken is een onderdeel van het overlevingsmechanisme van een straatjongen. Ik heb jongens gekend die leefden van de resten die ze in het treinstel met airco in de Rajdhani Expres vonden. Anderen waren verslaafd aan de pepperoni-pizza van de Pizza Hut en het lukte hen iedere avond zeven of acht onaangeroerde stukken uit de vuilnisbak naast de outlet te vinden. Maar iedereen was het erover eens dat de makkelijkste manier om gratis te eten een huwelijksfeest was. Salim was daar expert in. Het enige wat belangrijk is, is dat je nette kleren en mooie schoenen aanhebt. Je maakt een praatje met de gasten en gaat in de rij staan bij het buffet. De familie van de bruid denkt dat je bij die van de bruidegom hoort en die van de bruidegom denkt dat je familie van de bruid bent. Je kunt tien of vijftien flesjes frisdank drinken, eten zo veel je wilt en smullen van de desserts. Als je mazzel hebt, houd je er zelfs wat mooi roestvrijstalen bestek aan over. Salim had bijna een heel bestek bij elkaar gespaard. Maar hij hield ermee op na die bruiloft in Nariman Point waar de wederzijdse families met elkaar op de vuist gingen en hij door beide partijen in elkaar werd geslagen.

Nu ik geen honger meer heb, besluit ik deze onbekende stad

te gaan verkennen. Ik loop door de drukke straten vol riksja's, voetgangers en koeien. Ik bewonder het ingewikkelde traliewerk op een ouderwetse *havelis*, ruik de geur van de kebab en de vegetarische *dhabas* van de stalletjes op straat en gruwel van de stank uit de open riolen en looierijen. Ik lees de gigantische posters die op iedere lege plek hangen en mensen aansporen naar nieuwe films te komen kijken of op oude politici te stemmen. Ik zie oude en doorleefde handwerkslieden in vervallen winkeltjes prachtige dingen van marmer maken en brutale jonge verkopers mobieltjes verkopen in winkels met airco. Ik ontdek dat de rijken in Agra hetzelfde zijn als die in Dilli en Mumbai, dat ze in precies dezelfde huizen vol marmer en plexiglas met bewakers en alarmsystemen wonen. En dat de sloppenwijken in Agra ook hetzelfde zijn. Ze bestaan uit dezelfde golfplaten die dienstdoen als daken. Dezelfde naakte kinderen met hongerbuikjes spelen in de modder met de varkens terwijl hun moeders de afwas doen in rioolwater.

Terwijl ik over een stoffige weg loop, kom ik ineens bij een bocht waarachter een rivier ligt. Ze is groengeel en modderig. Het teruglopende waterpeil is een aanwijzing dat het regenseizoen nog niet is begonnen. Er drijven stukken plastic en hout op het water. Als ik ergens anders was geweest, had ik de bochtige route van de rivier met mijn blik gevolgd, had ik me voorovergebogen om te kijken wat het hoogste punt van het water was geweest en had ik mijn nek uitgerekt om een glimp op te vangen van een dood lichaam in het water. Maar niet hier, niet nu. Omdat mijn blik wordt getrokken door iets wat ik op de oever aan de overkant zie. Het is een glanzend bouwwerk dat als een koepel uit een vierkante basis oprijst, met puntige bogen en inspringende alkoven. Het wordt aan vier kanten geflankeerd door speervormige minaretten. Het glinstert in het zonlicht tegen de turkooizen hemel als een ivoren maan, een perfecte maar breekbare diamant, een tijdloos beeld van pure elegantie. De schoonheid ervan overweldigt me en maakt me sprakeloos.

Na een eeuwigheid wend ik me tot de eerste voorbijganger die ik zie, een man van middelbare leeftijd met een lunchtrommel in zijn hand. 'Pardon, kunt u me vertellen wat dat gebouw aan de overkant is?' Hij kijkt me aan of ik gek ben. 'Arrey, als je dat niet weet, wat doe je dan in Agra? Dat is de Taj Mahal, idioot.'

De Taj Mahal. Het achtste wereldwonder. Ik had erover gehoord, maar het nog nooit gezien. Ik sta als betoverd bij het monument terwijl de wolken die langs de hemel drijven er schaduwen op werpen en de verandering in licht het gladde marmer van bleek-crèmekleurig in oker-in-albast verandert. Het verlies van mijn vijftigduizend roepie, de zorgen over waar ik mijn volgende maaltijd vandaan moet halen, waar ik moet slapen, de angst door de politie te worden opgepakt, verdwijnen allemaal in het niet bij het zien van die puurheid en perfectie. Ik besluit dat als er één ding is dat ik vandaag ga doen, dat het bezichtigen van de Taj Mahal is. Van dichtbij.

Dertig minuten stevig wandelen langs de oever brengt me bij een enorm rood zandstenen toegangshek. Op een groot wit bord staat: TOEGANGSPRIJZEN TAJ MAHAL... INDIËRS 20 RS. BUITENLANDERS $ 20. 'S MAANDAGS GESLOTEN, VRIJDAGS GRATIS. Ik kijk op mijn Kasio. Het is vrijdag 12 juni. Blijkbaar heb ik geluk vandaag.

Ik loop door de metaaldetector, steek het rood zandstenen voorplein met de gebogen poort over en daar, voor me, rijst de Taj Mahal in al zijn schoonheid en pracht voor me op, glanzend in het heiige middaglicht. Ik neem de landschapstuin met de fonteinen en de brede paden in me op, de vijver met het erin gereflecteerde beeld van de Taj, die in het water danst en pas dan valt de drukte me op. De Taj puilt uit van de toeristen, jong en oud, rijk en arm, Indiaas en buitenlands. Er gaan overal flitslichten af, het lijkt wel een Babylonische spraakverwarring op de binnenplaats, terwijl streng uitziende politieagenten proberen de rust te bewaren.

Na een halfuur doelloos rondzwerven, zie ik een groepje rijke westerse toeristen met camcorders en verrekijkers tevreden luisteren naar een gids op leeftijd die bij de koepel staat. Ik ga er onopvallend bij staan. De gids wijst naar de marmeren koepel en praat met een rauwe stem. 'Ik heb u over de architectonische kenmerken van het rood zandstenen voorplein verteld, het Chowk-i Jilo Khana, en dan zal ik u nu iets over de geschiedenis van de Taj Mahal vertellen.

Op een dag in het jaar 1607 liep prins Khurram van de koninklijke Mughal-familie over de Meena Bazaar in Dilli, toen hij een meisje zag dat in een klein stalletje zijde en glazen kralen verkocht. Hij werd zo betoverd door haar schoonheid dat hij op slag verliefd op haar werd. Maar het duurde vijf jaar voor hij eindelijk met het meisje kon trouwen. Haar echte naam was Arjuman Banu, maar hij gaf haar een andere naam, Mumtaz Mahal. Zij was toen negentien en hij twintig. Mumtaz Begam was het nichtje van Noorjahan of Mehrunnisa, de vrouw van Jahangir, die weer een nichtje was van Akbars Perzische koningin Bilgis Begam. Mumtaz en Khurram trouwden in het jaar 1612 en kregen de daaropvolgende achttien jaar samen veertien kinderen. Mumtaz was op al zijn reizen en militaire expedities de onafscheidelijke metgezel van haar man. Ze was zijn kameraad, zijn raadsvrouw en inspireerde hem vrijgevig te zijn naar de armen en zieken. Op 7 juni 1630 stierf ze in Burhanpur in het kraambed, pas drie jaar nadat Khurram de Mughal-troon had bestegen als keizer Shahjahan. Toen Mumtaz Mahal op sterven lag, liet ze de keizer vier dingen beloven: ten eerste dat hij een monument zou oprichten dat haar in schoonheid evenaarde; ten tweede dat hij niet zou hertrouwen; ten derde dat hij goed voor hun kinderen zou zijn; en ten vierde dat hij haar tombe zou bezoeken op de jaardag van haar overlijden. Toen ze stierf, brak het hart van de keizer en er wordt gezegd dat zijn haar in één nacht helemaal grijs werd. Maar de keizer hield zo veel van haar dat hij opdracht gaf tot het bouwen van het mooiste mausoleum op aarde voor haar. Het werk begon in 1631. Het kostte tweeëntwintig jaar en de arbeid van meer dan twintigduizend werklieden uit Perzië, het Ottomaanse Rijk en zelfs Europa. Dit is het resultaat, de Taj Mahal, door Rabindranath Tagore beschreven als "een traan op de wang des tijds".

Een meisje in een korte broek steekt haar hand omhoog. 'Wie is Tagore?'

'O, dat is een bekende Indiase dichter die de Nobelprijs heeft gewonnen. Je kunt hem vergelijken met William Wordsworth,' antwoordt de gids.

'Welke William?'

'Laat maar. Zoals ik al zei, bestaat de architectonische structuur van de Taj Mahal uit vijf elementen: de *Darwaza* of hoofdpoort, de *Bageecha* of tuin, de *Masjid* of moskee, het *Naqqar Khana* of rusthuis en het *Rauza* of grote mausoleum. De tombe ligt in de Taj zelf, waar we straks gaan kijken. Ik zal daar ook de negenennegentig namen van Allah op Mumtaz' tombe laten zien, en de pennendoos in de tombe van Shahjahan, die het kenmerk is van een mannelijke heerser. Deze herdenkingsmonumenten zijn, geheel in de Mughal-traditie, replica's van de echte grafkisten, die in dezelfde positie in een onversierde en vochtige ondergrondse crypte liggen. Het mausoleum is zevenenvijftig vierkante meter. De centrale binnenkoepel is vierentwintigeneenhalve meter hoog, heeft een diameter van zeventien meter en zeventig centimeter, en wordt overspannen door een omhulsel dat bijna eenenzestig meter hoog is. De minaretten zijn alle vier veertig meter hoog. U kunt zien hoe geraffineerd er in die tijd werd gewerkt, want zelfs een decoratief element van drie centimeter bevat vijftig ingelegde juwelen. Kijk ook naar de letters van de verzen uit de koran rond de poort, die zijn geheel uniform, ongeacht hun hoogte.

Als monument aan de eeuwige liefde onthult de Taj zijn details aan mensen die schoonheid waarderen. U zult zien dat de rechthoekige basis van de Taj op zichzelf symbool staat voor de verschillende kanten waarop een mooie vrouw kan worden aanschouwd. De hoofdpoort is als een sluier voor een vrouwengezicht, die heel voorzichtig en langzaam moet worden afgenomen tijdens de huwelijksnacht. De Taj glinstert als een juweel in het maanlicht als de halfedelstenen die in het marmer van het hoofdmausoleum zijn ingelegd het maanlicht vangen. De Taj lijkt 's ochtends roze, 's avonds melkwit, en goud als de maan schijnt. Deze kleurveranderingen, zo wordt gezegd, symboliseren de verschillende stemmingen van een vrouw. Dan neem ik u nu mee naar het mausoleum. Trek alstublieft uw schoenen uit en zet ze daar neer.'

De toeristen trekken hun schoenen uit en gaan het hoofdmausoleum binnen. Ik blijf buiten en probeer de veranderende kleuren van de koepel te vergelijken met wat ik had gezien van de verschillende gemoedstoestanden van Neelima Kumari.

Iemand tikt me zacht op mijn schouder. Ik draai me om en zie dat ik word aangestaard door een buitenlander met een bril, zijn vrouw en hun twee kinderen. De man is bedolven onder de apparaten, van een digitale camcorder tot en met een mini-discplayer. 'Spreek je Engels?' vraagt hij me.

'Ja,' antwoord ik.

'Kun je over de Taj Mahal vertellen? We zijn toeristen. Uit Japan. We kennen je stad niet. We zijn hier pas één dag.'

Ik wil hem vertellen dat ik de stad ook niet ken, dat ik er ook pas één dag ben, maar zijn nieuwsgierige gezicht trekt me aan. Ik vertel hem op de serieuze toon van de gids wat ik me kan herinneren van het verhaal. 'De Taj Mahal is in 1531 gebouwd voor keizer Khurram, ter ere van zijn vrouw Noorjahan, die ook bekend was als Mumtaz Begum. Hij heeft haar leren kennen toen ze armbanden in een park verkocht. Hij werd meteen verliefd op haar, maar trouwde negentien jaar later pas met haar. Toen heeft ze samen met hem in al zijn oorlogen gevochten en hem in veertien jaar achttien kinderen geschonken.'

De Japanner onderbreekt me. 'Achttien kinderen in veertien jaar? Weet je dat zeker?' vraagt hij verlegen.

'Natuurlijk,' dien ik hem van repliek, 'er zaten tweelingen bij. Maar goed, nadat het negentiende kind was geboren, is Mumtaz op 16 juni overleden in Sultanpur. Maar op haar sterfbed vroeg ze de keizer om vier gunsten. Dat hij de Taj Mahal zou laten bouwen, dat hij hun kinderen niet zou slaan, dat hij zijn haar grijs moest maken en het vierde... weet ik niet meer, maar dat is niet belangrijk. Zoals u kunt zien, bestaat de Taj Mahal uit een poort, een tuin, een gastenverblijf en een tombe.'

De Japanner knikt enthousiast. 'Ja... Ja. We hebben de poort en de tuin gezien. Waar is het gastenverblijf?'

Ik kijk hem met een gefronst voorhoofd aan. 'Heb ik niet verteld dat de echte tombes onder de grond liggen? Dan ligt het gastenverblijf daar dus boven. In het mausoleum kunt u de tombes van Mumtaz en de keizer vinden. Vergeet niet de pen met negenennegentig juwelen erin te bekijken en om de drie centimeter vindt u vijftig namen van God in de muren gegraveerd. De versregels op de muren betekenen allemaal hetzelfde, met wat voor letters ze ook zijn geschreven. Is dat niet geweldig? De koepel is honderdzestig meter hoog en de minaretten zijn zeventien meter hoog. Als u de Taj Mahal vanuit verschillende hoeken bekijkt, ziet u verschillende sluiers van een vrouw op haar huwelijksnacht. Ga maar kijken. O, en voor ik het vergeet, moet ik u vertellen dat Tagore, onze beroemde dichter, de Nobelprijs voor literatuur heeft gewonnen voor zijn gedicht over de Taj Mahal: "De klap op de wang van William Wordsworth".'

'Echt? Wauw! Wat interessant! Dat staat allemaal niet in de gids.' Hij draait zich om naar zijn vrouw en spreekt snel in het Japans tegen haar. Dan vertaalt hij wat hij heeft gezegd voor me. 'Ik zeg net tegen mijn vrouw dat het goed is dat we geen dure officiële gids hebben betaald. Jij vertelt alles zo leuk.' Hij kijkt me stralend aan. 'Heel hartelijk dank. *Arigato*,' zegt hij, hij buigt en duwt me iets in mijn hand. Ik buig ook. Als ik mijn hand open, zie ik een keurig opgevouwen, nieuw biljet van vijftig roepie. Voor vijf minuten werk!

Ik weet nu twee dingen. Dat ik in de stad van de Taj Mahal wil blijven. En dat ik het helemaal niet vervelend zou vinden gids te worden.

Als ik mezelf eindelijk losscheur van het marmeren monument is het avond aan het worden. Het marmer heeft nu een roodachtige glans. Nu moet ik onderdak voor de nacht zien te vinden. Ik klamp een jongen op straat aan. Hij is van mijn leeftijd, draagt een wit T-shirt, een grijze broek en blauwe plastic slippers. Hij kijkt bewegingloos naar een ruzie op straat. Ik tik hem zacht op zijn schouder. Hij draait zich om en kijkt me aan met de vriendelijkste ogen die ik ooit heb gezien. 'Pardon,' zeg ik, 'ik ben voor het eerst in deze stad. Weet jij een plek waar ik kan slapen?'

De jongen knikt en zegt: 'Uzo Q Fiks X Ckka Lgxyz.'

'Pardon?' zeg ik, verbijsterd door zijn antwoord.

'Ykhz Sqpd Hz. Q Fiks Ckka Lgxyz,' herhaalt hij met zijn handen wapperend.

'Pardon, maar die taal versta ik niet. Het spijt me dat ik je heb gestoord. Ik ga het wel aan iemand anders vragen.'

'Ejop Bkggks Hz,' dringt hij aan en hij pakt mijn arm. Hij trekt me in de richting van de markt. Ik overweeg me van hem los te rukken, maar zijn gezicht ziet er zo oprecht vriendelijk uit dat ik me door hem laat meenemen. Hij loopt vreemd, bijna op zijn tenen. Hij leidt me door een doolhof van smalle straatjes en na een kwartier staan we voor een enorm huis. Op een koperen naambordje naast de enorme ijzeren deur staat 'Swapna Palace'. Hij maakt de poort open en we lopen naar binnen. Het huis heeft een oprijlaan met een bocht, een enorm grasveld met een geverfde Gujarati-schommel en een fontein. Ik zie twee tuinmannen in het gras werken. Er staat een oude Contessa-auto op de oprijlaan, die wordt gepoetst door een chauffeur in uniform. Mijn vriend kent de bewoners blijkbaar, want niemand probeert hem tegen te houden als hij me over de oprijlaan meeneemt naar de versierde houten ingang van het hoofdhuis en aanbelt. Een donkere, jonge, aantrekkelijke dienstmeid doet open. Ze kijkt naar mijn vriend en zegt: 'O, ben jij het, Shankar? Waarom kom je steeds hiernaartoe? Je weet toch dat mevrouw niet wil dat je aan deze kant komt?'

Shankar wijst naar mij. 'Dz Izzao X Nkkh.'

De dienstmeid bekijkt me van top tot teen. 'O, dus Shankar heeft je meegenomen als nieuwe huurder? Ik denk niet dat we nog ruimte hebben in het bijgebouw, maar ik zal het even aan mevrouw vragen.' Ze verdwijnt in het huis.

Dan komt er een vrouw van middelbare leeftijd naar de deur. Ze draagt een dure zijden sari en is helemaal behangen met gouden sieraden. Haar gezicht is zwaar opgemaakt. Ze is in haar jeugd misschien mooi geweest, maar in tegenstelling tot dat van Neelima Kumari heeft haar gezicht alle glans verloren. En ze heeft haar lippen stijf op elkaar, waardoor ze er streng uitziet. Ik vind haar meteen niet aardig.

Shankar raakt vreselijk opgewonden als hij de vrouw ziet. 'Q Gkrz Ukj Hjhhu,' zegt hij met een brede grijns op zijn gezicht, maar de vrouw lijkt zijn aanwezigheid niet eens op te merken. 'Wie ben jij?' vraagt ze aan me terwijl ze mijn kleren inspecteert, 'en waarom ben je met Shankar meegekomen?'

Ik word vreselijk onzeker van haar onderzoekende blik en hoop maar dat de wc bij McDonald's me enigszins toonbaar heeft gemaakt.

'Ik heet Raju Sharma,' zeg ik. Zeker weten dat ik niet een van mijn echte namen in deze stad ga gebruiken. Niet na het vermoorden van een onbekende man in een trein.

'O, ben je brahmaan?'

'Ja. Ik ben voor het eerst in Agra. Ik kom vragen of u een plaats weet waar ik kan overnachten.'

'We hebben een bijgebouw dat we verhuren.' Het valt me op dat ze het koninklijke 'we' gebruikt in plaats van 'ik'. 'Er is nu niets vrij, maar als je een week kunt wachten, kunnen we wel een kamer regelen. De kamer kost vierhonderd roepie per maand en de huur moet vooraf worden betaald aan het begin van de maand. Als je akkoord gaat, laat Lajwanti je het bijgebouw zien. Maar je zult zelf iets voor de komende week moeten regelen.'

'Dank u, mevrouw,' antwoord ik in het Engels. 'Ik neem de kamer en betaal u volgende week vierhonderd roepie.'

Zodra ik Engels begin te praten kijkt de dame me scherp aan. Haar strenge gelaatsuitdrukking verzacht een beetje. 'Misschien kun je wel een weekje bij Shankar op de kamer. Lajwanti, laat hem het bijgebouw zien.'

Dat is het einde van het gesprek. Gevoerd aan de deur en zonder dat ze ons binnen heeft gevraagd.

Lajwanti begeleidt me naar het bijgebouw, dat direct achter het huis ligt en dat het Noord-Indiase equivalent van een chawl blijkt te zijn. Het heeft een gigantische binnenplaats met kinderkopjes en kamers die aaneengesloten eromheen liggen. Het gebouw telde zeker dertig kamers. Shankars kamer ligt bijna in het midden van de oostelijke gang. Hij maakt met een sleutel het slot open en we stappen naar binnen. Er staan één bed en een ingebouwde almirah in de kamer met aangrenzend een piepklein keukentje, net als in de chawl in Ghatkopar. De wc's zijn gemeenschappelijk en liggen achter in de westelijke gang. Baden kan alleen op de binnenplaats onder een gemeentekraan, in het volle zicht van de overige bewoners. Lajwanti wijst haar eigen kamer aan. Die ligt acht kamers voor die van Shankar. De kamer die ik over een week krijg, ligt vier kamers achter die van Shankar.

Voor Lajwanti teruggaat naar het huis stel ik haar snel een vraag. 'Wie is die Shankar? Ik heb hem net bij de Taj Mahal ontmoet.'

Ze zucht. 'Hij is een weesjongen die hier woont. We zijn allemaal gek op hem. De arme jongen heeft iets aan zijn hersenen waardoor hij niet gewoon kan praten, alleen onzinwoorden. Hij zwerft de hele dag doelloos door de stad. Mevrouw heeft hem in haar goedheid een gratis kamer toegewezen en ze geeft hem ook geld om eten te kopen. Anders was hij allang opgepakt en naar een psychiatrische inrichting gestuurd.'

Ik ben diep geschokt. Shankar leek me een intelligente jongen met een spraakgebrek. Misschien heb ik me ook wel in mevrouw vergist. Gezien haar gedrag ten aanzien van Shankar kan ze niet zo streng zijn als ze eruitziet. 'En mevrouw, vertel me daar eens iets over,' vraag ik Lajwanti.

Als een hofgeschiedkundige die de genealogie van een keizerin opsomt, legt Lajwanti me de indrukwekkende afkomst van haar werkgever uit. 'Haar echte naam is koningin Swapna Devi. Maar we noemen haar allemaal mevrouw of Rani sahiba. Haar vader was de koning van het prinsdom Jamgarh, Raja Shivnath Singh van de Rathore-dynastie. Aan moeders kant was haar grootvader de koning van Dharela, bij Agra, Raja Ravi Pratap Singh, die de oorspronkelijke eigenaar van deze *haveli* was. Toen ze net twintig was, is Swapna Devi getrouwd met de zoon van de koning van Bhadohi, Kunwar Pratap Singh van de Gautamdynastie en is ze naar Varanasi* gegaan, waar de familie woonde. Jammer genoeg is haar man binnen twee jaar na hun huwelijk overleden, maar ze is nooit hertrouwd. Ze is nog twaalf jaar in Varanasi blijven wonen. Inmiddels is haar grootvader Raja Ravi Pratap Singh overleden en die heeft deze haveli aan haar nagelaten. Dus is ze naar Agra gekomen en ze woont hier nu sinds tien jaar.'

'Heeft ze kinderen?' vraag ik.

Lajwanti schudt haar hoofd. 'Nee. Ze heeft geen nakomelingen, dus ze houdt zichzelf bezig met liefdadigheid en sociale evenementen. Ze is waarschijnlijk de rijkste vrouw van Agra en kent iedereen. De hoofcommissaris en de districtsrechter eten iedere week bij haar, dus als ik jou was, zou ik maar niet proberen hier te wonen zonder huur te betalen. En als je niet op de eerste van de maand betaalt, lig je er op de tweede uit, onthoud dat goed.'

Die avond kookt Shankar eten voor me en hij staat erop dat ik in zijn bed slaap met een matras en kussen. Hij slaapt op de harde stenen vloer.

Die uitzonderlijke vrijgevigheid van een jongen die ik pas vier uur ken, maakt me aan het huilen. Het feit dat hij ook een wees is, maakt dat ik een diepe band met hem voel. Een band die dieper gaat dan vriendschap. Dieper dan maatjes zijn. Dieper dan woorden.

Die nacht regent het in Agra.

Ik moest binnen zeven dagen vierhonderd roepie aan mevrouw betalen en verdeed geen tijd om de kennis te verzamelen die ik nodig had om mijn roeping te kunnen uitoefenen. Met de vijftig roepie die ik had, kon ik twee dagen de toegangsprijs voor de Taj betalen en Shankar leende me tien roepie voor nog

* Varanasi is de Hindi-naam van Benares

een derde dag. Ik hing rond bij groepjes westerse toeristen, luisterde naar de Engelssprekende gidsen en probeerde zo veel mogelijk feiten en getallen uit mijn hoofd te leren. Dat was niet zo moeilijk, deels doordat ik in de Taj Mahal paste als een zakkenroller in een volle bus. Misschien zat het me in het bloed. Mumtaz Mahal kon wel een van mijn moeders voorouders zijn geweest. Of misschien was mijn vader van Mughal-afkomst. Hoe dan ook, op de vierde dag had ik zo veel kennis opgedaan over de Taj Mahal dat ik me bij de honderden gidsen zonder vergunning in Agra kon voegen. Ik hing rond bij de rood zandstenen toegang en bood mijn diensten aan buitenlandse toeristen aan die zelfs in de verstikkende juni-hitte de Taj kwamen bezoeken. Mijn eerste 'klanten' waren zonverbrande Engelse studentes met sproeten, travellercheques en heel weinig kleren aan. Ze luisterden aandachtig naar me, stelden geen moeilijke vragen, namen heel veel foto's en gaven me tien pond fooi. Pas toen ik het biljet ging wisselen, drong het tot me door dat het gelijkstond aan zevenhonderdvijftig roepie, zelfs na de buitenissige drie procent commissie die ik moest betalen. Bijna twee maanden huur!

Na een week verhuisde ik naar mijn eigen kamer in het bijgebouw, maar in de week dat ik bij Shankar sliep, leerde ik veel over hem. Ik ontdekte dat zijn taal niet alleen maar betekenisloos gebrabbel was. Hoewel zijn woorden ons idioot in de oren klonken, waren ze voor hem logisch. Ik ontdekte ook dat Shankar het liefste chapatti's en linzen at. Dat hij een hekel had aan aubergine en kool. Dat hij niet in speelgoed was geïnteresseerd. Dat hij geweldig kunstzinnig was en iemand tot in het kleinste detail kon natekenen, zo uit zijn hoofd. En dat hij net als ik over zijn moeder droomde. Ik hoorde hem twee nachten 'Mammie, mammie' in zijn slaap roepen. En ik wist dat hij diep in zich het vermogen bezat gewoon te praten.

Bij hem wonen moet een psychologisch effect op me hebben gehad, want ik weet nog dat ik droomde over een lange, jonge vrouw in een witte sari met een baby in haar armen. Achter haar giert de wind, waardoor haar gitzwarte haar voor haar gezicht waait, dat erachter schuilgaat. De baby kijkt haar aan en babbelt lief: 'Mammie... mammie...' De moeder doet haar mond open om antwoord te geven, maar het enige geluid dat uit haar mond komt, is 'Q Gkrz Ukj Hu Wxwu.' De baby gilt en valt van haar schoot. Ik word wakker en kijk snel of ik mijn tong nog heb.

Gedurende het daaropvolgende jaar in Agra heb ik vreselijk veel geleerd over de Taj Mahal. Ik leerde de details over het leven van Mumtaz Mahal, zoals het feit dat haar veertiende kind Guaharar heette en dat ze was gestorven tijdens de bevalling. Ik leerde gedetailleerde gegevens over de constructie van de Taj uit mijn hoofd, zoals het feit dat het ministerie van financiën 465.550 kilo goud leverde, dat in 1631 zes lakhs had gekost en dat de totale bouw 41.848.828 roepie, zeven anna en zes pie had gekost. Ik dook in de controverse over wie de Taj echt heeft gebouwd en de valse bewering van Geronimo Veroneo, een Italiaanse goudsmid. Ik hoorde over de legende van een tweede Taj en het mysterie van de kelderkamers met mogelijk een derde graf. Ik kon langdurig oreren over de *pietra dura*-kunst die was gebruikt in de bloempatronen op de muren van de Taj en over de tuinen die in Perzische Char Bagh-stijl waren ontworpen. Het feit dat ik vloeiend Engels sprak, gaf me meteen een enorme voorsprong. Buitenlandse toeristen verzamelden zich om me heen en al snel was Gids Raju een bekendheid. Maar dat betekende niet dat ik een autoriteit was wat betreft de Taj Mahal. Nee. Ik had informatie, maar geen kennis. Gids Raju was niet meer dan een papegaai die trouw oplepelde wat hij uit zijn hoofd wist, zonder er echt een woord van te begrijpen.

Ik leerde '*Konnichiwa*' tegen Japanse toeristen zeggen en '*Dasvedanya*' tegen Russen, '*Muchas gracias*' tegen Spaanstaligen en

'*Howdy*' tegen Amerikanen. Maar tot mijn zeer grote spijt kreeg ik nooit een Australische klant tegen wie ik kon zeggen: '*G'-day mate, I'm gonna give you the good oil about this rip snorter of a tomb!*'

Ik begon goed geld te verdienen aan de toeristen. Geen fortuin, maar absoluut genoeg om mijn huur te betalen, af en toe bij McDonald's of de Pizza Hut te kunnen eten en dan nog te kunnen sparen voor als het slechter zou gaan. Behalve dan dat 'slechter gaan' geen betekenis heeft voor iemand die het grootste deel van zijn leven als dakloze heeft doorgebracht. Ik had te veel ongeluk in mijn leven gekend en door de constante angst dat er op een dag een jeep met een rood zwaailicht voor me zou komen om me te arresteren voor de moord op een onbekende dacoit, Shantaram of zelfs Neelima Kumari, leek het geen enkele zin te hebben plannen voor de toekomst te maken. Ik ging daarom met geld om zoals ik dat met mijn leven deed. Als een onbelangrijk gebruiksartikel. Makkelijk gewonnen. Makkelijk verloren. Het was dus niet gek dat ik binnen de kortste keren bij de andere bewoners van het bijgebouw bekendstond als een doetje.

De bewoners waren een bonte verzameling arme studenten uit ver weg gelegen dorpen, ambtenaren die hun officiële behuizing illegaal tegen buitensporige prijzen verhuurden, treinmachinisten, wassers, tuinmannen, koks, schoonmakers, loodgieters, timmerlieden en zelfs een dichter met bijbehorende baard. Velen van hen werden mijn vrienden. Tijdens de periode dat ik in hun midden leefde, ontdekte ik dat het verhaal van keizer Shahjahan en Mumtaz Mahal niet het enige was in dit slaperige stadje.

Lajwanti was de officiële verslaggever van het bijgebouw. Ze legde altijd haar oor te luisteren en wist precies wat er speelde in de buurt. Ze wist wie zijn vrouw sloeg of overspel pleegde, wie de dronkaards en de gierigaards waren, wie de huur ontdook en wie steekpenningen aannam. Ondanks haar overduidelijke trouw aan haar werkgever schroomde ze niet de smeuige details over het paleis met ons te delen. Ik hoorde van haar het verhaal over Swapna Devi's kleurrijke verleden. Er werd gefluisterd dat ze een vurige affaire had met de broer van haar overleden echtgenoot, Kunwar Mahendra Singh, maar dat ze uiteindelijk ruzie kregen en dat ze hem vergiftigde. Er werd ook gezegd dat haar verhouding had geresulteerd in een onwettige dochter in Varanasi. Niemand wist wat er met die dochter was gebeurd en het maakte niemand iets uit.

Shakil, een van de arme studenten, komt op een avond naar me toe.

'Raju bhai, mag ik je iets vragen?' vraagt hij verlegen.

'Ja, Shakil, wat is er?' zeg ik en ik voel wel wat het doel van zijn bezoekje is.

'Mijn vader heeft me deze maand geen geld kunnen sturen vanwege de droogte in het dorp en als ik maandag mijn collegegeld niet heb betaald, word ik weggestuurd. Kun je me alsjeblieft honderdvijftig roepie lenen? Ik beloof je dat ik het je terugbetaal zodra ik volgende maand geld krijg.'

'Natuurlijk Shakil, maar ik heb al vijftig aan onze grote dichter Najmi geleend en honderd aan Gopal. Ik had er zelf honderd gehouden om een nieuw overhemd te kopen, maar jouw nood is hoger dan de mijne. Neem alles maar.'

Shankar en ik zijn door Lajwanti op haar kamer uitgenodigd voor het avondeten. Ze is niet getrouwd en woont alleen in het bijgebouw, maar ze heeft een jongere zus die ongeveer dertig kilometer van Agra woont. Het eerste wat me opvalt aan de kamer van Lajwanti is dat het er obsessief netjes is. Het is de schoonste kamer die ik ooit heb gezien. De stenen vloer is glanzend gepoetst. Er is geen stofje te bekennen. Het bed is strak opgemaakt en er zit geen vouw in de katoenen sprei. Er staan met wiskundige precisie wat decoratieve beeldjes op de haard. Alles is bijna pijnlijk netjes. Zelfs de keuken ziet er zo schoon uit dat ik me bijna kan voorstellen dat het roet uit haar *chulha* wit is in plaats van zwart. Shankar en ik zitten elk op een stoel; Lajwanti zit op haar bed en draagt een roze sari. Ze vertelt ons opgewonden dat ze op zoek is naar een geschikte echtgenoot voor haar zus Lakshmi, die negentien is.

'En jij dan?' vraag ik haar, 'moet de oudste zus niet eerst trouwen?'

'Ja, eigenlijk wel,' antwoordt ze, 'maar ik ben niet alleen Lakshmi's zus, ik ben de afgelopen vijf jaar sinds het overlijden van onze ouders ook haar vader en moeder geweest. Daarom kan ik niet egoïstisch zijn en alleen aan mezelf denken. Als mijn zus eenmaal is getrouwd, ben ik niet meer verantwoordelijk en kan ik op zoek gaan naar mijn eigen prins.'

'Hoe vind je een geschikte bruidegom?'

'Ik heb twee maanden geleden een advertentie in *Dainik Ujala* gezet, de Hindi-krant, en dankzij de zegen van godin Durga kwamen er veel reacties. Kijk maar hoeveel brieven ik heb gekregen.' Ze laat een stapeltje brieven en enveloppen zien. Ze haalt er zes foto's uit en laat die aan ons zien. 'Welke van deze jongens vinden jullie geschikt voor Lakshmi?'

Shankar en ik bestuderen de kandidaten. We vinden dat er met bijna allemaal iets mis is. Deze is te oud. Deze heeft een enge glimlach. Deze is lelijk. Deze heeft een litteken. Deze lijkt wel een misdadiger. Dan is er nog maar één foto over. Op de foto staat een knappe jongeman met een hip kapsel en een grote snor. 'Ja, deze lijkt me de beste van het stel,' zeg ik tegen Lajwanti. Shankar knikt heftig. 'Q Gqfz Pdz Wku,' zegt hij.

Lajwanti is dolblij met onze selectie. 'Hij is ook mijn eerste keuze. Behalve dat hij er goed uitziet, heeft hij ook de meeste kwalificaties en hij komt uit een respectabele familie. Wisten jullie dat hij een hoge functie heeft bij de regering?'

'Echt? Wat doet hij?'

'Hij is assistent-suikerrietofficier van het district. Lakshmi krijgt bij hem een leven als een koningin. Zal ik gaan onderhandelen met zijn familie? De zegen van godin Durga vragen om de zaak een beetje te bespoedigen?'

'Natuurlijk, meteen.'

Lajwanti serveert die avond een heerlijke maaltijd met *puri's,* kachori's, aardappels, linzen en *muttar paneer,* in stalen pannetjes die zo schoon zijn dat je ze als spiegel kunt gebruiken. Ik voel me bijna schuldig dat ik van haar brandschone servies eet en ben bezorgd dat ik er krassen in maak. Ik kan het niet laten haar te vragen: 'Lajwanti, waarom is je huis zo vreselijk netjes en schoon? Heb je een dienstmeid?'

Ze waardeert het dat het me is opgevallen. 'Lach me niet uit. Hoe kan een dienstmeid nou een dienstmeid betalen? Ik ben degene die dit huis tiptop verzorgt. Dat doe ik al sinds mijn jeugd. In een vies huis kan ik niet leven. Zodra ik een vuiltje op de grond, een kruimel op tafel of een kreukel in mijn beddensprei zie, jeuken mijn handen. Mijn moeder zei altijd dat ik er niet tegen kon als een blad verkeerd aan de boom hing. Daarom is Rani sahiba zo blij met me. Ik hoorde haar laatst tegen de vrouw van de hoofdcommissaris sahib zeggen dat Lajwanti de beste dienstmeid is die ze ooit heeft gehad en dat ze me nooit laat gaan.' Ze straalt van trots.

'Daar ben ik het mee eens, je bent vast de beste dienstmeid van de hele wereld. Maar je kunt beter niet in mijn kamer op bezoek komen, dan word je vast ziek.'

Shankar is het met me eens dat Lajwanti geweldig is. 'Q Gkrz Gxesxipq,' zegt hij met een blij gezicht.

Mijn laatste klanten van vandaag zijn vier rijke studenten uit Dilli. Het is een jong, speels clubje in dure spijkerbroeken met geïmporteerde zonnebrillen op dat oneerbiedige opmerkingen over de Taj Mahal maakt, elkaar constant in de ribben port en schunnige moppen vertelt. Aan het einde van de rondleiding betalen ze me niet alleen, maar geven me ook een grote fooi. Dan nodigen ze me uit een avondje mee uit te gaan in hun busje met chauffeur. 'Gids Raju, kom met ons mee, dan heb je de avond van je leven,' smeken ze. In eerste instantie zeg ik beleefd nee, maar ze zijn zo vasthoudend en ik ben hun zo dankbaar voor de enorme *baksheesh* dat ik geen nee kan zeggen. Ik stap in de auto. We gaan eerst naar het Palace Hotel. Dit is mijn eerste bezoek aan een vijfsterrenhotel. Ik zit in het restaurant met airco en neem de gedempt brandende kroonluchters, de obers in livrei, de zachte instrumentale muziek en de goedgeklede clientèle die rijkdom en macht uitstraalt, in me op. De mannen fluisteren vertrouwelijk met elkaar en de vrouwen zien eruit als breekbare poppen. Als ik het eten zie, loopt het water me in de mond. Een van de jongens geeft de menukaart door. 'Alsjeblieft, Raju. Bestel maar waar je zin in hebt.' Ik kijk naar het menu en blijf er bijna in als ik de prijzen zie. Een bord boterkip kost zeshonderd roepie! Bij het stalletje vlak bij waar ik woon, koop ik hetzelfde voor vijfenvijftig. Maar ik realiseer me dat je hier niet alleen voor het eten betaalt, maar ook voor de sfeer. De jongens bestellen zo'n beetje alles op de kaart en twee flessen whisky.

Ik word ongemakkelijk van al die overdaad. In Mumbai vielen Salim en ik wel eens een bruiloft van de rijken binnen voor het gratis eten, maar we misgunden hun hun rijkdom nooit. Zij waren rijk en wij arm. Einde verhaal. Maar nu ik deze rijke studenten geld als water zie uitgeven, word ik overmand door een heel nieuw gevoel van ontoereikendheid. Het contrast met mijn eigen imperfecte leven steekt me zo dat het fysiek pijn doet. Dus het is niet zo gek dat mijn honger helemaal verschrompelt en sterft, ondanks de bergen aanlokkelijke spijzen op de tafel.

Dan realiseer ik me dat ik ben veranderd. En ik vraag me af hoe het voelt om geen wensen meer te hebben, doordat die allemaal zijn vervuld, doordat ze verstikt zijn door geld voor ze ook maar waren geboren. Is een bestaan zonder wensen wenselijk? En is de armoede van wensen erg veel beter dan armoede zelf? Ik denk over die vragen na, maar vind geen bevredigende antwoorden.

Nadat ze genoeg hebben gegeten en genoeg whisky hebben gedronken, vragen de jongens me weer bij hen in de bus te springen.

'Waar gaan we heen?' vraag ik.

'Dat merk je wel,' zeggen ze en ze beginnen te lachen.

De chauffeur rijdt ons door smalle straatjes en drukke bazaars naar de buitenwijken van Agra. Uiteindelijk rijdt hij een vreemd uitziend gebied binnen in de buurt van National Highway dat Basai Mohalla heet. Bij de ingang staat een billboard met de tekst: 'U betreedt op eigen risico het *Red Light Area*. Gebruik altijd een condoom. Voorkom aids en red levens.' Ik begrijp de verwijzing naar rood licht niet. Voorzover ik kan zien, brandt er nergens rood licht. Er staan minstens tien trucks langs de weg geparkeerd. Kinderen op blote voeten spelen op straat zonder dat hun moeders in de buurt zijn. Ik hoor vaag muziek en enkelbellen in de avondlucht. In de verte zie ik de koepel en minaretten van de Taj Mahal in het gouden maanlicht schitteren. De halo van de maan en het aanzicht van het marmeren monument lijken zelfs deze stoffige en vieze enclave met hutten van een of twee verdiepingen met een beetje goudstof te besprenkelen.

De studenten stappen uit de bus en lopen naar een verzameling gebouwtjes. Ik twijfel, maar ze trekken me mee. Ik zie nu dat er heel veel mensen lopen. Onguur uitziende mannen in kurta's hangen voor de huisjes rond en kauwen op Indische paprika. Ik zie meisjes van verschillende leeftijden in alleen een onderrok en bloesje op de trappen van de huisjes zitten. Ze zijn zwaar opgemaakt en dragen veel sieraden. Sommigen kijken ons uitnodigend aan en maken obscene en suggestieve gebaren met hun vingers. Nu begrijp ik ineens wat red light area betekent. Dat is de plek waar prostituees werken. Ik had wel van Falkland Road in Mumbai en van GB Road in Dilli gehoord, maar ik was er nog nooit geweest. En ik wist niet eens dat er in Agra zo'n gebied was. Dit was inderdaad een heel nieuwe ervaring voor me.

De jongens lopen een groot huis van twee verdiepingen binnen en controleren of ik hen volg. Het ziet er minder vervallen uit dan de andere. We lopen een hal binnen van waaruit gangetjes naar kleine kamers leiden, zoals je dat wel ziet in goedkope hotelletjes. Een man komt in de hal op ons af lopen. Hij is jong, heeft een gezicht vol littekens en zijn ogen staan nerveus. 'Welkom, heren, u bent op het juiste adres. We hebben de jongste en beste meisjes in Agra,' zegt hij. De jongens gaan dicht bij hem staan en onderhandelen over de prijs. Een stapeltje bankbiljetten wisselt van eigenaar. 'We betalen ook voor jou, Raju. Veel plezier, wij trakteren,' zeggen ze voor ze ieder met een meisje in een kamer verdwijnen. Ik blijf alleen in de hal achter. Een oude vrouw die paan kauwt, komt langs en neemt me mee. Ik loop achter haar aan een trap op. Ze stopt bij een kamer met een groene deur en zegt dat ik naar binnen moet gaan. Dan loopt ze vermoeid de trap weer af.

Ik weet niet of ik de kamer binnen moet gaan of moet teruggaan naar het busje. Een deel van me zegt dat ik meteen moet weggaan. Maar een ander deel dwingt me te blijven, gedreven door een bijna dwangmatige nieuwsgierigheid. Uit Hindi-films weet ik dat hoerenbuurten een slechte naam hebben, maar dat de prostituee altijd een meisje met een goed hart is dat tegen haar wil is gedwongen dit werk te doen. Aan het einde van de film pleegt de heldin bijna altijd zelfmoord door vergif in te nemen. Ik vraag me af of ik met een doel naar deze hoerenkast ben gebracht. Of er een heldin op me zit te wachten achter die deur. Of ik haar held ben die haar uit deze immorele omgeving moet redden. En of ik het einde kan veranderen en haar dood kan voorkomen.

Ik duw de deur open en loop de kamer binnen.

Het is een klein kamertje met een bed in het midden. Om de een of andere reden dringt de omgeving helemaal niet tot me door. Mijn ogen worden naar het meisje getrokken dat op het bed zit in een knalroze sari. Ze is donker en mooi, met prachtige kohlomlijnde ogen, weelderig geverfde lippen en lang zwart haar met geurige bloemen erin. Ze is zwaar opgemaakt en heeft haar armen en hals vol sieraden.

'Hallo,' zegt ze, 'kom bij me zitten.' De woorden komen uit haar mond als muzieknoten uit een piano.

Ik loop aarzelend naar haar toe. Ze voelt mijn twijfel en glimlacht. 'Maak je geen zorgen. Ik zal je niet bijten.'

Ik ga naast haar op het bed zitten. Ik zie dat het behoorlijk vies is en vol rare vlekken zit.

'Je bent hier nieuw,' zegt ze. 'Hoe heet je?'

'Ram Mohammad Tho... nee... nee.. Raju Sharma,' antwoord ik en ik corrigeer mezelf net op tijd.

'Was je je naam even vergeten?'

'Nee... helemaal niet. Hoe heet jij?'

'Nita.'

'Nita hoe?'

'Hoe bedoel je?'

'Hoe heet je volledig? Heb je geen achternaam?'

Ze grinnikt. 'Dit is een bordeel, sahib, geen huwelijksbureau. Prostituees hebben geen achternaam. Net als huisdieren worden we bij onze voornaam genoemd. Nita, Rita, Asha, Champa, Meena, Leena, kies maar.' Ze zegt het heel zakelijk, zonder rancune of spijt in haar stem.

'O, dus je bent prostituee?'

Ze begint weer te lachen. 'Jij bent echt een raar exemplaar. Arrey *baba*, als je naar Basai Mohalla komt, ontmoet je alleen prostituees. Je zult zeker onze moeders en zussen niet ontmoeten in dit deel van Agra!'

'Hoe oud ben je?'

'Dat is een betere vraag. Ik ben zeventien. En ga me nou niet vertellen dat je een jonger iemand wilt. Je ziet er zelf niet ouder uit dan zestien.'

'Ik ben ook zeventien. Hoe lang doe je dit werk al?'

'Wat maakt dat uit? Je hoeft alleen maar te weten of ik maagd ben. Dat ben ik dus niet. Je zou vier keer zoveel moeten betalen voor een maagd. Maar probeer me maar, ik ben beter dan een maagd. Je zult niet teleurgesteld zijn.'

'Ben je niet bang dat je een ziekte oploopt? Er staat zelfs een billboard bij de ingang met een waarschuwing tegen aids.'

Ze begint weer te lachen, een holle, lege lach. 'Luister, dit is mijn werk, niet mijn hobby. Ik verdien genoeg om mezelf en mijn hele familie te onderhouden. Als ik dit niet zou doen, zou mijn familie allang van de honger zijn omgekomen. Wij prostituees weten dat er aids is. Dat is een risico dat we moeten nemen. Maar het is beter morgen aan aids te sterven dan vandaag aan honger, toch? Ga je alleen vragen stellen of wil je nog wat doen? Geef mij niet de schuld als je tijd straks voorbij is en Shyam de volgende klant naar binnen stuurt. Ik ben heel gewild.'

'Wie is Shyam?'

'Mijn pooier. Je hebt hem betaald. Kom, dan doe ik mijn sari uit.'

'Nee. wacht. Ik wil je nog wat vragen.'

'Arrey, kom je om te neuken of niet? Je lijkt die *firang*-journalist wel die hier met zijn cassetterecorder en zijn camera kwam. Hij zei tegen me dat hij niet in mij was geïnteresseerd en alleen onderzoek deed. Maar op het moment dat ik mijn *choli* uitdeed, was hij zijn onderzoek vergeten. Het enige geluid op zijn cassettebandje is zijn eigen gehijg en gekreun. Laat me eens kijken of jij er ook zo een bent.'

Ze maakt in één beweging haar bloesje los. Ze heeft geen beha aan. Twee brutale borsten schieten als twee bruine koepels van de Taj Mahal te voorschijn. Ze zijn perfect rond en glad en de tepels steken naar voren als geweldige pinakels op de koepels. Mijn mond wordt droog. Mijn ademhaling wordt oppervlakkig. Mijn hart begint tegen mijn ribben te hameren. Haar hand glijdt over mijn borst naar beneden en vindt mijn hardheid. Ze lacht. 'Jullie mannen zijn allemaal hetzelfde. Een blik op de borsten van een vrouw en jullie moraal gaat het raam uit. Kom.' Ze trekt me in zich naar binnen en ik ervaar een moment van pure, zuivere extase. Er gaat een elektrische stroom langs mijn ruggengraat die meer opwindt dan schokt. Ik ril van genot.

Achteraf liggen we naast elkaar onder de gammele plafondventilator. Ik heb ook een vlek aan het vieze laken toegevoegd. Ik inhaleer de geur van de bloemen in haar gitzwarte haar en kus haar onhandig. 'Waarom heb je me niet verteld dat dit je eerste keer was?' zegt ze, 'dan was ik voorzichtiger geweest. Maar nu moet je weg, je tijd is om.' Ze staat plotseling op van het bed en begint haar kleren bijeen te rapen.

Ik raak in de war van haar plotselinge bruuskheid. Tot vijf minuten geleden was ik haar minnaar, maar nu ben ik ineens een klant wiens tijd op is. Dan realiseer ik me dat het moment inderdaad voorbij is. De magie is weg en nu ik niet langer word verblind door mijn lust zie ik de kamer zoals die echt is. Ik zie een stokoude cassetterecorder op een bijzettafeltje, aangesloten op het stopcontact met een lelijk zwart snoer. Ik zie de beschimmelde muren met de afgebladderde verf. Ik zie een gescheurd en vervaagd rood gordijn voor het raam. Ik zie de vlekken op het laken en de tranen op het matras en voel gekriebel op mijn lijf, waarschijnlijk van de mijten die in het bed wonen. Ik ruik de geur van verval en schimmel die in de kamer hangt. Alles ziet er ineens goor en smerig uit. Ik lig op het vieze bed en voel me besmeurd en onrein. Ik sta ook snel op om mijn kleren te pakken.

'Krijg ik geen fooi?' vraagt ze en ze doet haar bloesje weer dicht.

Ik pak vijftig roepie uit mijn portemonnee en geef die aan haar. Ze stopt het biljet dankbaar in haar bloesje.

'Vond je het fijn? Kom je nog eens terug?' vraagt ze. Ik geef geen antwoord en maak me snel uit de voeten.

Later in de bus denk ik na over haar vragen. Vond ik het fijn? Ja. Ga ik terug? Ja. Er trekt een nieuw gevoel aan mijn hart en ik word bijna duizelig. Is dat liefde? vraag ik me af. Ik weet het antwoord niet, maar dit weet ik wel: ik ben op eigen risico de hoerenbuurt binnengegaan. Ik heb een hoer ontmoet en voor het eerst seks gehad. En nu was ik verslaafd.

Er heerst hondsdolheid in de stad. Veel kinderen zijn gestorven nadat ze door geïnfecteerde honden zijn gebeten. Het ministerie van volksgezondheid adviseert burgers extra oplettend te zijn en voorzorgsmaatregelen te nemen. Ik waarschuw Shankar. 'Wees voorzichtig als je naar buiten gaat. En niet in de buurt van honden komen. Begrepen?'

Shankar knikt.

Vandaag is Bihari de schoenmaker aan de beurt. Hij is de enige die me nog niet om geld heeft gevraagd. 'Raju, mijn kind is doodziek opgenomen in de privé-kliniek van dokter Aggarwal. De dokter zegt dat ik direct medicijnen moet kopen die heel duur zijn. Ik heb vierhonderd bij elkaar weten te schrapen. Kun je me alsjeblieft iets lenen? Ik smeek het je.'

Ik geef Bihari tweehonderd roepie en weet dat ik ze nooit

terugkrijg, maar hij kan nog steeds niet alle medicijnen kopen. Twee dagen later sterft de zesjarige Nanhey in de kliniek.

Die avond komt Bihari naar het bijgebouw met het lichaam van zijn zoontje in een witte doek gewikkeld. Hij is duidelijk dronken en loopt onvast. Hij legt het lichaam van zijn dode zoon midden op de kinderkopjes op de binnenplaats, in de buurt van de kraan, en roept iedereen naar buiten. Dan begint hij aan een tirade vol scheldwoorden. Hij scheldt op niemand in het bijzonder en toch op iedereen. Hij beschimpt de rijken die in hun paleizen van huizen wonen en niets geven om de armen die hen bedienen. Hij scheldt op de dokters die hun patiënten afzetten. Hij scheldt op ons omdat we niets zeggen. Hij scheldt op zijn kinderen dat ze zijn geboren. Hij scheldt op God voor het creëren van een onrechtvaardige wereld. Hij scheldt op de maatschappij, de wereld, de Taj Mahal en keizer Shahjahan. Zelfs het lichtpeertje dat buiten hangt en Nanhey een keer een schok heeft gegeven, en de gemeentekraan ontsnappen niet aan zijn toorn. 'Jij rottig stuk vuilnis, als we je nodig hebben, geef je ons nog geen twee druppels water, maar mijn zoon laat je twee uur in de nattigheid spelen en geef je een longontsteking. Ik hoop dat je snel door iemand uit de grond wordt gerukt en roest in de hel,' vloekt hij en hij geeft een trap tegen de kraan. Dan stort hij na een halfuur non-stop geschreeuw en getier in elkaar en begint te huilen. Hij houdt zijn dode zoon in zijn armen en huilt tot hij geen tranen meer heeft, tot hij geen stem meer heeft.

Ik lig in mijn kamer op bed en bedenk hoe onrechtvaardig het leven is. Beelden van de kleine Nanhey die in het bijgebouw speelt, gaan door mijn hoofd. Zijn dood was triest. Ik wil huilen, maar er komen geen tranen. Ik heb te veel dode lichamen gezien. Dus trek ik het schone witte laken over mijn hoofd en ga slapen. En droom over een bruine Taj Mahal. Met twee waanzinnig mooi gevormde koepels.

Een week later ga ik weer naar Nita. Deze keer moet ik Shyam, haar pooier, zelf betalen. Driehonderd roepie. Ik lig op haar vieze bed, vrij met haar en luister naar haar vieze woorden.

'Vind je het leuk om prostituee te zijn?' vraag ik nadat we hebben gevreeën.

'Hoezo? Wat is er mis mee? Het is een gewoon beroep.'

'Maar vind je het leuk?'

'Ja. Ik vind het heerlijk om met vreemdelingen in bed te duiken. Zoals met jou, bijvoorbeeld. Ik verdien er genoeg geld mee om mijn familie te onderhouden. En ik kan iedere vrijdag een gloednieuwe film zien in de bioscoop. Wat wil een meisje nog meer?'

Ik kijk in haar hertenogen en weet dat ze liegt. Ze is een actrice die een rol speelt. Maar ze zal er niet zoals Neelima Kumari een heleboel prijzen mee winnen.

Hoe meer Nita een mysterie lijkt, hoe wanhopiger ik ernaar verlang haar te leren kennen. Ze wakkert een honger in me aan die ik nog nooit heb gevoeld. Ik mag dan in haar lichaam zijn geweest, maar nu wil ik in haar geest. Dus ga ik op maandag, als de Taj Mahal dicht is, naar haar toe. Na vier of vijf bezoekjes lukt het me haar verdediging een beetje af te breken.

Ze vertelt me dat ze uit de Bedia-stam uit Bhind in Madhya Pradesh komt. Haar ouders leven nog en ze heeft zelfs een broer, en een zus die gelukkig is getrouwd. In haar gemeenschap is het traditie dat een van de dochters uit een gezin prostituee voor de gemeenschap is, een *Bedni*. Het meisje verdient geld voor haar familie, terwijl de mannelijke gezinsleden hun tijd verdoen met drinken en kaarten. 'Daarom wordt bij ons in de gemeenschap de geboorte van een meisje gevierd, niet ontvangen met treurnis. Een jongen is een blok aan het been. Je vindt Bedni's uit mijn dorp in bordelen, truckerscafés, hotels en wegrestaurants, en ze verkopen allemaal hun lichaam voor geld.'

'Maar waarom heeft je moeder jou gekozen? Ze had je zus kunnen kiezen.'

Nita lacht hol. 'Omdat mijn schoonheid een vloek werd. Mijn moeder had het recht te kiezen welke van haar twee dochters zou trouwen en welke prostituee zou worden. Ze wees mij aan als Bedni. Misschien was ik hier nooit naartoe gestuurd als ik er zo gewoontjes had uitgezien als mijn zus. Dan was ik misschien naar school gegaan, getrouwd en had ik misschien kinderen gekregen. Maar nu ben ik in dit bordeel. Dat is de prijs die ik voor schoonheid moet betalen. Dus noem me niet mooi.'

'Hoe lang doe je dit al?'

'Sinds mijn puberteit. Als de ceremoniën van het verwijderen van de neusring – *nathni utherna* – en het bedekken van het hoofd – *sar dhakwana* – voorbij zijn, word je geacht een vrouw te zijn. Dus werd mijn maagdelijkheid op mijn twaalfde gegund aan de hoogste bieder en werd ik in dit bordeel te koop aangeboden.'

'Maar als je wilt, kun je hier toch mee ophouden en trouwen, neem ik aan?'

Ze spreidt haar handen. 'Wie wil er met een prostituee trouwen? We moeten werken tot ons lichaam uitzakt of tot we aan een ziekte sterven, wat het eerst komt.'

'Ik weet zeker dat er iemand met je wil trouwen. Ik weet zeker dat je op een dag je prins ontmoet,' zeg ik terwijl de tranen over mijn wangen biggelen.

Ik mag haar die dag geen fooi geven.

Later denk ik na over mijn gesprek met Nita en vraag me af waarom ik tegen haar heb gelogen. Ik wilde helemaal niet dat ze een andere prins zou vinden. Zonder het me te realiseren, was ik verliefd op haar geworden.

Tot nu toe was mijn opvatting van liefde volledig gebaseerd op de Hindi-films die ik had gezien, waar de held en heldin elkaar in de ogen kijken en er als bij donderslag iets gebeurt, een vreemde chemie die hun harten sneller doet slaan en hun kelen smeert, want het volgende wat je ziet, is dat ze staan te zingen in Zwitserse dorpjes en Amerikaanse winkelcentra. Ik dacht dat ik ook de verblindende liefde had leren kennen toen ik dat meisje in de blauwe salvar kameez in de trein zag zitten. Maar ik leerde echte liefde die winter in Agra kennen. En het drong tot me door dat het echte leven heel anders is dan het leven in een film. Liefde overkomt je niet plotseling. Ze bekruipt je en dan gooit ze je leven overhoop. Ze kleurt de momenten dat je wakker bent en vult je dromen. Je loopt op wolken en ziet het leven in prachtige nieuwe kleuren. Maar liefde brengt ook een zoete pijn met zich mee, een heerlijke kwelling. Mijn leven werd gereduceerd tot een koortsachtige ontmoeting met Nita gevolgd door een hevig verlangen naar haar tot de volgende ontmoeting. Ze bezocht me op de raarste plekken en op de raarste momenten. Ik rook haar haar zelfs als ik op de wc zat. Ik stelde me haar mooie gezicht voor als ik een tachtigjarige dagjestoerist een verhaal stond te vertellen. Als ik eraan dacht hoe we vreeën, kreeg ik kippenvel, zelfs als ik op dat moment tomaten en aardappels stond te kopen op de groentemarkt. En ik wist in mijn hart dat ze mijn prinses was. Mijn vurigste wens in het leven werd ooit met haar te trouwen. Mijn grootste zorg of ze ja zou zeggen.

Er komt een jeep met een rood zwaailicht naar het bijgebouw. Er stappen een inspecteur en twee agenten uit. Mijn hart krimp samen. Ik voel een koude klont angst in mijn maag. Mijn misdaden hebben me eindelijk ingehaald. Dat is helemaal volgens het patroon van mijn leven. Als ik net het gevoel begin te krijgen dat ik alles een beetje op orde heb, komt het lot me onderuit halen. Dus is het te verwachten dat ik op het moment dat ik de ware liefde heb ontdekt, wordt meegenomen naar een gevangenis waar ik, net als keizer Shahjahan, in eenzame opsluiting zal verlangen naar mijn Nita, mijn eigen Mumtaz Mahal.

De inspecteur haalt een megafoon te voorschijn en doet een oproep. Ik verwacht dat hij gaat zeggen: 'Ram Mohammed Thomas alias Raju Sharma, kom naar buiten met je handen omhoog.' Maar hij zegt: 'Willen alle bewoners naar buiten komen? Er is een bankoverval gepleegd en we hebben reden om aan te nemen dat de dief hier is. We gaan het terrein doorzoeken.' Ik hoor de oproep en voel mijn hart lichter worden. Ik voel me zo gelukkig dat ik de inspecteur wil omhelzen.

De agenten gaan alle kamers stuk voor stuk binnen en doorzoeken die grondig. Ze komen in mijn kamer en vragen me naar mijn naam, leeftijd, beroep en of ik verdachte figuren heb gezien. Ik vertel niet dat ik geen gidsvergunning heb. Ik zeg dat ik aan de universiteit studeer en dat ik hier net woon. Dat stelt hen tevreden. Ze kijken onder mijn bed. Ze gluren in de keuken, kloppen op de pannen, draaien mijn matras om en gaan verder naar de volgende kamer. De inspecteur voegt zich bij de agenten.

Nu zijn ze in Shankars kamer.

'Hoe heet je?' vraagt de inspecteur nors aan Shankar.

'Hu Ixhz Qo Odxifxn,' antwoordt Shankar enigszins verward.

'Pardon? Kun je dat nog eens herhalen?'

'Odxifxn.'

'Klootzak, sta je me uit te lachen?' zegt de inspecteur kwaad en hij heft zijn wapenstok op om Shankar te slaan.

Ik grijp snel in. 'Inspecteur sahib, Shankar is geestelijk niet in orde. Hij kan niet praten.'

'Waarom heb je dat niet meteen gezegd?' Hij draait zich om naar zijn agenten. 'We gaan naar de volgende kamer. Van die gek krijgen we niets te horen.'

Ze doorzoeken gedurende de volgende drie uur alle dertig kamers. En verrassend genoeg vinden ze een grote hoeveelheid geld in de kamer van Najmi, onze bebaarde dichter die zei dat hij liedjes voor Bollywood schreef. We zijn allemaal verbijsterd te horen dat onze jonge dichter ook parttime bankovervaller was. Zo zie je maar weer dat schijn bedriegt. Maar je hoort mij niet klagen. De *wallahs* in het bijgebouw zullen niet minder versteld staan als ze horen wat ik voor verleden heb!

Lajwanti komt naar mijn kamer om me wat verse, brosse *laddoos* uit de Durga-tempel in de buurt te brengen. Ze is vreselijk opgewonden.

'Arrey Lajwanti, vanwaar die zoetigheid? Heb je opslag gekregen?' vraag ik haar.

'Dit is de gelukkigste dag uit mijn leven. Met de zegen van godin Durga heeft de suikerrietofficier eindelijk ingestemd met Lakshmi te trouwen. Mijn zus zal leven als een koningin. Ik bereid een huwelijk voor dat mooier is dan alle andere.'

'Maar hoe zit het met de bruidsschat? Heeft de familie van de bruidegom geen eisen gesteld?'

'Nee, helemaal niet. Het is een heel goede familie. Ze willen geen geld. Ze hebben alleen wat kleine dingetjes gevraagd.'

'Zoals?'

'Zoals een Bajaj-scooter, een Sumeet-mixer, vijf Raymondpakken en wat gouden sieraden. Dat wilde ik toch allemaal al aan Lakshmi geven.'

Ik vind het schandalig. 'Maar, Lajwanti, dat kost vreselijk veel geld, minstens een lakh roepie. Hoe kom je aan al dat geld?'

'Ik ben aan het sparen voor Lakshmi's bruiloft. Ik heb bijna vijftigduizend roepie. En de overige vijftigduizend leen ik van Rani sahiba.'

'Weet je zeker dat ze je zo veel geld zal geven?'

'Natuurlijk. Ik ben de beste dienstmeid die ze ooit heeft gehad.'

'Nou, succes dan maar.'

Ik blijf naar Nita gaan, maar de sfeer in het bordeel verstikt me. En ik haat het contact met haar sluwe pooier Shyam. Dus stelt Nita voor dat we elkaar voortaan ergens anders ontmoeten. Ze gaat iedere vrijdag naar de bioscoop. Alleen. Ik ga met haar mee. Ze is dol op popcorn. Ik koop een grote portie voor haar en we zitten achter in de donkere en verloederde Akash Talkies. Ze eet popcorn en begint te giechelen als ik mijn hand in haar dunne mousselinejurk steek om haar zachte borsten te voelen. Aan het einde van de film kom ik verhit de zaal uit en weet niet of ik een familiedrama, komedie of thriller heb gezien. Omdat ik alleen oog had voor Nita. Ik hoop dat ons eigen verhaal langzaam maar zeker in de richting van een romantisch epos gaat.

Shankar komt huilend mijn kamer binnen.

'Wat is er aan de hand?' vraag ik.

Hij wijst naar zijn knie. Die is blauw, en er zit een snee in met bloed eromheen. Ik maak me meteen zorgen. 'Hoe komt dat, Shankar? Ben je gevallen?'

Shankar schudt zijn hoofd. 'X Akc Wqp Hz,' zegt hij. Sprak hij nou maar gewoon. 'Het spijt me, maar ik begrijp je niet. Kom, dan gaan we naar buiten en dan kun je laten zien wat er is gebeurd.'

Shankar neemt me mee en wijst naar het punt waar de binnenplaats aan de weg grenst. In de hoek staat een muurtje waar de kinderen van het bijgebouw altijd af springen. 'Yxi Ukj Ozz Pdxp Akc? Dq Wqp Hz Dznz,' zegt Shankar en hij wijst naar zijn knie. Ik volg met mijn blik zijn vinger en knik begrijpend. Ik neem aan dat hij van het muurtje is gesprongen en zijn knie heeft bezeerd. 'Kom, Lajwanti heeft een verbandtrommel in haar kamer. Ik vraag of ze je knie even wil verbinden.'

De schurftige straathond die op de stoep staat te puffen terwijl het kwijl van zijn scherpe witte tanden druipt, zie ik niet.

Er is een nieuw jaar aangebroken, met nieuwe hoop en nieuwe dromen. Nita en ik zijn allebei achttien geworden. De wettelijke leeftijd om te mogen trouwen. Ik begin voor het eerst aan de toekomst te denken en zelfs het gevoel te krijgen dat ik die heb. Met Nita aan mijn zijde. Ik stop met geld lenen aan mensen in het bijgebouw. Ik heb iedere cent zelf nodig.

Vandaag is het vrijdag en volle maan, een zeldzame combinatie. Ik haal Nita over niet naar de film te gaan, maar met me mee te gaan naar de Taj Mahal. We zitten laat in de avond op de marmeren piëdestal en wachten tot de maan achter de stralen van de fonteins en de rijen donkergroene cipressen vandaan komt. Eerst glinstert er iets tussen de hoge bomen die rechts van ons staan. De maan probeert los te breken uit de lage bebouwing en struiken en klimt plotseling majestueus in de hemel op. Het gordijn van de nacht wordt opzij getrokken en de Taj Mahal staat in al zijn glorie in het maanlicht te schitteren als een zilveren tempel, een kristal dat schittert in de nachtlucht. Nita en ik kijken als betoverd naar het beeldschone plaatje. De Taj lijkt niet op een monument dat uit steen is gehouwen, het lijkt een plaatje van het paradijs, een zilveren visioen dat is opgestegen uit en zo weer kan verdwijnen in de Yamuna-rivier. We pakken elkaars hand en realiseren ons niet dat er hordes buitenlandse toeristen lopen die vijftig dollar hebben betaald om de Taj op een vollemaansnacht te mogen aanschouwen.

Ik staar naar de Taj en ik staar naar Nita. De smetteloze perfectie van de Taj begint te verbleken bij de perfecte schoonheid van haar gezicht. De tranen stromen over mijn wangen terwijl alle liefde die ik achttien jaar in mijn hart heb gedragen ineens in een overweldigende stortvloed naar buiten komt. Ik voel een emotionele ontlading alsof er een dam breekt en ervaar voor het eerst wat keizer Shahjahan voor Mumtaz Mahal moet hebben gevoeld.

Op dit moment heb ik mijn hele leven gewacht en ik heb

er goed voor geoefend. Najmi, de bebaarde dichter, heeft een boek met Urdu-gedichten voor me achtergelaten toen hij naar de gevangenis ging en ik heb wat romantische verzen uit mijn hoofd geleerd. In een vlaag van inspiratie heeft Najmi zelfs een heuse *ghazal* ter ere van Nita geschreven, die ik mag gebruiken. Die ging ongeveer zo:

Je schoonheid is een elixer,
Dat een wees het leven heeft gegeven,
Ik zal sterven aan een gebroken hart en huilen van uit het graf,
Als je niet als mijn vrouw wilt leven.

Ik wist ook nog een heleboel beroemde dialogen uit liefdesverhalen uit films. Maar nu ik met Nita bij de maanverlichte Taj Mahal zit, laat ik de wereld van poëzie en films voor wat ze is. Ik kijk haar in de ogen en vraag simpelweg: 'Houd je van me?' en ze antwoordt met één woord: 'Ja.' Dat ene woord heeft meer betekenis voor me dan alle boeken met poëzie en alle gidsen over Agra bij elkaar. En als ik het haar hoor zeggen, slaat mijn hart een slag over van vreugde. Mijn machtige liefde breekt uit de aarde, krijgt vleugels en scheert de hemel in als een vlieger. En dan voelt de Taj Mahal voor het eerst als een levend huis in plaats van een onpersoonlijke tombe en wordt de volle maan aan de hemel een persoonlijke satelliet die voor ons alleen schijnt, en we voelen ons gezegend dat we in onze eigen hemel worden gebaad in haar hemelse gloed.

Shankar komt mijn kamer binnenrennen. 'Ykhz Mjqyfgu. Gxesqipq qp ynuic,' kondigt hij aan en hij troont me mee naar Lajwanti's kamer.

Lajwanti ligt op haar bed te huilen. De tranen rollen als pareltjes uit haar ogen en maken de stof van haar kreukvrije beddensprei donker, wat misplaatst lijkt in de Spartaanse netheid van haar kamer. 'Wat is er, Lajwanti? Waarom huil je?' vraag ik.

'Vanwege die trut van een Swapna Devi. Ze weigert me een voorschot te geven. Hoe moet ik de bruiloft van mijn zus nou betalen?' vraagt ze en ze begint te jammeren.

'Luister, niemand in het bijgebouw heeft zo veel geld. Kun je het niet bij een bank lenen?'

'Welke bank leent er nou aan een arme dienstmeid als ik? Nee, ik heb maar één alternatief.'

'Welk? De bruiloft van je zus afzeggen?'

Ze kijkt me woedend aan. 'Nee. Dat nooit. Misschien moet ik doen wat onze dichter Najmi deed. Het geld stelen.'

Ik spring op uit mijn stoel. 'Ben je gek geworden, Lajwanti? Daar mag je niet eens aan denken. Heb je niet gezien hoe de politie Najmi heeft meegenomen?'

'Dat komt doordat Najmi het stom heeft aangepakt. Ik heb een waterdicht plan dat ik je zal vertellen omdat je als een broertje voor me bent. Je mag het er met niemand over hebben, zelfs niet met Shankar. Ik weet waar die trut van een Swapna haar waardevolle spullen bewaart. In haar slaapkamer hangt aan de linkermuur een groot, ingelijst schilderij. Als je het schilderij van de muur haalt, zie je een gat in de muur met een kluis erin. De sleutels liggen onder haar matras, in de linkerhoek. Ik heb een keer stiekem gekeken hoe ze de kluis openmaakte. Die ligt vol sieraden en geld. Ik ga niet het geld stelen, want dat valt meteen op, maar ik overweeg een ketting mee te nemen. Er liggen er zo veel in die kluis dat het haar heus niet opvalt. Wat vind jij?'

'Lajwanti, Lajwanti, luister naar me. Als je me als een broer ziet, luister dan naar me. Zet dit plan uit je hoofd. Geloof me, ik ben al heel vaak in aanraking gekomen met de wet en ik weet dat misdaad niet loont. En dan zul je niet naar de bruiloft van je zus, maar naar de gevangenis gaan.'

'Jullie mannen zijn allemaal schijterds,' zegt ze met walging in haar stem, 'het kan me niet schelen wat je zegt. Ik doe wat ik moet doen.'

In mijn wanhoop neem ik mijn toevlucht tot mijn vertrouwde oude munt. 'Luister, Lajwanti, als je me niet gelooft, is dat prima, maar geloof dan in de kracht van deze magische munt. Die vertelt altijd wat je moet doen. Laten we kijken wat de munt zegt. Ik ga tossen. Als het kop is, ga je niet, als het munt is, doe je wat je van plan bent. Goed?'

'Goed.'

Ik gooi de munt. Het is kop. Lajwanti zucht. 'Zo te zien is zelfs het geluk niet met me. Goed dan, ik doe niets. Ik ga naar mijn dorp en probeer geld te krijgen van de hoofdman, die kent me goed. Vergeet dit gesprek maar.'

Drie dagen later sluit Lajwanti haar kamer af, neemt een week vakantie en vertrekt naar haar dorp.

'Ik wil dat je stopt met je werk als prostituee,' zeg ik tegen Nita.

Dat wil Nita ook. 'Ik wil niet zoals Radha voor mijn twintigste sterven. Haal me hier weg, Raju.'

'Dat ga ik doen. Moet ik het met Shyam bespreken?'

'Ja, hij moet toestemming geven.'

Ik praat dezelfde avond nog met de pooier. 'Luister, Shyam, ik houd van Nita en wil met haar trouwen. Ze stopt met werken in het bordeel.'

Shyam kijkt naar me of ik een insect ben. 'O, dus jij brengt haar op al die stomme ideeën. Luister, klootzak, niemand zegt tegen Nita dat ze ophoudt met werken, alleen ik kan dat tegen haar zeggen. En ik wil niet dat ze stopt met werken. Ze is de kip met de gouden eieren. En ik wil die eieren nog heel lang hebben.'

'Betekent dat dat je haar nooit toestaat te trouwen?'

'Ik kan haar wel toestemming geven, maar op één voorwaarde. Dat degene die met haar trouwt, voor compensatie van mijn verlies aan inkomen zorgt.'

'En om hoeveel verlies gaat het?'

'Laten we zeggen... Vier lakh roepie. Kun je aan zoveel geld komen?' lacht hij en hij stuurt me weg.

Ik tel die avond mijn spaargeld na. Ik heb in totaal vierhonderdtachtig roepie. Dan kom ik maar 399.520 roepie tekort.

Ik ben zo razend dat ik de pooier zijn nek wil omdraaien. 'Shyam zal nooit toestaan dat je met me trouwt,' zeg ik de volgende dag tegen Nita. 'Onze enige keuze is weglopen.'

'Nee,' zegt Nita bang. 'De mensen van het bordeel vinden ons altijd. Vorig jaar heeft Champa geprobeerd weg te lopen met een man. Ze hebben haar gevonden, de benen van de man gebroken en haar tien dagen geen eten gegeven.'

'In dat geval zal ik Shyam moeten vermoorden,' zeg ik met een boosaardige glinstering in mijn ogen.

'Nee,' zegt Nita fel. 'Beloof me dat je dat nooit doet.'

Ik ben verrast. 'Waarom?'

'Omdat Shyam mijn broer is.'

Er stopt een jeep met een rood zwaailicht bij het bijgebouw. Er komen agenten uit de auto en er is een nieuwe inspecteur. We worden allemaal weer naar buiten geroepen. 'Luister, stelletje nietsnutten, er is iets ergs gebeurd. Iemand heeft een zeer kostbaar smaragden collier uit het huis van Swapna Devi gestolen. Ik heb een sterk vermoeden dat de dief één van jullie klootzakken is. Dus geef ik je de gelegenheid nu te bekennen, anders vil ik de dief levend, als ik hem vind.'

Ik maak me meteen zorgen om Lajwanti, maar als ik het slot op haar deur zie en me herinner dat ze naar haar dorp is, zucht ik van opluchting. Gelukkig heeft ze dat idiote idee een ketting te stelen laten varen. Ze dacht dat Swapna Devi de diefstal niet zou opmerken en hier is de politie al.

We worden allemaal ondervraagd. Bij Shankar verloopt dat hetzelfde als de vorige keer.

'Naam?' vraagt de inspecteur.

'Odxifxn,' antwoord Shankar.

'Wat zei je?'

'Q Oxqa Hu Ixhz Qo Odxifxn.'

'Klootzak, als je me in de maling wilt nemen...' zegt de inspecteur grimmig. Ik leg het weer uit en de inspecteur laat zich vermurwen. Hij stuurt Shankar weg.

Deze keer vertrekken de inspecteurs met lege handen. Zonder ketting en zonder verdachte.

Diezelfde avond gaat er een straathondje met zwarte vlekken dood bij de Taj Mahal. Het valt niemand op.

Lajwanti komt de volgende dag terug uit haar dorp en wordt meteen gearresteerd. Een bezwete agent sleept haar van haar kamer naar de jeep met het rode zwaailicht. Ze jammert ontroostbaar.

Ik kijk hulpeloos naar het spektakel met Abdul, die als tuinman in Swapna Palace werkt.

'Abdul, waarom neemt de politie Lajwanti mee? Waarom doet Rani sahiba niets? Lajwanti is de beste dienstmeid die ze ooit heeft gehad.'

Abdul begint te grijnzen. 'Mevrouw heeft zelf de politie gebeld om Lajwanti te laten arresteren.'

'Maar waarom dan?'

'Omdat Lajwanti de ketting uit haar kluis heeft gestolen en de politie haar huis in het dorp heeft doorzocht en de ketting heeft gevonden.'

'Maar hoe wist Swapna Devi dan dat Lajwanti de ketting

heeft gestolen? Ze was hier niet eens toen de diefstal plaatsvond.'

'Omdat ze een duidelijke aanwijzing heeft achtergelaten. Ze is niet naar haar dorp gegaan. Ze is in Agra gebleven in afwachting van een goed moment om ongemerkt in te breken. Toen ze de slaapkamer betrad om de ketting te stelen, was mevrouw op een feest. Maar vlak voor haar vertrek had mevrouw op haar bed haar haar gekamd en er lagen een paar haarspelden op de satijnen beddensprei. Toen mevrouw 's avonds laat terugkwam, lagen al haar haarspelden keurig op haar kaptafel. Dat alarmeerde haar meteen. Ze controleerde haar kluis en ontdekte dat er een ketting ontbrak. Ze wist meteen dat Lajwanti de dief moest zijn.'

Ik sla mezelf tegen mijn voorhoofd. Lajwanti kon de drang een perfecte dienstmeid te zijn zelfs niet weerstaan toen ze op rooftocht was!

Ik probeer Swapna Devi te vermurwen, maar ze wijst me ijzig af. 'Ik leid een huishouden, geen liefdadigheidsinstelling. Waarom moest ze zo nodig zo'n overdadige bruiloft voor haar zus organiseren? Jullie armen zouden niet moeten proberen jezelf voorbij te streven. Blijf binnen je grenzen en je raakt niet in de problemen.'

Ik voel die dag regelrechte haat voor haar. Maar misschien heeft ze gelijk. Lajwanti heeft de kardinale fout gemaakt de grens te willen overschrijden die het bestaan van de rijken van dat van de armen scheidt. Ze heeft de fatale fout gemaakt te dromen over dingen die buiten haar bereik lagen. Hoe groter de droom, des te groter de teleurstelling. Daarom heb ik alleen kleine, overzichtelijke dromen. Zoals trouwen met een prostituee nadat ik die schofterige pooierbroer van haar het luttele bedrag van vierhonderdduizend roepie heb betaald. Dat is alles.

Ik was nauwelijks bijgekomen van de arrestatie van Lajwanti of een andere tragedie overkomt me.

Shankar komt hoestend mijn kamer binnen en gaat op mijn bed liggen. Hij ziet er moe uit en klaagt over pijn in zijn armen en knieën. 'Q Xh Oqyf,' zegt hij met zijn handen wapperend. Ik voel zijn voorhoofd. Hij heeft een beetje koorts. 'Je hebt kougevat, Shankar,' zeg ik tegen hem. 'Ga maar naar je kamer om te rusten. Ik kom je straks een medicijn brengen.' Shankar staat op en loopt op zijn tenen naar zijn kamer. Hij maakt een rusteloze en geïrriteerde indruk. Later die avond geef ik Shankar een huismiddeltje, maar hij verslechtert alleen maar. De tweede dag begint hij zich agressief te gedragen. Hij zegt dat hij zijn armen niet kan bewegen en begint te gillen als ik het licht aandoe. Ik neem zijn temperatuur op en ik zie tot mijn schrik dat hij bijna veertig graden koorts heeft. Ik ga een dokter halen. De overheidsarts die in de gemeentekliniek werkt, weigert met me mee te gaan, dus moet ik een privé-arts halen. Die rekent tachtig roepie om met me mee te komen. Hij onderzoekt Shankar en vraagt of ik onlangs heb gezien dat hij sneeën of schaafwonden had. Ik vertel hem over de geschaafde knie van twee maanden geleden. De dokter knikt en geeft me de diagnose. Shankar heeft hondsdolheid. Waarschijnlijk van een hond. Hij had meteen nadat hij was geïnfecteerd, moeten worden gevaccineerd met menselijke diploïde cellen en menselijk rabiës immuunglobuline, maar nu is het te laat. Hij is er slecht aan toe. Hij zal binnenkort geen water meer willen. Dan wordt hij verward en geagiteerd en kan hij gaan hallucineren. Hij kan kramp en attaques krijgen. Als zijn stembanden verlamd raken, kan hij niet meer praten. Uiteindelijk raakt hij in coma en stopt met ademhalen. Eenvoudig gezegd: hij gaat dood. En dat ook nog eens binnen achtenveertig uur.

De dokter vertelt me deze gruwelen op een normale doktерstoon, maar ik ben totaal overstuur van dit nieuws. Als ik er alleen al aan denk dat Shankar doodgaat, moet ik huilen. 'Dokter, is er echt helemaal niets wat we kunnen doen om Shankar te redden?' smeek ik.

'Nou,' zegt de dokter aarzelend, 'tot een maand geleden niet, maar ik heb gehoord dat er een gloednieuw experimenteel vaccin uit Amerika is dat net in India is geïmporteerd. Het heet RabCure en is alleen te krijgen bij apotheek Gupta.'

'Die in Rakab Ganj?'

'Ja. Maar ik denk niet dat je dat kunt betalen.'

'Hoeveel kost het?' vraag ik met de moed der wanhoop.

'Ongeveer vier lakh roepie.'

Ik denk na over de ironie van de situatie. Voor Shankars behandeling is vier lakh roepie nodig en Nita's pooier heeft precies dat bedrag gevraagd. En ik heb het overweldigende bedrag van vierhonderd roepie in mijn zak.

Ik weet niet waar ik het geld voor Shankars behandeling vandaan moet halen, maar ik weet wel dat hij niet alleen mag zijn, dus neem ik hem mee naar mijn kamer. Ik neem hem in mijn armen. Hoewel hij bijna zo oud is als ik, voelt hij zo licht als een veertje. Zijn armen en benen hangen slap naar beneden en ik heb bijna het gevoel dat ik geen levend persoon draag, maar een zak aardappels. Ik leg Shankar op mijn bed en ga op de grond liggen, precies omgekeerd aan de situatie van bijna twee jaar geleden, wat nu wel twintig jaar terug lijkt.

Shankar ligt te woelen in bed en slaapt onrustig. Ik heb ook een moeilijke nacht, ik heb nachtmerries over gekke honden en baby's die alleen nonsens uitkramen. En dan hoor ik ineens midden in de nacht dat er hard 'Mammie, mammie' wordt geschreeuwd. Ik word wakker en zie dat Shankar vredig slaapt. Ik wrijf in mijn ogen en vraag me af of Shankars droom onverwacht de mijne heeft doorkruist.

Shankar ligt de hele volgende dag in bed en wordt zwakker en zwakker. Ik weet dat hij ten dode is opgeschreven, maar ik doe alsof het niet meer dan een griepje is. Het breekt mijn hart naar zijn lieve gezicht te kijken en me voor te stellen dat ik het nooit meer zal zien. Zelfs de onzin die ik hem vandaag hoor zeggen, klinkt als diepzinnige filosofie die zouden moeten worden onthouden.

Het wordt nacht en Shankar begint kramp in zijn armen te krijgen. Hij heeft moeite met drinken en eet alleen een chapatti en linzen, zijn favoriete voedsel. Zijn voorhoofd is gloeiend heet. Ik neem zijn temperatuur op; die is boven de veertig graden. 'Q Akip Sxip Pk Aqe, Nxej,' zegt hij en hij begint te huilen. Ik probeer hem zo goed mogelijk te troosten, maar het is moeilijk iemand anders kracht te geven als je je zelf helemaal leeg voelt vanbinnen.

Ik slaap daarna onrustig verder en word gekweld door de demonen uit mijn verleden. Om een uur of twee 's nachts hoor ik Shankar kreunen. Ik sta langzaam op, nog helemaal slaapdronken. Ik kijk naar Shankars gezicht. Hij heeft zijn ogen dicht, maar zijn lippen bewegen. Ik span me in te horen wat hij mompelt en schrik me een ongeluk. Want ik zou zweren dat hij iets zegt als: 'Sla me alsjeblieft niet, mammie.'

'Shankar, Shankar,' zeg ik terwijl ik naar zijn bed loop, 'je zei net iets, hè?'

Maar Shankar realiseert zich niet dat ik er ben, hij is opgesloten in zijn eigen wereld. Hij rolt met zijn ogen en hij heeft duidelijk een delirium. Zijn borstkas gaat hevig op en neer en er loopt speeksel uit zijn mond. 'Waarom heb je me naar buiten gegooid, mammie?' mompelt hij. 'Het spijt me, ik had moeten kloppen. Ik kon toch niet weten dat oom bij je was? Ik houd van je, mammie, ik maak tekeningen van je. Als je in mijn blauwe schrift kijkt, kun je zien dat het vol tekeningen van jou staat. Ik houd van je, mammie, ik houd heel veel van je. Sla me alsjeblieft niet, mammie. Ik beloof dat ik het aan niemand zal vertellen, mammie, mammie, mammie...'

Shankar praat met de stem van een zesjarige. Hij is terug in een ver verleden. In een verleden waarin hij een moeder had. In een tijd dat zijn leven en zijn woorden betekenis hadden. Ik begrijp niet hoe hij plotseling zo duidelijk en samenhangend kan praten terwijl de dokter zei dat hij helemaal niets meer zou zeggen. Maar ik hoef niet te weten waarom dat is. Je stelt geen vragen over een wonder.

Dat is alles wat ik Shankar die nacht hoor zeggen en als hij de volgende ochtend wakker wordt, is hij weer dezelfde zestienjarige jongen die op zijn tenen loopt en onzin praat. Maar ik heb onthouden dat hij het over een blauw schrift had. Ik doorzoek zijn kamer en vind het onder zijn bed.

Er zitten losse vellen tekenpapier in, allemaal met prachtige potloodtekeningen van dezelfde vrouw. De tekeningen zijn heel gedetailleerd. Ik ben echter niet verbijsterd door de kwaliteit van de tekeningen, maar door de identiteit van hun onderwerp. Want de vrouw op de afbeeldingen is Swapna Devi.

'Ik weet wat je al die tijd voor me verborgen hebt gehouden, Shankar. Ik weet dat Swapna Devi je moeder is,' zeg ik tegen Shankar en ik houd hem het blauwe schrift voor.

Zijn ogen worden groot van angst en hij probeert het schrift uit mijn handen te grissen. 'Cqrz Hz Wxyf Hu Aqynu,' gilt hij.

'Ik weet dat het waar is, Shankar. Ik denk dat je haar smerige geheim hebt ontdekt en dat ze je daarom het huis uit heeft gegooid. En dat je daarom niet meer als een gewone jongen kunt praten. Ik denk dat je moeder al die tijd met die schuld heeft geleefd. Misschien betaalt ze daarom je huur en geeft ze je daarom geld. Maar ik ga nu meteen naar je mammie en ga haar vragen je behandeling te betalen.'

'Iek, Iek, Iek, Lgzxoz Akip Ck Pk Hu Hjhhu,' schreeuwt hij, maar ik ben al op weg naar Swapna Palace voor een openhartig gesprekje met Rani sahiba.

Rani sahiba weigert me in eerste instantie te ontvangen en zegt dat ze alleen mensen op afspraak ontmoet. Ik zit twee uur bij haar op de stoep en dan geeft ze eindelijk toe. 'Ja, waarom kom je me storen?' vraagt ze hooghartig.

'Ik ken uw geheim, Swapna Devi,' zeg ik haar recht in haar gezicht. 'Ik heb ontdekt dat Shankar uw zoon is.'

Haar koninklijke masker glijdt even van haar gezicht en ze trekt heel even wit weg, maar ze herstelt zich snel en haar hooghartige gezichtsuitdrukking is meteen weer terug om me te verlammen met haar minachting. 'Jij waardeloze jongen, hoe durf je zoiets te beweren? Ik heb geen relatie met Shankar. Omdat ik wat sympathie voor die jongen voel, maak jij hem tot mijn zoon? Scheer je weg, of ik laat je eruit gooien.'

'Ik zal gaan,' zeg ik tegen haar, 'maar pas nadat u me vier lakh roepie hebt gegeven. Ik heb het geld nodig voor Shankars behandeling. Hij heeft rabiës.'

'Ben je gek geworden? Denk je heus dat ik je vier lakhs zal geven?' gilt ze.

'Als ik het geld niet krijg, sterft Shankar binnen vierentwintig uur aan hondsdolheid.'

'Het kan me niet schelen wat je doet, maar val mij niet lastig.' En dan zegt ze het afschuwelijkste wat ik een moeder ooit heb horen zeggen. 'Misschien is het beter dat hij sterft. Dan is die arme jongen eindelijk uit zijn lijden verlost. En waag het niet die leugen dat hij mijn zoon zou zijn te verspreiden.' Ze doet de deur dicht.

Ik sta met tranen in mijn ogen voor Shankar op de stoep. Ik heb tenminste nog het geluk gehad bij mijn geboorte door mijn moeder in de steek te zijn gelaten, maar arme Shankar is halverwege zijn leven afgedankt en nu steekt ze geen vinger uit om te voorkomen dat hij sterft.

Ik ga met een bezwaard gemoed terug naar Shankars kamer. Swapna Devi's woorden resoneren in mijn oren met de kracht van een mokerslag. Ze wil Shankar opruimen als een hondsdolle hond. Mijn armoede heeft me nog nooit zo kwaad gemaakt als nu. Betekent het feit dat we geen geld hebben om dure medicijnen te kopen, dat we niet het recht hebben te leven? Kon ik dat maar uitleggen aan de hond die Shankar heeft gebeten. Dat hij voor hij iemand beet even had moeten controleren of de persoon die hij aanviel het tegengif wel kon betalen.

De volgende dag doe ik iets wat ik al tien jaar niet heb gedaan. Ik bid. Ik ga naar de Durga-tempel en offer bloemen voor Shankars herstel. Ik ga naar de St. Johns-kerk en steek een kaarsje voor Shankar aan. Ik ga naar de Kali Masjid en buig mijn hoofd voor Allah, vraag hem om genade voor Shankar. Maar zelfs de kracht van gebeden is niet voldoende. Shankar lijdt die hele dag vreselijk, hij heeft pijn in zijn hele lijf. Zijn ademhaling wordt onregelmatig.

Het wordt avond. Er schijnt geen maan, maar dat merk je niet in het bijgebouw, want het pand baadt in de gloed van Swapna Palace, dat wel een gigantische kaars lijkt. Er is feest in het paleis. De politiecommissaris is er, de districtsrechter en een hele reeks zakenmensen, hoogwaardigheidsbekleders, journalisten en schrijvers. Er drijft muziek en gelach naar het bijgebouw. We horen het klingelen van wijnglazen, het geruis van zijde, het geroezemoes van stemmen en het geklater van geld. In mijn kamer hangt een angstaanjagende stilte. Het enige geluid is dat van Shankars moeizame ademhaling.

Zijn lichaam wordt ongeveer ieder halfuur door stuiptrekkingen getergd. Maar hij heeft het meeste last van de beklemming in zijn keel. Daar vormt zich een taaie prop speeksel die hem vreselijk veel ongemak bezorgt en die hij niet kan uitspugen. Als hij nu een glas water ziet, krijgt hij stuiptrekkingen. Een zuchtje wind heeft hetzelfde effect.

Van de vele kwalen waaraan een mens kan sterven, is hondsdolheid misschien wel de ergste, want water, dat leven moet geven, wordt de doodsoorzaak. Zelfs een kankerpatiënt kan nog blijven hopen, maar een rabiëspatiënt niet. Bij iedere inademing weet hij dat die de uren op deze wereld bekort.

Terwijl ik naar Shankars langzame en afschuwelijke stervensproces zat te kijken, kon ik me alleen maar voorstellen hoe harteloos Swapna Devi moest zijn dat ze haar zoon zo gruwelijk liet sterven terwijl ze zelfs een feest in haar huis organiseerde. Gelukkig had ik die Colt-revolver in de rivier gegooid, want anders had ik die nacht gegarandeerd nog een moord gepleegd.

Terwijl de avond voortschrijdt, krijgt Shankar vaker stuiptrekkingen. Hij gilt van ellende en begint te schuimbekken. Ik weet dat het einde nabij is.

Uiteindelijk sterft Shankar om dertien voor een die nacht. Net voor hij sterft, heeft hij nog een helder moment. Hij houdt mijn hand vast en zegt één woord: 'Raju.' Dan grijpt hij zijn blauwe schrift vast en huilt: 'Mammie, mammie' en sluit dan voor eeuwig zijn ogen.

Agra wordt de stad van de dood. Ik heb een dood lichaam in mijn kamer en een blauw schrift in mijn hand. Ik blader er doelloos doorheen en kijk naar de potloodtekeningen van een vrouw die een harteloze moeder was. Nee, ik wil haar geen moeder noemen; dat zou een belediging voor alle moeders zijn.

Ik weet niet hoe ik op Shankars dood moet reageren. Ik had kunnen tieren en schreeuwen als Bihari. Ik had op alle goden in de hemel en machten op aarde kunnen schelden. Ik had een deur kunnen intrappen, meubels kapot kunnen gooien en tegen een lantaarnpaal kunnen trappen. En dan zou ik zijn ingestort en zijn gaan huilen. Maar vandaag weigeren de tranen te komen. Het enige wat er gebeurt, is dat er een langzame, gesmolten woede in mijn ingewanden groeit. Ik ruk de bladzijden uit het schrift en scheur ze in piepkleine stukjes. Dan neem ik opeens Shankar in mijn armen en draag hem naar het verlichte paleis.

De geüniformeerde bewakers versperren me de weg, maar zodra ze het dode lichaam in mijn handen zien, maken ze haastig het hek open. Ik loop over de bochtige oprijlaan, waar de dure, geïmporteerde auto's van de gasten achter elkaar staan geparkeerd. Ik bereik de versierde ingang, die uitnodigend openstaat. Ik loop door de marmeren hal naar de eetkamer, waar de gasten net aan hun dessert willen beginnen. Zodra ze me zien, is iedereen stil.

Ik klim op de tafel en leg Shankars lichaam voorzichtig in het midden, tussen een vanille-crèmecake en een schaal *rasagulla's*. De obers staan stil als standbeelden. De chic geklede zakenmannen kuchen en schuiven ongemakkelijk op hun stoel. De dames grijpen hun ketting vast. De districtsrechter en de commissaris kijken me bezorgd aan. Swapna Devi, aan het hoofd van de tafel, gekleed in een zware zijden sari en behangen met sieraden, kijkt alsof ze gaat stikken. Ze probeert iets te zeggen, maar haar stem weigert. Ik kijk haar aan met alle minachting die ik kan opbrengen en begin te praten.

'Mevrouw Swapna Devi, als dit uw paleis is en u de koningin bent, erken dan de prins. Ik kom u het lichaam van uw zoon Kunwar Shankar Singh "Gautam" brengen. Hij is een halfuur geleden overleden in het bijgebouw waar u hem al die jaren verborgen hebt gehouden. U hebt zijn behandeling niet willen betalen. U hebt de plicht van een moeder niet vervuld. Doe nu uw plicht als hospita. Betaal alstublieft de begrafenis van uw straatarme huurder.'

Ik heb mijn zegje gedaan, knik naar de andere gasten, die in ijzige stilte toekijken en loop het benauwde paleis uit, de koele nacht in. Later hoor ik dat niemand een dessert heeft genomen.

Shankars dood raakt me diep. Ik slaap, huil en slaap. Ik ga niet meer naar de Taj Mahal. Ik spreek niet meer af met Nita. Ik kijk geen films meer. Ik druk op de pauzeknop van mijn leven. Ik dwaal twee weken door Agra rond als een gek geworden dier. Op een avond vindt Shakil, de student, me bij Shankars kamerdeur naar het slot van zijn deur staren als een dronkaard naar een fles whisky. Bihari, de schoenmaker, ontdekt me later naast de kraan, terwijl het water uit mijn ogen loopt in plaats van uit de kraan. Abdul, de tuinman van Swapna Palace, ziet me op mijn tenen door het bijgebouw lopen zoals Shankar dat altijd deed. Het is midden in de winter, maar de stad wordt een hete en eenzame woestijn voor me. Ik probeer mezelf te verliezen in een ordeloos leven. Ik probeer een zinloze lettergreep te worden in onophoudelijk geklets en het lukt me bijna in een toestand van gevoelloosheid te raken.

Tegen de tijd dat ik wakker word, is het te laat. Er wordt naar het plaatselijke belkantoor gebeld en Shakil komt aansnellen om het bericht door te geven. 'Raju, Raju, er heeft ene Nita voor je gebeld. Ze wil dat je meteen naar de eerstehulp in het Singhania-ziekenhuis komt.'

Mijn hart slaat een slag over als ik dit hoor en ik ren de hele vijf kilometer naar het ziekenhuis. Ik kan nog net voorkomen dat ik een dokter omverloop, kiep bijna een serveerwagentje om en ren de eerstehulp binnen als een inspecteur bij een gewapende overval

'Waar... waar is Nita?' vraag ik de geschrokken zuster.

'Hier, Raju.' Ik hoor Nita's zwakke stem. Ze ligt op een brancard achter een gordijn. Eén blik op haar en ik val bijna flauw van schrik. Haar hele gezicht is bont en blauw en haar lippen hangen er raar bij, alsof haar kaak is ontwricht. er zit bloed op twee tanden en haar linkeroog zit dicht.

'Wie... Wie heeft dat gedaan?' vraag ik en herken mijn eigen stem nauwelijks.

Ze kan bijna niet praten. 'Een man uit Mumbai. Shyam heeft me naar zijn kamer in het Palace Hotel gestuurd. Hij heeft me vastgebonden en me dit allemaal aangedaan. Mijn gezicht is nog niets. Moet je eens naar mijn lichaam kijken.'

Nita gaat op haar zij liggen en ik zie de diepe rode striemen op haar slanke rug. Het lijkt wel of iemand haar met een paardenzweep heeft afgeranseld. Dan trekt ze haar bloesje omhoog en ik besterf het bijna. Haar hele borst zit vol brandwonden van sigaretten, als lelijke pokkenvlekken op het gladde bruine vlees van haar borsten. Dit heb ik eerder gezien.

Mijn bloed begint te koken. 'Ik weet wie dit heeft gedaan. Heeft hij zijn naam genoemd? Ik vermoord hem.'

'Ik weet niet hoe hij heet, maar hij was lang en...'

Shyam komt binnen met een hand vol medicijnen. Hij kijkt me aan en draait door. 'Jij klootzak,' schreeuwt hij en hij grijpt me bij mijn kraag. 'Hoe durf je je hier te vertonen? Het komt door jou dat dit met Nita is gebeurd.'

'Ben je gek geworden, Shyam?' schreeuw ik.

'Nee, jij bent gek. Jij denkt dat Nita je persoonlijke bezit is en je hebt haar gezegd dat ze uit het vak moet stappen en geen klanten meer moet bedienen. Weet je hoeveel die man uit Mumbai voor haar had betaald? Vijfduizend roepie. Maar mijn zus geloofde jou; ze moet hebben tegengestribbeld en kijk wat er nu is gebeurd. Laat me je iets vertellen. Als je Nita nog een keer wilt zien, kun je beter zorgen dat je die vier lakh roepie bij je hebt. Als je niet aan het geld kunt komen, kun je Nita wel vergeten. Als ik je ook maar in de buurt van het ziekenhuis zie, laat ik je vermoorden. Begrepen? En nu wegwezen.'

Als ik dat had gewild, had ik Shyam op dat moment kunnen vermoorden, had ik hem kunnen wurgen en de lucht uit zijn longen kunnen persen, of had ik zijn ogen er met mijn vingernagels uit kunnen steken. Maar ik herinnerde me mijn belofte aan Nita en het lukte me mijn woede te beheersen. Ik kon het niet aan Nita's gezicht zo te zien en verliet de eerstehulp. Ik wist maar één ding. Ik moest ergens vier lakh roepie vandaan zien te halen. Maar waar?

Ik trek mijn plan en wacht op een gelegenheid dat Swapna Devi niet thuis is. Twee avonden later zie ik dat Rani sahiba wordt weggereden in haar Contessa naar weer een feest in de stad en ik breek in op het terrein van Swapna Palace door een gat in de muur. Lajwanti had me gedetailleerd verteld hoe het huis eruitzag en het kost me geen enkele moeite het raam van Swapna Devi's slaapkamer te vinden. Ik wrik het raam open en stap haar weelderige slaapkamer binnen. Ik heb geen tijd om haar gigantische walnotenhouten bed of de teakhouten kaptafel te bewonderen. Ik zoek alleen maar naar een groot ingelijst schilderij en vind het al snel aan de linkermuur. Het is een voorstelling van paarden in heldere kleuren en is geschilderd door iemand die Husain heet. Ik haal snel het schilderij van de haak en vind een groot gat in de muur met een kluis erin. Ik zoek onder de linkerhoek van het matras en vind geen sleutels. Ik weet even niet wat ik moet, maar dan vind ik de sleutels onder de rechterhoek. De sleutel past perfect in het slot van de kluis en de zware deur zwaait langzaam open. Ik kijk in de kluis en schrik weer. Ze is vrijwel leeg. Er liggen geen smaragden kettingen en gouden armbanden. Er liggen alleen vier platte stapeltjes geld, wat paperassen en een zwart-witfoto van een peuter. Ik hoef niet goed te kijken om te weten dat het een foto van Shankar is. Alle twijfel of Swapna Devi inderdaad zijn moeder is, verdwijnt en ik voel geen wroeging over het leegroven van haar kluis. Ik prop het geld in mijn zakken, doe de kluis dicht, hang het schilderij weer aan de haak, leg de sleutels terug op de juiste plaats en verdwijn via de weg die ik was gekomen.

Ik haast me naar mijn kamer in het bijgebouw, doe die van

binnen op slot en ga zitten om de buit te tellen. De vier bundeltjes bedragen samen 399.844 roepie. Ik doorzoek al mijn zakken en vind honderdzesenvijftig roepie. Dat is samen exact vier lakh roepie. Het ziet ernaar uit dat godin Durga zelfs mij haar zegen heeft gegeven.

Ik doe het geld in een bruine papieren zak, houd die stevig in mijn hand en haast me naar het ziekenhuis. Als ik de eerstehulp binnenkom, rent er een man van middelbare leeftijd met een bril op en een ongeschoren gezicht tegen me aan. Ik val op de betegelde vloer en de zak valt uit mijn handen. De biljetten vallen uit de zak op de vloer. De man ziet de biljetten en er verschijnt een maniakale glinstering in zijn ogen. Hij begint als een opgewonden kleuter de biljetten op te rapen. Ik kan me even niet bewegen en vraag me af of ik een herhaling zie van mijn lot in de trein en of al dat geld weer van me wordt afgenomen. Maar de man geeft de biljetten nadat hij ze heeft verzameld aan me terug en vouwt zijn handen. 'Dit is jouw geld, maar ik smeek je, broeder, om het me te lenen. Red het leven van mijn zoon. Hij is pas zestien. Ik kan het niet aanzien om hem te zien sterven,' smeekt hij me als een bedelaar.

Ik prop snel de biljetten terug in de zak en probeer de man kwijt te raken.

'Wat is er met uw zoon aan de hand?'

'Hij is gebeten door een dolle hond. Hij heeft rabiës. De dokter zegt dat hij vannacht zal sterven tenzij ik een vaccin kan kopen dat RabCure heet en dat alleen wordt verkocht door apotheek Gupta. Maar het kost vier lakh roepie en een leraar als ik kan nooit zo veel geld bij elkaar krijgen. Ik weet dat je dat geld hebt, broeder. Ik smeek je, red het leven van mijn zoon en ik zal voor altijd je slaaf zijn,' zegt hij en hij begint als een klein kind te huilen.

'Ik heb dit geld nodig voor de behandeling van iemand van wie ik vreselijk veel houd. Het spijt me dat ik u niet kan helpen,' zeg ik en ik loop de glazen deur door.

De man rent achter me aan en grijpt mijn voeten. 'Wacht alsjeblieft heel even, broeder. Kijk eens naar deze foto. Dit is mijn zoon. Hoe moet ik verder leven als hij vannacht sterft?' Hij laat me een kleurenfoto zien van een knappe jongen. Hij heeft expressieve zwarte ogen en een warme glimlach op zijn lippen. Hij doet me aan Shankar denken, maar ik wil niet aan die tragedie worden herinnerd. Ik kijk snel weg. 'Zoals ik al zei, spijt het me dat ik u niet kan helpen. Val me alstublieft niet lastig,' zeg ik en ik trek mijn been uit zijn armen los.

Ik kijk niet om om te zien of hij me nog steeds volgt en ren bijna naar Nita's bed. Shyam en een andere man van het bordeel zitten als bewakers op een stoel bij Nita. Ze eten samosa's uit een kleffe krant. Nita lijkt te slapen. Haar gezicht is helemaal is verband gewikkeld.

'Ja?' zegt Shyam terwijl hij op zijn samosa kauwt. 'Wat kom je doen, klootzak?'

'Ik heb het geld waar je om vroeg. Precies vier lakh roepie. Kijk maar.' Ik laat hem het geld zien.

Shyam begint te fluiten. 'Waar heb je dat gestolen?'

'Dat gaat je niets aan. Ik kom Nita ophalen.'

'Nita gaat nergens heen. De doktoren zeggen dat het vier maanden zal duren voor ze is hersteld. En aangezien jij verantwoordelijk bent voor haar verwondingen, moet je ook maar betalen voor haar behandeling. Ze heeft plastische chirurgie nodig. Dat is hartstikke duur, het gaat me bijna twee lakhs kosten. Dus als je Nita echt wilt, kom je terug met zes lakhs, en anders maakt mijn vriend hier korte metten met je.'

De man die naast Shyam zit, haalt een stiletto uit zijn zak en draait die rond in zijn handen als een barbier die de baard van een klant eraf gaat scheren. Hij grijnst kwaadaardig en laat zijn door paan gevlekte tanden zien.

Op dat moment weet ik dat Nita nooit de mijne zal zijn. Dat

Shyam haar nooit zal laten gaan. Dat zelfs als ik op de een of andere manier zes lakhs bij elkaar krijg, Shyam de prijs zal verhogen tot tien lakhs. Mijn geest voelt verdoofd en alles wordt zwart. Ik word overvallen door een golf van misselijkheid. Als ik bijkom, zie ik een kleffe krant op de vloer liggen. Er staat een advertentie in met een foto van een grijnzende man met een stapel biljetten van duizend roepie in zijn handen. Onder zijn foto staat: 'Welkom bij de spectaculairste show op televisie. Welkom bij W2M: Wie Wint een Miljard? De telefoonlijnen zijn nu open. Dus bel of schrijf ons om te zien of u de gelukkige winnaar bent van de grootste jackpot op aarde!' Ik kijk naar het adres dat onder de advertentie staat. Er staat: 'Prem Studio's, Khar, Mumbai.' Op dat moment weet ik dat ik naar Mumbai ga.

Ik loop als in een trance de eerstehulp uit. De geur van ontsmettingsmiddelen die in het ziekenhuis hangt, prikkelt mijn zintuigen niet meer. De man met de bril zit nog steeds in de gang. Hij kijkt me hoopvol aan, maar probeert me deze keer niet aan te klampen. Misschien heeft hij zich neergelegd bij de dood van zijn zoon. Ik heb de bruine papieren zak nog in mijn hand. Ik wenk hem. Hij komt op me af als een hond die een bot verwacht. 'Hier, neem maar mee,' zeg ik en ik geef hem de zak. 'Er zit vier lakh roepie in. Ik realiseer me nu dat u het harder nodig hebt dan ik. Ga het leven van uw zoon maar redden.'

De man neemt de zak aan, valt voor mijn voeten op de grond neer en begint te huilen. 'Jij bent geen man, jij bent een god,' zegt hij.

Ik begin te lachen. 'Als ik God was, zou ik zorgen dat er geen ziekenhuizen nodig waren. Nee, ik was gewoon een gids met grote dromen,' zeg ik en ik probeer door te lopen, maar hij verspert mij de weg weer. Hij pakt een versleten leren portemonnee uit zijn zak en haalt er een kaartje uit. 'Het bedrag dat je me hebt gegeven, ben ik je nu schuldig. Dit is mijn kaartje. Ik probeer je zo snel mogelijk terug te betalen, maar vanaf dit moment ben ik je dienaar.'

'Ik denk niet dat ik u nodig zal hebben. Ik denk dat ik in Agra niemand nodig zal hebben. Ik ga naar Mumbai,' zeg ik afwezig tegen hem en ik steek zijn kaartje in mijn borstzak. De man kijkt me met betraande ogen aan en rent dan het ziekenhuis uit in de richting van Rakab Ganj en apotheek Gupta, die dag en nacht open is.

Ik wil net het ziekenhuis uit lopen als er met piepende banden een jeep met een rood zwaailicht voor de deur stopt. Er springen een inspecteur en twee agenten uit. Er komen nog twee mannen uit, die ik herken. De ene is bewaker op Swapa Palace en de andere is Abdul, de tuinier. De bewaker wijst naar me. 'Inspecteur sahib, die jongen is Raju. Hij is degene die Rani sahiba's geld heeft gestolen.' De inspecteur instrueert de agenten: 'Aangezien we niets in zijn kamer hebben gevonden, moet hij het geld bij zich hebben. Fouilleer die klootzak.' De agenten doorzoeken mijn overhemd en mijn broek. Ze vinden een pakje kauwgom, wat maïskorrels en een munt van één roepie, die geen geluk meer lijkt te brengen.

'Hij heeft niets bij zich, sahib. Hij heeft geen geld,' zegt een van de agenten.

'Echt? Laten we hem toch maar meenemen om hem te ondervragen. Dan komen we er wel achter waar hij vanavond is geweest,' zegt de inspecteur nors.

'Ztyjoz Hz?' antwoord ik met mijn lippen in een verwrongen stand.

'Wat zeg je? Dat verstond ik niet,' zegt de inspecteur een beetje verbouwereerd.

'Q Oxqa Ukj Xnz Xi Qaqkp.'

'Wat is dat voor onzin?' zegt de inspecteur razend. 'Probeer je me in de maling te nemen, klootzak? Ik zal je eens een lesje leren.' Hij pakt zijn wapenstok om me te slaan, maar Abdul grijpt in. 'Sla hem alstublieft niet, inspecteur sahib. Raju is erg in de war sinds zijn vriend Shankar is overleden. Shankar praatte ook zo.'

'O, is dat zo? Waarom dacht je dan dat híj het geld had gestolen? Van een gek krijgen we geen informatie los. Kom, we gaan,' zegt hij en hij gebaart naar zijn agenten. Dan kijkt hij naar mij. 'Sorry dat we je hebben lastiggevallen, je mag naar huis.'

'Pdxif Ukj,' zeg ik. 'Pdxif Ukj Rznu Hjyd.'

Ik zit op Smita's bed en de tranen rollen over mijn wangen. Smita pakt mijn hand en knijpt er zacht in. Ik zie dat haar ogen ook vol tranen staan. 'Arme Shankar,' zegt ze. 'Als ik je zo hoor, denk ik dat hij autistisch was. Wat is hij op een afschuwelijke manier gestorven, en wat onnodig. Je bent echt door een hel gegaan, Thomas. Je hebt al die pijn niet verdiend.'

'Maar mijn hel is heel wat beter dan die van Nita. Stel je eens voor wat zij sinds haar twaalfde allemaal heeft doorgemaakt.'

Smita knikt. 'Ja, dat kan ik me voorstellen. Is ze nog in Agra?'

'Ik denk het, maar ik weet het niet zeker. Ik heb al vier maanden niets van haar gehoord. Ik weet niet of ik haar ooit nog zal zien.'

'Vast wel. Kom, dan kijken we naar de een na laatste vraag.'

Op het studiobordje staat STILTE, maar het publiek trekt zich daar niets van aan. Ze wijzen naar mij en kletsen opgewonden met elkaar verder. Aller ogen zijn op mij gericht. Ik ben de stomme ober die honderd miljoen roepie inzet op één vraag.

Prem Kumar kijkt in de camera. 'Dan gaan we nu naar vraag elf voor tien *crores*. Geloof me, ik krijg al kippenvel als ik eraan denk. Meneer Thomas, bent u zenuwachtig?'

'Nee.'

'Dat is ongelooflijk. U zet de tien miljoen roepie die u al

hebt gewonnen op het spel en u bent niet eens nerveus. Onthoud dat u alles verspeelt als u een fout antwoord geeft. Maar als u het goede antwoord weet, zijn de honderd miljoen roepie van u. Niemand heeft ooit zo'n bedrag gewonnen, zelfs niet in de loterij. Dus laten we eens gaan kijken of u hier en nu geschiedenis gaat schrijven. Dan komt hier vraag elf over...' Prem Kumar wacht voor het dramatische effect even voor hij zijn zin afmaakt, 'Engelse literatuur!' Het studiobordje springt op APPLAUS.

'Vertel eens, meneer Thomas, weet u veel over Engelse literatuur? Hebt u Engelse boeken, toneelstukken, poëzie gelezen?'

'Nou, ik ken wel een Engels slaapliedje, als u dat bedoelt met Engelse poëzie.'

Dat vindt iedereen vreselijk grappig. Het publiek schaterlacht.

'Ik moet toegeven dat ik iets ingewikkelders dan een slaapliedje in mijn hoofd had, maar dat maakt niet uit. Hebt u wel eens van Shakespeare gehoord?'

'Shake-wie?'

'De bard van Avon, de grootste toneelschrijver in de Engelse taal. O, wat verlang ik terug naar mijn studententijd, toen ik speelde in Shakespeares toneelstukken. Kent u uw Hamlet nog? "Er zijn – of er niet zijn, is het probleem: Of 't nobeler is om in de geest de pijlen en slingers van het woedend lot te dulden, Of op te staan tegen een zee van plagen, Ze door verzet tenietdoend." Maar genoeg over mij. Meneer Thomas is degene die de volgende vraag moet beantwoorden, en hier is die vraag, voor het astronomische bedrag van honderd miljoen roepie. In welk toneelstuk van Shakespeare komt het personage Costard voor? Is dat A) *King Lear*, B) *The Merchant of Venice*, C) *Love's Labour's Lost* of D) *Othello*?'

De muziek begint. Ik staar Prem Kumar uitdrukkingsloos aan.

'Vertel me eens, meneer Thomas, hebt u enig idee waar we het over hebben?'

'Nee.'

'Nee? Wat stelt u dan voor dat we doen? U moet antwoorden, zelfs als uw antwoord een gok is. Misschien hebt u nog steeds geluk, gokt u op het goede antwoord en wint u honderd miljoen roepie. Wat gaat u doen?'

Mijn hoofd is leeg. Ik weet dat ik nu dan toch met mijn rug tegen de muur sta. Ik denk veertig seconden na en beslis dan. 'Ik ga een hulplijn inzetten.'

Prem Kumar kijkt me vragend aan. Hij lijkt te zijn vergeten dat er hulplijnen in dit spel zijn. Dan wordt hij ineens wakker. 'Een hulplijn? Natuurlijk, u mag allebei uw hulplijnen inzetten. Vertel me eens, welke gaat u gebruiken? U kunt de fifty-fifty inzetten of een vriend om hulp vragen.'

Ik ben weer in de war. Wie kan me het antwoord op deze vraag geven? Salim weet er net zo weinig van als ik. De eigenaar van Jimmy's Bar zal net zo min iets over Shakespeare weten als een dronkaard de weg weet. En literatuur staat net zo ver van de bewoners in Dharavi af als eerlijkheid van de politie. Alleen vader Timothy zou me met deze vraag hebben kunnen helpen en die is dood. Moet ik om de fifty-fifty vragen? Ik steek mijn vingers in mijn zak, pak mijn geluksmunt en voel tot mijn verrassing een kaartje. Ik trek het uit mijn zak. Het is een visitekaartje waarop staat: 'Utpal Chatterjee, leraar Engels, St. John's School, Agra.' Er staat een telefoonnummer onder. Ik begrijp het eerst niet. Ik kan me niet herinneren dat ik iemand ken die zo heet of zelfs hoe dat kaartje in mijn zak is terechtgekomen. En dan herinner ik me ineens het voorval in het ziekenhuis, de onverzorgde man met de bril, met een doodzieke zestienjarige zoon die aan hondsdolheid leed. Ik slaak onwillekeurig een kreet.

Prem Kumar kijkt me scherp aan. 'Pardon, wat zei u?'

'Kunt u deze meneer bellen?' Ik geef het kaartje aan Prem Kumar. 'Ik zet mijn hulplijn voor het bellen van een vriend in.'

Prem Kumar draait het kaartje om. 'Oké. Dus u kent iemand die met deze vraag kan helpen.' Hij ziet er verontrust uit. Hij maakt oogcontact met de producer. Die spreidt in een hulpeloos gebaar zijn handen. Het woord HULPLIJN verschijnt op het scherm.

Prem Kumar pakt een draadloze telefoon van onder zijn desk en geeft me die, samen met het kaartje. 'Alstublieft. Vraag wat u wilt aan wie u maar wilt. Maar u hebt twee minuten en uw tijd gaat...' hij kijkt op zijn horloge, 'nu in!'

Ik neem de telefoon aan en toets het nummer van het kaartje in. Aan de andere kant van de lijn in Agra gaat de telefoon over. Maar hij blijft overgaan en er neemt niemand op. Er gaat een halve minuut voorbij. De spanning in de studio is te snijden. Het publiek kijkt met ingehouden adem toe. Voor hen ben ik niets anders dan een trapezeartiest in een circus die koorddanst zonder vangnet. Eén verkeerde beweging en de trapezeartiest valt te pletter. Over negentig seconden verlies ik honderd miljoen roepie.

Als ik het net wil opgeven, neemt iemand de telefoon aan. Ik heb nog iets meer dan een minuut. 'Hallo?'

'Hallo. Ik bel voor meneer Utpal Chatterjee,' zeg ik gehaast.

'Daar spreekt u mee.'

'Meneer Chatterjee, u spreekt met Ram Mohammad Thomas.'

'Ram Mohammad... Wie?'

'Thomas. U kent mijn naam niet, maar ik heb u in Singhania-ziekenhuis geholpen met uw zoon, weet u nog?'

'O mijn god.' Zijn toon wordt ineens heel anders. 'Jij bent de persoon die ik al vier maanden wanhopig zoek. Godzijdank bel je mij. Je hebt het leven van mijn zoon gered, je hebt geen idee hoe hard ik mijn best heb gedaan...'

Ik onderbreek hem. 'Meneer Chatterjee, ik heb niet veel tijd. Ik doe mee aan een spelshow en u moet snel een vraag voor me beantwoorden.'

'Een vraag? Natuurlijk, ik beantwoord iedere vraag die je maar wilt.'

Ik heb nog minder dan dertig seconden. Iedereen kijkt naar de klok aan de muur, die driftig de seconden wegtikt.

'Vertel me snel in welk toneelstuk van Shakespeare het personage Costard speelt. Is dat A) *King Lear*, B) *The Merchant of Venice*, C) *Love's Labour's Lost* of D) *Othello*?'

De seconden tikken verder en Chatterjee zwijgt.

'Meneer Chatterjee, weet u het antwoord?'

Tegen de tijd dat Chatterjee antwoordt, zijn er nog vijftien seconden over. 'Ik weet het niet.'

Ik ben verbijsterd. 'Wat?'

'Het spijt me, maar ik weet het antwoord niet. Niet zeker. Ik ken dit personage niet uit *The Merchant of Venice* of *Othello*. Het moet uit *King Lear* of *Love's Labour's Lost* komen, maar ik weet niet welke van die twee.'

'Maar u kunt maar één antwoord geven.'

'Dan zou ik *Love's Labour's Lost* kiezen, maar ik weet het niet zeker. Het spijt me dat ik niet behulpz...'

Prem Kumar verbreekt de verbinding. 'Het spijt me, meneer Thomas. Uw twee minuten zijn voorbij. Ik wil nu uw antwoord horen.'

De muziek op de achtergrond klinkt niet meer spannend. Ze klinkt angstaanjagend. Ik denk diep na.

'Meneer Thomas, hoe goed kent u die meneer Chatterjee?' vraagt Prem Kumar.

'Ik heb hem één keer ontmoet.'

'En weet u of hij een goede leraar Engels is?'

'Ik heb geen idee.'

'Kunt u op zijn antwoord vertrouwen, of volgt u liever uw eigen intuïtie?'

Ik neem een besluit. 'Ik volg mijn intuïtie en die vertelt me dat ik op het antwoord van meneer Chatterjee moet vertrouwen. Het is C. *Love's Labour's Lost.*'

'Denk nog even na. Onthoud dat als u het verkeerde antwoord geeft u niet alleen geen honderd miljoen roepie wint, maar dat u ook de tien miljoen roepie verliest die u tot nu toe hebt gewonnen.'

'Ik speel voor antwoord C.'

'Weet u dat absoluut, honderd procent zeker?'

'Ja.'

'Ik vraag het nog eens. Weet u dat absoluut, absoluut honderd procent zeker?'

'Ja.'

Het tromgeroffel zwelt aan. Het goede antwoord verschijnt op het scherm.

'O mijn god, het is C. Dat is absoluut, honderd procent correct!' Prem Kumar staat op. 'Ram Mohammad Thomas, u bent de eerste die in deze show honderd miljoen roepie heeft gewonnen. Dames en heren, er is geschiedenis geschreven! We moeten nu naar de reclame!'

Het publiek wordt wild. Iedereen staat op en er wordt meer dan een minuut lang geklapt.

Prem Kumar heeft een verhit gezicht. Hij zweet hevig.

'Hoe voelt u zich?' vraagt hij me.

'Q Bzzg Cnzxp!' zeg ik.

Prem Kumar kijkt verbijsterd. 'Pardon, wat zei u? Dat verstond ik niet helemaal.'

'Ik zei dat ik me geweldig voel,' antwoord ik en ik kijk op. Ik zie Shankar, die naar me glimlacht. En het lijkt erop dat godin Durga me vanavond echt haar zegen geeft.

1.000.000.000 Roepie

DE DERTIENDE VRAAG

Het is nog pauze. Prem Kumar staat in een hoek met de langharige producer te overleggen. Ik kijk om me heen in de studio, naar de mooie betimmering, de spots, de camera's en de hypermoderne geluidsinstallatie. Heel wat mensen in het publiek zitten naar me te kijken; misschien vragen ze zich af wat er door mijn hoofd gaat.

Prem Kumar rondt zijn onderonsje af en komt naar me toe. Hij heeft een sinistere grijns op zijn gezicht. 'Thomas, we weten niet hoe je het voor elkaar hebt gekregen op elf vragen een goed antwoord te geven, maar ik weet heel zeker dat je het antwoord op de volgende vraag niet weet.'

'We zullen zien.'

'Nee. Ik zal het zien. Reken er maar op dat je alles verliest,' zegt Prem Kumar en hij gaat zitten.

Het studiobordje springt op APPLAUS. De muziek begint. Het publiek klapt hard.

Prem Kumar kijkt in de camera. 'Dames en heren, u bent getuige van een historisch moment, niet alleen voor deze show, maar misschien voor het hele nageslacht. Ram Mohammad Thomas, een achttienjarige ober uit Mumbai, is verder gekomen dan enig andere kandidaat in deze show. Hij staat op het punt nog een mijlpaal te bereiken. Als hij de laatste vraag goed beantwoordt, wint hij de grootste jackpot uit de geschiedenis, een miljard roepie. Als hij het goede antwoord niet weet, verliest hij het grootste bedrag dat iemand ooit in zestig seconden heeft verloren, honderd miljoen roepie. Hoe dan ook, er wordt geschiedenis geschreven. Dus maak uw geest leeg, vul uw hart en klap met me mee voor onze kandidaat van vanavond, de heer Ram Mohammad Thomas!'

Het studiobordje springt op APPLAUS. Iedereen, zelfs Prem Kumar, staat op en er klinkt aanhoudend geklap.

Ik heb bewondering voor de tactiek van W2M. Ik word bejubeld voor ik van de show word weggestuurd zonder een cent op zak. Voor ze de laatste vraag stellen, mesten ze me vet met verering als een lammetje dat naar de slachtbank gaat. Het moment waar ik al die tijd op heb gewacht, en dat ik al die tijd heb gevreesd, is eindelijk aangebroken. Ik haal diep adem en bereid me voor om mijn lot onder ogen te zien.

'Dames en heren, ik ga nu vraag twaalf stellen, de laatste vraag, voor een miljard roepie, de grootste prijs die ooit in de geschiedenis van de planeet is uitgeloofd en onthoud goed, we spelen nog steeds Spelen of Betalen, dus het is alles of niets voor meneer Thomas. Oké, dan ga ik nu de laatste vraag stellen en die gaat over... geschiedenis! We weten allemaal dat Mumtaz Mahal de vrouw was van keizer Shahjahan en dat hij de wereldberoemde Taj Mahal ter nagedachtenis van haar heeft laten bouwen, maar hoe heette de vader van Mumtaz Mahal? Dit is de vraag voor een miljard roepie. Meneer Thomas, u kunt kiezen uit A) Mirza Ali Kuli Beg, B) Sirajuddaulah, C) Asaf Jah of D) Abdur Rahim Khan Khanan.

Denk rustig over uw antwoord na, meneer Thomas. En onthoud dat u op een historische kruising staat. Ik weet dat u tijd nodig hebt om over uw antwoord na te denken en die geef ik u, dus we gaan nog even snel naar de reclame. Dames en heren, blijf kijken.'

Het studiobordje springt op APPLAUS. De herkenningsmelodie klinkt.

Prem Kumar kijkt me met een grote grijns. 'Nu heb ik je mooi te pakken, hè? Op deze vraag weet je het antwoord beslist niet, tenzij je gepromoveerd bent in de Middeleeuwse Geschiedenis. Dus zeg maar dag tegen die honderd miljoen die je net hebt verdiend en pak je carrière als ober weer op. Misschien kom ik morgen wel even naar Jimmy's Bar. Wat serveer je me dan? Boterkip en lams-*vindaloo*?' Hij begint te lachen.

Ik lach ook. 'Ha! Ik heb geen graad in de Middeleeuwse Geschiedenis, maar ik weet wel wat het antwoord op die vraag is.'

'Wat? Je maakt zeker een grapje?'

'Nee hoor. Het antwoord is Asaf Jah.'

Prem Kumar kijkt me verbijsterd aan. 'Hoe... hoe weet je dat?'

'Dat weet ik doordat ik twee jaar als gids bij de Taj Mahal heb gewerkt.'

Prem Kumars gezicht wordt asgrauw. Voor het eerst zie ik iets van angst in zijn blik. 'Je... je verspreidt een soort magie... dat kan niet anders,' zegt hij en hij wendt zich tot de producer. Ze fluisteren met elkaar. Prem Kumar gebaart een paar keer in mijn richting. Dan komt er iemand met een dik boek aanlopen en ze buigen zich eroverheen. Er gaan tien minuten voorbij. Het publiek wordt onrustig. Uiteindelijk komt Prem Kumar terug naar zijn stoel. Zijn gezichtsuitdrukking is neutraal, maar ik weet zeker dat hij peentjes zweet.

Het studiobordje springt op APPLAUS en de herkenningsmelodie klinkt.

'Dames en heren, voor we naar de reclame gingen, vroeg ik wat de naam was van de vader van Mumtaz Mahal. U dacht natuurlijk dat dat de laatste vraag was, maar dat was het niet.'

Het publiek is verbijsterd. Ik ben ontsteld. Gaan ze een dertiende vraag stellen? De spanning is om te snijden.

Prem Kumar gaat verder. 'Dat was niet alleen niet de laatste vraag, het was helemaal geen vraag. Dat was een opname voor een reclame voor Mumtaz Thee, een van de sponsors van ons programma. We moesten vanwege de publiciteit doen alsof het een echte vraag was.'

De mensen in het publiek beginnen tegen elkaar te fluisteren. Er wordt onderdrukt gelachen. Iemand schreeuwt: 'Daar zijn we in getrapt, meneer Kumar!' De spanning wordt minder. Het studiobordje springt weer op APPLAUS.

Ik ben de enige die niet lacht. Ik weet nu zeker dat het een stelletje oplichters is.

Het studiobordje springt op STILTE en de herkenningsmelodie klinkt. Prem Kumar kijkt in de camera. 'Dames en heren, ik ga nu vraag twaalf stellen, de laatste vraag, voor een miljard roepie, de grootste prijs die ooit in de geschiedenis van de planeet is uitgeloofd en onthoud goed, we spelen nog steeds Spelen of Betalen, dus het is alles of niets voor meneer Thomas. Oké, dan ga ik nu de laatste vraag stellen en die gaat over... westerse klassieke muziek! Beethovens pianosonate nummer 29 opus 106, ook bekend als de 'Hammerklavier Sonata', staat in welke toonsoort? Is dat A) Bes-mineur, B) G-mineur, C) Es-majeur of D) C-mineur?

Denk rustig na over het antwoord, meneer Thomas. En onthoud dat u op een historische kruising staat. Dit is de belangrijkste beslissing uit uw leven. Ik weet dat u tijd nodig hebt om over uw antwoord na te denken en die geef ik u, dus we gaan nog even snel naar de reclame. Dames en heren, blijf kijken.'

Het studiobordje springt op APPLAUS. Prem Kumar kijkt me met een gemene grijns op zijn gezicht aan. De mensen in het publiek beginnen druk tegen elkaar te praten.

Prem Kumar staat op. 'Ik ga even iets doen. Ik ben zo terug.'

Ik sta ook op. 'Ik moet ook naar de wc.'

'Kom dan maar met me mee,' zegt hij. 'In de regels staat dat een kandidaat niet alleen mag worden gelaten.'

Ik sta in de fluorescerend verlichte toiletten van de studio. Het is er extreem schoon. De tegels zijn glanzend wit. Er hangen enorme spiegels. Er staat geen graffiti op de muren.

Prem Kumar en ik zijn de enigen in de toiletten. Hij staat fluitend te plassen. Dan ziet hij dat ik naar hem kijk. 'Waarom sta je daar te niksen? Vertel me niet dat de laatste vraag zo moeilijk is dat je niet meer weet hoe je je blaas moet legen.' Hij gooit zijn hoofd naar achteren en lacht. 'Jammer dat het zo moet eindigen. Maar zonder mijn hulp had je er bij de tweede vraag al uit gelegen. Wat betekent dat je met duizend roepie naar huis was gegaan. Zullen we een deal sluiten? Morgen kom ik naar je restaurant en ik beloof je dat ik je een fooi van duizend roepie zal geven. En geloof me, deze belofte zal ik houden.' Hij glimlacht neerbuigend naar me.

'U hebt mij geen plezier gedaan met het beantwoorden van vraag twee, u hebt uzelf daarmee een plezier gedaan.'

Prem Kumar kijkt me scherp aan. 'Hoe bedoel je?'

'Wat ik bedoel, meneer Prem Kumar, is dat ik niet aan uw show meedoe om geld te winnen. Verre van dat.' Ik schud overdreven mijn hoofd. 'Ik doe mee om wraak te nemen.'

Prem Kumar houdt ineens op met plassen. Hij ritst snel zijn broek dicht en kijkt me van opzij aan.

'Wraak? Hoe bedoel je? Wraak op wie?'

'Op jou,' zeg ik uitdagend. Ik doe een stap naar achteren en trek een pistool uit mijn broek. Het is een klein pistool, niet groter dan mijn vuist. Ik grijp het stevig vast en richt het op hem.

Het bloed trekt uit Prem Kumars gezicht weg. 'Je... U begaat een vergissing... Meneer Thomas. We kennen elkaar helemaal niet,' zegt hij op nauwelijks hoorbare fluistertoon.

'Nee, jij hebt een vergissing begaan. We hebben elkaar bij de flat van Neelima Kumari ontmoet. Het was vroeg in de ochtend. Je kwam naar buiten strompelen in een spijkerbroek met een wit overhemd, bloeddoorlopen ogen en ongewassen haar. Je had een stapel bankbiljetten in je hand die je Neelima had afgetroggeld en je had autosleutels in je hand, ook van Neelima. Je hebt haar geruïneerd. Maar dat was niet genoeg. Je hebt mijn geliefde Nita hetzelfde aangedaan.'

Ik zie dat zijn onderlip begint te trillen, en krult dan naar beneden.

'Dat was een prostituee, zeg. Ik heb haar pooier vijfduizend roepie betaald. Ik wist niet eens hoe ze heette.'

'Ze heet Nita.' Ik richt mijn pistool.

Prem steekt zijn handen afwerend op. 'Nee... Nee...' schreeuwt hij en hij doet een stap naar achteren. Hij stapt met zijn rechtervoet in de open afvoer achter zich. 'Niet schieten... doe dat ding alstublieft weg.' Hij stapt uit de afvoer.

Ik richt het pistool recht op zijn hart. Ik zie dat hij beeft. 'Ik heb gezworen dat ik de aanvaller van Nita zou wreken. Maar ik wist niet waar ik je kon vinden. En toen zag ik die advertentie in een krant in Agra. Er stond een foto bij van jou, grijnzend als een aap, mensen uitnodigend mee te doen aan een spelshow in Mumbai. Daarom ben ik hier. Ik wilde je neerschieten na de eerste vraag waar ik geen antwoord op wist, maar wonderbaarlijk genoeg wist ik alle antwoorden. Dus toen je me hielp met vraag twee heb je mij helemaal geen plezier gedaan, je hebt gewoon je leven een beetje verlengd. Maar nu is er geen uitweg meer.'

'Luister naar me,' smeekt Prem Kumar. Hij staat op de rand van instorten. 'Ik heb Neelima slecht behandeld en ik ben ruw geweest met die prostituee in Agra. Maar wat schiet je ermee op als je mij neerschiet? Dan krijg je je geld niet. Laat nu je pistool zakken en ik beloof je dat je de hoofdprijs wint. Denk er eens over na, een wees als jij, met meer geld dan je ooit hebt kunnen dromen.'

Ik lach verbitterd. 'Wat moet ik met al die rijkdom? Uiteindelijk heeft een man alleen maar drie meter stof nodig voor zijn doodskleed.'

Hij wordt nog bleker en houdt zijn hand verdedigend omhoog. 'Haal alsjeblieft de trekker niet over. Luister, zodra je me vermoordt, word je gearresteerd. En dan word je opgehangen. Je zult zelf ook sterven.'

'Ik leef al maanden niet meer. Het enige wat me op de been hield, was wraak. En nu staan we hier.'

'Denk er nog eens over na, Thomas. Ik zweer je dat ik je als je mijn leven spaart het antwoord op de laatste vraag zal geven. Je wordt onze grootste winnaar.'

'Ik ga niet terug naar de show en jij ook niet,' zeg ik en ik zet de slagpin op scherp.

Prem Kumars bravoure laat hem in de steek. Ik zie wat een lafaard hij is. Hij klampt zich vast aan de muur achter zich en doet zijn ogen stijf dicht. Het moment waar ik de afgelopen vier maanden op heb gewacht, is eindelijk aangebroken. Ik sta tegenover Prem Kumar met een geladen pistool in mijn hand. Het is een goed pistool. Ik heb ermee geoefend en de terugslag stelt niets voor. En van zo dichtbij kan ik niet missen.

Ik voer de druk op de trekker op, maar hoe harder ik probeer de trekker over te halen, hoe meer weerstand ik voel. Het lijkt wel of mijn vingers zijn versteend.

In films zie je dat het doden van een man net zo makkelijk is als het doorprikken van een ballon. Knal, knal, knal... Mensen in films schieten met pistolen alsof de kogels op moeten. Ze doden mensen zoals wij mieren pletten. Zelfs een jonge held die nog nooit eerder een pistool heeft gezien, kan op een afstand van honderdvijftig meter tien slechteriken die zich in hun schuilplaats verschansen, vermoorden. Maar het echte leven is anders. Het is makkelijk een geladen pistool te pakken en het op iemands gezicht te richten. Maar als je je realiseert dat een echte kogel door een echt hart zal gaan en dat de rode vloeistof bloed zal zijn en geen tomatensap, word je gedwongen er nog eens over na te denken. Het is niet makkelijk een man te doden. Je moet je eerst losmaken van je hersens. Drank kan dat doen. Woede ook.

Dus probeer ik al mijn woede samen te vatten. Ik denk aan alles wat me in mijn leven is overkomen. Ik zie beelden van Neelima Kumari en Nita. Ik zie de zwarte sigarettenwonden op Neelima's lichaam, de rode striemen op Nita's rug, de beurse plekken in haar gezicht, haar blauwe oog, haar ontwrichte kaak, maar in plaats van woede voel ik verdriet en in plaats van dat er een kogel uit mijn pistool komt, komen er tranen uit mijn ogen.

Ik probeer moed uit andere dingen te halen. Ik denk aan al het onrecht dat ik heb ondergaan, alle pijn en vernedering die ik ooit heb gevoeld. Ik zie het bloedende lijk van vader Timothy, de vriendelijkste man die ik ooit heb gekend, en het slappe lichaam van Shankar, de zachtaardigste jongen die ik ooit heb ontmoet. Ik denk terug aan alle onmenselijke handelaren in lijden die ik in mijn leven heb gezien. Beelden van Swapna Devi, Shantaram en Maman gaan door mijn hoofd en ik probeer al die emoties te persen in de fractie van een seconde die het zal duren om de trekker over te halen. Desondanks realiseer ik me dat ik de schuld voor al mijn ongeluk niet bij de man die voor me staat kan leggen. Ik weet dat ik niet genoeg woede in me draag om zijn dood te rechtvaardigen.

En dan dringt het tot me door dat ik kan proberen wat ik wil, maar dat ik niet in koelen bloede kan doden, zelfs geen ongedierte als Prem Kumar.

Ik laat het pistool in een gebaar van overgave zakken.

Dit gebeurt allemaal in een tijdspanne van een halve minuut. Prem Kumar ondergaat die dertig seconden met zijn ogen stijf dichtgeknepen. Als hij het geluid van het pistool dat wordt afgeschoten maar niet hoort, doet hij één oog open. Het zweet loopt in straaltjes over zijn lichaam. Hij staart me uitdrukkingsloos aan, met het pistool in mijn hand en de besluiteloosheid levensgroot op mijn gezicht.

Uiteindelijk doet hij beide ogen open. 'Dank je dat je mijn leven spaart, Thomas,' zegt hij zwaar ademend. 'Als dank voor je genade zal ik je het antwoord op de laatste vraag geven. Je hebt al eerlijk gewonnen. De vraag over Mumtaz Mahal was wel degelijk de laatste vraag en je wist het antwoord. Dus zal ik je nu de oplossing van de nieuwe vraag geven.'

'En hoe weet ik zeker dat je je niet op het laatste moment bedenkt?'

'Houd je pistool maar bij je. Maar geloof me, je zult het niet hoeven gebruiken, want ik weet zeker dat je de hoofdprijs wint. Een miljard roepie is een miljard roepie. En je krijgt het hele bedrag contant.'

Voor het eerst lokt het vooruitzicht van al dat geld me aan. Met een miljard kan ik heel wat bereiken. Ik kan Nita's vrijheid kopen. Ik kan Salims droom een ster te worden verwezenlijken. Ik zal het leven van duizenden andere wezen en straatkinderen als ik kunnen verbeteren. Ik zou een mooie rode Ferrari kunnen kopen. Ik neem een besluit. Het wordt 'ja' tegen een miljard en 'nee' tegen moord.

'Goed. Wat is het antwoord?' vraag ik.

'Dat zal ik je vertellen,' zegt Prem Kumar. Hij kijkt naar zijn voeten en zwijgt.

'Wat is het probleem?' vraag ik.

'Ik realiseer me net dat als ik je het antwoord vertel, ik contractbreuk pleeg en de regels van de show overtreed. Dan wordt je prijs ongeldig verklaard.' Hij schudt langzaam zijn hoofd. 'Nee, ik vertel je het antwoord niet.'

Ik ben even de kluts kwijt.

Er verschijnt een vage glimlach op Prems gezicht. 'Ik zei dat ik je het antwoord niet zal vertellen, maar er staat niet in mijn contract dat ik geen hint mag geven. Dus luister goed. Meteen na de show vertrek ik naar een station en stap op een trein. Ik ben door vier vrienden uitgenodigd, in Allahabad, in Baroda, in Cochin en in Dilli, maar ik kan maar naar één plaats. Dus heb ik besloten naar Allahabad te gaan en al mijn zonden van me af te wassen door in de Sangam te gaan zwemmen. Oké?'

'Oké,' knik ik.

We lopen de toiletruimte uit en gaan terug naar onze plaats. Prem Kumar kijkt me benauwd aan. Ik vraag me af of hij zich aan zijn woord zal houden. Als ik ga zitten, begint iedereen te klappen. Mijn pistool zit veilig in mijn zak. Ik leg mijn hand erop.

Het studiobordje springt op STILTE.

Prem Kumar kijkt me aan. 'Meneer Ram Mohammad Thomas, voor de pauze heb ik u de laatste vraag gesteld, vraag twaalf voor een miljard roepie. Ik herhaal die vraag nog een keer. Beethovens pianosonate nummer 29 opus 106, ook bekend als de 'Hammerklavier Sonata', staat in welke toonsoort? Is dat A) Bes-mineur, B) G-mineur, C) Es-majeur of D) C-mineur? Bent u klaar om antwoord te geven?'

'Nee.'

'Nee?'

'Ik bedoel dat ik het antwoord op deze vraag niet weet.'

De camera zoomt in op mijn gezicht. Het publiek snakt hoorbaar naar adem.

'Nou, meneer Thomas, zoals ik al zei, staat u op een historische kruising. De ene weg leidt naar gigantische rijkdom en onvoorstelbaar geluk, maar de andere drie brengen u terug bij af. Dus zelfs als u gokt, gok dan voorzichtig. U kunt alles winnen of verliezen. Dit is de belangrijkste beslissing uit uw leven.'

'Ik wil een hulplijn inzetten.'

'Goed. U hebt nog één hulplijn en dat is de fifty-fifty. Dus halen we twee foute antwoorden weg en houden het goede en één verkeerd antwoord over. Dan hebt u een kans van vijftig procent dat u het goede antwoord kiest.'

Op het scherm verschijnt FIFTY-FIFTY. Het beeld verandert en de vraag verschijnt weer. Dan verdwijnen er twee antwoorden en blijven de antwoorden A en C over.

'Alstublieft,' zegt Prem Kumar. 'Het is A of C. Geef het juiste antwoord en u wordt de eerste man in de geschiedenis die een miljard roepie wint. Geef het verkeerde antwoord en u wordt de eerste man in de geschiedenis die in minder dan een minuut honderd miljoen verliest. Wat is uw beslissing?'

Ik haal mijn geluksmunt tevoorschijn. 'Als het kop is, is mijn antwoord A, als het munt is, is mijn antwoord C. Goed?'

Het publiek snakt naar adem bij zoveel roekeloosheid. Prem Kumar knikt. De glinstering in zijn ogen is weer terug.

Ik gooi de munt.

Alle ogen zijn gericht op de munt die bijna in slowmotion omhoog lijkt te gaan. Dit is vast de enige munt van één roepie waar ooit een miljard van heeft afgehangen. De munt komt naar beneden en valt op mijn desk. Hij spint even en valt dan om. Prem Kumar buigt zich voorover om te kijken en kondigt aan: 'Het is kop!'

'In dat geval is mijn antwoord A.'

'Weet u dat absoluut zeker, meneer Thomas? Denk er nog eens over na, want u wint of verliest een miljard. Als u wilt, kunt u nog voor C kiezen.'

'Ik hoef er niet over na te denken. De munt heeft beslist wat mijn antwoord is. Het is A.'

'Weet u dat absoluut, honderd procent zeker?'

'Ja, ik weet het absoluut, honderd procent zeker.'

Het tromgeroffel zwelt aan. Het goede antwoord verschijnt voor de laatste keer op het scherm.

'Het is A! Dat is absoluut, honderd procent goed! Meneer

Ram Mohammad Thomas, u hebt geschiedenis geschreven door de grootste prijs ter wereld te winnen. Een miljard roepie, ja, een miljard roepie is van u en wordt binnenkort uitbetaald. Dames en heren, alstublieft een warm applaus voor de grootste winnaar aller tijden!'

Er komt confetti uit de lucht vallen. Rode, groene, blauwe en gele spots kleuren het hele podium. Iedereen staat op en blijft bijna twee minuten klappen. Er wordt gefloten en gejuicht. Prem Kumar buigt als een tovenaar. Dan knipoogt hij naar me met een sluwe blik in zijn ogen. Ik knipoog niet terug.

De producer komt ineens het podium op lopen en neemt Prem Kumar apart. Ze wisselen verhitte woorden.

Houston, volgens mij hebben we een probleem.

Smita kijkt op haar horloge en staat op van haar bed. 'Poe! Wat een show, wat een verhaal, wat een nacht! Nu weet ik hoe je een miljard roepie hebt gewonnen. Die toss aan het einde was alleen voor de show, hè? Je wist al dat het antwoord A was.'

'Ja. Maar jij beslist of ik de hoofdprijs heb verdiend. Ik heb niets voor je verborgen gehouden. Ik heb je al mijn geheimen verteld.'

'En ik denk dat het alleen maar eerlijk is als jij de mijne kent. Je moet je toch afvragen wie ik ben en waarom ik ineens op het politiebureau verscheen.'

'Ja, inderdaad, maar ik heb besloten geen vragen te stellen over een wonder.'

'Ik ben Gudiya. Ik ben het meisje dat je in de chawl hebt geholpen. En voel je niet schuldig dat je mijn vader hebt geduwd. Hij heeft alleen een been gebroken en kwam daardoor weer tot bezinning. Hij heeft me nooit meer lastiggevallen. Ik heb alles aan jou te danken. Ik heb jaren geprobeerd je te vinden, maar je was verdwenen. En toen zag ik gisteren je naam in de krant.

Er stond dat een jongen genaamd Ram Mohammad Thomas door de politie was gearresteerd. Ik wist dat het maar om één Ram Mohammad Thomas kon gaan en ben meteen naar het politiebureau gegaan. Dus zie dit maar als een heel klein deel van de inlossing van de schuld die ik bij je heb.'

Ik word overweldigd door emoties. Ik grijp Smita's hand, voel het vlees en de botjes. Tranen stromen over mijn wangen. Ik omhels haar. 'Ik ben zo blij dat je me hebt gevonden. Nu heb ik in één keer een advocaat, een vriendin en een zus gekregen.'

'Al je zorgen zijn nu de mijne, Ram Mohammad Thomas,' zegt Smita met felle vastberadenheid in haar ogen, 'ik zal voor jou vechten zoals je voor mij hebt gevochten.'

EPILOOG

Er zijn zes maanden verstreken sinds de langste nacht van mijn leven.

Smita hield zich aan haar woord. Ze vocht voor me als een moeder voor haar kinderen. Eerst handelde ze de zaken met de politie af. Ze toonde aan dat ze geen enkele grond hadden om me te arresteren. Ze ontdekte ook dat niemand iets over een dode dacoit in een trein had gehoord en dat er geen onderzoek gaande was. Dus bleef de naamloze dacoit zelfs in de dood naamloos.

Toen pakte ze de productiemaatschappij van de spelshow aan. Die dreigde met een zaak wegens oplichting en fraude tegen me, maar Smita bewees met de dvd-opnames dat ik de show eerlijk had gewonnen. Na vier maanden getouwtrek moest het bedrijf toegeven dat ze geen gegronde reden hadden me mijn prijs te ontzeggen.

Ik kreeg geen miljard roepie. Ik kreeg iets minder. De overheid kreeg ook een beetje. Ze noemden het 'kansspelbelasting'. Het bedrijf van W2M ging failliet na het uitbetalen van het enorme bedrag. Dus werd ik de eerste en de laatste winnaar van de show.

Prem Kumar is twee maanden geleden gestorven. Volgens de politie heeft hij zelfmoord gepleegd door zich te vergassen in zijn auto. Maar de pers staat vol berichten over moord. Ik vermoed dat de boeven die de show hebben gefinancierd op hem wraak hebben genomen.

Ik had lang geleden al geleerd dat dromen alleen invloed hebben op je eigen geest, maar dat je met geld macht kunt hebben over de geest van anderen. Wat ik ontdekte nadat ik was uitbetaald, was dat ik met geld zelfs macht over de politie had. Dus bracht ik vorige maand, vergezeld van de politie, een bezoekje aan Goregaon, aan een groot, vervallen gebouw met een binnenplaats en twee palmbomen. De politie heeft vijf mannen gearresteerd en vijfendertig verminkte kinderen vrijgelaten. De kinderen zijn nu allemaal onder de hoede van een bekende internationale instelling voor kinderwelzijn.

Vorige maand werd ook Lajwanti's vrijlating uit de gevangenis geregeld en ze logeert nu bij me in Mumbai. Ze is net vorige week teruggekomen van de bruiloft van haar zus Lakshmi met een topambtenaar van de Indiase regering. De familie van de bruidegom vroeg niet om een bruidsschat, maar Lajwanti gaf haar zus een Toyota Corolla, een Sony-televisie met een beeldbuis van 81 centimeter, twintig Raymond-pakken en een kilo gouden sieraden.

Salim speelt de hoofdrol, die van een zeventienjarige student, in een komedie die wordt geregisseerd door Chimpu Dhawan en is druk aan het werk in de Mehboob Studio's. Hij denkt dat de producer van de film Mohammad Bhatt heet, maar in werkelijkheid ben ik het.

De liefde van mijn leven is naar me toe gekomen in Mumbai. Ze is nu mijn wettige echtgenote, met een echte achternaam. Nita Mohammad Thomas.

Smita en ik lopen over Marine Drive. Er waait een lekker briesje en af en toe komt er een vochtige mist van de oceaan waar enorme golven tegen de rotsen slaan. De geüniformeerde chauffeur volgt ons in slakkengang in de Mercedes Benz en houdt gepaste afstand. Op de bumper van de Benz zit een sticker geplakt. Er staat op: 'Mijn andere auto is een Ferrari'.

'Ik wil je iets vragen,' zeg ik tegen Smita.

'Zeg het maar.'

'Die avond toen je me uit het politiebureau kwam halen, waarom heb je me toen niet meteen verteld dat je Gudiya was?'

'Omdat ik jouw verhalen wilde horen en de waarheid wilde achterhalen. Alleen als je me mijn verhaal zou vertellen zonder te weten dat ik voor je zat, zou ik zeker weten dat je me de waarheid vertelde. Daarom heb ik je meteen gezegd dat je niet met je hand op een boek hoefde te zweren. Ik was jouw getuige en jij de mijne.'

Ik knik begrijpend.

'Mag ik jou ook iets vragen?' zegt Smita.

'Natuurlijk.'

'Die avond dat ik je mee naar huis nam, voor je me je verhaal vertelde, gooide je een munt op. Waarom?'

'Ik wist niet of ik je kon vertrouwen. Die toss nam de beslissing voor me. Kop, en ik zou je alles vertellen. Munt, en ik zou zijn weggegaan. Het werd kop.'

'Dus als het munt was geworden, zou je je verhaal niet hebben verteld?'

'Het zou geen munt zijn geworden.'

'Geloof je zo in geluk?'

'Wat heeft geluk ermee te maken? Hier, kijk maar eens naar de munt.' Ik haal de munt uit mijn zak en geef die aan haar.

Ze kijkt ernaar en draait haar om. Dan draait ze haar nog eens om. 'Ze is aan beide kanten kop!'

'Precies, het is mijn geluksmunt, maar zoals ik al zei, heeft geluk er niets mee te maken.'

Ik neem de munt van haar aan en gooi haar hoog in de lucht. Ze gaat hoger en hoger, glinstert kort tegen de turkooizen hemel, valt dan in de oceaan en zinkt naar de bodem.

'Waarom gooi je je geluksmunt weg?'

'Ik denk niet dat ik die nog nodig heb.'

WOORD VAN DANK

Dit boek had niet tot stand kunnen komen zonder de steun van Peter Buckman. Ik ben hem zeer dankbaar dat hij mijn vriend, raadgever en agent is, in die volgorde. Ik bedank ook Rosemarie en Jessica Buckman, die zich zo hebben ingezet dit debuut internationaal te maken.

Ik ben Transworld zeer erkentelijk voor het zo enthousiast aannemen van deze roman en het regelen van de beste redacteur die een schrijver zich kan wensen. Het was heerlijk om met Jane Lawson te werken, die, tijdens een paar enorm lange interlokale telefoongesprekken zo'n aangename en saamhorige taak van het redigeerproces heeft gemaakt.

Brigadegeneraal S.C. Sharma heeft me waardevolle informatie voor 'Verhaal van een soldaat' gegeven. Graag wil ik ook Navdeep Suri, Humphrey Hawksley, Patrick French, Tejinder Sharma, Maureen Travis, de Britse openbare bibliotheek en Google bedanken voor de hulp die ze me hebben gegeven zonder het zich misschien zelf te realiseren.

Boven alles dankt dit boek zijn bestaan aan mijn echtgenote Aparna en mijn zonen Aditya en Varun, die me de ruimte hebben gegeven aan dit project te beginnen en de kracht het te voltooien.